T0287030

EL OTRO LADO DEL CIELO

Primera edición: Abril de 2022

red@editorialhidra.com
www.editorialhidra.com

Síguenos en las redes sociales:

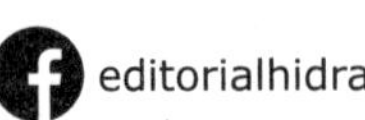

BIC: YFH

ISBN: 978-84-17390-67-9
Depósito Legal: M-2565-2022

EL OTRO LADO DEL CIELO

AMIE KAUFMAN Y
MEAGAN SPOONER

TRADUCCIÓN DE CRISTINA ZUIL

Para Kristen, quien, junto con nosotras,
creyó en la magia.

UNO
NIMH

El mercado flotante toma forma en medio del centelleo de antorchas y fueguechizos, cuyos haces de luz se ven prolongados por su reflejo brillante en el río que hay debajo. El sol permanece oculto en el horizonte, aunque un toque amelocotonado y cobrizo salpica la parte inferior de las tierras de las nubes que cuelgan sobre el ajetreo de nuestro mercado. Unas sombras monstruosas se desprenden de la oscuridad antes del alba, deslizándose por la corriente de agua hacia la ciudad en desarrollo antes de revelarse en forma de casas y tiendas, puestos de comida y plataformas de comerciantes.

Solía observar cada mes la llegada del mercado flotante. Los habitantes del río vienen desde kilómetros de distancia, se juntan en las orillas bajo el templo y conducen sus hogares a base de remos, velas y poleas por el amplio y tranquilo río que se desborda sobre los márgenes hacia el bosque marino. En unas horas, la suave curva del río se convierte en una ciudad ajetreada, cada barcaza solitaria de juncos se une a otras hasta formar un todo único, rebosante y complejo. Siempre me ha emocionado ver la transformación de mi mundo, pero dicho entusiasmo se templa un poco por la tortura de no poder disfrutar del mercado con el resto de mi pueblo.

Esta es la primera vez desde hace años que he estado en el río durante el amarre. La vista desde el templo es tranquila y lejana. Desde allí no puedo oler el carbón y la turba mientras los cocineros y los pasteleros calientan los hornos, ni oír las risas de los niños aún demasiado jóvenes para ayudar a sus padres con las cuerdas, ni sentir el ritmo constante de los pies y las corrientes cambiantes bajo las calles del mercado flotante.

Mis recuerdos antes de vivir en el templo son, como mucho, vagos, pero alguna vez fui uno de esos niños. El olor de la carne a la parrilla y del pan especiado significaba que, si me portaba bien, me comprarían una golosina; las risas eran el sonido de mis amigos llamándome para unirme a su juego, y las pisadas que recorrían las gruesas calles de juncos de un lado a otro eran las mías. Hace muchos años, traté de colarme en el mercado con la ropa prestada de una criada. Sin embargo, la tranquilidad y la seguridad que había sentido siendo una niña en aquel lugar hacía tiempo que se habían desvanecido. Apenas había bajado por una calle cuando la multitud se arremolinó demasiado y tuve que huir directa hacia la protección de los guardias, que me buscaban aterrados.

Ahora estoy sola.

Hoy en día no estoy tan loca como para intentar disfrazarme, ya que sería muy fácil que alguien se rozara conmigo o me tocara el brazo en un intento por venderme alguna baratija. Incluso los niños más pequeños saben lo que representan el rojo intenso de mi túnica y el negro que me rodea los ojos, lo saben antes de aprender a andar.

Sin embargo, a pesar de todo el tiempo que he pasado observando a los habitantes del río mientras se mueven afanosamente de un lado a otro, la multitud me produce un desasosiego profundo y silencioso que me recorre como el dolor de una vieja herida. Aunque llevo las túnicas rojas y la diadema de oro, las prendas tradicionales de la divinidad que sirven para avisar al resto de que no se acerquen demasiado, alguien podría tocarme por accidente. Estar aquí es tan arriesgado que roza la imprudencia, pero los políticos y sacerdotes que gobiernan mi vida no me han dejado otra opción.

Como me ocurre a menudo, dirijo los ojos hacia arriba y los poso sobre la masa de nubes oscurecidas de la parte superior. No se ha vuelto a oír nada de los dioses desde que huyeron allí hace mil años, dejando a una sola deidad, la primera de mi linaje divino, para guiar al pueblo que quedaba atrás. ¿Seguirán viviendo allí? ¿Les importará que su representante en la tierra haya tenido que tomar medidas desesperadas para ayudar a su pueblo?

Como no suelo intentar eludir a mis guardias (ya no), hacerlo no ha sido demasiado difícil. No estoy prisionera, ya que, a pesar de que los han entrenado desde niños para luchar por mí, su función es solo ceremonial. Sin embargo, venir al mercado flanqueada por un conjunto de mujeres y hombres vestidos del sobrio negro y dorado de los guardianes divinos sería anunciar mis pasos a todo el templo y a la ciudad. Sin duda, el rumor flotará hasta los oídos del sumo sacerdote Daoman, pero tardará un tiempo. Para entonces, tendré la garantía de poseer un pasaje seguro para mi viaje, y puedo excusarme diciendo que solo quería ver el amarre.

La casa que estoy buscando tiene características propias, con un tejado del que surge un armazón de retales que parecen brazos larguiruchos tratando de alcanzar el cielo. La casa de Quenti es una de las más rápidas de todos los ríos y bosques marinos, pero, cuando está anclada, reemplaza las velas por pieles, vides y juncos para que se sequen al sol, lejos de la humedad del río. Sujetando el cetro, examino el mercado en busca de la plataforma del comerciante.

El fueguechizo titila antes de despertar sobre un establo de una sola habitación, y, bajo su firme brillo azul verdoso, descubro lo que estoy buscando. Me da un vuelco el corazón al ver que no hay una vía rápida para llegar hasta él. Tendré que mezclarme con la masa multitudinaria de personas.

Siento una firme calidez contra el gemelo, y ese simple roce es suficiente para darme valor. No necesito mirar para saber que es el gato pelusa. La conocida vibración balbuceante me acaricia los oídos, y le contesto cantando. Su cara ancha y velluda se gira para mirarme y, ronroneando como una nube de tormenta enfadada, me vuelve a tocar la pierna para que me ponga en marcha.

A pesar de que me mantengo a las afueras del mercado para evitar las multitudes más densas, los habitantes del río siguen ocupados amarrando sus hogares. Me detengo solo lo suficiente para sacar mi fajín y extraer una pizca de fueguemilla.

La acuno en la palma y susurro la invocación cerca del polvo. Soplo y sale volando de la mano antes de que cada pequeño grano comience a brillar como una estrella naciente mientras riega el suelo. Levanto la mano ahuecada y unto el extremo del cetro para que desprenda su tenue luz en un charco acuoso que me rodea los tobillos. Ahora que brillo, el pueblo se dispersa y aleja de mí.

Lo único que veo son cabezas inclinadas y la parte trasera de sus coloridos atuendos para el mercado mientras se arrodillan y tocan los juncos con la cabeza hasta que he pasado.

—¡Señora! —susurran de manera respetuosa—. ¡Diosa bella! ¡Deidad! ¡Santa divinidad!

Murmuro una bendición cada vez que veo una cara levantada, deseando inmediatamente poder caminar entre la multitud sin que haya tantos ojos siguiéndome, ansiosos por encontrar alguna señal de que soy la salvación que necesitan con desesperación. A veces me parece percibir dudas detrás de la devoción. A veces sé que las hay.

Todos los dioses que han existido durante la historia, mis predecesores, encarnaban una cualidad particular de lo divino que respondía a las necesidades de la tierra. Ha habido dioses de la poesía, de la guerra, del paraíso celestial y de los cultivos verdes. Antes de mí, el templo era el hogar de una diosa de la curación.

Estas cualidades siempre se han manifestado en los dioses presentes uno o dos años después de su designación. Dicen que a Satheon, quien guio al pueblo durante la época de mis abuelos, se le llamó al templo cuando era un chico de dieciséis años, y manifestó su cualidad de granjero solo una semana después. Llevo siendo diosa casi diez años y mi pueblo aún espera ver qué consuelo les aportaré. Si alguna vez llego a hacerlo...

Al sentir mis emociones, el gato pelusa, con delicadeza y cuidado, echa la cabeza hacia atrás, abre la boca y me muerde en el tobillo. Mientras me centro en el agudo dolor, cojo aire, agradecida por mi único compañero.

Lo encontré siendo un cachorro en un saco empapado, mojado y medio ahogado en las orillas del río, una tarde, meses después de que me llevaran por vez primera al templo. Flaco y debilucho de pequeño, ahora es una enorme bestia musculosa de color naranja ígneo.

El gato pelusa ofrece sus propias bendiciones, haciéndose eco de las mías (aunque las suyas suenan más a maldiciones), mientras corretea a mi lado, con el rabo en alto y los ojos redondos alerta. Todas las personas de mi vida piensan que debería haber manifestado mi cualidad hace años, y tienen sus esperanzas y expectativas puestas en mí, pero él no piensa en nada excepto en su próxima comida. El gato pelusa es solo un gato. A diferencia de mis criados y guardias, puede tocarme y yo a él. Tener una calidez sólida a la que acariciar y con la que aovillarme cuando estoy sola hace que el resto sea soportable.

Me detengo para evitar interrumpir una procesión de vendedores de comida que recorren la calle de juncos frente a mí, rodeada de niños que esperan un momento de torpeza para que a algún comerciante apresurado se le caiga una espiral de caramelo o una bolsa de dulces. Otra comerciante los sigue con bandejas llenas de amuletos para alejar las plagas y la mala suerte. Esas baratijas se suelen vender una y otra vez sin ni siquiera poseer una pizca de magia real, pero siento el ligero hormigueo que me dice que estas son de verdad, elaboradas por alguna hechicera protectora del lugar. Tal vez haya sido la propia comerciante, ya que también lleva una pequeña antorcha de fueguechizos con una serie de insectos curiosos que, atraídos por la luz, zumban detrás de ella.

El gato pelusa se sienta a mis pies para observar el caos con una desaprobación vigilante. Mientras espero a que pasen los vendedores, dirijo la mirada hacia los edificios que coronan las estrechas y sinuosas calles que se adhieren al perímetro del templo, sobre la orilla inundada del río. En más de un tejado ondean banderines. Los rojos y los dorados brillan incluso bajo el crepúsculo. Sin embargo, a medida que aumenta la luz de la mañana, veo el contorno de los otros estandartes y se me hiela la sangre.

Hay multitud de banderas grises, que parecen camufladas en el sombrío cielo. Hay muchas más de las que creía. Desde mis aposentos en el templo, la cámara de la audiencia y el balcón desde el que me dirijo al pueblo, solo son visibles dos de estas banderas grises. Las demás están ocultas tras telas y vides trepadoras o por la arquitectura del propio templo. Hay tantas escondidas desde mi panorámica habitual que no puedo creer que sea una coincidencia. ¿Alguno de mis sacerdotes, tal vez el sumo sacerdote, habrá ordenado colocar esa decoración con el deseo de ocultarme esta amenaza creciente contra mí? ¿O serán los propios capuchas grises quienes han decidido, siguiendo su método, sin jefes ni rostros, ocultarme todo lo posible la fuerza que ha ganado su movimiento? En cualquier caso, se ha tomado la decisión sin que nadie me consultara.

—¡Fuera! —grita una voz detrás de mí, por lo que me giro con el corazón en la garganta.

Me encuentro con un hombre mayor cuyo ceño fruncido le arruga la curtida cara bronceada donde debería haber sorpresa y reconocimiento ante los símbolos que representan la corona y la túnica roja. Viste con lana andrajosa sin teñir, propia de los lugareños de las montañas occidentales, aunque el collar de perlas y los huesos de pájaro le identifican como uno de los miembros de los clanes cruzarríos.

El gato pelusa, con el lomo arqueado y el cuerpo rígido contra mi pantorrilla, avisa al hombre con un siseo. Levanto el cetro y doy un paso atrás. Abro la boca, pero nunca me he tenido que identificar ante nadie, y las palabras «¿Sabe quién soy yo?» se me paralizan en la garganta.

Entonces, levanta las cejas y se le iluminan los ojos: «¡Tú!». Esperaba encontrar una vergüenza repentina y un intento por compensar sus modales bruscos. Sin embargo, el hombre comienza a canturrear: «Pececito, pececito, ¿adónde has ido...?».

Un escalofrío me recorre los hombros cuando, al observar con atención sus rasgos temblorosos y la piel hinchada que le rodea los ojos, comienzo a entenderlo. No centra la mirada, no como lo hace una persona normal. En lugar de eso, sus borrosas profundidades observan más allá de mí... a través de mí.

«Afectado por la niebla».

No debe de ser peligroso o no se le permitiría deambular por el mercado, pero noto a continuación una chispa de miedo que me recorre la columna vertebral. Quizás no pretenda hacer daño, pero, si se tropieza o salta hacia mí…

Los estragos de las tormentas de niebla son, como mucho, impredecibles: diezman los cultivos, transforman las rocas sólidas o arrancan de raíz árboles tan ancianos que han conocido épocas en las que yo no era la única diosa sobre la superficie. Sin embargo, lo peor es lo que le hace a una mente sin protección.

El hombre, que aún se ríe entre dientes mientras mira a través de mí, sigue cantando con voz rota: «Dime la verdad, pececito, ¿eres el único?».

—Deje que le ayude, abuelo. —La palabra de cariño, incluso procedente de una extraña, parece aplacarlo y centrarlo un poco. Me trago el miedo, al mismo tiempo que meto la mano en distintos bolsillos para juntar varios reactivos de conjuros—. Permítame que le bendiga para que encuentre el camino de vuelta a su clan.

Se conoce a los cruzarríos por ocuparse de los afectados por la niebla, incluso de aquellos que han sido exiliados de su propio pueblo por ser demasiado difíciles de cuidar. Dicen que la vida en el agua es un bálsamo para las heridas provocadas por la niebla.

—El último pececito solitario que queda… —Pestañea y se interrumpe en mitad de la canción para mirarme, pero, cuando levanto la mano y abro la boca para comenzar el conjuro que espero que calme su mente inflamada, me corta con una estrepitosa carcajada—. Y, tan acostumbrada está a nadar con las hambrientas serpientes de río, que no sabe siquiera que está sola. —Se limpia los ojos, a la vez que se aguanta la risa, y los centra en mí con una mirada seria—. Es un honor conocer al último espécimen de algo, señora.

Un cosquilleo de alarma hace que me aumente el miedo ante su proximidad. La niebla no es maliciosa, es una fuerza de la naturaleza, la magia que quedó tras la creación del mundo. Solo se vuelve peligrosa cuando se acumula en las tormentas e, incluso entonces, sus efectos nunca son los mismos. Sin embargo, a veces, muy muy pocas veces, su roce trae, junto con la locura, un rastro de predicción...

Si los capuchas grises consiguen lo que quieren y me destronan del poder, quizás sea la última. «La última diosa presente en caminar por esta tierra».

Me inclino para acariciar al gato pelusa, quien tiene los músculos tensos, preparado para saltar. Cuando levanto la mirada, el hombre afectado por la niebla ha desaparecido. El mercado ha vuelto a su ajetreo y apenas veo más allá del denso círculo de personas que intenta evitarme. Cuando me giro para buscar al anciano, el círculo ondula como si una fuerza invisible lo empujara.

Con los afectados por la niebla, no hay forma de diferenciar los desvaríos alocados de las profecías hasta que ocurre aquello de lo que hablan. Incluso si me lo encontrara de nuevo, es muy probable que no se acordase de lo que ha dicho.

Me incorporo, tratando de que los espectadores más próximos no noten mi nerviosismo. La mayor parte del mercado flotante está formada por los cruzarríos, que están entre los más devotos y leales, pero aun así veo destellos grisáceos. Lo que comenzó como una serie de susurros hace unos años en las profundidades subterráneas es ahora un claro movimiento. Los capuchas grises. No dejaré que noten mi miedo.

Camino hacia delante y el círculo de espectadores se expande y se aleja, ya que tanto adultos como niños se distancian de mí.

La casa flotante de Quenti tiene un aspecto desordenado y ruinoso, como si hubiera comenzado siendo una choza de una habitación sobre una barcaza y se hubieran añadido salas y pisos aquí y allí según se fueron necesitando. Conociendo a Quenti, es probable que haya sido así.

Abro la puerta una rendija y me aclaro la garganta.

—Mi bendición para esta casa —digo a modo de tentativa, puesto que, como muchos otros cruzarríos, Quenti nunca ha sido demasiado formal. Además, vive en todo momento con media docena de niños del río, por lo que siempre peco de cautelosa cuando se trata de anunciar mi presencia.

Un aluvión de pies precede a una serie de exclamaciones contenidas. Levanto la mirada y me encuentro con un trío de caras redondas que me observan desde el descansillo del segundo piso. Cuando ven la corona entrelazada sobre mi cabeza, dos se sobresaltan y desaparecen de nuevo. La tercera, una chica, creo, aunque es difícil saberlo en la oscuridad, me observa con una curiosidad evidente.

—El mundo se acaba, es cierto. —No es la voz rota y agradable de Quenti. Entrecierro los ojos bajo la tenue luz para mirar a la joven que llega pisándole los talones a uno de los pequeños cruzarríos. Antes de descender las escaleras, se inclina para susurrarle algo al niño en el oído, quien se aleja de nuevo—. Bienvenida, Deidad. Le damos las gracias por la luz que nos trae hoy.

Habla con un tono firme y cauteloso, cuando el de Quenti hubiera sido cálido. En la tensión de sus palabras, hay una pregunta implícita que no se atreve a formular.

—He venido a ver a Quenti —le digo a modo de respuesta cuando llega al final de las desvencijadas escaleras—. Tengo que hablar con él en privado.

Duda, lo que me da tiempo suficiente para examinarla con mayor atención. Parece unos años mayor que yo y lleva las trenzas de las cruzarríos casadas, con el pelo negro entretejido con el plumaje iridiscente azul y cobrizo de la cresta de un cola flamígera. Esas plumas, junto a las pulseras brillantes de la muñeca y el tobillo, la identifican como miembro del clan de Quenti. La piel de color oliva en el escote de la túnica se oscurece en los hombros, lo que indica las horas que ha pasado en el agua bajo el sol, y los músculos del brazo sobre la barandilla me informan de que está más familiarizada con el río que con las costumbres del mercado.

El silencio se prolonga y veo cómo se le contrae el brazo musculoso. Entonces, me doy cuenta: no sabe cómo comportarse ante mí. Está paralizada entre el deseo de evitar ofenderme y el miedo a decepcionarme.

Cojo aire mientras trato de ignorar la abrupta punzada de vergüenza que me aguijonea el subconsciente, susurrándome: «¿Esperabas que se pusiera firme? Has pasado demasiado tiempo al amparo de guardias y sacerdotes…».

—¿Cómo te llamas? —le pregunto, deshaciéndome del aspecto autoritario que me he pasado años cultivando.

—Hiret, señora. —Traga saliva—. Soy la sobrina de Quenti. Esa es mi hermana, Didyet. —Mueve la cabeza sin mirar hacia la niña que sigue en lo alto de las escaleras, pero, al observarla con mayor atención, me percato de que no es tan pequeña como he creído en un principio. Es más joven que yo, pero no mucho.

—¿En serio? —Siento una placentera alegría que no tengo que fingir—. Conocí a tu madre cuando vivía entre los habitantes del río. Recuerdo que la «tita» viajó con Quenti durante una temporada. Hacía pirrackas. —La mujer es una nebulosa en mi memoria, como la mayoría de los recuerdos de antes de vivir en el templo, pero me acuerdo con una claridad cristalina del olor de la masa frita y la peligrosa sustancia similar a la lava que rezumaba la miel caliente.

Hiret abrió mucho los ojos. En la mejilla derecha tenía un conjunto de marcas de belleza bajo el ojo y su repentina sonrisa las hizo bailar.

—Eso debió de ser hace muchos años. La última temporada en la que estuvo por aquí, yo seguía aprendiendo a caminar por el río. Debió de ser antes... —Se detuvo, le desapareció la sonrisa y volvió a caer en la incertidumbre.

—Antes de que me convirtiera en la divinidad —terminé por ella, más acostumbrada a hablar de esos oscuros años entre mi época y la del receptáculo previo de lo divino—. En aquel entonces, tu tío se portó muy bien conmigo, cuando no era nadie, y, desde ese momento, siempre lo ha hecho. Siento haberte asustado, Hiret, pero debo hablar con él. Quiero pedirle una embarcación y que me proporcione algunas personas de tu pueblo. Debo hacer un peregrinaje pronto.

Hiret mira más allá de mi persona al percatarse de mi urgencia, al mismo tiempo que se da cuenta de que no me acompaña la media docena de guardias que me suele seguir. Por unos instantes, nos reconocemos, una pizca de la chica que hay en ella percibe la que hay en mí, esa que mantengo escondida bajo coronas y túnicas.

—Mi tío está enfermo —susurra.

—¿Enfermo? —Se me encoge el pecho porque su tono grave me informa de que no es un resfriado pasajero—. ¿Qué...?

—La niebla... —Hiret desvía los ojos hacia la parte superior de las escaleras, más allá de su silenciosa hermana, como si pudiera estirar y doblar la mirada por el estrecho pasillo y entrar en la habitación que ocupa su tío. El movimiento apenas oculta la pena de sus rasgos afilados y expresivos—. Últimamente se le hinchaban los tobillos, y se los estaba aliviando con el barro del río cuando, de pronto, se formó una tormenta desde el bosque marino.

—¿Está...? —Recuerdo al hombre afectado por la niebla que canta canciones de peces y trato de imaginarme a mi viejo amigo en su lugar.

—Tiene la mente tan rápida como siempre, pero... Venga.

Hiret se da media vuelta y me muestra el camino por las desvencijadas escaleras, ahuyentando enfadada a Didyet cuando llega a lo alto. La habría conocido incluso si Hiret no nos hubiera presentado porque su rostro es la copia más suave y redondeada del de su hermana, aunque no tiene la costelación de marcas de belleza en la mejilla y no lleva el pelo trenzado, sino en forma de medio halo, grueso y rebelde, alrededor de la cabeza. La chica me devuelve la mirada, mostrándome de otra manera que no es como su hermana, con una boca hosca y tensa, enfadada.

—¿Qué va a poder hacer ella? —murmura Didyet, como si le hiciera una confidencia a Hiret, a pesar de decirlo lo bastante alto para que lo oiga. No se mueve de su sitio, por lo que me obstaculiza el paso, ya que no puedo rozarla—. No puede detener las tormentas de niebla. No puede cuidar a los afectados por ellas. Ni siquiera es, en realidad...

—¡Didyet! —exclama la hermana mayor para interrumpirla, con tanta vehemencia y horror que la joven se detiene en mitad de la frase. Una chispa de miedo traspasa su bravuconería.

Hiret permanece en un silencio afectado, tan paralizada por la blasfemia que su hermana ha estado a punto de decir que tiene que tomar aire para volver a hablar.

—No quiero verte mientras la Deidad esté por aquí, ¿lo entiendes? —Aunque utiliza un tono bajo y calmado, sus palabras encierran una promesa tan ominosa y autoritaria que por poco yo misma doy un paso atrás hacia las lejanas literas—. Ve a decirle a los otros niños que deben permanecer sentados en su habitación o no habrá tiempo de visitar el mercado esta tarde.

Al oír el ligero énfasis en «los otros niños», Didyet se tensa de una manera en la que solo lo haría alguien que lucha entre la infancia y la independencia. Sin embargo, me parece que la voz de la hermana es más intimidante que la túnica y el cetro de una diosa. Pasea la mirada entre Hiret y yo un par de veces antes de darse la vuelta para huir por la tambaleante escalera hacia el piso superior. Mientras asciende, me percato de que no lleva los tobillos decorados con las perlas y los brazaletes brillantes del clan. En lugar de eso, solo porta un trozo de tela, atado con fuerza como una tobillera gris.

Me da vueltas la cabeza. «Es muy joven. ¿Cómo puede pertenecer ya a los capuchas grises?».

Hiret suelta aire a toda velocidad y se gira para mirarme. El rubor del enfado (o la vergüenza) es visible incluso a través del bronceado de las mejillas.

—Deidad, yo...

—No pasa nada —murmuro, olvidando las clases de dicción, demasiado centrada en no permitirme pensar en la tobillera gris—. Hiret, ¿cuándo pasó tu madre bajo el río?

—Eh... —La sorpresa se impone a la consternación—. El día del Festín del Muerto, hará diez años.

—Que camine con ligereza —murmuro, invocando el breve comienzo de mi bendición. «La pena», pienso distante. «Didyet perdió a su madre y por eso da su apoyo a los capuchas grises, por eso busca a alguien a quien culpar».

—¿Cómo...? —Hiret pasea los ojos entre mi persona y el cetro, con el ceño fruncido, como si una parte de ella creyera que la magia me permite leerle la mente, aunque eso es imposible.

—Llevas bastante tiempo cuidando de tu hermana —le digo con una sonrisa en la voz que quizás se me refleje en la cara—. Solo las madres conocen ese tono particular.

«Y los sumos sacerdotes», pienso, incómoda, al imaginarme la reacción de Daoman cuando descubra que he desaparecido y mis guardias no se han percatado.

En los labios de Hiret aparece una rápida sonrisa a modo de respuesta, pero después desaparece.

—Sígame, está justo aquí.

Echa a un lado una cortina en uno de los umbrales y se retira con la cabeza inclinada, dándome espacio suficiente para deslizarme dentro sin arriesgarme a tocarla. Asiento y se me corta la respiración cuando veo al hombre tumbado en el catre ante mí.

Las llagas le recorren la piel desde el borde de la sábana hasta la nuca, y allí el pelo, antes ya debilitado, ha desaparecido en algunas zonas. Su expresión refleja dolor incluso mientras duerme, y tiene una respiración superficial e irregular. Ante mis ojos aparece rápidamente su imagen la última vez que lo vi, con la cara redonda surcada de arrugas y líneas de expresión provocadas por la risa. Trago la bilis que me sube por la garganta antes de que la visión desaparezca.

Las pústulas no se parecen a nada que haya visto antes, aunque he hecho muchos peregrinajes y ayudado en todo lo posible a los afectados por la niebla en lugares tan al oeste como las propias montañas. Las ronchas no surgen del interior, producidas por la infección y la enfermedad del propio cuerpo, sino que parece que algún escultor retorcido le haya fundido la piel, cambiándole la forma desde el exterior antes de volver a colocarla en torno al cráneo de Quenti.

«No me puede ayudar».

La idea me provoca una oleada de culpabilidad por pensar siquiera en la misión mientras observo el deterioro de mi viejo amigo, alguien que se preocupó por mí de la manera en la que lo habría hecho mi familia si me hubieran permitido tener una tras mi designación.

Pero no tengo otra opción excepto pensar en ella, ya que debo anteponer los propósitos a los sentimientos porque, si no, la niebla será lo único que le quede a mi pueblo. Nuestros dioses nos abandonaron hace siglos para vivir sin preocupaciones en sus tierras de las nubes. Ahora solo quedo yo.

Debo de haber emitido algún sonido porque la voz de Hiret surge detrás de mí, serena por la empatía y la pena compartida:

—Creo que a veces desearía que la niebla le hubiera deformado la mente.

Cuando la miro, el rostro destrozado de Quenti me arde en la mirada, tanto que por un segundo veo las heridas superpuestas en la cara de Hiret, lo que eclipsa la constelación que tiene en la mejilla. Siento un escalofrío y vuelvo a la realidad.

—Haré lo que esté en mi mano —consigo decir mientras las palabras se me escapan en forma de áspero graznido.

Hiret asiente, y la gratitud le curva los labios. Sin embargo, en sus ojos veo algo más y no puedo evitar pensar en lo que ha dicho su hermana mientras subía las escaleras.

Es cierto que no puedo curar a los afectados por la niebla. La divinidad anterior a mí sí podía. La curación fue el aspecto que se manifestó en ella poco después de su designación. Se pasaba mucho tiempo lejos del templo, viajando a pueblos remotos, colocando las piedras guardianas que mantenían a raya la niebla y cuidando a aquellos que tenían la mala suerte de verse sin protección en mitad de una tormenta.

Pero yo... yo solo puedo atenuar el dolor durante un tiempo, poco más de lo que puede hacer una hechicera protectora decente con un conjuro de curación.

Apoyo el cetro sobre la pared y le digo al gato pelusa enroscado en mis tobillos que necesito espacio. Entonces, dispongo los reactivos para hacer la magia que puedo ofrecer. Habría sido una maga poderosa si la divinidad no me hubiera elegido como su receptáculo. Ahora mis habilidades parecen insignificantes para aquellos que necesitan un milagro.

Hiret permanece callada mientras trabajo. En un momento dado, dirijo los ojos hacia ella y me la encuentro acariciando con una mano el lomo del gato con lentitud, rítmicamente, al mismo tiempo que mira a la nada. El animal me observa y parpadea con las orejas planas para indicarme su desagrado ante el desarrollo de la situación. Coge aire en profundidad y lo suelta con un ronroneo poco entusiasta y estrepitoso.

Hiret sabe que lo que ha dicho su hermana es cierto. No puedo curar a los afectados por la niebla. No puedo detener las tormentas y, aunque no sé si otras deidades anteriores a mí podían, ninguna lo necesitaba con tanta urgencia. Las tormentas se forman ahora con mucha violencia, de repente, y su frecuencia ha crecido cada año que ha pasado. Aun así, recuerdo, a pesar de mi juventud, un momento en el que los magos eran capaces de sentirlas antes de que comenzaran, un tiempo en el que era seguro viajar por las orillas del río, más allá de las piedras guardianas.

—Ha dicho que venía buscando una barca. —La voz de Hiret es distante y rítmica, igual que las caricias al gato.

—Eso era antes de que supiera que estaba... —Mantengo los ojos fijos en mi tarea, con un nudo tan grande en la garganta que apenas puedo hablar—. Eso era antes.

—Quenti le habría ofrecido todas las barcazas y los miembros del clan que necesitara. Yo no tengo esa autoridad, pero... puedo hacer otra cosa por usted, señora. No puedo abandonar a mi tío, pero mi marido es un zancudo tan listo como yo, igual que mi hermano.

La esperanza, muy luminosa en comparación con la oscuridad que la rodea, titila.

—¿Pueden tomarse tiempo libre? ¿No los necesitáis?

Hiret hace una pausa antes de decir con voz tranquila:

—Ha venido sin guardias. —Pone énfasis en cada palabra para darle mayor significado.

El hechizo que he estado invocando centellea y se me desvanece sobre las yemas de los dedos, manchando de hueso en polvo y hierba vieja la alfombra. Cuando levanto la cabeza,

Hiret ya no tiene la mirada perdida, sino fija en mí, con los ojos color avellana reflexivos y apasionados.

—Ha venido sola —dice— y ha pedido algo que le podían haber conseguido los sacerdotes y el Congreso de Ancianos mil veces, cada barca cargada hasta rebosar de regalos. En lugar de pedírselo a ellos, ha venido aquí, a su viejo amigo, con la esperanza de que le dé una única embarcación.

—Hiret, yo... Te diría por qué...

Niega con la cabeza, con una mirada transparente.

—No necesito una explicación. La mitad de sus Ancianos tienen los corazones grises, incluso aunque lleven túnicas que digan lo contrario. Si esos que son lo bastante necios y temerosos como para apagar nuestra única esperanza desean detenerla a la hora de completar esa misión secreta, entonces quiero ver cómo la lleva a cabo.

Impregna de tanta convicción su voz que me conmueve hasta el punto de no poder hablar. Acabo mirándola con los ojos y la boca muy abiertos, como un niño hambriento frente a un puesto que vende pirrackas.

—Están locos —dice Hiret, desprendiendo de nuevo esa señal de reconocimiento, como si, en algún lugar debajo de la apariencia de diosa, viera a la chica a la que apartaron del lado de su madre para que el sumo sacerdote la vistiera con el carmesí divino, hace muchos años—. Usted, Deidad, es la única luz que tenemos contra este mundo oscurecido. Se han olvidado de lo que es vivir sin piedras guardianas, pero tenemos buena memoria. Nos acordamos de por qué nuestros ancestros se acercaron al río y confiaron en la protección de las aguas que fluyen desde el templo hasta el mar. —Se arrodilla y se toca los ojos con las manos, formando un gesto antiguo poco común de piedad y devoción—. Los habitantes del río están con usted, Nimhara. Siempre.

—Gracias —susurro, aún un poco aturdida.

Entonces, se marcha para buscar a su hermano y su marido tras prometerme que enviará a otro de los miembros del clan para que, cuando esté preparada, me escolte de vuelta a casa a través de las multitudes crecientes del mercado.

Me quedo en silencio, a excepción de la respiración jadeante del hombre tumbado en la cama, a mi lado. Con cuidado, recojo los reactivos del hechizo de curación de las sábanas y comienzo de nuevo, aunque ahora apenas noto la invocación o el poder que canalizan.

«Los habitantes del río están con usted… Siempre».

Aun así, no puedo olvidarme de la ira que he visto en la cara de la hermana de Hiret, un rostro tan similar al suyo, a excepción del miedo y la rebeldía. He visto la manera en la que ha cuestionado la fe de Hiret, y sé lo que habría dicho si su hermana no la hubiera detenido.

«Ni siquiera es, en realidad, la Deidad».

DOS
NORTH

La reunión del consejo se alarga hasta adentrarse en su segunda hora, y siento la abrumadora necesidad de aclararme la garganta, como si tuviera que comprobar que me sigue funcionando la voz. En lugar de eso, cojo una botella de agua y le doy un largo sorbo. Cierro los ojos durante unos instantes para intentar relajarme. Entonces, me pregunto si ahora sentiré ganas de hacer pis en mitad del discurso.

Considero, no por primera vez, la posibilidad de posponer la disertación otro mes más, pero es el momento perfecto (el espectáculo aeronáutico de Alciel comenzará en unas horas). Podría enseñarles lo que sé, lo que puedo hacer, si me dieran su apoyo.

Por todas las caídas celestiales, tiene que funcionar. Tienen que ver lo que yo veo.

El mundo exterior pasa en forma de nebulosa plateada mientras nos precipitamos a casa, al mismo tiempo que el tren serpentea alrededor de la isla. Aún nos queda una hora de viaje, interrumpida por una parada en Puerto Camo. Para cuando lleguemos a palacio, mi destino ya estará decidido.

Mi madre de sangre, Beatrin, mi abuelo y los ocho consejeros están sentados en torno a una pulida mesa de conferencias mientras estudian los gráficos 3D que se proyectan sobre ella y escuchan con atención cómo el consejero Poprin habla de manera monótona sobre la reclamación acuosa. Estoy de pie a un lado, a la espera de que llegue mi turno de palabra. Al otro lado del vagón está mi madre de corazón, Anasta, quien, estoy bastante seguro, está aquí para ofrecerme su apoyo moral. Si supiera lo que voy a decir, es probable que no me dedicara una sonrisa tan alentadora, pero, a diferencia de mi madre de sangre, Anasta siempre piensa bien de mí. Creo que está encantada con que haya pedido dirigirme al consejo, en lugar de que Beatrin me asigne un tema para apañármelas como buenamente pueda en nombre de mi educación.

Bajo la mirada y, de manera sutil, giro la banda del crono para colocar la esfera sobre el pulso y poder echarle una mirada furtiva a los mensajes que lo hacen vibrar contra mi piel.

MIRI: ¿Qué tal va la reunión, principito?
MIRI: ¡Está a punto de llegar el gran momento!
MIRI: ¿Estás nervioso?
MIRI: Sería horrible que estuvieras nervioso.
MIRI: ¿Te pones nervioso si sigo diciendo la palabra «nervioso»?
MIRI: (Es broma, no te pongas nervioso, lo vas a petar).
SAELIS: Tú puedes con esto, North. La presentación te va a salir genial.
SAELIS: Lo único que tienes que conseguir es que te escuchen, y después seguro que aceptan.
MIRI: ... conseguir que te escuchen.
MIRI: Retiro todo lo anterior, estás perdido.

MIRI: Quiero decir, ¡vengaaa, North! \o/

SAELIS: ¿Qué es eso?

MIRI: Soy yo, animándole.

SAELIS: ¿Ese círculo es tu cabeza?

MIRI: Por supuesto.

SAELIS: Entonces, ¿no debería ser \O/? Tu cabeza es mucho más grande.

MIRI: Mmm, cierto. Tengo una melena increíble.

Reprimo una sonrisa, pero Miri no se equivoca sobre el problema: conseguir que el consejo me escuche nunca es fácil y hacer que esta idea despegue va a ser un desafío extraordinario. Aun así, he practicado el discurso hasta la muerte. He estado ante el consejo en un montón de ocasiones, dos veces al año desde que tenía doce años, pero nunca me ha importado tanto como ahora. No creo que haya deseado nada con esta intensidad ni que haya estado nunca tan seguro de que tenía razón.

—Gracias, Poprin, por el exhaustivo informe. —La voz de mi madre de sangre es suave y se cuela en la conversación como un alanegra en una bandada de gorrigorros. Con eso quiero decir que es elegante, mientras que los demás pierden los nervios y se agitan en un esfuerzo por demostrar que le están prestando atención. Beatrin nunca habla demasiado alto, pero cada palabra parece haber sido seleccionada con cuidado, haberse formado de la manera que pretende. Sus palabras son tan precisas como la pintura dorada que le recorre las mejillas y la identifica como parte de la realeza, tan bien esculpidas como su pelo negro y brillante.

Por lo general, mi propia pintura se habría desvanecido hace horas al apoyar el puño en la mejilla de una forma que mi madre de corazón, Anasta, llamaría «postura poco principesca». Sin embargo, hoy he tenido cuidado. Haré lo que sea para convencerles de que se suban al carro.

—Su alteza —dice con seriedad mi abuelo, con una expresión solemne y una sonrisa en los ojos.

—Su majestad —contesto, alejándome de mi posición cerca de la pared y dirigiéndome al espacio libre en la cabecera de la mesa. Vuelvo a sentir la necesidad de aclararme la garganta. Uf...

Allá voy. Es la hora de que les demuestre que no solo tengo pájaros en la cabeza.

—Su majestad, sus altezas, estimados miembros del consejo —comienzo a decir.

Mis madres, mi abuelo y la mitad del consejo me miran mientras la otra mitad comprueba los archivos para ver qué hay a continuación. Sin embargo, Talamar tiene los ojos oscuros, tan parecidos a los míos, fijos en mí y me dedica un pequeño asentimiento de ánimo. Por eso, cojo aire y comienzo a decir las palabras que he ensayado.

—Las grandes cámaras de palacio han vivido incontables horas de debate sobre el problema de la altitud. Sé que este consejo nunca ha llegado a un acuerdo sobre la cuestión de si las islas se hunden o no. Quizás ese acuerdo (a favor o en contra) esté a años de distancia. Sin embargo, hay una razón para que sea así: no sabemos lo suficiente acerca del problema.

»Una cosa en la que estamos de acuerdo es que, desde la Ascensión hace siglos, hemos perdido el conocimiento que teníamos en el pasado sobre nuestros motores. No sabemos cómo mantienen el archipiélago en el aire, solo que lo hacen. No sabemos cómo se reparan, solo que lo hacen. Lo más importante de todo, no sabemos si pueden continuar haciéndolo para siempre. Quizás, mientras hablamos, estén fallando, lo que haría que las islas se hundieran, o tal vez ese día pertenezca a un futuro muy lejano. En cualquier caso, creo que hay una cosa más en la que estaremos de acuerdo: no podemos permitirnos esperar hasta que el problema se agrave para empezar a solucionarlo. Necesitamos recuperar el entendimiento sobre los motores celestiales o un día fallarán sin que los podamos reparar y será demasiado tarde para hacer nada al respecto.

Ahora todos me prestan atención. Las discusiones acerca de si las ciudades se hunden han causado más encontronazos que cualquier otro tema en la mesa del consejo. Si declaro mi posición en ella, entonces querrán saber de qué lado estoy.

Talamar rompe el silencio cuando levanta el inhalador para tomar una bocanada rápida y sibilante. Mi madre de sangre me observa con una mirada que dice: «Será mejor que lo arregles». Habría preferido que se lo contara antes de hacerlo público, pero, si lo hubiera hecho, habría tenido la oportunidad de detenerme.

Sigo adelante, aprovechando el silencio, porque sé que, en un minuto, no seré capaz de callar a nadie.

—Hace dos años, justo después de que fuera elegido, el consejero Talamar propuso una expedición a Allí Abajo. —Todos alrededor de la mesa levantan las cejas. Un par de consejeros se inclinan en la silla, interesados, y mi madre de corazón cierra los ojos porque las alocadas ideas de Talamar son lo último en lo que quiere que me involucre.

—Dijo que la única manera de recuperar lo que hemos perdido es volver al lugar de dónde provenía —continúo—. Nuestros ancestros construyeron Alciel ahí abajo. Lo lanzaron al cielo desde allí. En algún lugar entre las ruinas, es probable que la Academia Real encuentre pruebas que nos informen de cómo lo hicieron.

Incluso ahora, en estos instantes, el corazón me palpita con mayor fuerza solo de pensarlo. Ir a Allí Abajo, ver el lugar donde empezó nuestra historia, caminar por los mismos sitios de donde procedían nuestros ancestros..., visitar un territorio de fantasmas, vacío de personas, pero lleno de historias olvidadas.

—Eso sería fascinante. —Es mi madre de sangre la que me interrumpe con la delicadeza de un cuchillo afilado—. Por desgracia, los miembros de la Academia morirían porque todo Allí Abajo, partiendo de los insectos, es una amenaza para la vida. En el caso muy poco probable de que consiguieran defenderse, no habría forma de que regresaran. Perderíamos su, sin duda, valiosa perspectiva, North.

«Allá voy».

—Es cierto, Su alteza —digo, de la manera más respetuosa que conozco—. Sé que es peligroso bajar allí, pero ¿qué ocurre con la posibilidad de descubrir lo que sabían? En eso puedo ayudar. He descubierto una manera de regresar al cielo desde Allí Abajo.

La sala explota. Todos comienzan a hablar por encima del resto y los únicos que permanecemos en silencio somos mi madre de corazón, mi abuelo, Talamar y yo. Anasta no puede hablar en las reuniones del consejo, por lo que se muerde el labio, pero sé que vamos a tener una conversación sobre esto después. Su majestad simplemente se reclina en la silla mientras me estudia, reflexivo, como si siguiera decidiendo su opinión sobre lo que estoy diciendo.

Mirar a mi abuelo es como mirar una versión más anciana de mí mismo, con el pelo negro convertido en canas, pero igual de rebelde a pesar de las décadas de diferencia. Tenemos la misma nariz aristocrática, las cejas espesas y la piel de un suave color moreno. Cuando era pequeño, me fascinaba su rostro. Incluso entonces, parecía distinto a la mayoría. Alisarle las arrugas o recogerle la piel que le cae alrededor de la barbilla llevaría una o dos horas como mucho, pero, a diferencia de la mayoría de los residentes de Alciel, nunca ha acudido a la tecnología médica para que haga su magia. Lleva la experiencia escrita en el rostro, cada arruga cuenta una historia, y eso me gusta.

Talamar, por otra parte, se ha aprovechado de todo lo que la tecnología médica tiene que ofrecer. Una enfermedad cuando era joven le había dejado los pulmones dañados de manera permanente y con un dolor del que no le gusta hablar. Sin embargo, nunca parece restarle energía, aunque solo lleva luchando contra el resto del consejo un par de años. No han tenido tiempo suficiente para agotarlo.

Justo ahora, muestra una amplia sonrisa y disfruta de la conmoción, pero ya sabía lo que iba a decir. Mis madres quizás me hayan criado, pero él es mi biodonante, un hombre que ni siquiera debía identificarse, pero que me entiende de verdad. Al menos, en este tema. Durante años, no supe nada de él. Le permitían que me enviara regalos, pero sin darme su nombre.

Cuando cumplí cinco años, el modelo de un planeador desencadenó mi fascinación prohibida por el vuelo. Con diez, un vídeo de ciencia ficción en el que una nubenave imposible aterrizaba en Allí Abajo, sobre la superficie real, me produjo un entusiasmo que nunca ha desaparecido, a pesar de que los animales salvajes contra los que tenían que luchar los exploradores náufragos me provocaron pesadillas durante semanas. Al desenmascararse como mi biodonante cuando tenía quince años, sentí que ya lo conocía.

Ahora, Talamar asiente mientras vuelve a levantar el inhalador, y los ojos se le arrugan en una sonrisa. «Vamos», me incita su mirada. «Puedes hacer que vean lo que ves».

Entonces, cojo aire y levanto la voz para interrumpir las discusiones a mi alrededor.

—Estimados miembros del consejo —trato de decir, lo que atrapa a algunos de ellos—. Su majestad —continúo en voz alta—. Sus altezas.

El último, Damerio, un escéptico profundo, guarda silencio mientras me mira con los ojos muy abiertos. Solo espera la oportunidad de lanzarse en su discusión favorita. Me apresuro a continuar antes de que lo intente.

—Todos han asistido a los festivales del aire aquí, en Freysna. Todos han visto las escenas peligrosas y las carreras. Todos saben que el mejor planeador es el Celestante. Es más rápido y ágil que cualquiera de los otros, su piloto es el más habilidoso y su diseño, simplemente, mejor. Tal vez sepan que la mitad de los ingenieros de la Academia renunciarían a sus prácticas por tener la oportunidad de conocer a ese piloto y pasar una hora mirando la maquinaria.

»Bien, yo conozco a ese piloto. Sé por qué el Celestante es mucho mejor que cualquier otra cosa en el aire: porque su motor utiliza la tecnología extraída de los motores celestiales.

La voz de Beatrin desprende tranquilidad cuando habla. ¡Miedo me da!

—Eso sería ilegal —anuncia—. Los motores no se pueden tocar.

—No es ilegal, es práctico —replico—. No sabemos siquiera para qué sirven la mitad de las piezas de los motores o si son necesarias. El piloto ha estado trabajando en un nuevo tipo de motor y, con la tecnología del Celestante, ha podido construir una nubenave capaz de dejar a un piloto en la superficie de Allí Abajo y regresar a Alciel sano y salvo. Con fondos y el apoyo de la Academia, podría tenerlo listo el año que viene por esta época.

—¡Imposible! —El consejero Damerio, al fin, pierde los nervios y grita su respuesta mientras se pone en pie y se hincha como una gorrigorra de cola amarilla que intentara impresionar a su pareja. Su pelo ahuecado siempre me ha recordado a un conjunto de plumas, y las mejillas rollizas y la boca ancha no hacen más que aumentar la sensación de que es una pequeña ave vanidosa—. Su alteza, lo digo de manera respetuosa, pero con esa idea pondríamos en peligro los motores por una fluctuación totalmente natural de la altitud, y tendríamos que confiar en un renegado piloto de planeador que juguetea con nuestros motores...

—Cierto —dice por fin mi abuelo, y la voz del rey acalla al instante la de Damerio—. Dime, North —me pide con lentitud—, ¿cómo has conocido a ese piloto?

Veo en su firme mirada que ya sabe la respuesta. «Confía en mí», le suplico en silencio mientras lo miro. «Préstame atención. Puedo hacerlo».

Si no funciona, estaré a punto de rechazar aquello que más me importa en el mundo. Pero funcionará, tiene que hacerlo. Cojo aire.

—Sé que se puede hacer —respondo— porque yo soy el piloto y el ingeniero del Celestante. Puedo construir esa nubenave y me presento voluntario para pilotarla.

La sala se convierte en un caos mientras los consejeros se ponen de pie, levantan la voz y media docena de vídeos desde los cronos se empujan para hacerse sitio sobre el cuadrado de proyección en la mesa.

—Ya ha habido años así —grita Damerio, a la vez que hace gestos apasionados sobre su gráfica de barras—. No nos estamos hundiendo.

Talamar está de pie, codo con codo, junto a Gabriala, la consejera de una de las islas más pequeñas, y sus voces se entremezclan.

—Las islas pequeñas se están hundiendo más rápido que...

—No puedes simplemente rechazarnos cada vez que...

Estoy en medio de todo esto, con la boca medio abierta, observando la escena como si me encontrara fuera de mi propio cuerpo. Es la misma discusión que llevan años teniendo. Con las mismas palabras. Nada de lo que he dicho ha hecho mella, incluso los que creen en la pérdida de altitud no hablan sobre la nubenave ni la invención, creación o descubrimiento. Solo gritan el mismo discurso anticuado.

Les he entregado el Celestante y se han olvidado de mí en un santiamén. Una mano me sujeta la muñeca y, al girarme, veo a Anasta, quien me mira con los ojos como platos y la boca temblorosa. Mi madre de corazón siempre ha encontrado la manera de aplaudir todo lo que he intentado, pero ahora mismo parece a punto de desmayarse. Cuando me dirige en silencio hacia la puerta que lleva a los aposentos reales, no me resisto, ni siquiera cuando veo que mi madre de sangre nos observa enfurecida.

Nadie, excepto mi abuelo, se da cuenta de que nos marchamos. Anasta ni siquiera espera a llegar a la habitación de mis madres, sino que se detiene en el pasillo, me suelta la muñeca y se reclina contra la ventana como si necesitara apoyo. Detrás de ella, se extiende el azul claro del cielo hasta el infinito, excepto por un banco de nubes que se cierne como una montaña salida de un cuento, preparada para derrumbarse y enterrarnos a todos.

—North —vocifera Beatrin detrás de mí, y me giro para poder mirarlas a las dos—, no lo dirás en serio, ¿verdad? No sé ni por dónde empezar: el engaño, los riesgos que has corrido, la decisión de desafiarnos delante de todo el consejo… Nunca me he sentido tan decepcionada.

Anasta ha enterrado la cara entre las manos y habla a través de ellas, aún recuperándose:

—¿Cuándo lo has hecho? —pregunta con voz temblorosa—. ¿Mientras se suponía que estabas estudiando? ¿Era esta tu investigación? Sabes lo valioso que eres, no solo para nosotras, sino para Alciel. —Cuando baja las manos, le brillan los ojos—. Si algo te ocurriera, North… Cuando te imagino ahí arriba, en el cielo, sin que nadie supiera que necesitabas estar a salvo, planeando sobre la nada…

—Estaba a salvo —protesto, tratando de alejar la réplica de mi contestación y sabiendo que no lo he conseguido—. Se me da bien. Soy el mejor, Anasta. Durante años me has dicho que busque la manera de contribuir al reinado, y ahora…

—¡No puedes contribuir si mueres! —me espeta Beatrin—. Necesitamos un ejército entero de tecnologías médicas para que nacieras. ¿Qué crees que pasará si el heredero muere y se acaba el linaje? Eres el príncipe de las Siete Islas, segundo en la sucesión al trono de Alciel y guardián de la luz. Tu deber principal es continuar con el linaje. El momento en el que este tren llegue a palacio, le contarás a seguridad dónde está ese planeador y se lo llevarán a la Academia. En ninguna circunstancia volverás a pilotar esa cosa.

Una descarga me recorre el cuerpo.

—¡No puedes hacer eso! —grito, enviando a tomar viento el autocontrol. De todas maneras, no me ha servido de nada—. No soy un niño, Beatrin, no me puedes confiscar los juguetes. No puedes prohibirme hacer nada. El Celestante es mío y, si piensas que voy a abandonar…

—¡Eres mi hijo! —chilla, perdiendo su famosa calma por completo—. Además, puedo prohibiros a ti y a todas las personas de Alciel hacer cualquier cosa. Tu abuelo es el rey, North, y, seas heredero o no, eres su súbdito. Harás justo lo que se te ha pedido.

Se producen unos instantes de silencio mientras trato de asimilarlo, al mismo tiempo que el corazón se me acelera y se tambalea. Sabía que existía la posibilidad de que no me escucharan. Sabía que cabía la posibilidad de que saliera mal. Sin embargo, ahora que estoy aquí, ahora que veo que mi sueño se desmorona, no sé qué decir.

En medio de ese silencio, mi crono vibra con suavidad al recibir la notificación de un mensaje y Anasta fija los ojos en él.

—Ah —dice con delicadeza—. Ya veo. No lo has hecho solo, ¿verdad? Te han ayudado tus amigos.

—¿Qué amigos? —pregunta Beatrin.

—El hijo del tutor —murmura Anasta. «Saelis»—. Y la hija del canciller. —«Miri».

—No los metas en esto —digo con la misma delicadeza—. Anasta, no.

—Lo siento —contesta—, pero tiene que acabar. Esa fijación con ellos ha ido demasiado lejos, North. Algún día, tu abuelo subirá a las nubes y tu madre será la reina... Cuando le llegue la hora y lo siga, tú serás el rey. Un rey no puede formar parte de un trío. A eso estamos llegando, ¿verdad? Por eso tenían ganas de ayudarte a hacer esa estupidez, por eso has comenzado a hacerlo en un principio. Crees que te quieren... y estás presumiendo ante ellos.

—No estamos hablando de eso ahora mismo —le digo, intentando ignorar el ardor en las mejillas porque no voy a hablar de mi vida amorosa con mis madres, sobre todo hoy—. Cuando haya algo que decidir, lo haré solo. Sin consultar las antiguas tradiciones y toda esa basura conservadora.

Beatrin abre la boca y se traga las palabras cuando Anasta niega con la cabeza. Mi madre de corazón siempre es la que se encarga de darme las noticias que no quiero oír.

—No se trata de nosotras —dice— o de lo que creamos. El monarca forma una pareja porque añadir a una tercera persona sería añadir una complejidad desesperante a la política del archipiélago, North. Solo mira lo que ocurrió con Talamar.

—¿Qué pasa con él? Su isla lo eligió miembro del consejo.

—Sí, pero solo después de que los periodistas revelaran que era tu biodonante. Le eligieron precisamente para ese puesto porque no tenía importancia política ni influencia para formar parte o ir en contra del trono. Ahora tiene un puesto en el consejo porque su isla espera que su conexión contigo les favorezca. Y lo peor es que quizás sea así.

—Sé mantener las relaciones personales separadas de la política —replico mientras trato de ignorar el hecho de que ahora mismo estoy en medio de una discusión política con mis dos madres.

—No puedes controlar los chismorreos —comenta Beatrin con un tono áspero—. La preservación del linaje real es nuestra tarea más importante, North. Además, lo que Anasta, por ser demasiado dulce, no se ha atrevido a decir es que, si formas un trío que incluya al hijo del tutor, siempre habrá dudas sobre quién es el padre de tu heredero, sin importar las pruebas que presentes.

—¿Qué más nos da si no le importa a nadie más en el archipiélago? —pregunto—. Si el propietario de una de las compañías más grandes de tecnología forma parte de un trío, nadie le pregunta quién es el padre del heredero. Se cría a los niños y ellos heredan.

—La familia real no es una compañía de tecnología —responde Beatrin—. Las reglas son distintas para nosotros porque somos diferentes.

Quiero enfrentarme a ella, pero no sé cómo. Tras todo lo que acaba de ocurrir en la sala del consejo, las ofensas no dejan de acumularse y amenazan con hacerme caer de rodillas.

—Esto ha ido demasiado lejos. No sé ni por dónde empezar —continúa—. Que sugieras ser tú, entre todos, el que puede ir a Allí Abajo… Nadie ha vuelto, North, porque es el camino a la muerte. Devolverás el planeador y no volverás a ver a esos dos amigos tuyos, ¿está claro?

Se me escapa el aire de los pulmones y solo me queda mirarla.

—Estás de broma —contesto débilmente. De todas las cosas que he pensado que ponía en riesgo, Miri y Saelis nunca estaban en la lista. Son mis mejores amigos. Hasta hoy pensaba que serían algo más. Incluso si eso fuera imposible, no quiero perderlos nunca.

—No puedo ir más en serio —dice con calma—. Ahora vamos a volver a esa mesa y a intentar sacar algo de este fracaso, ¿está claro?

—Sí —murmuro mientras los pensamientos se me paralizan como si tuviera un cortocircuito en la cabeza—. Yo, eh... Dadme un segundo. Tengo que ir al baño.

—North... —comienza a decir Beatrin, pero Alasta le posa una mano tranquilizadora en el brazo.

—Te vemos en un minuto, North —dice mi madre de corazón.

Asiento y las veo desaparecer por la puerta. De ella brota el ruido de la discusión, pero este se acalla cuando se cierra.

Me quedo mirando el emblema que hay allí pintado, el escudo de mi familia. Es una isla del cielo estilizada, sujeta por un par de alas. La parte inferior de la isla es suave y la parte superior, una línea irregular que representa los edificios. En este momento, esa isla parece demasiado pequeña.

Ocupo el lugar de Anasta, me inclino contra el cristal de la ventana, caliente por el sol, mientras me tiemblan las manos, a la vez que trato de comprender lo que acaba de ocurrir. En un cuarto de hora, he perdido el planeador, a mis mejores amigos y la libertad.

Entonces, noto una ligera sensación de empuje cuando el tren reduce la velocidad de alta a media, lo que significa que nos acercamos a Puerto Camo, la última parada antes de palacio.

Sin pensarlo, me apresuro por el pasillo, por delante de las ventanas que ahora muestran el distrito deportivo a un lado y un mural en la pared opuesta. Presenta un desfile de pájaros y animales fantásticos, supongo que de un tiempo pasado. Ya no tenemos nombres para la mayoría y algunos tienen un aspecto tan estúpido que estoy seguro de que el artista se los ha inventado.

Presiono el pulgar contra el cerrojo inteligente al lado de la puerta que lleva a los aposentos reales. Me cosquillea la piel cuando se conectan las microagujas, pero después la sensación desaparece. El cerrojo está codificado con el ADN de solo tres personas (los de mis madres y el mío) y ni siquiera nuestros ayudantes pueden pasar al interior. Beatrin dice que prefiere hacer la cama que abandonar su privacidad. Hoy, eso me dará tiempo.

Siento los dedos torpes mientras me desabrocho los botones de la camisa de seda y soja. Luego, la utilizo para quitarme los puntos dorados que tengo pintados en los pómulos. La tiro hecha un gurruño dorado al suelo y me quito la camiseta de bambú antes de dejarme caer de rodillas junto al equipaje que está amontonado en una esquina, preparado para que lo descarguen.

Todo lo que tengo tiene hilo de oro entretejido, por lo que es imposible que, con mi ropa, pueda fingir siquiera por un segundo ser otra persona. Sin embargo, presiono el pulgar contra el cerrojo de la maleta que utilicé en Puerto Picard para nuestro viaje nocturno y, cuando se abre sin hacer ruido, me vuelvo loco rebuscando a través del revoltijo de ropa que he metido dentro esta mañana. En el fondo, encuentro una de las camisas azules de Saelis (siempre intento llevar algo así para momentos como este) y me abrocho los botones lo más rápido que puedo.

Retiro la alfombra para revelar la escotilla de mantenimiento y tiro del aro que la abre. Las vías vuelan bajo el vagón mientras me agazapo y espero, al mismo tiempo que paso los dedos por la pantalla del crono para dictar un mensaje a los demás. «Quedamos en el hangar».

El tren reduce la velocidad poco a poco y se detiene. Me deslizo a través de la escotilla y me arrastro sobre el estómago, al mismo tiempo que escucho la conversación de los trabajadores encima de mí mientras los empleados suben y bajan del tren. He pensado en hacer esto antes y lo he examinado por si alguna vez quería alejarme, pero, ahora que lo veo, parece estrecho.

Bueno, como dice Talamar, debes batir las alas si quieres volar.

Entonces, se produce un ruido chirriante en algún lugar por encima de mí y, con un zumbido, el tren vuelve a la vida. «Espero haber tomado bien las medidas». El tren está a punto de regalarme un corte de pelo, pero, treinta segundos más tarde, mis madres y el consejo están de camino a palacio y yo me pongo en pie, examino la plataforma y me subo a ella para salir.

Me escabullo por las puertas de la estación y salgo a un callejón, apretándome contra una tarima con viejos circuitos destinados al reciclaje, con la cabeza baja. Necesito estar bajo tierra cuanto antes porque, moviéndome de esa manera, llevo años evitando las cámaras de identificación. Por eso hoy ha sido la primera vez que mis madres se han enterado de que salía de palacio. Esta vez estarán alerta, pero mi intención no es evitarlas para siempre.

Quiero dejar clara una cosa antes de que me lleven a rastras a casa y me quiten todo lo que me importa. Es mi última oportunidad de tirar el dado y no voy a desperdiciarla.

Tengo que arriesgarme por el gran bulevar durante unos instantes, por lo que cojo unas gafas de un puesto, me las pongo y, tras dejar un credchip, sigo moviéndome. El sol del atardecer es un enorme rubí suspendido en el cielo al final de la amplia calle, brillando ante mí entre las nubes grises. Los colores a ambos lados de la calle son igual de vívidos, gracias a las pantallas que bailan desde los escaparates de las tiendas con luces luminosas que hacen promesas más luminosas aún. Hasta mí flota el olor de una tienda de buñuelos, y los gritos de un vendedor de auriculares se entremezclan con los efectos de sonido del juego que tiene a modo de demostración.

Me escabullo por un segundo callejón y me alejo de la calle principal. Debo llegar a la zona subterránea desde un área más apartada, donde haya menos cámaras. Eso quizás les impida saber a dónde he ido cuando se dispongan a buscarme.

La capital no tiene los barrios marginales que se ven en las otras islas, pero los asistentes deben vivir en algún sitio. Como palacio, sus casas son antiguas, construidas con las rocas extraídas de Allí Abajo antes de la Ascensión. Son mucho más sólidas que los edificios que se han creado desde entonces, hechos de bambú y acero reciclado, pero todas tienen paneles solares en los tejados que, durante el día, giran poco a poco para aprovechar todo el sol posible. Justo ahora están dirigidos hacia el oeste, lo que hace que la línea de tejados en las afueras de la isla parezca la sierra de un cuchillo.

Diez minutos después, encuentro una vía de servicio situada tras una serie de puestos improvisados y, treinta segundos más tarde, me topo con lo que estoy buscando, la alcantarilla. Me acuclillo antes de sacar un cable de datos del bolsillo. Enchufo un extremo al crono, levanto la pequeña compuerta junto a la alcantarilla y encuentro la toma de corriente de mantenimiento para el otro extremo.

De mi muñeca surgen una serie de figuras, y utilizo la mano libre para que se deslicen por los alrededores como si estuviera dirigiendo una pieza musical. Consigo que la alcantarilla se abra con un suave ruido sordo cuando se rompe el sello.

Debajo de mí están las profundidades ardientes y bulliciosas de los motores celestiales y el inconfundible aroma grasiento de la niebla que sale de ellos. A otros, los túneles de los motores les parecen tan caóticos como el propio Allí Abajo, y el espesor del aire los pone nerviosos. Para mí, los túneles son la libertad.

El rítmico golpeteo que me rodea mientras bajo me calma la mente y ahoga mis preocupaciones a medida que la luz se desvanece y el aire se vuelve más húmedo y pesado. Algo acerca de esa combinación de aire, ruido y vibración de los motores le da a este lugar una extraña atmósfera etérea, y se me eriza el vello del brazo a modo de respuesta como me ocurre siempre. Me detengo para mover la muñeca y del crono sale una luz que crea sombras danzantes cuando mis pies tocan el suelo.

Voy a llegar hasta el Celestante y a demostrarles de una vez por todas lo que puede hacer. Voy a hacerles ver que el motor es mucho mejor que cualquier otra cosa para que se lo tomen en serio, para que entiendan que esto no es ninguna estúpida fantasía. Es real y puedo hacerlo.

Si no soñamos, si no tratamos de dirigirnos a Allí Abajo, salir de los límites de este diminuto archipiélago y ver qué más hay ahí fuera, ¿de qué vale toda la tecnología? ¿Se supone que solo podemos usar transportes más elegantes y cronos más inteligentes para volvernos más perezosos, para facilitarnos la vida?

Eso no es para mí. Quiero explorar. Hay una manera de resolver todos los problemas y, si queremos entender cómo sobrevivir en Allí Abajo para que podamos buscar respuestas, tenemos que ir allí.

Incluso aunque dejara a un lado mi sueño de explorador, los motores podrían fallar en algún momento futuro. Si las ciudades celestiales caen, todos moriremos. Hay mil razones para sacar este proyecto adelante, así que estoy en ello.

Todas las islas de Alciel tienen motores debajo, construidos en la propia roca, pero los de la capital son los más grandes, se extienden por toda la isla, como una segunda ciudad debajo de la primera. Una vez que uno se acostumbra a la sensación densa y metálica del aire y pasa algún tiempo aquí abajo, entiende que los motores tienen muchos vecindarios, cada uno con su propia personalidad: maquinaria chirriante, largas paredes con circuitos amontonados buscando espacio o infinitas intersecciones apenas separadas de oscuros corredores. Por supuesto, sus únicos residentes son los ingenieros... y algún intruso ocasional.

Saco del crono los planos robados hace ya mucho tiempo y trato de entender dónde estoy. Entonces, me dirijo por un pasillo flanqueado por circuitos, con miles de pequeñas luces rojas y verdes parpadeando en las paredes de cada lado. Hace siglos, el código que seguían debía tener sentido para nuestros ingenieros, pero ahora hemos perdido esa tecnología. Nuestros ingenieros son como doctores entablillando huesos rotos, pero, si algo malo, malo de verdad, les ocurriera a los motores, no tendríamos ni idea de cómo arreglarlos. Hay circuitos que no tienen un propósito aparente, secciones que no parecen llevar nada más que aire. Por eso, esperemos que, por el bien de todos, Damerio tenga razón, en lugar de Talamar, y que las ciudades no se estén hundiendo en realidad. Si no, será mejor que empecemos a recuperar lo que hemos perdido, si podemos dejar de discutir el tiempo suficiente.

Desde que tengo uso de razón, me fascina que, igual que el corazón late dentro de mí de forma misteriosa, los motores funcionen en las profundidades de la ciudad. El aire extraño le produce escalofríos a la gente, y muy pocos le dan siquiera vueltas, pero yo no me canso nunca. Cuando era más pequeño, quería ser ingeniero. Eso era antes de que comprendiera que el único camino que iba a seguir era el de las reuniones del consejo y las ceremonias.

Hoy he intentado sacar algo de provecho de esas reuniones del consejo, utilizar el hecho de poder llegar hasta ellos para hacer las cosas de forma diferente, pero a veces necesitas dejar de hablar y actuar.

Miri y Saelis me esperan en el hangar que encontré en uno de mis primeros viajes por aquí abajo. Cuando descubrí que solía ser una plataforma de lanzamiento, se me ocurrió la idea del Celestante, y es allí donde se encuentra ahora, a la espera de conquistar el cielo.

El Celestante es lo único en el mundo que es mío de verdad. Todo lo demás es parte de mi oficio. Me lo han hecho porque soy príncipe, o lo llevaban o usaban miembros de la realeza antes que yo y se lo entregarán a aquellos que vengan después. Pero mi planeador es lo único que puedo observar y que me hace pensar: «Soy North. Lo he construido con mis propias manos y es mío».

Es fuerte y elegante, pero nada ostentoso. Lo pinté de negro, con accesorios cromados pulidos a la perfección. La mayoría de los otros planeadores son mucho más brillantes, adornados con líneas y símbolos que manifiestan el éxito de los pilotos en carreras y competiciones de improvisación. El Celestante es práctico y discreto.

Dejo que su vuelo hable por los dos. Conseguí el armazón de segunda mano de un desguace de chatarra y reciclaje y me llevó todo un año escabullirme para montarlo. Saelis hizo mucho trabajo de campo, y Miri un poco también, aunque ninguno tiene demasiado interés en la aeronáutica a excepción de como medio de transporte de una isla a otra, pero nunca les importó ir a la chatarrería con una lista de la compra si les decía exactamente lo que necesitaba.

Lo que lo hace especial es su motor. Es único, compuesto de piezas tecnológicas ensambladas que, admito con total libertad, solo entiendo a medias. Sin embargo, la clave es que me permiten ganar altitud sin depender de las termas como todos los demás, lo que significa que puedo superar al resto con una mano atada a la espalda y que mi planeador y yo nos podemos escabullir por debajo de la ciudad hasta las puertas de nuestra plataforma de lanzamiento al final de cada escapada mientras todos se preguntan a dónde hemos ido.

—¿Te pidieron una demostración? —pregunta Miri, quien se apresura hacia mí con una sonrisa. Hoy tiene los rizos de color rosa y brillantes azules en los pómulos—. Llegamos lo antes posible. Ha sido un reto, ya te digo, porque Saelis encontró una tienda de antigüedades y como es un anciano... Ya sabes cómo se pone cuando... —Su voz se acalla al verme la cara y se detiene, insegura.

—¿North? —pregunta Saelis detrás de ella, apenas audible sobre el ronroneo de los motores.

—No me han pedido una demostración —contesto, sombrío—, pero voy a hacérsela igual.

—¡Ah! —Miri adopta una expresión decaída—. Vaya mierda.

—No tienes ni idea —murmuro, pero no quiero pensarlo. Solo deseo volar. Los cielos estarán llenos de planeadores mientras se pone el sol, y quiero utilizar la última luz para demostrarles a mis madres y a todas las personas importantes lo bien que se mueve el Celestante, con qué facilidad y rapidez. Quizás no lo vean al principio, pero el rumor llegará a sus oídos y, ahora que saben lo que saben, me prestarán atención durante un momento.

—¿Tenemos prisa? —pregunta Saelis, estudiándome la cara con esa expresión reflexiva y tranquila que siempre tiene.

—Un poco.

Asiente y se gira hacia las correas de lanzamiento mientras me dirijo hasta el traje de vuelo para ponérmelo.

—Iremos al paseo marítimo para observarte —dice Saelis, tirando de la primera correa de lanzamiento y colocándola sobre la grúa que las estirará para dejarlas tensas.

El barómetro tiene buena pinta y la presión está equilibrada. Busco las gafas protectoras y el traje de vuelo. Meto un pie y luego otro mientras presiono cada pierna para entrar en él antes de subirme la cremallera frontal sobre la ropa. Por último, me pongo la chaqueta.

Mientras tanto, Miri ayuda a Saelis a estirar la siguiente correa de lanzamiento y colocarla en su lugar. Las correas funcionan como el tirachinas que utilizaba cuando era niño, antes de que Anasta me lo confiscara porque «los asesores de Hacienda no están ahí para practicar la precisión». Rechinan mientras aseguramos la última. Presionamos la palanca que pone la maquinaria en marcha para dejarlas en tensión.

Cuando estoy preparado, me deslizo hasta el asiento, que tiene exactamente la forma de mi cuerpo. Me hundo en él hasta que solo queda visible mi cabeza desde ambos lados.

Miri desliza el parabrisas de duracristal para colocarlo en su sitio y me siento a salvo dentro de mi burbuja a la que no llega ningún ruido. Frente a nosotros, Saelis abre la puerta de la plataforma de lanzamiento, lo que me ofrece una vista perfecta del cielo.

Les enseño los pulgares, ellos también me enseñan los suyos a modo de respuesta, y Miri ocupa el lugar de Saelis cerca de la puerta, con un brazo atado con cuidado a la correa de seguridad que colocamos ahí, mientras comprueba que no haya obstrucciones. El aire se le aferra al pelo y la ropa.

Saelis desaparece detrás de mí para soltar las correas. Miri tiene la mano fuera, con la palma recta y angulada hacia el suelo. Es la señal de «espera», y él le hace caso. Entonces, un llamativo planeador rojo y dorado pasa por la puerta del garaje con banderines amarillos ondeando al viento detrás de él. Se harán trizas pronto, pero al menos durarán el tiempo suficiente para comenzar el espectáculo aeronáutico de esta noche.

Eso es lo que debe de haber estado esperando porque, un segundo después, cambia de señal para mostrarle a Saelis el pulgar. Siento una vibración sorda a modo de aviso que recorre la cola y, tras otra, comienza la cuenta atrás.

«Tres, dos, uno...».

El planeador sale disparado hacia el cielo gris, tratando de presionarme el estómago contra la columna vertebral por la velocidad. Inclino la cabeza hacia atrás para mirar a mi alrededor, pero Miri tenía razón y no hay ningún obstáculo. Inclino los controles con delicadeza hacia la izquierda y observo la terma que está siempre ahí cuando hace buen tiempo. Me doy la vuelta y me despido de mis amigos mientras comprueban la seguridad de la puerta del garaje, que dejan abierta para mi regreso. Entonces, comienzo a subir más y más hasta que toda la isla se expande debajo.

Las calles parecen pulcras redes, iluminadas con farolas brillantes que se convierten en un borrón cuando paso sobre ellas. Las luces más resplandecientes de todas están en palacio y bordeo la zona de exclusión como cualquier otro planeador para el espectáculo de esta noche, parte de la celebración que marca el comienzo de las deliberaciones del consejo en palacio. El parque oriental se encuentra debajo de mí ahora mismo, una larga extensión de color verde oscuro, con los márgenes mordisqueados por las nuevas construcciones, una fuente constante de debate en el consejo.

Al menos cien planeadores dan vueltas como halcones con nuevas plumas que juegan en el aire, casi todos con colores brillantes y adornos, con un aspecto mucho más interesante que el mío. Sin embargo, hoy todo el mundo me mira a mí.

Mi madre de corazón solía contarme cuentos a la hora de dormir sobre ciudades celestiales perdidas, otros archipiélagos que se conocieron en la Antigüedad, pero que se olvidaron siglos atrás después de la Ascensión. Cada vez que me subo al Celestante, imagino que son reales, que están más allá del horizonte, que en algún lugar del vasto océano azul del cielo hay otro príncipe, en otro planeador, que me mira a través de la inmensidad y se pregunta si Alciel será real.

Sin embargo, Allí Abajo no es un mito. Es real y está a nuestro alcance si lo intentamos. Si pudiera hacerles ver que tenemos que ir más allá, que tenemos que buscar y descubrir, seguir mejorando, no solo porque lo necesitamos para los motores, sino también para el alma.

Rodeo el borde oriental de la isla, cerca, pero no demasiado de los límites de la terma principal, dejando que la corriente de aire aumente mi altitud mientras me dirijo hacia la plataforma más importante. Lo hago por esto, por el momento en el que me convierto en uno con el Celestante, en perfecta armonía. Los ciudadanos lo estarán viendo desde el paseo marítimo, y estoy a punto de mostrarles el mejor espectáculo de su vida. Las condiciones son espléndidas. El cielo es una cúpula azul uniforme a mi alrededor y la capa inferior de las nubes entre nosotros y Allí Abajo es densa y estable.

Casi podría...

Se oye un pop detrás de mí, y un rápido estremecimiento recorre el planeador. No es nada dramático, pero sé enseguida que algo va mal. Me da un vuelco el estómago cuando inclino los controles a modo de comprobación hacia la izquierda... y no ocurre nada. Lo hago hacia la derecha, más rápido, y, de nuevo, nada. No responden.

«Por todas las caídas celestiales».

Hay pocas cosas que puedan ir peor, y centro la mirada al frente con el pecho constreñido por el miedo. Si estuviera mirando para el lado contrario, quizás podría esperar perder altitud poco a poco, bajar con la fría brisa nocturna y aterrizar en una isla distante. Sin embargo, aquí no hay nada aparte de palacio y el cielo vacío que se extiende más allá. El cielo vacío hasta la eternidad. Además, no tengo forma de girar el Celestante.

Me inclino todo lo que puedo sobre las correas y giro el cuello antes de presionar la mejilla contra el parabrisas, desde donde solo consigo distinguir la silueta del deslizador que encierra los controles del volante... Entonces, se me detiene el corazón. «El Celestante está ardiendo».

Me precipito hacia la plataforma principal, donde están los otros planeadores, sin posibilidad de avisarlos de que no puedo esquivarlos ni de gritar para pedirles ayuda. Cualquier otro día, las llamas saliendo de la parte trasera del Celestante provocarían inquietud, pero hoy casi todos los planeadores están equipados para impresionar, con dibujos holográficos o cañones que disparan nubes brillantes de confeti, por lo que asumirán que las llamas son solo otro truco impresionante.

Hay una nave verde brillante viniendo hacia mí por la derecha. Tiene preferencia, y lo único que puedo hacer es alumbrarla con las luces externas mientras muevo ambas manos dentro del estrecho cubículo en un intento desesperado por demostrarle al piloto que no las tengo en los controles.

—¡Mírame! ¡Mírame! —Se me rompe la voz en un grito que se convierte en un chillido y comienzo a golpear el interior del cristal—. ¡Aquí! ¡Aquí!

Se está acercando cada vez más, y veo la forma del piloto, que debe de pensar que soy imbécil por jugar a «yo más». Grito y golpeo el cristal antes de coger los controles inservibles con una mano y tirar de ellos, a pesar de saber que no valdrá de nada y que vamos a...

El planeador verde levanta el vuelo en el último momento y está a punto de arañarme la cabina con el tren de aterrizaje. Intento encogerme en mi asiento, aunque se ajusta tan bien a mi cuerpo que no hay forma de moverse.

Durante unos instantes, me siento aliviado. Entonces, miro hacia delante y el corazón se me sube a la garganta cuando la realidad se reafirma, ya que me estoy dirigiendo hacia palacio y hacia el cielo vacío que hay detrás de él. Voy directo a la zona de exclusión, y me pregunto durante un alocado momento qué pasaría si me dispararan, ya que es probable que el consejo sepa quién soy, pero tal vez los guardias no... Y ahora he cruzado los límites y me acerco al borde de la isla.

El planeador comienza a perder altitud a medida que la calidez de la tierra desaparece. Tiro de los controles mientras alguien suplica (¿mi voz?) para que el Celestante responda, para que me deje dar la vuelta antes de que sea tarde. Con un motor roto, no tengo manera de ganar altitud, no tengo forma de volver si caigo.

Sin embargo, ya es demasiado tarde.

Estoy bajo el cielo azul y abierto, pero más allá del límite de nubes que siempre han estado por debajo de mí. El paisaje oscurecido de la parte inferior se extiende sin que haya nada entre él y yo. Y, poco a poco, el morro del planeador se inclina hacia abajo.

TRES
NIMH

LOS CRUZARRÍOS ATAN LAS BARCAZAS A LA ORILLA PANTANOSA mientras el sol se pone más allá del bosque marino y trabajan juntos con la fluidez y sincronización que solo los hermanos pueden tener. Capac lleva las trenzas a juego con las de Hiret, atadas en un grueso moño en la nuca para alejarlas del rostro. Maita no lleva el pelo trenzado, sino largo y enrollado en un montoncito sobre la coronilla. Es el más joven de los dos, y tiene la sonrisa de alguien que siempre está relajado.

Arrastrar la barcaza por el río hasta una orilla lo bastante alta para que una inundación repentina no se la lleve es una tarea agotadora, por lo que las bronceadas caras de los cruzarríos brillan por el sudor. De los tres guardias que han venido conmigo, solo Elkisa ha pasado tiempo en el río, a pesar de que incluso ella agarra con torpeza las cuerdas mientras unen fuerzas. Junto con Capac, empuja la proa, mientras Rheesi y Bryn tiran de la popa, al mismo tiempo que Maita está entre ellos con los músculos en tensión.

Capac pide un descanso antes de inclinarse con un gruñido para echarse agua sobre la cabeza. Maita se quita la camiseta, empapada por el sudor, y la usa para limpiarse los hombros húmedos. Sigo el movimiento con la mirada, como si fuera un imán, y parece llevarme demasiado tiempo apartar los ojos. No soy la única que se siente atraída. Una de mis guardias, Bryn, tiene la cara en forma de corazón girada hacia él y una sonrisa torcida en la boca. Distraída, no se da cuenta de que Rheesi suelta la cuerda hasta que un tirón repentino la arrastra hasta el agua.

Desde que tengo memoria, los guardias se han erguido ante mí. Infalibles e imponentes, traían el confort de la invulnerabilidad fuera donde fuera. Ahora, más allá del templo y la ciudad, donde sus errores salpican el agua con pequeñas olas y Bryn dirige la cara rosada hacia cualquier parte que no sean los hombros de Maita…, todos parecen demasiado humanos.

Un pequeño escalofrío me recorre el cuerpo y siento un ligero dolor al ver al guapo de Maita riéndose y ofreciéndole la mano a Bryn para ayudarla a ponerse de pie. Antes de que pueda analizarlos, me levanto de mi sitio y me muevo hacia el borde de la barcaza.

—Esto es una tontería —digo, interrumpiendo la charla—. Sería más fácil si fuerais seis.

—Espere, Deidad —contesta Elkisa sin aliento—. En un segundo podrá desembarcar con más facilidad.

—Un poco de agua no me hará daño —respondo, alegre, antes de agacharme para sujetarme al borde de la barcaza y saltar al agua que me llega hasta las rodillas—. Quiero ayudar. —No digo la verdadera razón por la que no puedo permanecer más tiempo en la barca: me encuentro demasiado agitada para esperar sin hacer nada mientras trabajan, como si terminar esta tarea significara que la mañana va a llegar más rápido, y, con eso, el resto del viaje.

Camino hacia Maita y cojo la cuerda que ha estado arrastrando, con cuidado de quedarme a varios pasos de él, lejos de su alcance. Me observa y se da cuenta de la distancia que nos separa con un parpadeo nervioso.

Capac le dedica una mirada interrogante a Elkisa y, cuando mi guardia se limita a encogerse de hombros, con recelo nos hace una señal para que continuemos arrastrando la barcaza sobre la orilla. Tras unos segundos, comienza a cantar, una canción rítmica de preguntas y respuestas, usada tradicionalmente para animar el trabajo de los cruzarríos.

La cuerda me destroza las manos, que no están acostumbradas a la fibra áspera, pero la quemazón no es nada comparado con el júbilo de unirme a mi pueblo en el trabajo. El sumo sacerdote aullaría si me viera, y los capuchas grises se burlarían y dirían que soy indigna, pero, en este momento, ya no soy Nimhara, cuadragésimo segundo receptáculo de la divinidad, solo Nimh.

En este momento privado, tirando de la cuerda con los pies fríos por el agua, me siento más real, más tomada en cuenta, que cuando realizo los complejos bailes y rituales de la divinidad ante cientos de devotos que me miran con ojos ansiosos.

Me inclino hacia atrás para tirar de la cuerda y poso la mirada en los movimientos y los cambios de la espalda musculosa de Maita, que está a cierta distancia de mí. En otra vida, quizás me habría casado con un cruzarríos como él. Me habría pasado los días tirando de estas cuerdas, tejiendo las redes de pesca y buceando en busca de lechugas de río. Podría haber sido mi mundo, el sol, el agua y los límites embarrados del bosque marino…

Maita cambia su agarre y se gira para mirarme y apoyarse en el hombro. Entonces, ambos vemos que la cuerda se le ha deslizado un poco entre las manos y está demasiado cerca. La suelta, alejándose de mí de forma violenta mientras se tambalea por el agua y acaba metido en ella hasta la cintura, golpeando la barca con un impacto doloroso.

Capac impone una pausa mientras Elkisa tira la cuerda y se acerca a nosotros chapoteando, con los ojos muy abiertos, sobresaltada. Sus preguntas nerviosas son una letanía confusa, ya que sigo con los ojos fijos en la cara de Maita, tan gris como si se acabara de retirar del borde de un profundo abismo.

Niego con la cabeza como respuesta a la preocupación de Elkisa. No, no me ha hecho daño. No, no me ha tocado. Sí, esperaré detrás de los árboles mientras terminan de asegurar la barcaza.

El cuerpo me cosquillea cuando me dejo caer sobre un árbol derribado, con los músculos tensos de un lado y otro por el fin repentino de un esfuerzo desconocido. Desde allí veo cómo los cruzarríos y los guardias del templo retoman la tarea. Bryn dice algo demasiado bajo para que yo lo oiga a esta distancia y Maita y los demás estallan en carcajadas que alivian la tensión.

«¿De qué vale imaginarse otra vida?», me pregunto, pestañeando, antes de darles la espalda y centrarme en la quietud densa del bosque con la esperanza de que me calme la mente. «Nunca estuvo en tu destino».

Pero en el pasado sí fue así. Yo no estaba hecha para ser una diosa. Mi predecesora, Jezara, no pasó la divinidad a la siguiente deidad tras su muerte, como han hecho durante miles de años desde el Éxodo todos los dioses presentes. Cuando Jezara perdió su divinidad al cometer el único acto imperdonable e impensable para nuestra raza, tocar a otro, acabó con la fe del pueblo y solo dejó harapos para el destino de la pequeña que debía reemplazarla.

Tenía cinco años cuando el sumo sacerdote vio que la divinidad se había posado sobre mí y me llevó a vivir al templo. Cuando cumplí los seis, entendí que la larga cadena de dioses que había guiado a mi pueblo durante mil años se había roto irrevocablemente. Mientras Jezara, con sus alocadas acciones, había sido la culpable de romper ese vínculo, siempre sería yo la que se aferrara a la otra mitad de esa pieza rota e intentara alejar del precipicio el peso muerto de nuestra fe magullada.

Capac comienza a cantar de nuevo y la barca se desliza orilla arriba. Espero con calma junto al gato pelusa, que está sobre mi regazo, y estiro los músculos cansados por el peso de la cuerda.

La noche se posa sobre el bosque marino antes que en cualquier otro sitio, como si reuniera toda la fuerza para, después, aventurarse a cubrir el resto del territorio. El toldo que se extiende sobre mi cabeza es lo bastante denso para superar al debilitado sol, y los árboles, la tierra y las vides apagadas de colores marrones y grises absorben la poca luz que puede traspasar las hojas en la parte superior. Los insectos nocturnos cantan cuando los demás han terminado con la barcaza y comienzan a transportar los suministros para establecer el campamento a cierta distancia de mí.

Cuando era más joven, me regañaban a menudo por participar cuando debería quedarme apartada de mi pueblo. Aunque la mayoría de mi gente me venera, nunca he podido caminar entre ellos. Matias, el maestro archivero del templo, fue la extraña fuente de esa revelación particular.

—Quieren servirte, Deidad —dijo, mirando fijamente el texto que tenía ante sí a través de las lentes. No lo había soltado, a pesar de que yo había entrado de forma inesperada, enfadada porque me hubieran echado de las preparaciones del solsticio—. Llevan entrenando para eso toda su vida. Puedes ser amable con ellos, puedes mostrarles respeto e incluso afecto, pero no puedes quitarles las acciones que les sirven de propósito.

«Propósito».

La palabra se me clavó tan dentro que no le contesté. Desde que tenía cinco años, me han dejado claro mi propósito y, aun así, hasta que manifieste alguna cualidad, sea la curación, la cosecha o cualquier otra cosa, no tengo ninguno.

—¿Tiene hambre, señora? —Una voz familiar cerca de mí sobresalta al gato pelusa, lo que desata un balbuceo de irritación y la presión de alarma de las garras traseras contra los muslos cuando salta de mi regazo y se aleja hacia la oscuridad.

Inclino la cabeza hacia Elkisa, quien está de pie cerca del árbol caído y observa al gato alejarse con el ceño ligeramente fruncido.

—No pretende insultarte —le digo—. Es un gato, cree que la única cualidad que posee el resto es la descortesía.

—Me gustaría saber por qué nunca le he gustado a esa cosa —murmura, y parte de la formalidad desaparece. Se inclina hacia atrás y me tiende el cetro que ha recuperado de la barcaza.

—Está celoso —propongo, tomando el cetro con una sonrisa—. Sabe que llevas siendo amiga mía casi tanto tiempo como él.

Eso suaviza el ceño fruncido de Elkisa y, con una sonrisa en los labios, agacha la cabeza. Sin embargo, su buen humor dura poco porque, cuando me mira de nuevo, sus ojos reflejan seriedad.

—Siento lo que ha ocurrido durante el amarre.

Trago saliva y de repente noto un nudo en la garganta.

—Ha sido culpa mía. Debería tener más cabeza en lugar de intentar ayudar.

Elkisa hace un ruido evasivo antes de sentarse a mi lado, a un brazo de distancia (lejos, para la mayoría de la gente, pero casi un abrazo para mí).

—Quizás sea su deseo de ayudar lo que nos salve a todos.

Suelto una carcajada nerviosa, incómoda por el peso de lo que acaba de decir, aunque se me acelera un poco el corazón.

—No sé lo que me espera en Intisuyu. Solo sé que estoy destinada a viajar hacia allí.

«Creo». Pero no digo esa última parte.

—¿Piensa que estaremos mucho tiempo en las tierras soleadas? —dice—. Mañana por la noche es el Festín del Muerto.

—Volveremos más rápido —contesto—. Viajaremos con la corriente. —Llegaremos por los pelos, pero sé que las verdaderas preguntas que quiere hacerme son: «¿Está segura de su propósito? ¿Regresaremos con algo que convenza al sumo sacerdote de que teníamos razones para desafiarlo?».

No puedo culparla por ello. Aun así, me sorprende cuando habla de nuevo.

—¿No me va a contar de qué va esta nueva profecía? ¿No confía en mí?

La miro por el rabillo del ojo, deseando hacerlo. Las dos crecimos juntas como divinidad y guardiana divina. Una parte nostálgica de mi ser echa de menos cuando éramos solo unas crías.

Aunque hay pocas oportunidades en una vida como la mía de tener una amistad, hubo un tiempo en el que Elkisa y yo éramos así de íntimas. Cuando era una novata, le costó más que a los demás aceptar las tradiciones. Parecía haber sido bendecida con una agilidad y fuerza sobrenaturales, aunque una vez me confesó que no era un talento afortunado, sino trabajo duro, constante y determinado. Sin embargo, su afinidad con la espada y el arco y su rápida adopción de cada nuevo estilo de combate supuso que tuviera más libertad en otras áreas que sus compañeros. Podía ser un poco más honesta antes de que la castigaran. Podía fracasar de vez en cuando a la hora de respetar los buenos modales sin que la echaran de inmediato.

Es mayor que yo, pero un alma que destaca, aunque sea por la posesión de mayores habilidades que sus iguales, busca de manera inevitable otra que aleje la soledad con camaradería.

No obstante, la envidia de los otros novatos cambió cuando la edad les aportó la perspectiva y la admiración que reemplazaron a la frustración y los celos. Además, el mejor luchador del mundo nunca sería elegido defensor de la divinidad si no pudiera respetar la formalidad y los rituales de su puesto. Se alejó, como tenía que hacer, incluso aunque la Deidad se quedara tan sola como siempre.

Me deshago de ese viejo y profundo dolor.

—El, ni siquiera confío del todo en mí misma. —La relajación de mis palabras es la única intimidad que le puedo ofrecer, y eso la hace sonreír—. ¿Cómo voy a confiar en otra persona?

Suspira y se echa hacia atrás para apoyar las palmas de las manos contra la madera medio podrida del árbol caído.

—Ya no hay nada en las tierras soleadas, solo ruinas, desde hace siglos.

—¡Te equivocas! —Me giro hacia ella y coloco el cetro contra el árbol—. Allí se encuentra la historia de todo un pueblo. Los esqueletos de una gran ciudad de metal. Incluso el más pequeño se eleva hasta ser más alto que el propio templo.

—¿Ha estado allí? —Elkisa levanta las cejas, y la sorpresa se tiñe de una pizca de envidia.

—No desde que era muy pequeña, en mi primer peregrinaje. Antes de que entrarás en el templo para formarte. —Eso parece calmarla y cierro los ojos para recordar lo que puedo de esa vorágine aterradora que supuso aquella primera experiencia de ser la única esperanza de toda una tierra—. Creo que te gustará. Recuerdo pensar que el bosque marino parecía haberse extendido desde sus orillas y trepado por las colinas, como si compitiera con el control de la antigua ciudad de las tierras soleadas. Cubría toda la piedra a la que podía llegar con el verde de las vides, los árboles jóvenes y el musgo.

Un ruido amortiguado a mi lado hace que abra los ojos, y me encuentro a Elkisa dedicándome una sonrisa. Al ver que comienzo a fruncir el ceño, suelta una pequeña carcajada.

—Perdóneme, Nimh. A veces, cuando dice una frase o cuenta una historia, le hace sombra al rey pescador de los cruzarríos.

Estaba pensando que quizás su cualidad sea la poesía, cuando la manifieste.

Suelto el aire, lo que se acerca tanto a resoplar que me alegra que el maestro de ceremonias no esté aquí para verme violar sus interminables clases de etiqueta y conducta. Techeki no pierde el tiempo con tonterías de niños.

—Han pasado siglos desde que el destino nos regaló algo tan bonito como la poesía. Se lo dejo a los cruzarríos, es su tradición.

—Antes de usted, la divinidad tomó la forma de la diosa de la curación. ¿No es algo...? No sé, ¿esperanzador?

Hace mucho tiempo, las cualidades de los dioses llevaban a grandes épocas literarias, artísticas o de descubrimientos, a veces incluso de expansión, exploración y conquista. Ahora... Ahora a mi pueblo no le sirve el arte porque no lo alimenta ni lo protege de la niebla ni lo mantiene a salvo. Desde hace años, nuestra divinidad se ha visto relegada a cualidades más simples como la cosecha o el hogar.

Jezara, diosa de la curación, le dio la idea a mi pueblo, durante un tiempo, de que el mundo quizás pudiera curarse también.

—¿Esperanza? —Deslizo la mirada hasta el rostro de Elkisa antes de susurrar—: Tuvimos esperanza la última vez. Mira de qué nos ha servido.

Elkisa no contesta, e inclino la cabeza para mirar de nuevo las profundidades del toldo que se extiende sobre nosotras. Las ramas más bajas están pintadas con la calidez de las luces del fuego, y cada capa continua se desvanece en la noche como imágenes residuales en la oscuridad. En algún lugar de las sombras, las hojas tiemblan al pasar una colonia de monos tumbados que viajan hasta sus camas nocturnas.

Elkisa suspira y se pone en pie. Cuando bajo la cabeza, veo que los cruzarríos han terminado de montar el campamento y están ocupados con una de las hogueras. A Bryn y a Rheesi no se les ve por ninguna parte, ya que estarán patrullando la oscuridad más allá de la luz del fuego, mientras Elkisa permanece cerca de mí.

Estoy a punto de sugerirle que vaya a ver qué hay de cena cuando habla:

—Sé que ha oído los delirios de ese capucha gris esta mañana. Todos fingimos que no, pero sé que los ha oído.

Se me revuelve el estómago por el recuerdo en el que he estado intentando no pensar durante todo el día. El capucha gris estaba allí al amanecer, como si nos esperara, a pesar de que nadie excepto mis guardias y los cruzarríos conocían mis planes de escabullirme del templo sin ser vista. Encaramado a lo alto de un cajón de fruta, ha llamado la atención a las pocas personas que se movían por las calles flotantes para invitarlas a detenerse y escucharle. Con la voz cambiante y el cuerpo desgarbado, no debía de tener más de quince años.

Al vernos, se ha girado para seguirnos con los ojos y las palabras, aunque llevo ropas simples y voy sin corona y mis guardias no se han puesto las túnicas oficiales doradas y negras. No sabía quién era, solo que, hasta que la barcaza de Capac despejara el mercado, su público estaba retenido.

«La visten de rojo, le maquillan los ojos, la dejan hablar de rituales sagrados y tocar las piedras guardianas. El sumo sacerdote, por desesperación, llama divina a su escasa magia, como si la palabra, y no la realidad de lo que es, fuera a atarnos a una fe que deberíamos haber abandonado hace mil años».

Hemos pasado con la barcaza a su lado y los pasos de los cruzarríos se han acelerado a modo de respuesta, pero las palabras del capucha gris me han seguido mucho después de que se hubiera desvanecido de mi vista.

«¿Qué cualidad tiene aparte de la nada? ¿Qué poder tiene, excepto el que quieren sus sacerdotes para sí? Se ha ido el último de los dioses y solo nos ha quedado la nada con el aspecto de una chica vacía llamada Nimh...».

Sus palabras aún me siguen, aunque él, su caja, el mercado, la ciudad y el templo sobre ella se han desvanecido detrás de nosotros por las tenues curvas del río. Creo que me seguirán hasta que muera.

—Nimh... —La delicada voz de Elkisa me trae de vuelta. El nombre de mi infancia, que me ha herido tanto al proceder de un extraño en las calles del mercado, me parece un bálsamo al provenir de una amiga.

—No importa, El.

—A mí sí —dice mi amiga más antigua mientras me mira con intensidad, en vez de con su habitual tranquilidad—. Y a usted también. Dicen que cuando J... que cuando la blasfema permitió que la tocaran, destruyó el espíritu de la divinidad, que destinó este mundo a la oscuridad. —Elkisa debe de ver algo en mi rostro cuando la miro porque se deja caer ante mí con una rodilla hincada en el suelo—. No está vacía. No es una marioneta que el sumo sacerdote Daoman está utilizando. Su presencia aquí, en contra de sus deseos, lo deja bastante claro. No es lo que dicen que es.

Tiene el rostro tan cerca del mío que me duele el pecho. No me han tocado, ni un roce de las yemas de los dedos ni, mucho menos, un beso o un abrazo, desde que tenía cinco años, pero el deseo es tan fuerte como siempre y, justo ahora, quiero permitirle a mi amiga que me estreche.

—Sin embargo, tampoco soy lo que dice Daoman —murmuro, al mismo tiempo que siento el ruido sordo del pulso mientras me oigo expresar ese miedo en voz alta por primera vez—. ¿Dónde está mi cualidad, El? El Festín del Muerto se acerca, por lo que hará diez años desde mi designación. Los capuchas grises no esperarán otro año. ¿Y si...?

Elkisa deja caer la mano sobre el suelo entre nosotras, a menos de un par de centímetros del borde de mi bota. La cercanía hace que me detenga en mitad de la frase. Me sostiene la mirada.

—Daoman no es el único que puede ver la luz divina en usted, Nimhara.

En su voz, percibo una pena extraña que nunca he oído. Tiene una especie de tristeza en los ojos, a pesar de las cálidas palabras. Demasiado conmovida para hablar, me siento en silencio hasta que esa mirada reflexiva desaparece y se reclina sobre un talón.

—Iremos a Intisuyu —anuncia—. Descifrará esta nueva profecía y volveremos a casa sabiendo su propósito, quizás incluso se manifieste la cualidad. Deje que digan que es menos que ellos, solo sentirán mayor vergüenza cuando se den cuenta de que se equivocan. Mañana, señora. En cuanto a esta noche..., ¿quiere cenar?

Trago saliva con fuerza y miro más allá de ella, hacia las hogueras. Bryn y Maita están sentados cerca de una, no juntos, pero bastante próximos. Capac se dirige hacia los árboles con un bol en la mano, sin duda en busca de Rheesi, para poder entregarle la cena al guardia.

—Ve tú —le digo, levantando la barbilla, dejando que el manto de la divinidad se vuelva a posar sobre mí. Elkisa quizás me vea flaquear, pero también necesita verme fuerte. Se lo debo a alguien que pondría su cuerpo entre cualquier peligro y yo sin pensar dos veces en su propia vida—. Quiero dar un paseo cerca del río y aclararme las ideas.

—Voy con usted. —La respuesta es instantánea.

—Por favor, El. Solo pido un momento para mí misma. Podría ver a cualquiera que se acercara por el río y, para llegar a las barcas, el intruso tendría que cruzar todo esto y enfrentarse a ti y a cuatro más. Estoy totalmente a salvo.

Elkisa empequeñece los ojos, pero no pierde el tiempo debatiendo consigo misma. Asiente con un gesto rápido y decisivo.

—Iré a buscarla si no ha vuelto en media hora.

No puedo rechazarlo, por lo que asiento a modo de agradecimiento y me escabullo en la oscuridad. Elkisa parece conformarse con creer en esta «nueva profecía», aunque aparezcan de la nada pedazos de textos sin descubrir todo el tiempo, enterrados en tomos antiguos o en los garabatos de los afectados por la niebla. Con mucha frecuencia, no predicen nada de mayor importancia que el cambio del curso de un riachuelo o el nacimiento de gemelos.

Creo que se sentiría de manera distinta si supiera que lo que he encontrado es una estrofa perdida de la gran profecía, la Canción del Destructor, el único texto sagrado que importa.

De todas las cosas predichas, la Canción es anterior, de la época del Éxodo. Algunos académicos dicen que la escribieron los propios dioses antes de marcharse como explicación o disculpa por la grieta que produjeron en nuestro mundo. Mis tutores afirmaban que la escribió el primer dios presente, el primero de mi linaje, quien se quedó atrás para guiar y proteger a la humanidad cuando los otros llegaran al cielo.

Toda la vida se basa en ciclos, incluso el propio mundo, y la del nuestro llegó a su fin hace mil años. A un joven dios llamado Portador de Luz se le dio la tarea de acabar con el mundo para que pudiera renacer, nuevo y libre de sufrimiento. Sin embargo, cuando ese dios, también conocido como el Destructor, miró al futuro y vio lo que había en el enorme vacío del espacio entre la muerte y el renacimiento…, nos abandonó y huyó al cielo.

La Canción del Destructor, tan importante para nuestra fe como para mi propia existencia, nos habla de que un día el Portador de Luz regresará con la Última Estrella como guía, que, entre profecías de inundaciones y estrellas fugaces, el Portador de Luz se unirá con el dios presente para caminar por la tierra una vez más y hacernos descansar en un instante de inconsciencia antes de que el mundo estalle para renovarse.

Los académicos y los sacerdotes han dedicado toda su vida a estudiar la Canción. Se preguntan qué habría pasado si el Portador de Luz hubiera acabado con el mundo cuando debía, si ahora estaríamos en un nuevo ciclo de renacimiento.

Algunos sugieren que los últimos mil años de sufrimiento y espera a que el Portador de Luz regrese es una prueba de nuestra valía, que estaba en el destino desde el principio. Otros han ido más lejos y han sugerido que nunca existió, que el Portador de Luz es solo una leyenda del rey pescador, tan real como las historias de los centinelas que protegen el camino entre mundos, o los espectros de afectados por la niebla que esperan en las tormentas más oscuras y densas para conducir a los desprevenidos hasta los límites de la locura. Dicen que el Portador de Luz no puede ser real. ¿Por qué un dios le daría la espalda a su destino?

No puedo evitar preguntarme si la respuesta será tan simple como que era un dios adolescente, nacido para destruir el mundo, con mucho miedo. Se lo propuse a una de mis tutoras y se acercó tanto como pudo para llamar blasfema a su divinidad. ¿Qué esperanzas habría para la humanidad si hasta los dioses tienen miedo? Sin embargo, yo también soy una diosa, la última de un largo largo linaje, y conozco el miedo. Lo he sentido muchas veces.

En su lugar, ¿habría podido destruir el mundo? ¿Habría tenido el valor o la fe suficientes para creer que todo lo que iba a destruir renacería? Me gustaría poder decir que sí, pero lo cierto es que no lo sé. No lo puedo saber, nadie puede, a menos que se encuentre con esa terrible elección. Quizás la respuesta sea que ninguna persona, divina o no, puede tomar esa decisión por sí sola.

Tenía doce años cuando conseguí entender por completo las implicaciones de la Canción: el Portador de Luz se reuniría con el dios presente y juntos llevarían al mundo a su fin. ¡Juntos!

Solía imaginármelo viniendo a por mí, que yo era la que estaba predestinada a permanecer junto a él frente a la oscuridad. No dejaba de desearlo. Tener a alguien a mi lado que entendiera el peso del destino, alguien que le diera propósito y significado a la vida, alguien que pudiera tocarme...

Tal vez por eso ni siquiera Daoman crea que la estrofa perdida es más que una fantasía adolescente. No obstante, sé lo que ocurrió. No fue un sueño. Me desperté en medio de la oscuridad hace dos semanas, empapada en sudor, con la piel cosquilleante como si hubiera una tormenta de niebla a mi alrededor y, cuando me acerqué a la ventana, una visión apareció ante mí.

Me vi entre los archivos del templo, descubriendo una versión antigua de la Canción del Destructor. Sin embargo, tan pronto como centré los ojos en la página, las letras comenzaron a brillar y moverse hasta que la luz me deslumbró. Cuando volví a ver, allí había una nueva estrofa, asentada entre la vieja profecía conocida. Además, el corazón se me llenó de tal certidumbre, tal propósito, que, cuando la visión se desvaneció, me encontré de pie en medio de la cámara, jadeando y con las mejillas húmedas por las lágrimas.

Cuando pude moverme de nuevo, corrí hasta la estantería de los archivos donde había encontrado el pergamino en la visión. Me agaché en el suelo embaldosado y desenrollé el texto polvoriento que estaba escondido detrás de un grupo de anotaciones antiguas sobre el censo, mientras el gato pelusa atrapaba los insectos nocturnos que atraía la lámpara.

Las letras no cambiaban ni brillaban, daba igual con cuánta fijación las mirara. No había ninguna estrofa perdida ni señal inusual. Sin embargo, el pergamino antiguo estaba allí, en el mismo sitio que en mi visión. Aunque las palabras no aparecían, ¿cómo podía saber de su existencia si no fuera porque mi visión era real? ¿Era una inspiración divina que me mostraba el camino hasta mi propósito? Ese pergamino lo significaba todo.

Cuando se lo mostré al maestro archivero, lo miró apenas un momento antes de encogerse de hombros.

—La caligrafía es antigua, pero el papel no —dijo Matias—. ¿Has visto que los bordes son irregulares? Es, como mucho, una copia, muy probablemente, falsa. Los jóvenes académicos y los acólitos a veces quieren subir de rango más rápido de lo normal, diciendo que han encontrado ejemplares perdidos de la profecía.

Pero yo sabía lo que había visto. La estrofa perdida de la visión me ardía en la mente con una claridad cristalina.

Al final de los tiempos,
el receptáculo vacío
buscará el territorio acariciado por el sol.
Solo en ese viaje,
antes de una rápida corriente gris,
caerá la última estrella.
El receptáculo
mantendrá la estrella
como una llama en la oscuridad
y, solo bajo ese brillo,
el Portador de Luz mirará esta hoja
y se reconocerá...

La densa humedad del bosque marino se desvanece en los márgenes del río y el cambio en la atmósfera me saca de los recuerdos. El gato pelusa me espera allí, como si supiera que iba a buscar un lugar tranquilo entre los árboles. Me detengo para pasarle un dedo bajo la barbilla. Luego, me subo a una de las balsas más pequeñas amarradas a la barcaza. Antes de que me designaran, habría sido igual que caminar sobre tierra firme. Ahora, me doy cuenta de lo inestable que parece.

«Me estoy volviendo demasiado consentida», pienso con amargura mientras miro a los juncos unidos bajo mis pies. Las palabras de la estrofa perdida de la profecía se desvanecen en mi subconsciente y se ven reemplazadas por el capucha gris con el que nos encontramos al amanecer, cuyas palabras aún me pitan en los oídos.

«Una chica vacía llamada Nimh...».

Para satisfacción de Daoman, no conseguí explicar por qué la estrofa perdida me había cautivado por completo. Me obsesionaba la idea de que podría haber una razón, algún propósito de esta tortura que había durado media vida.

Estaba vacía, sin cualidad, porque el destino me había elegido para algo mucho más grande de lo que había sospechado, rodeada por la revolución, por la rápida corriente gris de disidentes... Había llegado la hora de que el Portador de Luz regresara, y yo era la que debía descubrirlo. Solo pensarlo me resulta demasiado insoportable, por lo que no me imagino diciendo la idea en voz alta, como si contarlo le robara parte del significado.

«O tienes miedo», me susurra mi mente. «Te aterra demasiado fallar como para que alguien sepa lo mucho que lo estás intentando...».

Mientras mis pensamientos amenazan con enredarse entre sí, cojo una profunda bocanada de aire fresco y levanto la barbilla. No puedo permitirme ceder a las preocupaciones. Ya me preocuparé cuando regrese.

Las luciérnagas brillan entre los juncos y sobre el agua, una exhibición arrítmica y deslumbrante. Como si les respondieran, sus descendientes larvarios se acumulan en los pliegues de las lechugas de río con un baile más delicado y suave. Asemejándose a estrellas fugaces, atraídas por su propio reflejo en el agua, las luciérnagas entonan una canción de luz y oscuridad.

El río es uno de los pocos lugares del bosque marino desde donde se puede ver el cielo sin el obstáculo de ramas y hojas. Me recuerda a la panorámica que se obtiene desde el chapitel del templo, aunque allí el cielo parece real solo en parte, como el telón de fondo para la rica arquitectura y las comodidades del propio templo.

Aquí, con el agua meciéndose a mi alrededor y las hojas de la orilla susurrándose entre sí bajo la brisa del río, el cielo parece tan cercano y real como si pudiera tocarlo. La enorme forma oscura de las tierras de las nubes bloquea una sección de las estrellas, pintada de un tenue color morado por los últimos toques de luz solar desprendidos desde más allá del horizonte.

Estoy trazando las constelaciones de las deidades que han vivido y muerto antes que yo cuando veo una chispa de luz, allí, donde no debería haber ninguna. Al principio, es diminuta, tan tenue que no soy capaz de saber si es real o me la estoy imaginando. La luz parece suspendida del borde de las tierras de las nubes como una luciérnaga en una telaraña.

Sin embargo, luego me doy cuenta de que la luz se intensifica porque se está acercando, ganando velocidad y definición a medida que viaja, formando un arco cada vez más inclinado. Se me detiene el corazón cuando lo percibo y me quedo sin respiración cuando miro hacia el cielo con tanta atención que los ojos se me llenan de lágrimas.

De manera involuntaria, porque no me atrevería a pensar en las palabras por miedo a frustrar las esperanzas, me viene a la mente «El receptáculo mantendrá la estrella como una llama en la oscuridad…».

No es una estrella fugaz normal, no es un delgado arco de plata que cruza el cielo y se desvanece en la oscuridad. Esta luz persiste y crece y, justo cuando me pregunto si se dirige hacia mí, se desploma soltando fuego y cenizas, en el bosque marino al otro lado del río.

Incluso el gato pelusa lo ha visto. La pregunta que me formula en forma de balbuceo es lo único que necesito para confirmar que lo que he visto es real. «La última estrella, la estrella de la profecía».

Sin pensarlo, sin dejar que lo piense, utilizo el borde afilado del cetro para cortar las cuerdas que atan esta balsa a la barcaza. Cojo el remo y me dirijo a la orilla contraria del río.

El entusiasmo me empuja a apresurarme entre los árboles, aunque la lógica me pide que vuelva y busque a mis guardias. Adentrarse corriendo en el bosque marino tras una estrella fugaz les resultaría una auténtica locura, pero no han leído la estrofa perdida..., no sienten que se les ha filtrado como la calidez en un cuerpo entumecido por el frío.

Quizás sea una trampa, aunque no conozco magia alguna que pueda provocar una visión así. Este es mi propósito divino, lo siento en lo más profundo de mi ser, y sería más fácil convencerme de que puedo volar que de que estoy equivocada. Por fin, tendré algo que ofrecerle al pueblo que me contempla todos los días buscando alivio ante la descarga constante de hambre, plagas y tormentas de niebla. Por fin, podré prometerles un final para este ciclo y el comienzo de uno nuevo, libre de sufrimiento. Puedo proporcionarles esperanza.

«Portador de Luz —rezo—, encontraré esta estrella, la acercaré a la estrofa perdida y buscaré al que deba leerla cerca de su luz. Solo... haz que todo sea verdad».

Los insectos nocturnos revolotean a mi alrededor, pero el velo con el que me he cubierto la cara les impide meterse por la nariz y la boca. El gato pelusa, que corre pisándome los talones, desaparece para perseguir a alguna criatura escondida entre los matorrales del bosque. Siempre vuelve, por lo que le doy esa libertad.

«Después de todo, yo también estoy persiguiendo mi propia cosa escondida».

A medida que veo que los árboles se vuelven más delgados ante mí, me dispongo a correr. Más allá del bosque se encuentra el Espejo de la Deidad, una vasta salina que se extiende a lo largo de kilómetros de distancia en todas direcciones. El agua, de solo un dedo de profundidad, está tan envenenada por las sales y los minerales que no contiene vida alguna, ni un solo insecto perturba la superficie. Incluso la brisa del río ha desaparecido, ni una sola ola altera el reflejo del cielo sobre el Espejo. El gato pelusa, que surge del bosque marino a mi lado, da un paso sobre el agua y sisea, enfadado, antes de lamerse la pata húmeda y maldecir la sal a todo volumen.

Lo dejo en los límites del bosque y me adentro en el agua mientras mis pies pisan con suavidad los minerales endurecidos. Lo único que existe arriba y abajo son las estrellas.

El río cósmico fluye a través del cielo, formando un arco añil y perlado, que se encuentra a sí mismo en la superficie del agua y se curva de nuevo bajo mis pies. El agua se agita con cada paso, tan trémulo como mi corazón.

Allí, ardiendo aún y expulsando humo de las llamas provocadas por su descenso, está la estrella fugaz. A oscuras, entre las sombras, parece atraer la luz de todo lo que la rodea. Si no tuviera tantas esperanzas, sentiría miedo. Ya sé que no es un pedazo de roca celestial porque tiene estructura, intención y propósito. Unos arcos de alas oscuras se curvan hacia el cielo y un diminuto punto de luz brilla en las profundidades de su esqueleto negro.

No puedo controlarme más porque el alivio y la alegría son demasiado fuertes y no espero un segundo más. Doy los pasos al ritmo de los latidos del corazón y cruzo el cielo nocturno bajo mis pies hacia la estrella fugaz.

CUATRO
NORTH

EL PLANEADOR SE HUNDE ENTRE LAS NUBES, EL MUNDO SE vuelve de un sólido color gris y mi visión se diluye, aunque a mis oídos llegan los pitidos de las alarmas y el horrible chirrido del motor. Mi propia respiración irregular es apenas audible sobre todo eso. Tiro de los controles, incapaz de evitarlo, aunque sé que no va a servir para nada.

Entonces, traspaso el fondo de las nubes, y el mundo iluminado de Allí Abajo se extiende debajo de mí. Veo las masas oscuras que quizás sean bosques con ríos sombríos que serpentean a través de ellos y una enorme capa de agua que brilla ante mí, plana y sin agitarse, como un espejo.

No puedo evitar mirarlo, asimilándolo todo a medida que se eleva para encontrarse conmigo. Es el lugar que tantas ganas tenía de ver, el lugar que me va a matar.

Entonces, el Celestante se estremece, por lo que me golpeo la cabeza y me tiemblan todos los huesos del cuerpo. La nariz se me inunda del olor acre del humo y del plástico quemado. El instinto se apodera de mí y me lleva a luchar una batalla que seguro que perderé.

Me desato el arnés, me deslizo en la silla para poder alcanzar el panel de acceso con los pies y lo golpeo con la planta una, dos y tres veces hasta que empieza a ceder. El deslizador está propulsado por los motores, y los circuitos que los mueven deben estar hechos una ruina humeante, pero esa no es la única manera de dirigirlo.

Gracias a las fuertes patadas, consigo echar a un lado la trampilla destrozada y me meto por ella. Me sacudo en busca del grueso conjunto de cuerdas con las que se controlan las alas. Al presionarlas con fuerza con las botas, siento que el Celestante comienza a inclinarse un poco y me apoyo con todo el peso hacia un lado para ayudar a corregir su curso. No veo lo que estoy haciendo, sino que lo controlo por intuición, pero, al menos en cierto modo, creo que el morro se tuerce hacia arriba a medida que pierde altura.

Quizás, solo quizás, lo suficiente para aterrizar.

Las alarmas siguen pitando a mi alrededor mientras me esfuerzo por volver. Se me engancha el pie con la trampilla y lucho por liberarlo. Araño los lados de la cabina de mando mientras trato de volver a sentarme en la silla.

Me coloco el arnés, y lo siguiente que sé es que estamos en el agua y el mundo da vueltas a una velocidad vertiginosa, igual que mi cabeza, debido al impacto. Sobrevuelo con el planeador la superficie, con lo que produzco grandes salpicaduras de agua. Tropezamos y damos una vuelta completa una vez antes de reducir la marcha y arrastrarnos hasta que todo se queda quieto.

Pasa mucho tiempo hasta que se me aclara la visión y puedo reconocer qué pertenece a la parte de arriba y qué a la de abajo. Todas las alarmas están en silencio. Para mi sorpresa, sigo vivo.

Tengo el morro del Celestante entre las piernas al haberse metido hacia dentro por el impacto, por lo que estoy inmovilizado en el sitio. Me duelen todos los huesos del cuerpo y... y...

hay llamas saliendo del altímetro y del indicador de inclinación, y toda la parte trasera del deslizador está carbonizada.

—Por todas las caídas celestiales —murmuro. Durante un instante, la realidad repentina de esa maldición, ya que acabo de caer del cielo, me sorprende, y una carcajada casi histérica me borbotea en la garganta.

Aprieto de forma frenética el botón que abre la trampilla de salida y estiro la otra mano para empujar el techo de la cabina de mando, intentando forzarla y abrirla. Sin embargo, los lados del deslizador se han abollado y la han bloqueado, atrapándome en el interior con el salpicadero ardiendo.

Presiono el cuerpo hacia delante, ignorando los nuevos estallidos de dolor que me provoca, y muevo los brazos de aquí para allá dentro del estrecho espacio mientras me peleo con la chaqueta para quitármela. Oigo mis propios gritos en la distancia cuando me rozo un corte con la manga en el brazo derecho. Entonces, coloco la chaqueta sobre el salpicadero y la retengo en su lugar para aplacar el fuego antes de doblarla sobre sí misma cuando una de las llamas la traspasa.

La cabina de mando se llena de humo, por lo que me asfixio y toso mientras presiono el botón de salida de nuevo. La cúpula bloqueada del planeador suelta un chillido de protesta que avergonzaría al consejo de Alciel. Utilizo la mano buena para golpear una vez más la cúpula y esta vez cede. La cálida brisa nocturna me golpea la cara a medida que el humo se disipa.

Tomo una gran bocanada de aire e inclino la cabeza hacia atrás. Las estrellas se difuminan en un tenue rastro de líneas blancas a través de las lágrimas que me llenan los ojos, afectados por el humo.

«He aterrizado. Estoy en Allí Abajo. Estoy… muerto».

Debería haber muerto en la caída, pero pronto eso no importará. No hay forma de subir ni de volver a casa. El motor del

Celestante le permite ganar altitud, pero no tiene la potencia suficiente para lanzarlo desde la superficie. Suponiendo que esté intacto. Suponiendo que no haya estallado en llamas unos minutos después de alzar el vuelo.

«¿Qué ha pasado?».

El pensamiento me recorre la mente mientras encuentro la manivela con la que echarme hacia atrás, con lentitud y atención, para liberarme las piernas bajo la capota destrozada y poder comprobar que me siguen funcionando. Tras colocarme el crono en la muñeca, apoyo la mano izquierda en el borde de la cabina de control, aprieto los dientes y me agarro al otro lado con la mano derecha herida. Me elevo con un movimiento de cadera y no consigo acallar el sonido que sale de mí. Un dolor al rojo vivo se apodera de mi visión.

Cuando se aclara, respiro de forma acelerada y jadeante, pero estoy agazapado sobre el asiento, listo para analizar los restos del planeador. No había manera de que fallara el Celestante. Le hacía revisiones constantes. Juguetear con él era mi pasatiempo favorito después de pilotarlo.

Me bajo del asiento y salpico cuando aterrizo sobre el agua que me llega hasta los tobillos. Cojo los restos de la chaqueta y me los envuelvo en la mano antes de dirigirme a la parte frontal del deslizador. Sí, soy consciente de que me estoy centrando en resolver un diminuto problema para evitar pensar en que no puedo solucionar el que es mucho más grande.

Nos apoyamos en las termas y en el impulso para deslizarnos de una isla a otra por el cielo. No tenemos forma de ascender. Ese era el meollo de la cuestión sobre los motores que le prometí al consejo. Sin embargo, aún no he construido esa maldita cosa y, sin ella, no hay forma de que vuelva a casa.

Se cuentan historias sobre esas personas perdidas bajo las islas, los que cayeron y de los que no se volvió a saber nada. El tipo de historias que se cuentan en la oscuridad, bien entrada la noche, para asustar a los amigos. Que yo sepa, solo ocurrió una vez, un hombre de una de las islas más pequeñas se cayó y…

Debo darle varios golpes con la mano vendada antes de conseguir abrir el panel que muestra el motor. Desprende calor, así que me siento obligado a desviar la mirada, pero veo el problema en cuanto vuelvo a centrarla, tapándome la cara con la mano. Algo, o alguien, me ha cortado los cables del suministro. Hay un corte evidente que cruza la mayoría de ellos. Lo han hecho con una herramienta, no ha sido el golpe. Lo han hecho a propósito. Ha sido un sabotaje.

Sé, sin lugar a duda, que no han sido ni Miri ni Saelis, pero siempre hay más personas en la zona de los motores. Los eludo cada vez que me dirijo al hangar. Ingenieros, otros intrusos como yo. ¿Alguno me ha seguido hasta el hangar? Si es así, ¿por qué han hecho esto? ¿Por qué han intentado matarme? ¿Sabían quién era?

Por supuesto, eso no importa. Pronto desearé haber muerto en la caída. Poco a poco me moriré de hambre, a menos que la contaminación del aire o del agua haga primero su trabajo.

«Voy a morir. Aquí. Solo».

Quizás esté destinado a eso, pero mi cuerpo aún no lo ha asimilado, por lo que me sigo moviendo. Estiro la muñeca del brazo herido para poder quitarme el crono y encender su linterna. Luego, me inclino sobre la cabina de mandos para hurgar en el compartimento donde guardo la bufanda para los días más fríos. Mantengo la correa del crono entre los dientes para poder apuntar con la luz mientras me envuelvo el brazo derecho con la bufanda, formando una venda bastante terrible. Cuando termino, jadeo porque el dolor asciende hasta el hombro.

Me giro para apagar la luz de nuevo antes de perder mi visión nocturna, pero entonces recuerdo que… ¡mi crono no es solo una práctica linterna!

Noto el corazón en la garganta, tres veces mayor, mientras toco la pantalla con un dedo tembloroso. Puedo utilizarlo para enviar un mensaje desde una punta del archipiélago a otra. Tal vez llegue a Alciel desde Allí Abajo. La pantalla cobra vida y proyecta las distintas opciones sobre la muñeca. Durante un instante, se me acelera el pulso. Puedo decirles que estoy vivo. Puedo…

¡No puedo hacer nada! Mi crono solo me ofrece una fracción de las opciones habituales.

- CALCULADORA
- HORA/FECHA
- ANÁLISIS DE DATOS BIOLÓGICOS
- IMÁGENES
- NOTAS
- MENSAJES
- ARCHIVOS

Y eso es todo. Todo lo que requiere señal (mis mensajes actuales, el tablón de noticias e incluso la predicción del tiempo y el viento) no está disponible. No me van a enviar ayuda desde allí arriba.

Dejo caer la muñeca junto a uno de los costados antes de girarme para mirar el entorno. Un manto de estrellas ilumina el cielo sobre mí. El lago que me rodea refleja las estrellas y las nubes y, en los límites, se extiende la oscuridad.

No hay historias reales sobre Allí Abajo, solo leyendas, pero todas hablan de la desolación. Algunas tratan sobre bestias poco naturales, salvajes y brutales y, como si al pensar en ellas las estuviera invocando, a mi izquierda oigo pasos firmes sobre el agua.

«Hay algo ahí fuera… y viene por allí».

Se me tensa el pecho y, de repente, a pesar de que es inevitable, me doy cuenta de que no quiero morir. Ahora no y, definitivamente, así no.

Me dirijo con el mayor sigilo posible hacia la parte trasera del Celestante, cuyo morro sigue ardiendo, y me presiono contra él con la esperanza de poder agazaparme entre las sombras y evitar que esa cosa se percate de mi presencia. He visto pájaros, pero nunca a otros animales, excepto en dibujos. ¿Será algo así? ¿Qué podrá hacer? ¿Verá en la oscuridad? ¿Me olerá?

Los pasos se acercan y me doy cuenta de que no me llega ni a la rodilla y está cubierto de pelo por todo el cuerpo. Tras él tiene una larga cola que mantiene en el aire para no mojarse. Parece que los ojos le ocupan la mayor parte de la cara, pero aún tiene sitio para una larga nariz puntiaguda. Me presiono con más fuerza contra un lado del deslizador mientras la cosa anda hacia mí y, con un suave balbuceo, se detiene frente a mí.

Por el ruido no parece que vaya a matarme, pero lo único que sé es que está a punto de sacar la lengua larga y venenosa y atacarme con ella.

—Oye, pequeña..., eh, cosa —murmuro con cautela mientras trato de decidir si lanzarme a la derecha o a la izquierda si de repente se volviese hostil.

Pestañea con movimientos lentos y deliberados cuando descubre que puedo hacer ruido. Entonces, me olfatea una vez y balbucea alegre, como si me contestara. Quizás eso sea todo. No tengo ni idea de qué inteligencia pueden tener los animales. ¿Me entenderá?

—Supongo que no podrás mostrarme dónde está el taller mecánico más cercano, ¿verdad? —pregunto, antes de soltar una carcajada por mi propio chiste y con una diminuta esperanza de que me sorprenderá con una respuesta.

Vuelve a balbucear, y sus ojos reflejan la tenue luz de las estrellas cuando pestañea de nuevo. Entonces, un instante después, se mueve, se gira y se precipita por el agua, provocando pequeñas olas en todas direcciones y meneando el rabo tras él.

—¡Eh, espera! —siseo, pero me quedo paralizado en el sitio. ¿Me entiende? ¿Va a alguna parte? ¿Debería seguirlo? ¿O...?

Un sonido a la izquierda contesta enseguida a mi pregunta. Hay un grupo de cinco formas moviéndose hacia mí a través del espejo poco profundo del lago, criaturas que, por lo menos, me llegan al pecho. Como la pequeña, se mueven a cuatro patas y, cuando una gira la cabeza, veo su silueta.

«Le salen cuchillos de la parte frontal de la cara».

Mi cerebro busca la palabra correcta, una que le escuché a Saelis cuando éramos pequeños. Son... colmillos. He visto a un pájaro cazar a otro y sé al instante lo que estoy viendo: depredadores. Me presiono contra el deslizador de nuevo, conteniendo la respiración, e intento permanecer totalmente quieto para no producir ni una ola. Sin embargo, uno de ellos suelta un gruñido espantoso y chirriante y los otros le responden. Cuando aceleran el paso, no lo hacen en la dirección en la que se ha ido esa pequeña cosa, lo bastante inteligente como para huir. Están dando vueltas para acorralarme contra el lateral del Celestante.

Me lanzo hacia la parte frontal de la nave y cierro los dedos alrededor de una barra mientras las criaturas cargan hacia mí. Noto el metal frío contra las manos, apoyo un pie en el lado del deslizador y tiro. Cuando libero la barra, hay un trozo de lona enganchado al extremo. Las chispas que se acumulan en sus pliegues se prenden fuego mientras lo empuño.

El animal más cercano se para en seco lejos de mi alcance y, gracias a la luz de las llamas, lo veo con claridad. Es como si mis pesadillas tuvieran pesadillas y hubieran cobrado vida. Tiene un enorme par de colmillos amarillos sucios a cada lado de una larga nariz roma y peluda, y un vello áspero le cubre todo el cuerpo, aunque los músculos se ven a través de él. Posee unos dientes igual de afilados, que le surgen de una boca batiente y viciosa. De la cabeza le salen unos cuernos largos y curvos.

Ruge y gruñe de nuevo. Muevo el poste hacia él antes de formar un arco a la derecha, lo que hace que su vecino más cercano se detenga también. Un momento después, los cuatro han formado un semicírculo a mi alrededor, con el deslizador a mi espalda. Me veo reducido a instinto mientras me esfuerzo desesperado para mantenerlos a raya. Sin embargo, sé que no puedo hacerlo durante toda la eternidad porque el fuego se apagará, se volverán más atrevidos y se darán cuenta de que no puedo detenerlos a todos a la vez.

Gruñen, chillan y babean. No sé si es su manera de comunicarse o si solo están delirando tanto, al pensar en clavarme esos cuchillos faciales, que no pueden evitar gritarlo. Entonces, se oye un golpe reverberante detrás que me informa de que el quinto ha tratado de cargar contra mí a través del Celestante.

Grito. En ese momento, veo otra figura oscura. Esta es más alta y delgada y tiene una especie de cuerno levantado.

«No, no, no», corea mi cerebro asustado. Un atacante más desequilibrará la balanza. No puedo luchar contra una cosa más. Ni siquiera sé si puedo hacerlo contra estas cosas mucho más tiempo. Se me cae la barra de la mano y sé que estoy a punto de sentir esos colmillos haciéndome trizas.

Entonces, la luz estalla hasta cegarme a mí alrededor y refleja largas sombras afiladas sobre la superficie del agua. Durante una fracción de segundo, veo la silueta del recién llegado. Se trata de una persona. El cuerno es un cetro que lleva en la mano, tan luminoso como el sol. Me llevo un brazo a los ojos para tapármelos y me giro contra el Celestante para protegerme la cara.

No veo nada, pero oigo a la perfección cada latido individual mientras el pecho está a punto de estallarme. Percibo cada gruñido, chillido y salpicadura a medida que las criaturas y sus cuchillos faciales corren como si les fuera la vida en ello, cruzando el lago cristalino como una bandada de gavís. Entonces, se produce un silencio, interrumpido solo por el agua poco profunda que se mece contra los lados del deslizador.

Poco a poco, me giro y bajo el brazo antes de pestañear para alejar los puntos blancos que aún me obstaculizan la visión. Mientras se apagan estas chispas blancas, veo una figura negra recortada sobre la luz de las estrellas ante mí. Una silueta. Después, sus rasgos comienzan a emerger.

Es una chica. Tiene la boca y la nariz cubiertas por un trozo de tela, y lo único que percibo es un par de ojos oscuros que me miran, empequeñecidos por la desconfianza. Una persona, un auténtico ser humano, vivo y mirándome. Sin embargo, no hay personas en Allí Abajo, todo el mundo lo sabe. Quizás no sea un hombre muerto, después de todo. O quizás esta chica sea la siguiente en intentar matarme.

CINCO
NIMH

El resplandor del hechizo faro desaparece, aunque aún me ciega los ojos, incluso a través de los párpados cerrados. El sonido de los jabalíes corrompidos por la niebla retirándose por el agua de manera ruidosa me informa de que me puedo relajar, pero son criaturas hambrientas, atraídas por la sangre, no por la luz o el sonido. Algo ha debido guiarlos hasta aquí, algo herido.

Justo antes de proyectar el faro, he visto una mancha de fuego meciéndose de un lado a otro contra la acometida de los depredadores sombríos. En ese momento, pensaba que debía de ser una pieza del objeto caído, movida por los animales. Pero la verdad se me presenta antes incluso de que abra los ojos para ver la figura casi caída contra el objeto ardiendo y destrozado. «Alguien más ha venido a buscar la Estrella».

Se pone de pie con dificultad, lo que hace que me aleje con brusquedad, apretando el cetro con más fuerza, a la vez que el corazón me palpita con intensidad. No hay nada dentro de la extraña estructura que ha caído del cielo o, al menos, nada que pueda ver. El hombre, no más que un chico en realidad, no va armado y parece que haya tenido que pelear para llegar hasta aquí. Un grueso reguero de sangre le cubre la parte derecha de la cara, desde el nacimiento del pelo hasta el cuello, y lleva el brazo vendado de manera rudimentaria.

—¿Has cogido algo de aquí? —pregunto, escondiendo el miedo tras un aspecto autoritario.

No se mueve, ni siquiera pestañea, nada que muestre que me ha oído y, mucho menos, me ha entendido. Bajo el extremo del cetro y cambio el peso de mi cuerpo de un pie a otro para ponerme a su altura. No voy a dejar que un chico de mandíbula floja se interponga entre mi propósito y yo, no ahora que tengo uno de verdad.

—¿Cuántos más? —le digo, con la esperanza de que salga de su estupor—. No puedes estar aquí solo. ¿Dónde está el resto del grupo?

El chico sigue observándome. Tiene grandes ojos oscuros y una boca expresiva. Justo ahora parece tan sorprendido como si hubiera caído del cielo junto a esto... a esta cosa. Tiene los ojos muy abiertos y fijos en mi rostro con una extraña expresión de... ¿esperanza?

—Apártate. —Por fin, mi petición obtiene una respuesta. Pasea los ojos hasta el extremo del cetro y, tras tragar saliva, se aleja del desastre humeante para que me pueda acercar.

La estructura que ha caído del cielo está rota, es evidente, aunque ni siquiera sé qué aspecto debe tener. Sin embargo, veo que está doblada y girada, el caparazón exterior arrugado y ardiendo en la parte frontal por el impacto contra el suelo. La estrofa perdida de la Canción del Destructor dice que el receptáculo vacío protegerá la Estrella contra la oscuridad, por lo que debe estar en algún lugar de la maraña formada por esa estructura destrozada. Con la atención puesta casi por completo en el chico, me subo a una parte del armazón, lo que hace que chirríe de forma ominosa bajo mi peso. Cuando me vuelvo a mover, se oye un crujido fuerte y desagradable que hace que el chico se despierte de repente.

—¡Para! —grita de manera abrupta antes de tragar saliva con fuerza, como si le resultara difícil—. Si rompes la fibra de carbón de ahí, vas a destrozar el mástil del ala. Voy a necesitar... —Recorre con los ojos esa cosa en ruinas antes de relajar los hombros—. Por todas las caídas celestiales, no va a volver a volar. No me podrá llevar de vuelta a...

Habla con un acento extraño, y no entiendo todas las palabras que utiliza. Aun así, tras un momento, comprendo lo que quiere decir.

—¿Dices que estabas dentro de esta cosa cuando ha caído del cielo?

—Sí. —Nos mira al cetro y a mí con la misma inquietud—. Es mi deslizador.

«¿Es un afectado por la niebla?».

No puedo verle los ojos con la suficiente claridad en mitad de la oscuridad para observar si están centrados o tienen ese aspecto extraño y distante. En cualquier caso, es mucho más probable que esté mintiendo y piense que el objeto que ha caído tiene cierto valor. O quizás tenga un propósito más siniestro y sepa con exactitud lo que estoy buscando. Si existe una copia de la versión antigua de la Canción del Destructor, entonces puede estar aquí para evitar que me haga con la Estrella.

No todos los que habitan el bosque marino esperan con deseos y fe el regreso del Portador de Luz. Llevamos un tiempo mirándonos a la distancia de mi cetro cuando el chico dice con precaución:

—Gracias por asustar a esas... cosas. ¿Cómo lo has hecho?

—He utilizado un hechizo faro —le contesto, distante, mientras lo observo bajo la luz de las estrellas. Las Amantes aún no han salido, pero, a pesar de la noche sin luna, vislumbro algunos detalles. No se mueve, sino que me observa con ojos oscuros y brillantes. La sangre que le pinta una parte del rostro le da el aspecto de un guerrero, acentuándole los pómulos afilados y la nariz aguileña. Tiene los labios presionados por el dolor, sin duda por la herida del brazo que tiene bajo la tela ensangrentada.

—Sigues sangrando —digo por fin—. Los jabalíes del bosque marino se sienten atraídos por la sangre, y los corrompidos por la niebla, incluso más. Esa venda no sirve de mucho a la hora de ocultar su olor.

No puedo evitar seguir contemplándolo, como si así pudiera intuir su engaño o su propósito. Me sostiene la mirada y, aunque está nervioso, no parece malvado. La sorpresa se está desvaneciendo, y ahora puedo ver esa mirada en sus ojos con mucha más claridad. Parece... encantado de verme. Un agente enemigo no lo estaría si se encontrara cara a cara con la propia divinidad en la ubicación de la Última Estrella de la profecía.

«Quizás no sabe quién soy».

Con lentitud, aún con los ojos fijos en mi rostro, a excepción de algún rápido vistazo al extremo del cetro, cambia el peso del cuerpo de un pie a otro.

—No tengo intenciones de hacerte daño. ¿Podrías apartar el arma o al menos dejar de apuntarme con ella?

Paseo mis propios ojos hasta el extremo del cetro, donde tintinean los amuletos de udjets colgantes como los de cualquier mago. Siento cómo frunzo el ceño, ya que cada vez el misterio es mayor. ¿Quién es este chico que no reconoce el cetro de un mago?

—¿Vas armado? —pregunto al fin, recorriéndole el cuerpo con la mirada. Lleva una ropa extraña y ajustada, de una sola pieza. No hay lugar alguno donde esconder nada, mucho menos un arma más grande que un pequeño cuchillo.

Pestañea.

—¿Por qué iba a ir armado?

Yo también pestañeo. «¿Por qué no ibas a ir armado?». Sin embargo, no lo digo en voz alta. Tengo que encontrar el objeto o artefacto que haya caído con esta cosa (el deslizador, como él lo ha llamado), pero no puedo conducir una búsqueda, ni a su alrededor ni por la estructura, mientras sujeto el cetro entre los dos.

—Espera ahí y no te muevas. —La orden parece sorprenderle, pero hace lo que le pido. Subo con cuidado por la estructura destrozada y chirriante de nuevo para examinarla. El chico hace pequeños ruidos de protesta, pero por fin estoy lo bastante cerca para inclinarme e inspeccionar el interior del «deslizador».

Dentro solo hay un pequeño espacio, nada que pueda coger y llevar al templo. En la parte frontal hay un conjunto de palancas quemadas y paneles de cristal cubiertos de hollín, etiquetados con el alfabeto utilizado en nuestros textos más antiguos, ilegibles para cualquiera que no sea académico. Para mí, esas palabras no tienen sentido («alt.», «comp.» y «radio»), pero la visión me provoca un inquietante cosquilleo.

De repente, entiendo por qué. El espacio del interior del objeto caído tiene la forma y el tamaño exactos para que entre una persona. Estoy mirando un... asiento.

El chico espera donde lo he visto por última vez y sigue con los ojos mi progreso. Me sostiene la mirada cuando me incorporo y lo observo. Quizás incluso en la oscuridad vea alguna pregunta en mi rostro medio oculto, porque se remueve y dice:

—¿Cómo...? ¿Cómo has llegado aquí? ¿Tú también te caíste de Alciel? ¿O quizás de una de las ciudades celestiales perdidas? ¿Hay más personas aquí? ¿Tenéis un campamento en algún lugar, una especie de refugio o...? —Su voz se va acallando mientras me contempla con los ojos muy abiertos por la sorpresa—. ¿Has nacido aquí?

Con «aquí», no se refiere al Espejo de la Deidad. Me palpita el corazón ante lo que sea que mi mente no es capaz de asumir. En lugar de eso, me centro en algo más pequeño, pero igual de increíble: no sabe quién soy.

No llevo el rojo ceremonial ni la corona de oro con los que me identifica mi pueblo cuando estoy en casa (una decisión táctica para evitar atraer la atención mientras viajamos), pero cualquiera en todas las tierras conoce mi rostro a través de pinturas o estatuas. Me mira y no me reconoce.

Si es un enemigo, presentarme como Nimhara, cuadragésimo segundo receptáculo de la Deidad, sería una locura. Podría acabar con él ahora mismo con un movimiento rápido del cetro, pero no voy a hacer daño a un inocente. Hay aún una posibilidad de que solo sea un afectado por la niebla que esté experimentando un momento de semilucidez.

«También hay una posibilidad de...».

Un chillido enrabietado traspasa el aire y reverbera por el agua del Espejo. El chico salta y se da media vuelta para buscar su origen en la oscuridad.

—Son los jabalíes —le digo—. Te han olido.

Se gira hacia mí con ojos como platos y su sorpresa se desvanece con un terror repentino.

—¿A cuánta distancia está tu... de donde vengas?

—Demasiado lejos para que camines hasta allí, sangrando. Solo hará que te sigan. —Dudo un segundo más, buscando en el chico algún indicio de que sea una amenaza.

Sin embargo, solo parece cansado y asustado. Tiene el rostro un poco más claro que el mío, pero, incluso bajo la luz de las estrellas, veo el tono ceniza de su piel, no sé si por el miedo o por la pérdida de sangre.

—Venga —le digo mientras trato de seguir alerta a pesar de mi necesidad irracional de confiar en él—. Te voy a curar el brazo.

Me llevo una mano al fajín, buscando en uno de los bolsillos una pizca de fueguemilla. El chico me observa con el ceño fruncido mientras la acuno con las manos y susurro la invocación de la luz. Sin embargo, cuando lanzo el puñado al aire y este desprende su tenue brillo verdoso a nuestro alrededor, se echa hacia atrás con una maldición.

Lo miro inquisitivamente. La magia simple es la más fácil de dominar, y las fueguemillas son comunes en todo el bosque marino. Aun así, el chico actúa como si la magia le resultara novedosa.

—No quiero hacerte daño —le digo con suavidad—. La magia simple no es mala, y necesito ver dónde estás herido. ¿Me lo enseñas?

Sigue un poco perplejo, pero hace lo que le pido. Tira de algo que tiene en el cuello y lo baja antes de que el traje ajustado se divida con un ruido metálico y chirriante. Ahora que lo veo con mayor claridad, la venda no merece ese nombre. Es un pedazo sucio de tela en torno a la herida, de donde supura con lentitud la sangre que se le coagula en la curva del codo. Tira de la tela y se libera los brazos del traje antes de atarse ambas mangas en la cintura, dejando al descubierto la camisa fina que lleva debajo, sencilla y de manga corta.

Ahora, bajo la luz del fueguechizo, tiene los rasgos más visibles. Los ojos, que pensaba que eran negros, son en realidad de color marrón oscuro, un contraste bonito sobre el tono más pálido de su piel. Aunque, a través de las mangas cortas, no muestra la musculatura de los cruzarríos, tiene los músculos del brazo definidos, de un bronce brillante bajo la luz. Lleva el pelo negro con un estilo que nunca he visto: casi rapado en los laterales, cerca de las orejas, con una melena de rizos en la parte superior. Extraño, pero, sin duda, atractivo.

A veces siento una pequeña punzada cuando me encuentro con alguien tan cautivador. Un atisbo cosquilleante de algo, profundo e intuitivo, seguido de la rápida desaparición de ese mismo sentimiento. Solo queda la pequeña punzada de pérdida que me recuerda lo que nunca podré tener.

Le pido que levante el brazo hacia la luz. El corte es desigual, pero poco profundo. Seguramente le dejará una cicatriz, incluso a pesar de mis habilidades con la magia de curación, pero al menos dejará de sangrar. Del cinturón, saco un paquete encerado de amanecer de Mhyr y le pido que mantenga un poco abierta la herida. Me mira, dubitativo, durante unos instantes y, al verle dudar, le digo:

—Sellará la herida. Te dolerá, pero es lo mejor para que esos malhumorados no se den un festín.

—¿Te refieres a un desinfectante? ¿Es alguna clase de antibiótico? —Estira la herida con las yemas de los dedos hasta que el corte se separa y él sisea de dolor.

Me acerco y lo miro de reojo.

—Utilizas unas palabras muy raras. —Rocío el polvo de amanecer por el interior de la herida, con cuidado de no echárselo en el resto de la piel.

Se estremece.

—No está mal —murmura antes de mirarme—. Tú también usas palabras bastante extrañas. ¿Esto es... magia? —Dice la palabra como si la encontrara graciosa.

Levanto las cejas.

—Sí. Y esa no es la parte que duele. —Guardo el paquete y saco un pequeño vial de dulcedensificador. Antes de que el chico me pregunte a qué me refiero, le quito el tapón y lo inclino sobre el brazo para verter escasas gotas del sirope cristalino por la herida.

—Ah, esto es... Está caliente. Espera, parece un poco... —Abre mucho los ojos—. Se está poniendo muy caliente.

—Shhh. —Alzo un puñado de agua y cierro los ojos, esperando hasta que la maraña de energías de mi mente se calme un poco y pueda echarle agua sobre la herida. Estalla en unas llamas curativas doradas.

El chico grita de miedo y dolor y se tambalea hacia atrás, dándose inútiles toquecitos en el brazo durante unos segundos antes de dejarse caer de rodillas y meterlo en el agua salada del lago a nuestros pies. Lo cogería para que se quedara quieto si pudiera, pero me debo conformar con gritarle:

—Cálmate, solo es un poco de fuego curativo.

El agua salada no hace mucho para interrumpir el hechizo porque no es una llama natural, sino mágica. No obstante, el fuego es rápido y, cuando se sienta de nuevo, ya ha hecho su trabajo. Con la cara blanca, el chico se mira el brazo, incrédulo, y después a mí.

—Al... alguna reacción química —murmura, tocándose los bordes de la herida con las yemas de los dedos. La magia la ha sellado bien. El fueguechizo en el aire ha comenzado a desvanecerse y el agua agitada por los movimientos del chico ha disipado la mayoría de lo que había en su superficie—. Podrías haberme avisado de que ibas a cauterizarla.

No puede haber fingido la reacción. La alarma que me traspasaba por sus desconocidas intenciones ha desaparecido, y, en su lugar, hay curiosidad, constante y aguda.

—¿Quién eres para no haber visto nunca un conjuro de curación?

El chico levanta la mirada antes de desviarla.

—Yo... te lo he dicho. Me he estrellado. —Entonces, durante unos instantes, levanta los ojos hacia el agujero oscuro y sombrío del cielo que forman las tierras de las nubes por la noche.

La manera tan extraña de hablar, su ropa y pelo, su reacción ante la magia, el hecho de que no sepa quién soy... y, sobre todo, la estructura que he visto caer del cielo con la forma perfecta para contener a un humano...

—¿Estás diciendo... que te caíste de las tierras de las nubes? —susurro, asombrada, aún con desconfianza. Sin embargo, cuando me mira, tiene la verdad pintada en el rostro.

—Tengo que volver allí —suelta de forma brusca, y la necesidad le acelera esa extraña voz—. ¿Me puedes ayudar?

Sin embargo, en los oídos solo oigo un rugido ante esa imposibilidad y el pulso rápido. Mareada, solo consigo susurrar:

—¿Vienes del otro lado del cielo?

El chico se incorpora, me mira unos segundos y asiente.

—Necesito tu ayuda para volver a casa. El deslizador está destrozado, tengo hambre y sed... ¿Me puedes ayudar?

Hace un milenio, los dioses huyeron a las tierras de las nubes. Lo único que hemos recibido del cielo han sido algunos artefactos aquí y allí, reliquias y conjuros de gran poder. Ni siquiera los he visto todos porque muchos llevan generaciones encerrados en criptas de piedra. Pero está claro que nunca ha bajado un chico humano.

Creía que tenía que venir aquí a encontrar la Estrella, algún objeto caído del cielo que me ayudaría a preparar la llegada del Portador de Luz, el que acabaría con toda la profecía, el que limpiaría el mundo para que este empezara de nuevo. Esperaba una gema de hechizos o un pergamino, una espada encantada o una antorcha de fueguechizos bajo cuya luz la Canción del Destructor guiara al luminoso dios hasta nosotros.

«Como una llama en la oscuridad».

A mi mente llega el recuerdo de este chico tratando de combatir a los jabalíes corrompidos por la niebla con un pedazo ardiendo de algo ruinoso cuyo fuego brillaba en la noche.

Como una llama.

Quizás, solo quizás... ¿el chico humano sea la Estrella? ¿Será algún descendiente de los dioses que no conoce su propia divinidad? No sé cómo habrá caído del cielo ni me puedo imaginar cómo podría él ayudarme a descubrir mi destino. Sin embargo, de repente, estoy total y completamente segura de una cosa: este chico es lo que debía encontrar aquí.

—No conozco ninguna magia que pueda mandar a un hombre al cielo —digo en voz baja mientras observo el rostro del chico en busca de algún símbolo, cualquiera, algo que lo conecte con el destino divino—. Acompáñame al templo. Nuestros archivos contienen muchos secretos y pergaminos antiguos. Quizás encuentres en ellos el conocimiento que buscas. La leyenda dice que el templo fue, en el pasado, el hogar de los centinelas, quienes protegían el camino al cielo.

—Gracias. —Tiene una expresión solemne, pero el alivio le tiñe los ojos y ahora incluso sonríe un poco. Le queda bien en sus rasgos—. Me alegra que me encontraras.

No tiene cicatriz alguna, rastro de callos en las manos ni el rostro curtido por el clima. La piel bajo las extrañas prendas exteriores está limpia. Está tan fresco e impecable como si lo acabaran de crear.

Centro la mirada en el traje que lleva, con las mangas atadas a la cintura. En una de ellas distingo unas letras, deformadas por las arrugas de la tela, pero inequívocas. Es la caligrafía de los ancestros. Igual que la del interior del deslizador caído.

—¿Tenéis nombres en el cielo? —pregunto, no muy segura de qué esperar.

El chico sonríe aún más.

—Me llamo North. ¿Y tú?

Lo miro, sin palabras. Parece desprender un significado tan divino como el gato pelusa. Sin embargo, es cierto que ni siquiera un dios nace sabiendo el lugar que le tiene preparado el destino. Tuve que aprender cuál era mi propósito cuando me designaron para la divinidad, igual que cualquier niño aprende acerca del mundo. Si este chico es la Última Estrella, la llama en la oscuridad, cuya luz me guiará hasta el Destructor y hasta el final de los días..., no lo sabe.

De repente, necesito respirar con libertad, por lo que me bajo el pañuelo de los labios para poder inspirar una amplia bocanada de aire fresco.

—Puedes llamarme Nimh.

SEIS
NORTH

NIMH GUÍA EL CAMINO POR UNA LLANURA ABIERTA MIENTRAS las estrellas sobre nuestras cabezas se reflejan en el agua que nos rodea, una fina capa que cubre el suelo hasta la altura del tobillo. Es como caminar por el cielo, excepto que se me están empapando las botas.

Me duele abandonar el Celestante, pero no me puedo quedar con él. No puede volver a casa, destrozado como está. Mi única esperanza ahora mismo es que Nimh diga la verdad, que haya alguien en ese templo suyo que me pueda ayudar.

Cada vez que miro la ágil silueta de Nimh ante mí, intento asumir que es humana y que está aquí, pero mi mente titubea. Se supone que nadie vive en Allí Abajo, pero aquí está. Además, lo que dice tiene sentido, más o menos. Conoce la medicina o, al menos, la química y me ha asegurado que hay otras personas.

Nos han contado que la superficie está deshabitada. Lo sabemos desde que empezamos a hablar. No tengo ni idea de dónde situar a esta chica, de cómo ha podido aparecer en el lugar del accidente, pero aún no estoy muerto, y lo estaría si ella hubiera querido. Por primera vez desde que el deslizador dejó de responder y caí bajo la ciudad, tengo esperanzas. Para ser sincero, siento un cosquilleo de entusiasmo en algún lugar del pecho. He soñado con la superficie y su exploración, pero nunca con algo así.

Mantiene un buen ritmo, y el dolor comienza a reafirmarse, lo que me obliga a respirar de manera superficial por el malestar que siento en las costillas.

—Nimh —digo, y gira la cabeza sin interrumpir las zancadas—. ¿Podemos ir un poco más despacio? Lo siento, pero me duele.

Niega con la cabeza.

—Mi... amiga dijo que vendría a por mí tras media hora —contesta. Hay algo en esa pausa antes de «amiga» que hace que me pregunte qué iba a decir. ¿Está hablando de su pareja? ¿Su superior?

—Entonces, ya nos encontrará —digo—. Supongo que se dará cuenta de mi presencia tarde o temprano. ¿Hay algún problema?

—Que estés aquí será un desafío, pero no puedo permitir que den la voz de alarma cuando se den cuenta de que me he escabullido. Eso sería mucho peor.

—Muy bien —contesto con un tono más alegre—. Será mejor que me presentes antes de que te meta en problemas. Parece que, excepto a ti, no le he gustado a nada de lo que me he encontrado por aquí.

Necesito su ayuda. Necesito ser encantador. Necesito evitar cualquier indicio de amenaza. Mueve los labios y, por primera vez, me muestra una pequeña sonrisa. Le queda bien. No puede ser mucho mayor que yo, algo de lo que no me he percatado por el cetro, la magia y la lucha contra la horda de criaturas aterradoras. La sonrisa solo dura un instante antes de que continúe adelante. Sin embargo, se mueve un poco más lento por mí y, con una risita interior, la sigo.

La sombra oscura ante nosotros se convierte en una masa enmarañada de árboles, todos posibles rivales de los más grandes de palacio en cuanto a tamaño. Además, no se parecen en nada a las líneas rectas y limpias de nuestros huertos y jardines ornamentales. Estos forman un desastre salvaje, entrelazados como si estuvieran peleándose y formaran nudos con las ramas. Sus raíces vuelven el suelo tosco e irregular bajo los pies. Al entrar en el bosque, la luz de las estrellas desaparece, y los palos y las ramitas me arañan cuando paso junto a ellos.

Durante unos pocos segundos, aparecen pequeños puntos de tenue brillo amarillo aquí y allá, que desaparecen de forma aleatoria. Intento seguirlos con la mirada, pero se desvanecen antes de que pueda observarlos con atención. ¿También esto es «magia»?

Estoy entretenido tratando de entender qué reacciones químicas podrían causar ese brillo cuando un enjambre de insectos surge a nuestro alrededor. Cierro la boca y me tapo la nariz con una mano mientras Nimh se cubre la cara con un trozo de tela. Con cuidado, cojo aire para preguntar cuánto falta para el campamento, pero un montón de insectos se me meten en la boca, lo que me deja tosiendo y escupiendo. El cálido aire húmedo se cierne a nuestro alrededor y se nos pega a la piel.

Nimh se aclara la garganta y, por detrás de la bufanda, hace con los labios un ruido extraño y susurrante, como si cantara, que parece entremezclarse con los ruidos nocturnos del bosque que nos rodea. Se detiene con el ceño fruncido y aprovecho la oportunidad para reclinarme sobre el árbol más cercano y descansar. Hace el ruido un poco más fuerte esta vez, con las manos en las caderas.

—Si no vienes —le dice al bosque con tranquilidad, en el mismo tono que solían usar mis madres para mandarme a la cama—, tendré que irme sin ti. —Entonces, sin girar la cabeza, me avisa—: North, las hormigas que anidan en ese árbol peludo te van a morder.

Me alejo a toda velocidad del árbol y ella se pone en camino de nuevo. No parece necesitar comprobar dónde pisa entre el cementerio de raíces. Se mueve como si este lugar fuera su hogar o pudiera ver en la oscuridad. Parece que forme parte de él, y en mi interior surgen un millón de preguntas.

Tropiezo, y a punto estoy de caerme de cara antes de recordar que debo centrarme en mis propios pies, no en los de ella.

—¿Con quién estabas hablando? —pregunto, al mismo tiempo que doy un par de pasos rápidos para alcanzarla. Me agacho bajo una vid que está a punto de cogerme por el cuello.

—Con el gato —contesta.

—¿Qué es un gato?

—¿Qué es un...? —Por fin, encuentro algo que hace que interrumpa el ritmo y a punto está de caerse. Da un par de zancadas rápidas y tambaleantes y, cuando estiro la mano para sujetarla por el codo, se aleja antes de que pueda tocarla. Se da la vuelta para fulminarme con la mirada como si acabara de intentar matarla. Calma la expresión a toda velocidad o, al menos, parte del fuego le desaparece de los ojos, visibles sobre el borde de la bufanda.

—Lo siento —digo, aunque no estoy del todo seguro de por qué me estoy disculpando. Supongo que no le gusta que la toquen.

Desestima la disculpa sin hablar de su extraña reacción y se gira para seguir con la marcha.

—Un gato es... Mira, eso es un gato.

Como si estuviera ensayado, una oscura silueta del tamaño de mi torso se deja caer de los árboles cercanos para aterrizar en medio del camino. Lo único que consigo ver son un par de ojos brillantes y un indicio de cola ancha y blandita que se eleva en señal de aviso o saludo. Asumo que, si desea que esa cosa venga con nosotros, será porque no va a querer matarme.

—Ah, hola —digo, tratando de ocultar el hecho de que no sé si ese «gato» es inteligente. ¿Es un amigo? ¿Un sirviente?—. ¿No nos vas a presentar?

—¿Cómo? —pregunta, y parece divertida.

—Bueno, ¿cómo se llama?

—¿Llamarse? —Suelta un suave resoplido que quizás sea una carcajada—. Los gatos no tienen nombres. Es un gato y ese es su nombre. ¿No tenéis gatos en el cielo?

—Ninguno —digo—. Tampoco tenemos esas cosas, los jabalíes. ¿Es más tranquilo que ellos?

—Una pregunta complicada —contesta—. Para mí, sí. Para los demás..., depende. Para los ratones del templo, es su propio Portador de Luz.

Dice la palabra como si fuera un nombre y me mira de reojo. En ese momento, estoy seguro de que intenta evaluar mi respuesta. Quizás sea una palabra sagrada y, si fuera de aquí, no haría otra cosa salvo reaccionar. Sin embargo, no lo soy, así que frunzo el ceño, confuso, en parte por qué tampoco sé qué son los ratones.

—¿Su propio qué?

—Portador de Luz —dice, más despacio—. El dios que terminará este ciclo y comenzará el siguiente, el que hará renacer al mundo.

—Claro —respondo mientras golpeo a un insecto que trata de picarme en el cuello. No tengo ni idea de qué está hablando. He oído algo sobre la veneración a los dioses, es parte de mi educación. Lo hacía mi pueblo mucho antes de la Ascensión. Teníamos un montón de dioses en aquel entonces, según los relatos. Una vez le pregunté a mi madre de corazón por qué ya no los teníamos. Dijo que es probable que dejáramos de creer en ellos cuando subimos al cielo y descubrimos que no había nadie allí.

La chica me observa de manera extraña, y me pregunto lo desubicado que parezco, quién o qué cree que soy.

—¿Veneráis al Portador de Luz en el templo al que vamos? —pregunto.

—Entre otros —contesta—. El templo está a un día de camino. Mañana por la noche, podrás verlo con tus propios ojos.

No estoy seguro de que me guste esa respuesta. Suena demasiado bien... y revela demasiado poco. Sea quien sea esta chica, al menos una cosa me resulta familiar de ella: quedaría genial en el consejo. Medita cada palabra antes de pronunciarla. No me lo cuenta todo, pero no puedo enfrentarme a ella, aún no. No importa a dónde me lleve, será mejor que quedarme de pie en el centro del lago con un deslizador roto y monstruos hambrientos a mi alrededor.

—¿Qué va a pasar cuando lleguemos allí? —pregunto.

Nimh supera un tronco podrido y la criatura felina salta sobre él con un movimiento fluido.

—Allí buscaremos a alguien que sepa devolver a un hombre al cielo.

Suena genial cuando lo dice, pero no puedo evitar girar el cuello para captar un retazo de mi hogar. No veo las estrellas debido a la cúpula de hojas sobre mi cabeza.

—Has mencionado a los centinelas —digo—. Has dicho que quizás tuvieran idea de cómo devolverme al cielo. ¿Quiénes son?

—Una historia para niños, pero las historias a menudo tienen un punto de realidad que se perdió hace mucho tiempo. Se comenta que eran una sociedad secreta de magos que, en el pasado, protegían el camino entre los mundos. Los archivos son muy extensos. Si aún existe algún texto que trate sobre los centinelas, lo encontraremos allí.

Los archivos son extensos. Mi cerebro aún sufre un cortocircuito al pensar en la posibilidad de que haya alguna tribu aquí abajo, aferrándose a la vida después de todos estos siglos y que tengan... ¿archivos extensos?

—¿El templo forma parte de un campamento o pueblo o de algo más grande?

—Se erige sobre la ciudad —dice—. No hay muchas zonas que permanezcan secas. Ahora está a punto de terminar la estación lluviosa. El templo se levanta sobre el bosque marino, y muchas de las casas de la ciudad se marchan durante la época húmeda.

¿Una ciudad? Pero eso significaría que hay miles de personas. Mi cerebro comienza a echar chispas y amenaza con prenderse fuego. Sin embargo, hay algo de lo que me ha contado que no cuadra.

—¿Las casas se marchan?

—Claro. —Me mira de reojo—. El templo es fijo, pero la mayoría de los otros lugares flotan. Para encontrar comida, comerciar... Es algo poco común y una responsabilidad muy valiosa pasar toda tu vida en un sitio.

Aquello cobra sentido. Si la mayoría de la superficie está inundada, las ciudades necesitan asentarse sobre el agua.

—Nuestras ciudades también se mueven, pero las movemos en bloque, en lugar de por partes.

—¿Se deslizan como tu nave?

—No, utilizan motores. Es un tipo distinto de propulsión.

—Motores —dice con lentitud, como si saboreara la palabra—. Propulsión. —Tiene un rostro amable, curioso e inteligente, pero el corazón me da un vuelco. Está claro que no sabe de qué estoy hablando. ¿Cómo voy a encontrar la forma de reparar el Celestante si estas personas no saben ni lo más básico sobre aeronáutica?—. ¿Qué son «motores»? —No parece haberse dado cuenta de mi consternación.

—Son..., eh... No sé cómo explicarlo —admito. Tengo la mente demasiado cansada para estar seguro de por dónde empezar—. Son unas cosas que se construyen para crear energía, igual que el viento empuja una vela. La única diferencia es que tienes que esperar a que este sople, pero el motor tiene energía siempre que quieras.

—Ah, una especie de magia —dice, como si estuviera diciendo: «Ah, gravedad, lo pillo»—. Quiero aprenderla. ¿La conoces o solo la has visto hacer?

—No es magia —respondo—. Es ciencia. La ciencia se puede explicar, sabes cómo funciona cada parte. La magia es... A ver, es como la ciencia, pero sin poder explicarla.

—Puedo explicar la magia. Y acabas de decir que no sabes cómo explicar los motores.

«Bueno, tal vez debería callarme».

—North —dice con suavidad—. Haré todo lo que pueda para ayudarte. Al principio no estaba segura de si eras amigo o enemigo, y siento haberte asustado, pero ahora no creo que seas un enemigo. De este modo, si me consideras amiga, te mantendré a salvo.

Tiene los ojos oscuros fijos en los míos mientras habla, con una sinceridad y una franqueza que en mi pueblo rozarían la intimidad. Debe de ser algo normal en el suyo, pero hace que quiera cambiar el peso de mi cuerpo de un pie a otro, aclararme la garganta y desviar la mirada.

Tengo que carraspear para poder hablar.

—Gracias, Nimh. —Comienzo a pensar que debo haber tenido mucha suerte de que sea ella la que me ha encontrado.

Sonríe e inclina la cabeza.

—Estamos llegando, nubereño. Ven.

Llegamos a la frontera del bosque y, un segundo después, vislumbro el límite de más agua. Esta vez no es poco profunda ni reflectante. Es más agua de la que he visto nunca, excepto en las reservas de la ciudad, un ancho río que fluye con suavidad cerca de la orilla en la que nos encontramos.

Nimh me guía por la ribera embarrada hasta donde está amarrada una balsa y, cuando subimos a ella, se tambalea un poco bajo nuestro peso. Quizás este no sea el momento adecuado para decirle que no sé nadar, por lo que mantengo el pico cerrado mientras rema para cruzar el río. Respiro con mayor facilidad cuando llegamos al otro extremo y piso tierra firme de nuevo, aunque esté empapada.

Sin embargo, a unos metros del agua, ralentiza el paso y, con un suave canturreo, la criatura felina se detiene a sus pies. Se inclina sobre el cetro, con la cabeza ladeada, y yo también presto atención.

—¿Nimh? —me aventuro a preguntar, susurrando por instinto.

—Has dicho que has venido solo —dice. No es una pregunta, sino mi última oportunidad de revisar mi historia. La desconfianza le vuelve a teñir el tono de voz.

—Sí, te lo prometo.

Su mirada inquisitiva me recuerda que no sabe lo que vale la promesa de un príncipe… ni que soy un príncipe. No soy lo bastante tonto como para hablar del valor de mi promesa o de mí hasta que sepa qué va a hacer con esa información, por lo que me quedo callado.

Por fin, me lo explica.

—Mi gente debería estar alerta. Deberían estar buscándome… y ya tendrían que habernos encontrado.

Algo en el modo en el que dice «mi gente» me recuerda a la forma en que habla mi madre de sangre. Como una líder.

Mientras pienso en eso, Nimh se inclina para pasar los dedos por el lomo del gato. Como si el gesto fuera una señal, la cosa se mueve a su ritmo cuando se pone en marcha de nuevo.

—No te alejes —me pide, y, a través de los árboles, veo el brillo de una luz. Estamos llegando a un claro y, por la manera en la que se desplaza (en silencio, con cuidado, con el cetro preparado), debe de pensar que hay algún peligro allí.

—Nimh —susurro, manteniendo la voz tan baja que es apenas audible—. ¿Necesito usar algo como arma? —Hay muchos palos afilados y rotos a mi alrededor. No sé lo que voy a hacer con un palo si las cosas se ponen mal, pero es mejor que nada.

Sin mirar hacia atrás, se lleva la mano a uno de los cinturones y saca un cuchillo de una funda para ofrecérmelo por el mango mientras aprieta la punta de la hoja con fuerza. Supongo que está decidiendo si debe o no confiar en mí, aunque también está claro que no quiere tocarme. Quizás piense que tengo alguna clase de enfermedad celestial.

No necesita decirme que me quede callado. Los sonidos del bosque, como una cacofonía, parecen desaparecer aquí. Trato de poner los pies donde los coloca ella, bajándolos con suavidad mientras los dos reptamos hacia la luz de varias hogueras ante nosotros. Sin embargo, no hay sombras de personas a nuestro alrededor ni señal alguna de vida.

El fuego ilumina la cara de Nimh a medida que nos agazapamos hacia el borde del campamento, y le da vida y un tono dorado con cada titileo o movimiento de las llamas. Sigo su mirada mientras examina el campamento y veo pequeñas tiendas de tela esparcidas en torno al fuego, junto a cazuelas, bolsas y un par de cajas. Quizás no esté muy elaborado, pero parece dispuesto para varias personas, aunque ahora mismo no veo a ninguna.

Pensaría que todas están ahí fuera buscando a Nimh, pero no actúa como alguien que sabe que sus amigos están a un grito de distancia. La tensión la traspasa. Coge una piedra, la levanta para asegurarse de que sé lo que está a punto de hacer y la lanza hasta el centro del campamento.

Choca con una cazuela de metal y nadie emerge de las sombras para ver qué ha producido el ruido. Con lentitud, Nimh me hace gestos para que permanezca donde estoy y se pone en pie.

Aunque me veo tentado a seguirla, me agazapo obediente en mi sitio mientras repta hasta el campamento abandonado para investigar. Una a una, abre todas las tiendas. Al principio, tiene cuidado, con el cetro levantado en la mano libre, pero, al final de la búsqueda, lo hace rápido. Se baja el velo de la cara con la respiración acelerada y la confusión en el rostro. Por fin, se gira hacia mí y me pongo en pie donde estoy escondido y camino hasta ella.

—No lo entiendo —murmura—. Un guardia debería haberse quedado en el campamento, aunque los otros hubieran ido a buscarme. No puedo creerme que…

Algo oscuro le cae en la mejilla y se lleva la mano hasta allí. Cuando se separa los dedos de la piel, tiene las yemas de un vívido rojo. Mientras nuestros ojos se encuentran, otra gota cae entre nosotros y se estrella con suavidad sobre el barro. A la vez, con mucha lentitud, inclinamos la cabeza y levantamos la mirada. No sé si el jadeo que oigo es suyo o mío.

Una serie de bultos cuelgan de los árboles sobre nosotros y se retuercen con lentitud en unas cuerdas. Los miro sin entender. Entonces, otra gota oscura y gruesa golpea el suelo. En ese momento, cuando consigo centrarme, las figuras sobre nuestras cabezas cobran sentido. Estoy ante una pesadilla: cada bulto es un cuerpo mutilado. La luz del fuego crea sombras monstruosas en sus rostros y titila sobre sus ojos apagados y fijos.

Un grito de horror me desgarra la garganta y me alejo, tambaleante, de las cosas que cuelgan sobre nosotros, pero Nimh sigue ahí de pie, mirándolas como una escultura de piedra. A su alrededor, el sonido de la sangre cayendo sisea sobre las hogueras. El campamento y su gente han sido masacrados.

Dirijo los ojos hacia un ligero movimiento detrás de ella, una sombra en la oscuridad. Entonces, el movimiento irrumpe desde los límites del claro y, antes de que pueda reaccionar, al menos media docena de figuras vestidas de negro surgen de los árboles. Caminan con lentitud, de manera deliberada y silenciosa. Todas van armadas, y los filos de sus cuchillos y cetros brillan bajo la luz del fuego.

Junto a mí, Nimh coge aire de forma temblorosa y aprieta el cetro.

—¡No podéis ganar! —grita con un tono estrepitoso—. Aún podéis dar media vuelta.

Bajo su voz percibo temblor, crudeza, y las palabras permanecen allí en el silencio antes de desvanecerse en la nada. El gato suelta un alarido y escupe su desafío. Como si el sonido fuera una señal, las figuras sombrías atacan.

Un hombre con la cabeza rapada, cubierto con una oscura barba de dos días, se lanza hacia mí mientras traza un rápido arco con el largo cuchillo, lo que me obliga a retroceder hacia el fuego. No produce ni un sonido, solo se acerca a mí con dos rápidas zancadas y me lanzo a un lado para esquivarlo de nuevo.

Lo único que oigo es mi propia respiración estridente mientras estiro los brazos para equilibrarme. Es entonces cuando recuerdo que yo también llevo un cuchillo. Abre los labios para soltar un gruñido y le brillan los dientes blancos bajo la luz del fuego. Doy un paso atrás. Se lanza hacia delante y me agarra del traje, con lo que me acerca a él. Me sujeta por la muñeca y me la aprieta hasta que el dolor me recorre el brazo. Siento los dedos debilitados y me vuelvo totalmente consciente de la empuñadura que tengo en la mano. «No, no puedo».

Entonces, se oye un chillido a sus pies y él grita, soltándome, cuando el gato le agarra de la pierna entre siseos y escupitajos. «Tengo que hacerlo».

Me abalanzo sobre el hombre con el cuchillo. Se produce una ligera resistencia antes de que el filo ceda de manera nauseabunda cuando se le hunde en las entrañas. Se tambalea hacia atrás, pero sujeto el cuchillo para liberarlo. La luz del fuego ilumina el rojo de la sangre cuando cae.

Siento como si alguien me hubiera quitado el aire de los pulmones, y me da miedo desmayarme porque... ¡acabo de acuchillar a un tipo! Sin embargo, un instante después, recuerdo que hay más y que Nimh está en algún lugar detrás de mí, que me necesita...

Me doy media vuelta y me la encuentro de pie, totalmente quieta, con el cetro en el aire. Seis cuerpos inmóviles están tirados en el suelo a su alrededor. Me quedo paralizado, asombrado, en algún punto entre la sorpresa y el miedo. Entonces, gira la cabeza para sostenerme la mirada. Trago saliva, pero tengo la boca seca.

—Nimh, yo...

Centro la mirada en un movimiento relámpago detrás de ella cuando una figura solitaria carga desde los árboles, con la mano en alto y el cuchillo en dirección a la espalda de Nimh. Grito un aviso sin palabras y le arrojo el cuchillo al atacante. Se desliza por el aire antes de rebotar en un árbol, sin producir daño alguno, pero el aviso es lo único que Nimh necesita.

Se da media vuelta y, como continuación de ese movimiento, levanta el cetro y le golpea bajo la barbilla. El asaltante echa la cabeza hacia atrás y cae al suelo, donde la luz del fuego revela los rasgos de una chica de nuestra edad.

En ese momento, me giro para mirar al tipo al que he atacado, pero no está donde lo he dejado. Ha desaparecido en el bosque, por lo que supongo que... ¿que no lo he matado? Me encuentro dividido entre el alivio por no ser un asesino y el miedo de que siga ahí fuera.

Todo mi interior me grita que corra, pero no puedo moverme, y, cuanto más lo intento, más siento que estoy a punto de vomitar. Nunca había visto un cadáver. Nunca había hecho daño a nadie..., así no.

Me trago la bilis y el horror y me obligo a deslizar un pie tras otro. Con ese paso tambaleante, mi cuerpo comienza a desbloquearse. Tiemblo cuando me acerco a Nimh. Ella aún no se ha movido. Comienza a levantar la mirada y ni siquiera estoy seguro de que sepa que estoy aquí. Debe de estar conmocionada.

Quiero alejarla de la horripilante visión que nos rodea: los cuerpos en los árboles deben de ser sus amigos, incluso la gente a la que quiere. No parece oírme, ni siquiera cuando la llamo con un susurro casi sordo, tan fuerte como me atrevo, dado que al menos uno de los atacantes sigue ahí fuera. Por eso, estiro las manos, preparado para cogerla de los hombros y sacudirla. Sin embargo, en ese instante aparece el gato, que se cuela de forma abrupta entre mis piernas y, sin avisar, le clava los dientes en el tobillo a Nimh.

Con un sobresalto, parece volver en sí misma. Pestañea, me mira y se aleja con tanta violencia de mis manos extendidas que, durante unos instantes, no sé qué está ocurriendo. Se mueve tan rápido que se cae, esta criatura grácil que ha cruzado la jungla a oscuras sin ningún traspiés se desploma junto a los cuerpos tumbados de nuestros atacantes. Perplejo, doy un paso hacia ella y Nimh gatea hacia atrás.

—¡No me puedes tocar! —exclama, y me mira como si yo fuera lo que la aterra hasta volverla loca, en lugar de los cuerpos que cuelgan de la cúpula forestal o de las personas esparcidas a su alrededor que acaban de intentar matarnos.

—Solo intentaba... —«Consolarte», pienso. «Despertarte. Conseguir que me digas qué hacemos ahora». Tras tragar saliva con fuerza, dejo que las palabras se desprendan de mí en una maraña confusa—. No te movías ni contestabas. Pensé que quizás estabas en *shock* o algo...

Sin embargo, se pone en pie, manteniendo con cuidado la distancia entre los dos.

—Debemos irnos, rápido. Quizás haya muchos más.

—Al menos habrá uno. Le he apuñalado, pero se ha escapado. —Me detengo y hago la pregunta de la que no quiero oír la respuesta—. ¿Estos están...? ¿Están muertos?

—No —contesta con calma—, pero dormirán durante un par de días. Si no les ocurre nada en ese tiempo, sobrevivirán. Sin embargo, el que ha escapado llamará a otros, estoy segura.

Pensé que no podía estar más asustado, pero me equivocaba. Echo un vistazo por encima de mi hombro y deslizo los ojos de forma frenética por la oscuridad de los árboles más allá del círculo de luz del fuego.

—¿Por qué iban a venir después... después de esto?

—Porque no han terminado lo que venían a hacer aquí. —Nimh organiza las cosas y las divide en dos paquetes con manos temblorosas. Se detiene con la mirada fija en las provisiones y se queda tan quieta que durante unos instantes creo que ha vuelto al mismo estado del que he intentado despertarla.

Entonces, se pone en pie con un paquete en cada mano y me lanza uno de ellos. Tiene los ojos como platos y llenos de lágrimas sin derramar. Se queda callada durante largo rato y la tensión en los rasgos me informa de que está teniendo un debate interno.

—Quizás estarías más seguro si no vinieras conmigo, nubereño —susurra al final—. Podría decirte qué camino tomar, cómo encontrar el templo, qué decirles a los guardias para que te dejen usar los archivos y encontrar el camino a casa.

Miro el paquete que me ha lanzado a los pies y a ella, tan confuso como la primera vez que me habló junto al Celestante destrozado.

—¿Qué? No...

Cojo una amplia bocanada de aire y le sostengo la mirada igual que ha hecho ella antes, con la esperanza de que ese sentimiento de conexión haga que me hable. Incluso ahora, en medio de todo este horror, hay algo en su cara que hace que me resulte difícil desviar la mirada. Es magnética y me atrae esté donde esté. Con los ojos fijos en ella, lo intento de nuevo:

—¿Por qué iba a estar más a salvo sin ti? ¿Cómo puedes estar segura de que van a volver?

Nimh traga saliva, lo que le da un aspecto muy joven y triste.

—Porque es a mí a quien están buscando.

Las palabras permanecen entre los dos sin rumbo fijo, como el humo de la hoguera. Le preguntaría quiénes la persiguen y por qué. Le preguntaría por qué está tan segura de que matarían a cualquiera que estuviera con ella. Le pediría que me explicara todo lo que me está ocultando, las verdades que no me está contando. Sin embargo, tras las objeciones y protestas que se me pasan por la mente, todo lo que me queda mientras la miro a los ojos es un único pensamiento: «Está sola».

Me inclino para coger el paquete y me lo echo al hombro.

—Voy contigo. Venga.

SIETE

NIMH

MIS PENSAMIENTOS SON UNA TORMENTA DE CULPA, ENFADO Y miedo que palpita y cambia con cada paso que doy. Los pinchazos de dolor me traspasan como un rayo a través de la neblina de urgencia y peligro. La mejilla en la que me cayó la sangre me arde como el fuego. A veces, todo el mundo se desmorona, yo incluida, y me convierto en una herida calcinada bajo la inundación que amenaza con ahogarme.

Necesito meditar y encontrar una diminuta pizca de tranquilidad o no serviré de nada si nos descubren. No puedo hacer magia sin concentrarme y, justo ahora, no tengo nada en mente excepto el caos, tan violento e insensible como una tormenta de niebla.

Cuando oigo a North atravesar un matorral detrás de mí, soltando extrañas maldiciones en voz baja y matando insectos, al instante vuelvo al presente. Siento los pies en la tierra y se me aclara la mirada.

Para dejarlo marchar, para decirle que debería irse, he necesitado toda mi fuerza. Regresar sin él, sea o no la Última Estrella, sería renunciar a todo lo que he deseado, hacer que los que están colgando de los árboles hayan muerto por nada. Sin embargo, si es tan importante como creo, entonces la vida de North significa más que la mía propia. Y soy la única que lo sabe. Sin mí, estaría más seguro.

A pesar de toda la lógica y las razones para convencerle de que se vaya solo, la única verdad que me ha traspasado la mente durante ese largo rato en el que me ha mirado fijamente ha sido: «No quiero que se marche».

Nos movemos a la vez en silencio hasta que nos hemos desplazado lo suficiente para que los susurros no nos traicionen.

—Vamos a salir del bosque marino pronto —le murmuro a North, cuyos pasos detrás de mí se están volviendo más titubeantes. Está agotado, y siento cómo la garganta se me constriñe por la compasión, ya que seguro que no hay bosques marinos en las nubes y no debe de estar preparado para esto—. Cruzaremos las tierras fantasmales, donde te resultará más fácil caminar. Es una vía menos directa, pero no hay árboles, y los que vienen a por mí se sienten más cómodos aquí, entre las sombras. Estaremos más a salvo allí.

North coge aire y tose, sin duda por algún insecto que acaba de inhalar.

—¿Sabes...? ¿Sabes quiénes son esas personas, las que nos han atacado, las que mataron...?

Intento no pensar en esa visión, esa primera imagen impactante de la maraña de cuerpos sobre nosotros, tan mutilados que apenas puedo reconocerlos, pero no sirve de nada. Creo que los voy a ver cada vez que cierre los ojos durante el resto de mi vida.

—Los miembros del Culto de los Inmortales. He oído hablar de esa técnica. Castigan a los seguidores de lo que llaman «falsa divinidad», suspendiéndolos en un exilio simbólico entre los dioses que nos abandonaron.

North no contesta. O no entiende lo que estoy diciendo o respira con tal dificultad que no puede hablar. Me concentro en moverme lo más rápido y silenciosa posible, odiando tener que establecer un ritmo tan despiadado para él, aunque lo sigue con una determinación admirable.

—Pronto estaremos a salvo —murmuro, y no sé si me ha oído. No sé siquiera si estaba hablando con él.

Las estrellas aún brillan con timidez en el cielo antes del amanecer cuando emergemos del bosque marino. Miella y Danna cuelgan en la parte inferior del horizonte, dos lunas gemelas en su baile perpetuo. Los árboles desaparecen de forma abrupta, ya que la magia de los ancestros que sigue presente les impide crecer, aunque los restos de su vasta ciudad forman montones de piedra y metal retorcido, rodeado de mortajas de hierba y barro.

North está a cierta distancia de mí, peleándose con los matorrales, ahogándose entre maldiciones e insectos que le pican en la cara. Si tuviéramos tiempo, le enseñaría cómo atarse un trozo de tela sobre la nariz y la boca. Le enseñaría a encontrar una vía a través de la maraña de vides y raíces, en lugar de luchar contra ellas. Me detendría para que pudiera descansar.

Cuando, entre tropiezos, sale de las sombras más oscuras de los árboles, el corazón me da un vuelco por la compasión. En la cara tiene arañazos y suciedad, la fina camisa empapada en sudor y pegada al cuerpo, y los ojos vidriosos por el esfuerzo de continuar. A pesar de estar exhausto y desaliñado, no puedo negar que tiene buena presencia. Quizás no sepa de su propia importancia, pero no tengo dudas de que es importante.

—Unos pasos más —digo con suavidad—. Dejemos algo de distancia entre nosotros y los árboles y descansemos.

North me dedica un pequeño gruñido a modo de respuesta, pero retoma el ritmo, que había comenzado a ralentizar cuando me ha visto. Seguimos moviéndonos hasta que el tenue brillo al este de la llanura se ilumina lo bastante para lanzar débiles sombras bajo los pies. Guío el camino hacia una de las colinas llenas de hierba que en el pasado quizás fuera un edificio lo bastante alto como para tocar las nubes e, incluso antes de que le diga que ha llegado la hora de detenerse, North se deja caer sobre la piedra cubierta de liquen como un pájaro con las alas rotas.

Descubro con sorpresa que, cuando me muevo para sentarme, las piernas me fallan con más rapidez de la esperada y golpeo la roca con un ruido sordo. Lo único que deseo es encogerme como North, pero sé que no podemos quedarnos aquí mucho tiempo y, si queremos seguir avanzando, debemos beber y comer... y hablar.

North no me ha preguntado, bajo la cúpula horripilante de cadáveres, por qué los cultistas me estaban buscando. Sin embargo, no creo que la pregunta se aleje demasiado de su mente.

Mis propios pensamientos son un desastre mientras intento ordenarlos. No puedo creer que este chico ignorante sea la respuesta al sufrimiento de mi pueblo, pero lo creo... ¡Debo creerlo!

Si no lo es, si el desastre caído no es la estrella sobre la que leí en mi visión de la estrofa perdida de la Canción, si mi destino no era hacer este viaje y arriesgarlo todo para encontrarlo..., entonces, media docena de personas estarían muertas por mis errores, mi arrogancia y mi desesperación por demostrar que valgo como divinidad. Si me equivoco, lo más cercano a una amiga que he tenido nunca habría muerto por mi culpa. Elkisa... Me arden los ojos cuando su cara aparece ante mí. Descarto el pensamiento antes de echarme a llorar delante del nubereño.

El gato pelusa me restriega la mejilla contra la rodilla y suelta un ronroneo agresivo pero reconfortante. Luego, se gira para actuar de centinela, con la mirada fija en la línea de árboles del bosque marino. Yo también giro los ojos hacia allí mientras me obligo a rebuscar en el paquete una bota.

Bebo solo hasta que una mínima parte de la sed desaparece. Si no sufrimos retraso alguno, el agua que he traído nos bastará. Sin embargo, no puedo desperdiciar la que tenemos. Me obligo a ponerme en pie de nuevo y me acerco al nubereño, tambaleante. Levanta la cabeza cuando me ve tenderle la bota, a apenas un brazo de distancia, y me retiro.

—Tienes que beber —digo, con voz tenue y desnuda—. Te sentirás mejor cuando lo hagas.

North pestañea con lentitud. Sin embargo, un momento después, hace lo que le sugiero. Da solo un par de sorbos al principio, pero, como si el sabor en los labios le recordara lo sediento que está, pronto da largos tragos hasta que su ansia hace que se atragante y baje la bota, tosiendo.

Me entretengo organizando nuestras raciones. El gato pelusa mira el paquete y, entonces, con un salto cauteloso y medido, se introduce dentro para aovillarse entre los suministros. Sonrío porque el gato pelusa nunca es sutil. Suelta un ronroneo antes incluso de que le toque el pelaje más corto y suave detrás de la oreja.

Por fin, North se pone en pie y se acerca a mí. Vuelvo a evocar el pánico de antes y me sobresalto por el recuerdo de tenerlo tan cerca en el campamento, preparado para cogerme por los hombros. North se paraliza y se encorva con cuidado para dejar la bota en el suelo, entre nosotros, antes de retirarse. Cuando lo miro, sus ojos oscuros buscan los míos, ilegibles en la oscuridad.

—No te iba a tocar —dice al final con un tono amable a pesar de su aspereza.

—Lo sé —susurro—. Gracias.

Se pasa una mano por el pelo, por los rizos que están rígidos por el sudor, y se rasca el cuero cabelludo como para reafirmarse.

—Antes no quería hacerte daño —añade, y su voz desprende mil preguntas—. Parecías muy asustada y distante. Solo quería...

Sé lo que ha estado a punto de decir, oigo las palabras con tanta claridad como si las hubiera dicho en voz alta. «Solo quería consolarte».

Durante un rápido instante, no puedo evitar preguntarme... Desde que me designaron para la divinidad, nunca he conocido a nadie que no supiera quién o qué era. Nunca he conocido a nadie que quisiera tocarme, excepto a algún loco ocasional, detenido por mis guardias mucho antes de que se acercara. Este chico no sabe nada de eso. Y mi pueblo nunca lo sabría si...

Bajo los ojos y me concentro en sacar comida del paquete.

—Al tocarme me harías daño. Sería el mayor daño que me podrías provocar.

No le veo la cara, pero noto la duda en su voz cuando contesta.

—Tiene algo que ver con todo eso de la magia, ¿no?

—Más o menos —digo, moviéndome para colocar una serie de alimentos sobre un mantel entre los dos—. Toma, come un poco. Lo creas o no, tienes hambre.

North espera hasta que me he retirado, masticando un trozo de povi seco, para acercarse a la comida. Me observa y elige lo mismo, un trozo de carne seca y salada.

—¿Dónde estamos? —pregunta mientras pasea la mirada por la explanada, cada vez más visible a medida que se acerca el amanecer.

—Son las tierras fantasmales. —Sonrío cuando se gira con una mirada de ligera alarma—. No hay nada que temer. Algunos creen que los espíritus de los ancestros siguen paseando por el lugar donde, en el pasado, estaban las calles de esta ciudad, pero nunca he visto a ninguno.

Por la expresión de North, sé que no está muy seguro de si debe tomarse en serio mis palabras. A modo de prueba, le da un mordisquito al trozo de povi. Luego, complacido por el sabor, le da un gran bocado.

—A esos ancestros... —dice, intentando no masticar mientras habla—, ¿qué les ocurrió?

Paseo la mirada por las subidas y bajadas poco naturales del entorno.

—Algunos eran mis propios ancestros. Otros... —Tengo que recordarme que no debo mirarle de manera reveladora—. En la época de los ancestros, los dioses vivían entre nosotros. Sin embargo, cuando la comida escaseó y la niebla comenzó a formar tormentas, los dioses nos abandonaron para vivir en las tierras de las nubes.

North frunce las gruesas cejas, lo que le da a su rostro un aspecto severo, casi majestuoso. De alguna manera, el efecto disminuye porque sigue peleándose con el pedazo de povi. Parece un poco desconcertado por lo mucho que le está costando masticarlo.

—¿Estás diciendo que crees... que crees que las personas que ascendieron, mi pueblo, son dioses?

Aunque está claro que ha intentado usar un tono neutro, hay una nota de incredulidad en su voz que me impacta. Sea quien sea este chico, está claro que no cree que sea divino. Quizás, cuando se marcharon, los dioses se olvidaron de lo que significaba la divinidad.

North sigue masticando y, cuando no contesto, pregunta:

—Si creéis que todos los dioses se han marchado, ¿de qué sirve el templo al que vamos? ¿Por qué tener un templo si ya no hay dioses?

—Hay una divinidad que se quedó para guiar a mi pueblo a través de los siglos —respondo con la mirada fija en la comida, tratando de no asombrarme por la novedad de tener que explicar mi propia existencia—. La divinidad presente que camina entre nosotros.

North por fin se traga lo que ha estado masticando.

—De donde vengo, recordamos la religión de hace mucho tiempo, pero ya nadie la practica. Causa demasiados problemas, demasiada violencia, como tus cultistas. ¿Por qué te estaban buscando?

Lo ha hecho con mucho cuidado, pero puedo verle en la cara y notar en su tono que habla de la religión como de la magia, como si ambas fueran, de alguna manera, nada más que el producto de una mente perturbada.

La respuesta me viene a los labios («Yo soy la diosa presente y quieren matarme»), pero no me salen las palabras. Una parte diminuta y vergonzosa sabe por qué: aunque intente esconderlo, este chico cree que la idea es ridícula. Pensará que soy ridícula. Además, sentada aquí, bajo los primeros haces lilas del amanecer, con la única persona que he conocido desde que era niña que no sabe que soy la divinidad, descubro que quiero que sigamos así un rato más.

—Termina de comer —le aconsejo, ignorando la pregunta y entreteniendo al gato con uno de los cordones del paquete—. Será mejor que nos pongamos en marcha.

North levanta el trozo de povi y pregunta con curiosidad:

—¿Qué es esto? Nunca he probado nada igual.

—Povi —contesto—. Desecado, salado y especiado.

—¿Qué es povi? ¿Una especie de raíz?

Escondo una sonrisa. Sin duda, le gusta tan poco como a mí sentirse ridículo.

—No, no es una raíz. Los povis son pequeños roedores que viven en el bosque marino, aunque los que comemos los suelen criar los granjeros por la carne. Se ponen muy gordos si les dejas... ¿Va todo bien?

North se ha quedado paralizado, con los ojos muy abiertos y la expresión convertida en una máscara de horror.

—¿Esto...? ¿Esto era un animal? ¿Estaba... vivo?

Me inclino hacia él, alarmada, aunque no puedo tocarlo.

—Sí, claro, es una comida perfecta para viajar, llena de proteínas y...

—Voy a vomitar —murmura North, que tira el trozo de povi y se pone en pie. El gato sale de los límites del paquete y examina la carne desechada antes de dedicarle una mirada asesina a North. Se la queda y se la lleva tras una piedra cercana para darse un festín en privado.

—Respira hondo —le pido a North, poniéndome también de pie, aunque lo único que puedo hacer es darle consejos en la distancia—. Agáchate, pon los codos sobre las rodillas. Así, sí. Sigue respirando....

Le lleva mucho tiempo, pero consigue no vomitar. Me dirige una mirada acusatoria.

—¿Cómo podéis...? ¿Cómo podéis comer carne?

—¿Vosotros no lo hacéis? —pregunto, tan confusa como él—. Comemos lo que podemos. No hay mucha comida y la carne nos sacia. Siempre hemos tenido que hacerlo..., igual que tus ancestros. ¿No tenéis carne en las nubes?

Niega con la cabeza de manera frenética.

—No tenemos animales. Pájaros, sí, pero nadie... —Se detiene y traga saliva con fuerza antes de respirar hondo—. Nadie pensaría en comerse uno.

Parece tan inquieto, triste de repente y fuera de lugar, que me encuentro moviéndome a toda velocidad hacia el mantel que contiene nuestra escasa comida para recoger los restos de povi y guardarlos en mi paquete, lejos de su vista.

—Recoge lo que queda ahí, es para ti —le digo—. Nada de eso es carne, solo verduras y cereales.

North me mira como si creyera que no volverá a comer, pero no está tan loco, aunque se encuentre fuera de sí. Coge las esquinas del mantel para envolver los restos de comida y se lo ata a la cintura del traje.

Me pongo en pie para informarle de que debemos continuar. Las llanuras se extienden hasta donde llega la vista. El sol comienza a tocar las ruinas más altas y a fluir con lentitud, de manera inexorable, por las sombras de la parte inferior. El cielo sobre nosotros está salpicado de pequeñas nubes que se extienden como flechas rosas y doradas que se dirigieran a la masa gruesa, blanca y gris, que marca la zona baja de las tierras de las nubes. El viento, sin los obstáculos del denso bosque marino, cruza las llanuras, hace que la hierba se incline y obliga a las colinas y montes a ondular como si tuvieran la vida de antaño.

North se queda callado cuando empezamos a caminar, con los ojos muy abiertos, asimilando todo lo que le rodea como si nunca hubiera visto la hierba y las colinas. «Quizás sea así», pienso, observándolo por el rabillo del ojo. «¿Habrá colinas en el cielo?». Durante un instante, a punto estoy de perderme al imaginarme la vida rodeada de montañas de nubes y océanos de cielo vacío.

—¿Qué es eso? —pregunta North de forma abrupta, a la vez que deja de andar a mi lado.

Alarmada, dirijo los ojos primero al bosque marino, ahora convertido en una mancha gris verdosa y oscura detrás de nosotros. Sin embargo, luego veo en qué dirección mira North, y sigo sus ojos hacia el horizonte. En la distancia hay un cúmulo rosado y dorado, como si una sola nube se hubiera hecho con los colores del amanecer al ir y venir.

Levanto la cabeza y, al percatarme del viento que fluye a mi alrededor, aplaco una mínima señal de alarma.

—Una tormenta de niebla —le digo—. Tenemos que darnos prisa.

—¿Qué es una tormenta de niebla? —pregunta con los ojos en la nube distante de aspecto poco natural—. ¿Y por qué tenemos que preocuparnos por ella?

Escondo la sorpresa apretando con más fuerza el cetro. Cada vez que comprendo lo poco que North conoce de este mundo, me doy cuenta de que no he arañado siquiera la superficie de su ignorancia.

—La niebla es... No sé cómo explicártelo. Son los restos de la creación, la fuente de toda magia. Sin embargo, este mundo es viejo y está exhausto, y la bruma no es tan inofensiva como antes. La niebla está a nuestro alrededor incluso ahora, pero a veces se acumula como si fueran motas de polvo y produce tormentas que arrasan todo el territorio.

—Ah, como... ¿la contaminación? ¿Aire envenenado?

Inclino la cabeza.

—Es una de las cosas de las que huyeron tus ancestros, de su mundo al cielo.

North me mira de reojo. Finjo no haberlo visto y comienzo a caminar de nuevo. Se pone a mi ritmo mientras el gato pelusa mantiene una distancia prudencial entre nosotros.

—¿Qué ocurriría si nos atrapara?

—¿Todos los nubereños hacen tantas preguntas? —Oigo la irritación en mi tono y trato de acallarla—. Tenemos que seguir, North.

Se pone de nuevo a mi paso, y esta vez el silencio se vuelve denso hasta que pregunta con un tono monótono:

—¿Por qué hay que preocuparse? ¿No puedes usar la magia para alejarla? —Esta vez no se esfuerza en esconder el sarcasmo en la voz.

—Por un lado, ningún mago puede controlar la niebla. Conseguimos poder de ella, pero no podemos dirigirla. Por otro, la niebla desprende una magia impredecible que puede acabar incluso con las habilidades del mago más fuerte o darle poderes a alguien que nunca ha tenido magia. Puede provocar enfermedades, grandes habilidades, desesperación o conocimiento de cosas futuras. Lleva a algunos incluso a la locura.

Una sensación cosquilleante de alerta me recorre la nuca y, mientras North abre la boca para contestar, levanto la mano para evitarlo. Sobre nosotros, aunque sea difícil verlo al principio por la parte baja humeante de las tierras de las nubes, hay un segundo remolino rosado, teñido de verde: una segunda tormenta que se está creando a toda velocidad.

Se me constriñe la garganta. La historia de Hiret sobre las heridas de Quenti reverbera en mis oídos. La tormenta había aparecido de la nada y se había formado tan rápido que le había alcanzado antes de que se dispusiera a correr. Las tormentas ya no se comportan como deberían, como solían hacerlo. Se están volviendo más salvajes e impredecibles.

—Corre —susurro.

—¿Qué? —North pestañea y sigue mi mirada—. Yo no...

—¡Corre! ¡Ahora! —Le hago un gesto con el cetro, y el gato pelusa guía el camino cuando empiezo a correr. Detrás de mí, oigo la hierba crujir mientras North me sigue. Quizás tenga dudas sobre los peligros de la niebla, pero está claro que no desea arriesgarse solo.

Ya estoy cansada, me arden los músculos y la cabeza me da vueltas a modo de protesta tras solo unos instantes. A North le debe de doler todo incluso más, poco acostumbrado a este mundo. Sin embargo, cuando se me pasa por la cabeza reducir el ritmo, un remolino de niebla se extiende desde las nubes como un brazo. Unos dedos largos se aferran a la tierra no lejos de dónde estábamos hace unos segundos. Se oyen una serie de crujidos y chirridos estrepitosos cuando la piedra se reorganiza, convirtiéndose en chapiteles como si quisieran alcanzar las nubes.

North suelta una palabra ahogada que debe de ser alguna maldición de su mundo y rompe a correr hasta colocarse a mi lado.

—No puedo seguir a este ritmo —consigue decir sobre el aullido de la tormenta mientras esta se reajusta para convertirse en una especie de embudo y correr detrás de nosotros—. ¿Cómo...?

—Allí —jadeo sin molestarme en hacer un gesto porque el lugar es obvio, el único refugio visible en la llanura. Es el corazón de esta ciudad desaparecida, y hay caminos en el interior de algunas de las colinas formadas con escombros. Lo sé porque vine a menudo cuando era niña, cuando aún era seguro viajar.

No puedo detenerme para mirarle a la cara, pero el silencio de North me informa de que duda de cómo esas ruinas podrían servirnos de refugio. Ojalá me sintiera tan segura como parezco.

Alcanzamos los pies de una colina justo cuando la tormenta comienza a oscurecer el cielo sobre nosotros, volviéndose ahora púrpura por la intensidad. Lo rodeo junto a North y pasamos entre otras dos colinas, donde un filo de sombras irregulares se estira por una larga subida uniforme. Señalo con el cetro y grito:

—¡Adentro...! ¡Rápido!

Se cuela en la oscuridad y se arrodilla para dejarme espacio a mí. Se me pone de punta todo el vello del cuerpo y saboreo la niebla (o su poder) como un caramelo amargo y quemado en la lengua. Aun así, espero un poco más. Es mejor que me afecte la niebla a chocarme con North en la oscuridad.

Me dejo caer de rodillas y me arrastro tras él. Entonces, la niebla está sobre nosotros y aúlla con furia en la entrada. Oigo la respiración acelerada de North, pero no veo mucho en esta oscuridad repentina.

La sombra que forma el gato pelusa se presiona contra North en la parte trasera del escondite, identificable por el tenue brillo de los ojos, redondos como lunas gemelas. La respiración trémula de North me indica que debe de estar casi tiritando.

—¿Es...? ¿Estás bien? —pregunta, y su figura se mueve en la oscuridad—. ¿Estamos a salvo aquí?

—Sí. —Me tiembla la voz, por lo que solo le ofrezco esa respuesta para las dos preguntas hasta asegurarme de que puedo hablar sin asustarlo más. Con los ojos, cuando se me ajustan a la oscuridad, vislumbro su silueta contra la roca.

—¿Cómo puede haber alguien vivo aquí abajo? —murmura North, pasándose una mano temblorosa por el pelo—. ¡Todo lo que hay en este lugar ha intentado matarnos!

Las tormentas de niebla, los cultistas, los jabalíes corrompidos por la niebla... ¿Hace solo unas horas que hice huir a esas criaturas? Me da vueltas la cabeza y me abrazo las rodillas para poder apoyar la frente contra ellas.

—Has tenido una bienvenida difícil y poco habitual —le susurro, como si la tormenta de niebla pudiera oírnos.

North suelta un resoplido, como si se fuera a echar a reír si no le faltara tanto el aire.

—¿Puedes hacer brillar el cetro de nuevo? Con uno de esos... ¿hechizos de luz? —Dice las palabras de forma titubeante.

Una pizca de irritación hace que desee replicar: «No puedes burlarte de la magia y luego darte media vuelta y pedirme que la use». En lugar de eso, cojo aire y coloco una mano en la pared de piedra, a pesar de que el roce hace que la piel se me estremezca.

—No puedo hacerlo aquí. Hay demasiado acero celestial en estas rocas. Nos protege de la niebla, pero me vuelve... —«Inútil»— normal.

North hace un pequeño ruido escéptico con la garganta.

—Entonces, ¿hay reglas para esa magia que puedes hacer?

Aunque el tono es agradable, las palabras que ha elegido son claras.

—¿Por qué me haces tantas preguntas si crees que te estoy mintiendo?

Duda.

—No es que crea que me estás mintiendo. Solo me pregunto si lo que llamas magia es ciencia con otro nombre.

—Podría enseñarte una fueguemilla, pronunciar la invocación y permitirte ver cómo falla el hechizo por el acero celestial. ¿Eso te convencería?

North suelta el aire con un largo suspiro.

—Te he ofendido. Lo siento. —Lo oigo removerse, el roce de la tela contra la roca. Entonces, sin previo aviso, un tenue brillo azul le ilumina la cara. Me sobresalto por la sorpresa y golpeo con los omóplatos la pared del túnel.

—¿Cómo...? —Me da vueltas la cabeza, y no solo por la presencia del exceso de acero celestial que me inhibe los poderes—. ¿Puedes...? ¿Puedes usar la magia? —¿Y usarla aquí, rodeado de lo único que vuelve a la magia inerte?

North levanta la cabeza con el ceño fruncido y los ojos muy abiertos por la sorpresa.

—¿Magia? No, ciencia, como he dicho. Tecnología, ¿ves? —Levanta el brazo para mostrarme un panel redondo y brillante que lleva en una pulsera—. Se llama crono, de cronómetro. Todas las personas de Alciel tienen uno, en las tierras de las nubes.

El corazón me martillea las costillas.

—¿Un poder lo bastante fuerte para que funcione a pesar del acero celestial?

—No es un poder, no en el sentido que tú le das. Tiene una batería —contesta.

—¿Qué hace una batería?

—Pues... —Suelta un suave resoplido que hace que parezca querer echarse a reír—. Bueno, ofrece la potencia suficiente para emitir luz. Guarda esa potencia y la suelta siempre que se necesita.

—Se parece mucho a un instrumento de magia —le digo, y paso las yemas de los dedos sobre los amuletos que tintinean en el extremo afilado del cetro, todos igual de familiares a mi roce como cualquier otra cosa en este mundo.

—¿Qué es eso? —pregunta con suavidad.

—Son mis udjets —contesto, estudiándolos bajo el brillo azul de la luz de North—. Son amuletos, mis propios instrumentos mágicos. No creo que lo entiendas.

—¿Representan los elementos? —prueba—. ¿O son los distintos dioses a los que veneras? ¿O son como esas cosas que tienes en el fajín, ingredientes para diferentes hechizos?

—La magia requiere una mente tranquila —le explico—. La armonía en los pensamientos. Para estar así de relajado, necesitas saber quién eres… todo tú. Udjet… es una palabra antigua para «alma». Me recuerdan quién soy.

North sonríe, indeciso.

—Me gusta. —Mira los amuletos de nuevo y estira el brazo para indicarme uno—. Háblame de este.

—Del peregrinaje que hice a Intisuyu, las tierras soleadas, cuando era una niña. —Fue justo después de que me designaran divinidad presente, pero no lo digo en voz alta—. Encontré la piedra entre las ruinas y Daoman, mi… mi tutor, la pulió y la envolvió en plata para hacer un amuleto.

—¿Y este? Creo que sé de qué se trata.

Miro la pequeña figura de oro de un gato sentado, apoyado sobre las patas.

—Ha sido mi compañero durante casi toda mi vida —digo—. Es parte de quien soy.

—¿Y este? —Mueve la mano y alcanza una botellita de cristal marino con la figura de un barco con un alto mástil en el interior. No le digo que eso no se hace, que no se tocan los amuletos de un mago sin invitación. Su interés me resulta tierno.

—Siempre soñé con viajar —murmuro—. Mi... amiga y yo solíamos contarnos historias sobre tierras al otro lado del océano y hacíamos planes para ir allí. —Estiro la mano para tocar también la pequeña botella, mis yemas a un suspiro de las de North.

«Elkisa, lo siento mucho».

—¿Aún no has estado? —pregunta.

—Todavía no —contesto débilmente.

Mueve la luz para inspeccionar los siguientes amuletos, pero algo junto a mí atrae su atención. Pestañea y se remueve para acercarse a la pared.

—Vaya, mira esto. —Con el movimiento de la mano, cambia la dirección del brillo de la muñeca, que se posa en la piedra. Pequeños puntos de luz reflejada surgen y se desvanecen cuando la inclina de un lado a otro. Entonces, centra la luz en una larga marca de la roca—. Espera..., ¿esto es cemento? —Pestañeo mientras trato de entender qué me está preguntando. Me devuelve la mirada—. ¿Este lugar... lo han construido los hombres?

—Estamos en el corazón de una ciudad en ruinas —contesto—. Una ciudad antigua.

—¿Y qué hay de ese acero del que no dejas de hablar?

—Casi todas las edificaciones antiguas contienen acero celestial. ¿Conoces ese elemento? —Frunzo el ceño cuando esboza una expresión vacía. Necesito explicarle todo cuatro veces más de lo que creo necesario—. ¿Metal forjado de las estrellas fugaces? ¿El elemento menos común y más valioso de toda la creación? Repele la magia y actúa como escudo. Sirve... ¡Ay, North, por el amor de la profecía! —La exasperación hace que farfulle hasta detenerme.

Desvía el rostro con los hombros temblorosos. Tardo un momento en darme cuenta de que se está riendo. Demasiado cansada para ofenderme, me encuentro soltando una pequeña carcajada a modo de respuesta mientras me paso las manos por el rostro.

«¡Qué raro!», pienso mientras siento lo calientes que tengo las mejillas. «¡Estar aovillada como si la vida me fuera en ello bajo toneladas de piedra y encontrarme riéndome con un mensajero divino de las nubes!».

—Debería haber estudiado «Elementos de Allí Abajo» en la Academia. —Su voz aún refleja un tono alegre y divertido cuando echa la cabeza hacia atrás contra la roca. Siento un cosquilleo de curiosidad.

—¿La Academia? ¿Como un colegio?

North asiente.

—Exacto. ¿Aquí también tenéis colegios?

—Hay un seminario en el templo para los acólitos que desean convertirse en sacerdotes. —Me giro hasta poder dejar el cetro y estirar los dedos con los que lo he apretado demasiado fuerte—. Los cruzarríos tienen una especie de colegio flotante donde distintos clanes se reúnen para compartir y trasmitir el conocimiento a sus hijos. Lo llaman «aprender a caminar por el río».

—Entonces, ¿eres uno de esos habitantes del río?

Lo observo antes de desviar la mirada.

—Mi madre sí lo era.

—Pero ¿tú no? —Lo dice con calma, con una ligera curiosidad, como si, de alguna manera, sintiera mi reticencia a continuar por ese camino.

—No, yo no.

North se queda en silencio unos segundos.

—Entonces, estas tormentas de niebla... Supongo que todos construyen edificios de este acero celestial, ¿no? Porque no me gustaría estar sentado ahí fuera sin estar atento cuando surgiera una de estas cosas.

—El acero celestial es muy poco común hoy en día. No sabemos cómo los ancestros lo encontraron o cómo lo esparcieron por las piedras con las que construían. Sin embargo, tenemos suficiente para proteger a nuestros pueblos, más o menos. Además, el río protege al templo y a los cruzarríos.

—Tenemos suerte de que conocieras este sitio —comenta North—. Supongo que tengo suerte.

Durante años, este era mi lugar, donde jugaba sin supervisión porque no había nadie que pudiera tocarme. Daoman consideraba educativas las expediciones para una joven deidad como yo. Mis guardias y acólitos siempre eran demasiado dignos como para arrastrarse por estos túneles, y nunca le hablé al sumo sacerdote de todo lo que encontré aquí porque, incluso de niña, deseaba reservar para mí los pequeños detalles.

«Entonces, ¿por qué los quieres compartir con North?».

—Ven —digo de repente antes de que pueda cambiar de idea—. Voy a enseñarte algo que no le he mostrado a nadie.

OCHO

NORTH

Casi gateando mientras profundizamos en las ruinas, cada parte de mi ser chilla de dolor de una forma nueva y única. Tengo cortes por el aterrizaje, miles de picaduras de los insectos de la jungla, moratones y molestias cada vez que trato de flexionar la muñeca.

Además, estoy convencido de que aún tengo partículas de ese animal que me he comido metidas entre los dientes. Me estremezco e intento no pensar en eso.

Lo que creía que era una cueva entre los escombros de un edificio derrumbado hace mucho resulta ser un pasadizo que gira y serpentea por el interior de la colina.

—¿Quién ha construido este túnel? —me aventuro a preguntar al ver cómo el trasero blandito del gato desaparece de mi vista al girar ante Nimh.

—Mi pueblo —contesta sin mirar atrás. No tengo ni idea de cómo no se tropieza. Recibe menos luz de mi crono que yo.

—Sin embargo, no construyeron esta ciudad en ruinas, ¿no?

—No, la ciudad es de la época de nuestros ancestros, cuando los dioses caminaban entre nosotros. —Supera una sección caída del techo y se aparta a un lado para que pueda hacer lo mismo sin acercarme demasiado—. Los túneles se crearon hace unos dos siglos, después del Éxodo, cuando los dioses se marcharon.

Me aferro a esa idea y la mantengo cerca del corazón. Mi pueblo se marchó de aquí en el pasado. Dejó ruinas. Tengo razones para creer que habrá alguna especie de pista sobre cómo crearon las islas celestiales, algún registro antiguo. Si es así, lo encontraré.

—¿Por qué construisteis los túneles? —pregunto.

—Mi pueblo trataba de recuperar el acero celestial para usarlo como protección, pero en la mayor parte de los edificios, la capa era demasiado fina sobre la piedra.

Estiro la mano y recorro con los dedos la fría pared del túnel a mi lado. Es solo cemento vertido, estoy seguro. Sin duda, mezclarlo con fragmentos de este metal suyo lo volvió más resistente y, en algún punto, siglos atrás, su pueblo comenzó a creer que tenía algún tipo de poder.

Hay algo en este lugar que me resulta familiar, pero estoy demasiado cansado como para entender qué. Intento pedirle a mi cerebro que filtre los recuerdos antiguos y que ejecute un subprograma en segundo plano. Quizás se le ocurra a qué me recuerda este sitio.

Mientras tanto, estudio a Nimh. Es como una linterna en la oscuridad que avanza a través de los miedos y el horror de la noche. Paseo la mirada por su perfil cuando se gira ante mí para doblar una esquina. Se mueve con lentitud mientras supera un montón de escombros caídos.

El brillo tenue y azul del crono se le refleja en los rasgos, en los labios voluminosos, los ojos oscuros y las pestañas gruesas. Tiene un rostro que no se parece en nada a la cara más suave y redondeada de Saelis, y su mirada seria no me recuerda a la sonrisa enérgica de Miri, pero es magnética, no lo puedo negar.

No sé por qué estoy comparándola con mis amigos. Quizás sea el dolor tras constatar que nunca más podré estar con ellos o el hecho de saber que tal vez no vuelva a verlos. A lo mejor mi corazón quiere llenar el vacío de alguna manera.

«Una chica maga de Allí Abajo. Buena elección, North».

Nimh se detiene cuando el túnel se abre a un espacio mayor. Se gira y nuestras miradas se encuentran. La suya es firme y, durante un largo momento, nos quedamos inmóviles. Los dos aquí solos mientras la tormenta ruge en el exterior.

Más allá de las paredes brillantes de piedra se encuentra la muerte, a tanta distancia como alcanza la vista. Sin embargo, la chica ante mí está llena de vida.

Espero a que pestañee o desvíe la mirada, como la gente normal tras un contacto visual por accidente, pero ella no lo hace y yo no puedo.

—¿Por qué me miras? —pregunta con calma.

—Eh. —Busco las palabras, pero no las encuentro.

Inclina la cabeza y quizás sea por la luz azul, pero las mejillas se le tiñen de color durante unos instantes. Como si lo sintiera, levanta las yemas de los dedos para presionarse la piel. Lo hace cerca de la mancha oscura provocada por las gotas de sangre que cayeron de los cuerpos de los árboles y, en ese momento, recuerdo que han muerto sus amigos.

¡Cielos! Busco algo que no está ahí. «¿Qué estoy haciendo?». No me mira igual que yo a ella, y no debería siquiera pensarlo. Noto las mejillas calientes mientras me aferro al primer tema disponible para cambiar de conversación.

—¿Este es..., eh..., el sitio que me querías enseñar?

Con cuidado, sale al espacio más amplio y yo la sigo.

—Un segundo —dice con suavidad—. Aquí puedo alejarme lo suficiente de las paredes para acceder a la niebla que permanece inactiva.

—¿Niebla? ¿Como la de fuera? —Ojalá mi tono no pareciera tan nervioso—. Pensaba que aquí no había.

—La niebla está en todas partes —contesta Nimh con suavidad, aunque, en los límites de la luz del crono, veo que frunce los labios—. Si es poca, no pasa nada, y es necesaria para la magia. Hay una parte en estas viejas ruinas, atrapada por la jaula de acero celestial de su alrededor.

—¿Cómo sabes todo eso?

—Lo descubrí cuando era niña. Nadie más viene por aquí —dice sonriéndome.

Mete la mano en ese cinturón de herramientas que lleva y saca una pizca de algo entre el índice y el pulgar. Tras inclinar la cabeza, susurra con suavidad unas palabras y lo lanza al aire. Tras levantar la barbilla, sopla ligeramente y las diminutas partículas cobran vida. Después de brillar como un enjambre de pequeños insectos, se deslizan por el espacio grande y oscuro, todas iluminadas hasta formar algo parecido a una galaxia.

Abro mucho la boca como un turista de palacio, pero, mientras admiro boquiabierto su belleza, poco a poco comienzo a darme cuenta de lo que estoy viendo. Es una enorme... Bueno, no es una habitación porque es demasiado grande. Hay techos de doble altura y una serie de aberturas oscuras que llevan a otros lugares, algunos a nuestro nivel, otros desde un balcón en el segundo piso. Al principio, creo que es un enorme vestíbulo. Sin embargo, luego entiendo lo que estoy contemplando. Es mucho más simple que eso, y está tan fuera de lugar aquí que se me escapa una carcajada.

Me lanza una mirada inquisitiva y levanto una mano para señalar a nuestro alrededor.

—Es un centro comercial —digo, indicando la serie de aberturas en el cemento donde debía haber estado el duracristal—. Eso son escaparates, ¿verdad?

—Aquí había comerciantes —me confirma con una sonrisa vacilante—. Creo que en el pasado estuvo abierto al cielo o tenían un arte con el que hacían láminas de cristal mucho más grandes de las que podemos hacer ahora.

Inclino el cuello para obtener una vista mejor. Tiene razón, allí donde debería estar el techo, hay otro hueco tapado por enormes fragmentos de roca. Fuera deben de estar las llanuras y las tierras fantasmales, pero frente a mí tengo las pruebas de que, en el pasado, esto era de verdad una ciudad.

«Una construida por mis ancestros».

Veo el esqueleto de algo familiar, pero antiguo, oscuro y salvaje. Es algo sobrenatural, iluminado por la galaxia privada de Nimh. Cuando la miro, me vuelve a sorprender: es como esta galería, algo familiar y, a la vez, totalmente distinta.

—Ven —dice con amabilidad cuando interrumpe mi aturdido hilo de pensamientos—. Voy a enseñarte lo que encontré aquí cuando era pequeña.

El suelo del centro comercial está inundado de viejas aguas subterráneas, y me doy cuenta de que Nimh evita tocarlas con los pies, por lo que la imito. Si hay un lugar donde pudiera haber algo aterrador al acecho, sería aquí.

Avanza en torno a la pasarela en pendiente en los límites del piso inferior y se detiene una vez para agacharse y dejar el cetro sobre un hueco del suelo para que el gato pelusa pueda pasar al otro lado con la facilidad de un acróbata. Cuando ha hablado con él en el exterior, lo ha hecho como si nos entendiera, pero aún no tengo muy claro lo listo que es. En cualquier caso, estoy bastante seguro de que no le he impresionado.

Observo el centro comercial vacío y me viene un recuerdo a la mente. Mi subconsciente ha encontrado un resultado en esa búsqueda programada que he ejecutado, y destaca como un cartel iluminado. Durante un instante, no estoy en Allí Abajo, siguiendo a la chica misteriosa a través de este antiguo lugar. Durante un instante, miro ese túnel oscuro y estoy en casa. Estoy bajo la ciudad.

—¿North? —pregunta Nimh, hace una pausa y se gira hacia mí.

—Es como las salas de los motores —murmuro, presionando de nuevo una mano contra la piedra.

—Motores —repite—. Ya estamos con esa palabrita otra vez.

Se me pone el vello de la nuca de punta porque todo cobra sentido. El túnel que nos ha guiado hasta aquí me recordaba a los túneles de los motores de la base de Alciel. Las paredes allí, entre los bloques de antiguos circuitos, brillan cuando paso la luz sobre ellas. Creo que están enriquecidas con lo que Nimh llama acero celestial, igual que este sitio.

El aire impregnado de niebla de las llanuras... Casi puedo saborearlo, y ahora sé por qué me ha sorprendido tanto. Es una versión ampliada del aire espeso y sofocante de las salas de los motores. Me he pasado el tiempo suficiente dando vueltas por allí cuando construía el motor del Celestante como para estar seguro. Son lo mismo.

Se me acelera el corazón y paseo la mirada por la antigua galería mientras lo estudio bajo una nueva luz, absorbiéndolo como si fuera el contenido con sabor a barro de la bota de Nimh. Si tienen acero celestial y niebla aquí, ¿eso significa que tienen los materiales que necesito para construirle un nuevo motor al Celestante?

—Esta cosa —comento mientras le doy golpecitos a la piedra con la mano—, el acero celestial, ¿has dicho que tu pueblo vino aquí para extraerlo? ¿Para qué lo usáis? ¿Para construir...? —Busco una palabra que tenga más sentido para ella que «motores»—. ¿Lo usáis para hacer cosas? ¿Máquinas? ¿Para impulsar las barcas, quizás?

Nimh niega lentamente con la cabeza.

—Hay muy poco acero celestial —contesta—. Los dioses se llevaron la mayoría. Lo poco que queda, lo usamos para potenciar las piedras guardianas.

—¿Qué es eso? —Apenas me detengo en su respuesta.

—¿Las piedras guardianas? —Pestañea como si estuviera teniendo problemas para asumir que no lo sé—. Se encuentran en los límites de nuestro pueblo. Repelen la niebla, igual que ahora los últimos restos de acero celestial de aquí nos protegen.

—Entonces, ¿sabes cómo funcionan juntos el acero celestial y la niebla? Si alguien aquí lo entiende, me podría ayudar a impulsar el deslizador. Quizás pueda volver a casa.

—Nosotros... —Hace una pausa y sé que está eligiendo las palabras—. Conservar las piedras es la misión de nuestra divinidad —dice al fin.

—¿El dios que se quedó? —pregunto. Alguien que recuerda las viejas habilidades, que sabe preservar la tecnología que potencia nuestros motores, podría parecer un dios—. Tu divinidad se debe parecer mucho a un mecánico. ¿Puedes presentármela?

—Yo... —Mira al gato como si tuviera la respuesta—. No sé qué es un mecánico —dice al final.

—No pasa nada —digo—. Solo necesito que me la presentes.

Quizás, solo quizás, lo que el pueblo de Nimh llama magia, yo lo llame milagro.

NUEVE

NIMH

«SOY LA DIVINIDAD QUE BUSCAS. SIN EMBARGO, NO PUEDO mandarte de vuelta al cielo, igual que no me pueden crecer alas».

Las palabras están ahí, luminosas y claras en la mente, como si las hubiera dicho en voz alta, pero las retengo, incómoda. Los ojos oscuros de North brillan por la esperanza, y no me atrevo a apagarlos.

—La Deidad vive en el templo —digo en su lugar—. Te llevaré allí cuando pase la tormenta.

«Lo que espero que sea pronto, ya que debo presidir el Festín del Muerto esta noche».

North me sonríe, y parece que las costillas se me tensen como respuesta, como si esa sonrisa fuera algo tangible, un abrazo. Me estremezco y me alejo.

Aunque ha reconocido algo de su propio pueblo en las ruinas de nuestros ancestros comunes, este centro comercial subterráneo no es lo que quería enseñarle a North. La tenue luz se dispersa a nuestro alrededor y nos muestra los bordes de una de las piscinas. Le hago un gesto tras aclararme la garganta.

—Ven, mira esto.

Murmuro una palabra de aviso, ya que el suelo aquí es inestable, y me agazapo junto al borde del agua. North tiene cuidado de mantener la distancia entre los dos, suficiente para no sentir esa pequeña pizca de pánico por su cercanía.

—¿Qué estamos mirando? —pregunta North, paseando los ojos por la superficie del agua.

Cojo el cetro para que la magia resplandeciente concentrada en su extremo ilumine el charco.

—Mira en las profundidades del agua, ¿lo ves?

North se inclina. No tiene mucha profundidad, solo unos metros. Entre el barro del fondo del pantano, mirándonos a través del agua como si buscara el cielo de la parte superior, hay una cara de piedra.

El nubereño coge aire y abre mucho los ojos cuando los concentra en la mirada de la cabeza de piedra, con los rasgos pintados de azul y verde por las algas. Por fin, levanta la vista y examina nuestros alrededores hasta que sus ojos se posan en un bloque de piedra que no se encuentra muy lejos.

—Era una estatua... Debía de encontrarse sobre el pedestal en el centro de la galería.

Retrocedo, incapaz de resistir la sonrisa que quiere contestar a la suya. El deleite que muestra al haber encontrado estos restos de nuestros antepasados comunes me recuerda lo que solía sentir yo al explorar estas llanuras y los túneles subterráneos.

Suelta un largo suspiro y se echa hacia atrás un mechón de pelo ondulado antes de mirar de nuevo a su alrededor, a las ruinas oscuras. Mientras contempla la antigua ciudad, su rostro me parece más cautivador que el que hay en el agua. Todo le resulta nuevo, y su asombro es como el que se siente en un sueño.

—Esto es increíble —murmura antes de mirar hacia atrás y pillarme observándolo—. Gracias. ¿Sabes quién es? El de la estatua.

Me desaparece la sonrisa muy a mi pesar. No puedo seguir posponiendo la razón por la que lo he traído aquí. Me levanto y me dirijo hacia el centro del mercado y la base vacía que sostenía la estatua. Los años han devuelto las capas de suciedad y barro que limpié cuando era una niña, pero sé dónde mirar. Tras meter la mano en el fajín, saco unos reactivos para el Aliento de Espíritu y los extiendo por la piedra.

—¿Qué es eso? —susurra, como si sintiera respeto por mi magia, una magia en la que no cree.

No puedo evitar esbozar una sonrisa torcida.

—¿No se valora la paciencia en las tierras de las nubes? —Me concentro, estiro las manos y guio las energías de mi interior por los brazos hasta los dedos. Entonces, tras soltar el aliento sobre la superficie de la roca, pongo las palmas de las manos hacia fuera.

Durante unos instantes, no pasa nada. Luego, poco a poco, los pedazos de liquen viejo y muerto comienzan a estremecerse y caer. El hechizo del Aliento del Espíritu se cuela a través del barro y los desperdicios orgánicos hasta el metal que se encuentra debajo.

North murmura algo y se echa hacia delante, como si intentara averiguar dónde está el truco. Una diminuta parte de mí se deleita al mostrarle las manos vacías mientras los restos de suciedad caen.

Me observa con los ojos empequeñecidos, pero, impaciente, inclino la cabeza para indicarle el pedestal de nuevo. Pestañea y mira la placa de metal que estaba escondida tras años de desechos. Mientras mantiene la atención allí, puedo contemplarle con libertad y tanto interés que temo que sienta el peso de mi mirada.

Suelta un jadeo de sorpresa ante las letras grabadas, las de los ancestros, ilegibles ahora para mi pueblo, excepto para un pequeño puñado de académicos. Yo soy uno de ellos. Los largos años esperando a manifestar alguna cualidad me han dado la oportunidad de estudiar lo que quería. Solía preguntarme si descubriría mi propósito si buscaba con mucha atención. Ahora sé que esperaba por una razón. «Estas palabras están en el lenguaje de los dioses».

—Akra Chuki —lee sin dudar, con la voz ralentizada solo por el tenue respeto al estar en presencia de un fragmento tan antiguo de escritura—. Venerado señor y guardián de la paz.

El corazón me palpita y siento un cosquilleo en el cuerpo. No me puedo mover por miedo a descubrir que me lo he imaginado, que no puede leer esas palabras antiguas después de todo, que solo esperaba que fuera verdad con tanta fuerza que mi mente ha evocado este momento como el espejismo de agua que ve un hombre moribundo en el desierto.

Como no digo nada, North me mira con una sonrisa, que le desaparece al percatarse de mi expresión.

—¿Nimh?

—Eres… —Tengo que detenerme para respirar y recuperar la voz—. Eres uno de ellos, de verdad. Un nubereño.

«Divino», pienso, pero no lo digo en voz alta.

North inclina la cabeza con un toque de confusión en la cara.

—Eh, sí, te lo he dicho.

Consigo respirar de nuevo.

—Sabes leer las escrituras antiguas —le explico, haciendo un gesto hacia la placa, que brilla tanto como si le diera el sol, como lo hizo el día que se grabó, gracias al hechizo—. North… Sé que no lo entiendes, pero, para mí, para mi pueblo…, esto es algo inaudito, sin precedentes.

«Más importante que cualquier cosa que haya ocurrido desde hace siglos».

Parte de la confusión desaparece, y dice, con una pequeña carcajada que le da calidez a su tono:

—Tú también me resultas igual de sorprendente, ¿sabes? Se suponía que no debía quedar nadie aquí.

Su risa hace que desee poder contestar. Quiero preservar esta calma, este sentimiento entre nosotros, durante todo el tiempo posible. Sin embargo, pronto se enterará de lo que sé: lo han enviado aquí, este encuentro es parte de nuestro destino y quizás sea divino.

Es algo egoísta ocultarle la verdad. Le hará más daño después, cuando lleguemos a los alrededores del templo y no pueda ocultar más mi identidad. Es egoísta... y es lo único que tengo.

—Quizás la tormenta se haya pasado ya —le digo al fin, manteniendo un tono monótono—. Deberíamos continuar el viaje, si estamos a salvo. Hay un festival en el templo esta noche. Creo que te gustará.

North se adapta con facilidad a mi ritmo cuando regresamos por los túneles, aunque hay algo en su voz que me informa de que algo va mal.

—Has dicho que tu dios, el chico que entiende lo del acero celestial y la niebla y cómo preservar las piedras protectoras, vive allí, ¿no?

Quizás eso que noto en su voz responda a lo que hay en la mía, quizás sabe que no se lo estoy contando todo. Le miro con una sonrisa reconfortante.

—Las piedras guardianas, sí. Además, si la Deidad no puede ayudarte a volver al cielo..., si alguien en toda nuestra historia supo alguna vez cómo hacerlo, los registros estarán en el templo.

Debo llevarle al templo, eso no es mentira, ni lo de los archivos ni lo de la seguridad. Sin embargo, no me atrevo a contarle todo lo que pienso: que, si es divino, entonces quizás sea el Portador de Luz que ha vuelto con nosotros. En mi visión, la estrofa perdida parecía decir que lo único que necesitaba era mostrarle esa copia antigua de la Canción del Destructor, que, de alguna manera, al mirar ese pergamino, comprendería quién es.

«El Portador de Luz mirará esta hoja y se reconocerá...».

Quizás el chico sea más que un mensajero. Quizás sea el mensaje. Si es el Portador de Luz, entonces yo soy la destinada a estar junto a él. Después de todo, no está en mi destino caminar sola por la Tierra. Quizás no sepa todavía que el suyo es acabar con el sufrimiento de mi pueblo y hacer que comience un ciclo nuevo, pero yo sí conozco el mío, que es mantenerlo a salvo y ayudarlo a descubrir su divinidad. Si su destino es acabar con el mundo, debo llevarlo al templo... y no permitir que se marche.

DIEZ
NORTH

El templo de Nimh se encuentra en un cruce del río. El agua se divide allí para fluir alrededor del saliente rocoso de tierra que se eleva sobre los terrenos colindantes. Como una tarta escalonada que domina un festín, el templo se erige sobre un revoltijo de edificios y barcas que se extienden debajo.

Aunque lo he visto desde cierta distancia, el momento de llegar a la ciudad se arrastra con lentitud hacia mí. No hay ningún lugar exacto en el que comience, ni pared que marque la frontera ni borde de una isla, como en mi mundo. Sin embargo, aunque no se parece en nada, sigue siendo una ciudad y el mejor lugar en el que buscar la tecnología y el conocimiento que necesito. Anoche, cuando me estrellé, no sabía siquiera que hubiera humanos viviendo aquí abajo. Ahora, hay una ciudad entera, por lo que no dejo de recordarme que la situación está mejorando.

Hemos atravesado la llanura, donde los caminos de la civilización que solía estar allí (mis ancestros y los de Nimh) siguen elevándose un poco sobre el resto del territorio. Además, he captado retazos de una red eléctrica aquí y allí.

Siento que mi cabeza está a punto de estallar, pero creo que entiendo la historia que cuenta su pueblo. Hace generaciones, tanto tiempo que incluso mi pueblo ha perdido esa información, nos fuimos de este lugar y, desde entonces, nos han convertido en dioses que huyeron al cielo. Nosotros se lo pagamos olvidándonos de que estaban aquí abajo. Un trato un poco injusto.

Sin embargo, ver la ciudad en ruinas me ha recordado una cosa: este es el mundo del que procede mi pueblo. Hace mucho tiempo, tuvo la tecnología suficiente para elevar ciudades enteras al cielo. Estoy seguro de que aquí, quizás escondido en la esquina más oscura de los archivos de Nimh, hay un registro de cómo lo hicimos. Tal vez esté escrito como un manual técnico. No tendrá sentido para alguien que no sepa qué son los motores, pero yo tal vez lo entienda. Si este mundo supo en el pasado cómo elevar una ciudad, entonces deben de tener en algún lugar el conocimiento de cómo enviar a un príncipe perdido.

No puedo evitar mirar a Nimh mientras está demasiado centrada en nuestro camino como para percatarse. Soy como un niño castigado aquí, totalmente fuera de mi entorno. Supongo que ella se sentiría igual en mi mundo. Me pregunto… Si encontrara la forma de volver a mi ciudad, ¿podría llevarme a un representante de esta o abrir la comunicación entre los dos pueblos? Es el tipo de cosas en las que un príncipe debería pensar, después de todo.

Nimh y yo caminamos junto a una serie de barcas mientras el agua comienza a hacerse más profunda a nuestro alrededor. Los ríos se vuelven más definidos, caminos que interrumpen antiguas carreteras para permitir el paso a las pequeñas embarcaciones. Nunca había visto un barco en tamaño real, pero solíamos tirar pétalos a las fuentes de palacio y hacer carreras con ellos. De un modo extraño, estoy viendo lo mismo.

Al principio, solo son un par de embarcaciones largas y estrechas que maniobran sus harapientos propietarios con largos mástiles sobre las aguas turbias. Luego, también hay barcazas con el fondo plano, hechas con juncos atados. Entonces, aumenta el tráfico de peatones sobre los caminos de tierra apisonada, y ahí es cuando alcanzamos las afueras de la ciudad.

Nos aventuramos por lo que sin duda es un mercado, aunque es tan temprano que se está despertando todavía. En las barcazas, muchas con pequeñas construcciones y mercancías, hay cestas de raíces mugrientas, un puñado de hojas verdes y brillantes como una lechuga y cositas plateadas con un olor que a punto está de tumbarme. Cuando rompo el silencio para preguntarle a Nimh qué es eso, me dedica una mirada de soslayo de ligera preocupación, como si se preguntara si el accidente me ha dejado sin cerebro.

—Pescado —dice, a la vez que reprime una sonrisa sin darse cuenta de que esa palabra no significa nada para mí.

Mientras considero la posibilidad de insistir sobre el tema, se echa a un lado con destreza para evitar a un par de hombres que han amenazado con rozarle el brazo. La multitud no es demasiado densa, pero no siempre podrá evitar que la empujen.

Me encantaría saber por qué no quiere que la toquen, pero ya he tratado de sacar el tema antes, y ella lo ha eludido. Quizás solo sea demasiado maniática. Conozco a un hombre que solo da mordiscos pares a las comidas, y a una mujer que solo viste de azul. No les va mal. Tal vez Nimh sea igual. A lo mejor solo necesita más tiempo para confiar en alguien. No pasa nada. Hasta que consiga una audiencia con ese dios mecánico suyo, tengo todo el tiempo del mundo.

Observo su perfil mientras recorremos nuestro camino por el sendero. Ahora parece muy serena y segura. Entonces, a punto estoy de caerme sobre el gato cuando se cruza entre mis pies con el rabo levantado como una bandera.

«Muy bien, gato, para ti también tengo tiempo».

A medida que cruzamos la ciudad, todo el lugar se vuelve más ajetreado y denso, con barcas colocadas en las alturas con mecanismos precarios que me recuerdan a los barrios marginales de las islas más pequeñas, sujetos, según dice mi madre de sangre, con saliva y un poco de suerte. Entonces, el suelo cambia bajo nuestros pies y veo las piedras pavimentadas entre el barro acumulado. Los alrededores parecen un poco más estáticos. Delante veo edificios de piedra que se erigen sobre las cabezas de la multitud.

Si alguna vez hubiera soñado con la vida aquí, en la superficie, me habría imaginado cabañas y barro, un puñado variopinto de personas malviviendo. Sin embargo, hay vitalidad en el caos de esta ciudad flotante y móvil que desafía cualquier cosa en la que hubiera podido pensar. Este lugar es tan grande y real que no sé cómo procesarlo.

Estoy aquí y, aun así, nada de esto tiene sentido. ¿Cómo es posible que no supiéramos nada de estas miles de personas? ¿Simplemente decidimos hace mucho tiempo que todo lo que dejamos en Allí Abajo había muerto y, durante siglos, ni siquiera nos molestamos en mirar?

No puedo explicarlo, igual que no puedo explicar lo que Nimh llama «magia». Mi lista de preguntas se hace más larga con cada hora que pasa, y estoy preparado para obtener respuestas.

Nimh se incorpora un poco a mi lado y, cuando sigo su mirada, veo lo que sin duda es una patrulla de seguridad. Tienen el mismo aspecto estés donde estés, caminando con firmeza, manteniendo la formación y dejando que aquellos que están a su alrededor les dejen paso, obligándolos a apartarse hasta el borde del agua. Una mujer que mantiene en equilibrio un montón de cestas posa un pie en una barca para dejarlos pasar, y no se molestan en mirarla cuando se tambalea.

Me acerco a Nimh, buscando una pista de si la presencia de la patrulla es bienvenida o si deberíamos fundirnos con los límites del camino. Me he pasado buena parte de mi tiempo esquivando la seguridad de mi propia familia durante años, por lo que estoy preparado.

Se da media vuelta para sostenerme la mirada con el ceño fruncido.

—North, no voy a poder quedarme contigo una vez que lleguemos al templo. Sin embargo, no tengas miedo. Estarás a salvo, me aseguraré de eso.

—Espera, ¿qué? ¿Por qué no te puedes quedar conmigo? ¿Adónde vas? —No estoy listo para la señal de alerta que me recorre al darme cuenta de que mi única aliada va a desaparecer.

Nimh duda y se pasa una mano por el pelo mientras echa un vistazo por encima del hombro a la patrulla que se acerca. Aunque está preparada para su llegada, no es el miedo ni el nerviosismo lo que acelera sus movimientos. Al instante, me recuerda a la forma en la que Saelis se incorpora y adopta el modo «actuación» antes de subirse al escenario con su cuarteto. Está creando otro personaje para sí misma. La calidez desaparece y la reemplaza por una distancia extraña.

Por fin, suspira y me dedica una mirada de petición silenciosa.

—Te harán muchas preguntas. No les cuentes nada, excepto que me ayudaste a encontrar una vía segura para regresar. Diles que te he invitado a quedarte en el templo durante un tiempo como recompensa por tus servicios.

Abro la boca para protestar, aunque no estoy seguro de qué parte quejarme primero. Los guardias están a punto de alcanzarnos. No se molestan en mirarme. Si quiero correr y no atarme a esta chica que parece atraer a los asesinos como un imán y deja una masacre a su paso, ahora es mi oportunidad.

La guardia al frente, una mujer con la piel oscura y los rizos negros echados hacia atrás, es quien primero ve a Nimh a mi lado. Capto el momento exacto en el que ocurre. Abre la boca y rompe la formación para correr hacia delante y detenerse frente a nosotros con los ojos como platos.

—¡Deidad! —Parece estar teniendo problemas para encontrar las palabras, y Nimh levanta la mano y le muestra la palma.

—Todo va bien —dice con tranquilidad—. Estate tranquila.

—Pero, Diosa, nosotros...

«¿Diosa?».

Nimh niega con la cabeza durante una fracción de segundo, y es suficiente para que la mujer guarde silencio. El resto del grupo ya ha llegado y vuelve a colocarse en formación detrás de ella.

—Me alegra que me vayáis a acompañar al templo —dice Nimh, como si nada raro hubiera ocurrido. Estoy atareado tratando de no hacerme daño en el cuello mientras giro la cabeza primero hacia mi acompañante de viaje, luego hacia los guardias y después hacia los espectadores que comienzan a acumularse. Siento el pulso en las sienes, y pestañeo y respiro demasiado rápido.

Nimh dijo que su dios presente era el que conservaba las piedras guardianas, el que sabía cómo usar la misma niebla y el acero celestial que tenemos en los motores de Alciel. Me dijo que podría «encontrarlo» en el templo. Una cosa es que una chica me explique que aquí abajo creen en dioses, y otra es descubrir que tanto ella como, al parecer, todos los demás piensan que lo es.

—¿Deidad? —repito con un susurro ahogado—. ¿Diosa?

Me contesta con una mirada muy poco divina que está claro que quiere decir: «Cállate, ahora no», y cierro la boca, aunque me cueste. Las preguntas y las sospechas se empujan para abrirse paso en mi mente. «¿Por qué no me lo contaste?» choca con «¿Pensabas que no me iba a enterar?» y con «¿Qué otros secretos no me has contado?». Además, regándolo todo hay un toque de... dolor.

He confiado en ella, he dejado que me guiara hasta aquí, y es obvio que nuestra confianza no ha sido mutua. No hay otra razón para que me haya mentido.

—Con el debido respeto, Deidad, tendríamos que esperar al resto de los escoltas —dice la mujer.

—Creo que, si nos quedamos aquí esperando, vamos a impedir que el pueblo disfrute de su día de mercado. Sigamos —contesta Nimh con suavidad.

«Bueno, no permitamos que el resto tenga un mal día», me gustaría replicar. «Eso sería horrible».

Sin embargo, nadie me mira, y el gato subraya sus palabras con un maullido malhumorado. A pesar de lo aterradora que parece la guardia, tiene tanto cuidado como yo con la criatura porque inclina la cabeza y hace una señal a la tropa para que rodee a Nimh. Esta hace un gesto y, sin mediar palabra, se posicionan en una formación que me incluye. La observo, deseando que me sostenga la mirada, pero no lo hace.

Uno de los guardias, tras una orden urgente de la capitana de la patrulla, rompe a correr ante nosotros para adentrarse en la ciudad. Sin embargo, no le esperamos, y pronto nos abrimos paso entre la multitud con los guardias vestidos de negro y dorado flanqueándonos.

Veo nuestro destino, el templo en el corazón de la ciudad, erigido sobre una colina. Está construido con enormes bloques de piedra y, sin duda, es el edificio más grande que he visto en mi vida. Sus niveles se hacen más pequeños a cuanta más altura están, alineados con elaboradas ventanas y balcones. La vegetación se extiende aquí y allí para indicar la presencia de exuberantes jardines en las diferentes terrazas. Los patrones intrínsecos grabados en la roca serpentean desde las imponentes alturas del nivel superior hasta el suelo embarrado. Tiene la innegable calidad de lo antiguo, una solemnidad muy similar al palacio de Alciel.

Estamos a medio camino cuando un segundo escuadrón de guardias, que se mueve el doble de rápido, llega para darnos la bienvenida. Uno de los miembros camina hacia delante y se pone de rodillas para sostener con las manos estiradas ante Nimh una prenda roja enrollada, sobre la que se encuentra una corona de oro trenzado, un diseño sencillo, pero de una elaboración exquisita. Toma ambos, con cuidado de no tocar al guardia, y, cuando mueve la tela, veo un largo vestido suelto que se abre en la parte frontal. Mete los brazos en él, se coloca la corona en la frente y parece que haya encendido un interruptor, como si, de repente, todos a nuestro alrededor vieran algo que no estaba allí antes.

Como una ola provocada en medio de una fuente tras lanzar una piedra, la gente de nuestro alrededor hinca las rodillas y hace una reverencia hasta tocar el suelo con la frente. En medio minuto, solo Nimh, los guardias, el gato y yo quedamos de pie. Las palabras viajan a través de la multitud como un susurro que se hace más grande hasta alcanzar el volumen de un grito.

—¡La diosa ha vuelto!

—¡Bendícenos, Deidad!

—¡La diosa ha regresado a la ciudad!

En nuestra trayectoria, personas de todo tipo, vestidas con ricas sedas o harapos mal cosidos, están en éxtasis por verla, se dejan caer de rodillas y le piden su bendición. Nimh se muestra serena, como si estuviera acostumbrada a todo eso, y el gato camina a su lado, como si aquello se hubiera organizado para él.

Mientras observo a la multitud desde el interior del muro de escoltas, hay otro color que me llama la atención más allá del carmesí de Nimh, el gris. Sencillas banderas grises cuelgan de algunos de los edificios y barcas, grandes rollos de tela atados a los marcos de las ventanas que caen hasta la calle. Hay personas que también van de gris, reunidas en grupos de tres o cuatro. No se arrodillan como todos los demás. En lugar de eso, desvían la mirada de Nimh, tapándose la cara con una mano como si se protegieran del sol, como si quisieran evitar mirarla.

Crecí en palacio, por lo que conozco la política y las intrigas tanto como mi propio nombre. Sea lo que sea lo que ocurre con estas personas vestidas de gris, es turbio y peligroso. Los cultistas que nos intentaron matar no iban vestidos de gris, lo que hace que me pregunte si hay dos grupos distintos en contra de Nimh.

No puedo evitar cuestionarme si esas personas de gris serán posibles aliados míos. Nimh y yo colaboramos para volver a la ciudad, y lo confundí con una especie de conexión. Ahora no estoy seguro de si tiene alguna intención de ayudarme.

Cuando llegamos al templo, nos escoltan hasta un enorme vestíbulo, flanqueado por más guardias. Nimh se gira hacia la capitana e inclina la cabeza.

—Tengo que reunirme con el sumo sacerdote —dice con calma—. Por favor, haced que mi honorable invitado se sienta cómodo.

Tengo tiempo de sostenerle la mirada oscura, de intentar comunicarle en silencio lo mucho que no deseo que se marche, lo mucho que necesito que me explique lo ocurrido, que me diga que confíe en ella. Sin embargo, retrocede.

Mientras los guardias me alejan, no puedo evitar recordar lo que me dijo en el bosque, tras encontrar a su pueblo masacrado en ese claro: «Quizás estarías más seguro si no vinieras conmigo, nubereño».

ONCE
NIMH

SIENTO QUE ALGO VA MAL INCLUSO ANTES DE LLEGAR AL TEMPLO. Incluso antes de que se lleven a North, quien me sostiene la mirada durante un tenso momento, lo sé. Mi pueblo me quiere o, al menos, me venera (solo hace un par de años que me pregunto si será lo mismo). Sin embargo, a pesar de la devoción que sienten por su fe y su diosa, es poco habitual que los habitantes de la ciudad tengan la misma reacción que los que solo me ven cuando voy de peregrinaje.

Sin embargo, cuando mis guardias y yo llegamos al primer balcón, el lugar de encuentro público para cualquiera que desee acercarse a su diosa, lo hallo rebosante de gente. Un hombre, de uno de los clanes de cruzarríos más distantes, como indican sus vestimentas negras y amarillas, suelta un sollozo audible mientras se deja caer de rodillas a mi paso. No puedo evitar observarlo cuando me mira con pasión, al mismo tiempo que las lágrimas le recorren las mejillas arrugadas.

Sabía que ya se habrían dado cuenta de que no estaba, pero me sorprende que el rumor de mi ausencia haya alcanzado a toda la ciudad. Lo que más me asombra, sin embargo, es que mi viaje sin autorización no lo hayan ocultado bajo una capa de legitimización con la que los sacerdotes no se verían obligados a admitir que me he marchado sola. No hay razones para que mi pueblo temiera que no regresaría.

Sin embargo, los gritos que nos siguen mientras mis guardias me abren camino para ascender al segundo balcón del templo... tienen algo que no reconozco. Parecen llenos de tensión, como si estuvieran... desesperados.

Una vez dentro del propio templo, la guardia de la ciudad se retira al cuarto del servicio. No se permite tener armas, excepto a mi guardia personal, entre estas paredes sagradas. Solo reconozco a dos de los sirvientes. Uno es un chico de trece años llamado Pecho, rápido y entusiasta en sus estudios, quien es evidente que desea ascender en el sacerdocio. La otra, una chica de mi edad con cara de luna, se unió al servicio en la última cosecha. Aún se encuentra tan sobrepasada por estar cerca de mí que apenas consigue hablar y, a menudo, vierte o tira lo que sea que se le ha encargado traerme. Las otras dos personas deben pertenecer al servicio de Daoman.

En teoría, todos los sirvientes del templo son míos, pero, por lo general, les pido que sirvan también al sumo sacerdote, para agradecerle su devoción. En realidad, esa estructura es una formalidad, ya que hay criados que son suyos, formados por él y su gente, y apenas me acompañan. A no ser, claro, que el sumo sacerdote Daoman quiera algo de mí.

Ojalá pudiera ignorar toda esta parte. Desearía no ver la decepción y el enfado de mi sumo sacerdote y poder recuperar el pergamino que encontré en los archivos. Quiero con tantas ganas entregárselo a North, ver si desencadena la manifestación del Portador de Luz en su corazón, que me duele todo el cuerpo. Podría estar a minutos de distancia de entender mi destino si no tuviera que responder ante Daoman.

Tras acelerar el paso, con el gato pelusa trotando a mi ritmo, el doble de rápido de lo normal, me dirijo al gran patio interior. Las piedras son suaves y familiares, pulidas tras siglos de pies caminando por aquí. Algunos dicen que este templo es tan antiguo que data de antes del Éxodo, cuando los dioses aún vivían entre nosotros, aunque no hay registros tan antiguos.

Aun así, cada día que he vivido aquí, he sentido el peso de esos siglos, el impulso de generaciones, y me parece fácil creer que esas historias sean ciertas. Espero que el patio interior esté vacío, pero, cuando Pecho y uno de los sirvientes de Daoman se apresuran a abrir la puerta ante mí, lo encuentro lleno de personas que se giran para mirarme como si estuvieran conectadas por una larga cuerda.

Daoman está en su sillón, parecido a un trono, cerca del estrado, tan resplandeciente como siempre, hablando con una mujer de mediana edad bien vestida. Levanta la mirada para posarla sobre mí, se pone en pie y estira los brazos en un gesto de agradecimiento y bienvenida.

—¡Deidad! —grita con un tono estridente—. Gracias a las profecías, has vuelto con nosotros. Nos temíamos lo peor.

La mujer con la que estaba hablando se gira, y solo en ese momento me doy cuenta de la tira de seda grisácea que lleva como brazalete justo debajo de las axilas. Me sostiene la mirada brevemente antes de girarse y fundirse con la multitud. Frente a tantos espectadores, no puedo pedir una explicación. No puedo revelar ningún miedo o inseguridad, o alertar a los espectadores si hay alguna posibilidad de que no se hayan dado cuenta, como yo, de que mi sumo sacerdote estaba hablando con una capucha gris.

Todos me siguen con la cabeza mientras recorro el pasillo, flanqueado por flores y braseros que espesan el aire con incienso. La cámara está llena de sacerdotes vestidos de color azafrán y de personajes importantes que nos visitan, junto con sus séquitos, cubiertos de los colores y escudos de sus regiones, así como de miembros del Congreso de Ancianos que brillan por el oro y las joyas.

Daoman se inclina con una compleja reverencia cuando me acerco. Sin embargo, aleja los ojos de mi rostro solo una milésima de segundo antes de volver a centrarlos en mí. En el pasado, cuando era una niña, me alegraba que el sumo sacerdote llevara este templo y velara por las necesidades de mi pueblo. Nunca conocí a mi padre, solo al hombre que hay ante mí, y, cuanto más mayor me volvía y más sola me sentía, más me recordaba que, si no podía jugar con los otros niños, reír y hablar con los sirvientes como si fueran mis amigos, era por ser especial. Especial. La elegida. «La Deidad», como decía él. Una luz en sus ojos azules encendía una cierta chispa en mí y me sacaba de debajo de capas de tristeza y soledad.

No obstante, con cada año que ha pasado, con cada movimiento que he intentado hacer más allá de las paredes del templo y con cada palabra que he pronunciado en contra de sus decretos, veo algo más; comprendo que hay tensión entre nosotros, que siempre la ha habido, que, mientras no manifieste mi cualidad, no me convierta en la divinidad por completo y consiga la lealtad absoluta de mis sacerdotes y mi pueblo, es él el que tiene el poder.

Ahora, como no muestro ni la más mínima reacción que él pueda analizar, lo siento todavía más. Para un hombre como Daoman, es el poder absoluto o nada. Esta cámara, su bienvenida y el público hacinado entre estas paredes como peces en un saladar diminuto son todo parte del decorado. Le dedico un asentimiento cortés cuando se incorpora tras la reverencia.

—Por supuesto que he vuelto con vosotros —contesto, repitiendo sus palabras—. ¿Lo dudabas?

Daoman frunce el ceño, y el brillo en sus ojos se atenúa.

—Entonces... ¿no lo sabes? —Mi rostro debe dejar entrever algo, alguna pizca del miedo repentino que me recorre el cuerpo. ¿Ha pasado algo aquí también? El sumo sacerdote añade a toda velocidad, algo inusual—: Una de tus guardias ha llegado esta mañana, Deidad, y nos ha contado lo ocurrido. Elkisa creía que era la única superviviente.

Ahora es cuando mi rostro lo deja entrever todo. Tengo que sujetar con fuerza el cetro, con el extremo posado con firmeza en la piedra, para evitar que me tiemblen las rodillas, lo que hace que me gane un balbuceo inquisitivo del gato a mi lado.

—Elkisa... ¿está viva? —Las palabras me salen en forma de susurro mientras noto el alivio tras un muro de incredulidad, de miedo a la esperanza.

—Así es —contesta Daoman. Ahora baja la voz y oigo débilmente el suave chapoteo de conversaciones murmuradas que surgen de la parte trasera de la cámara, intentando averiguar qué ha dicho—. Te estaba buscando cuando ocurrió el ataque. Dijo que habías ido a dar un paseo. Te buscaba, pero no pudo encontrarte...

Enjugarme las lágrimas de los ojos sería traicionar su presencia ante aquellos que están detrás de mí, por lo que Daoman, y solo él, las ve brillar en mis pestañas, lo que convierte cada lámpara y brasero en una estrella borrosa. A mi lado, el gato pelusa se presiona con pesadez sobre mi pierna, soltando un ronroneo suave e insistente.

El sumo sacerdote baja un escalón de la tarima, aunque, por supuesto, no se acerca a mí.

—Debemos hacer que un curandero te examine.

Niego con la cabeza.

—Estoy bien. He conseguido ayuda mientras viajaba.

Daoman levanta las cejas.

—Ah, ¿sí? ¿Hay otro superviviente entre los guardias? Sabía que no estarías tan loca como para vagar por ahí sola. —Me muestra una sonrisa fruncida con una mirada fría.

«Ya sabe lo de North». Sabe que ningún guardia me ha escoltado, que abandoné sola la seguridad del campamento. Quiere que lo admita ante todos, muchos de los cuales estaban involucrados en la decisión de no permitirme abandonar el templo en primer lugar, muchos de los cuales saben que lo hice en contra de las órdenes del sumo sacerdote. Le devuelvo la sonrisa a Daoman.

—No creerás que solo mis guardias se preocupan por mi seguridad, ¿verdad? —El murmullo detrás de mí se vuelve más intenso, como siempre ocurre en una multitud de este tamaño. Una persona que habla da seguridad a otra para que la imite, y a otra y a otra hasta que pronto soy incapaz de oír mis propios pensamientos—. Ven —interrumpo lo que sea que el sumo sacerdote iba a decir y paso junto a él hacia el santuario interior, más allá de la cámara de la audiencia. Aquí, frente a todos estos testigos, puedo marcharme con un comportamiento tan imperativo. En privado... En privado, el baile es más delicado—. Te diré lo que deseas saber.

Daoman no tiene otra opción, excepto hacer una pequeña reverencia cuando paso. Entonces, con unas palabras murmuradas a los sacerdotes más cercanos a él, me sigue a través de las cortinas transparentes y la gruesa puerta dorada.

En cuanto esta se cierra detrás de nosotros, el sumo sacerdote pasa junto a mí.

—Deidad —dice con un tono más normal para una conversación tranquila entre dos personas que para una actuación frente a la multitud—. Por favor, siéntate y descansa. Permíteme que te prepare algo de beber mientras me hablas de tu... aventura.

Ignoro la pausa significativa antes de la palabra final y me dirijo a uno de los sofás bajos que rodean la mesa brillante, cubierta por mosaicos, en torno a la que me he pasado muchos años de formación (y disputas) con Daoman. En el momento en el que me hundo en el blando cojín azul, el gato salta a mi lado y se acomoda sobre mi muslo, apretándose con fuerza contra mi otra pierna.

Debería rechazar la tónica de Daoman, mantener el aura de fuerza y calma, seguir con el juego, pero estoy cansada, y la pena y la alegría se me entremezclan en el corazón porque Elkisa está viva... y los demás siguen muertos. Entonces, dejo caer los hombros y poso el cetro contra el brazo del diván antes de soltar un suspiro mientras paso los dedos por el pelaje largo y sedoso del gato.

—¿Con quién estabas hablando, Daoman? —Utilizo un tono bajo, pero mis palabras no son para nada suaves. Cuando levanto la cabeza, ha dejado de mover las manos y tiene los dedos sobre el tapón de un decantador.

—¿Deidad? —Me echa un vistazo por encima de su hombro, pero algo en mi rostro debe informarle de que no merece la pena fingir ignorancia. Suspira—. Los capuchas grises se están volviendo más atrevidos. Estaba aquí para hablarme sobre crear un refugio experimental, ahora que tú...

El tapón del decantador tintinea, y Daoman se gira para dedicarle un ceño fruncido como castigo por traicionar el temblor de sus manos.

—Han perdido poco el tiempo —murmuro—. ¿Cuántas horas han pasado desde que creían que estaba muerta?

Comienza a moverse de nuevo y saca una copa de cristal finamente tallado y varios tipos de botellas y jarras.

—Había poco tiempo que perder —contesta al final, con la voz monótona y distante—. Desde su punto de vista. A medida que las tormentas de niebla aumentan de violencia y frecuencia,

¿cómo podría tu pueblo sobrevivir durante años hasta que localizáramos a tu sucesor?

Acaricio de nuevo al gato pelusa, y se tensa como si le hubiera presionado demasiado fuerte.

—Entonces, quieren crear una ciudad donde ninguna magia, ni siquiera la magia divina, pueda entrar, porque es mejor vivir sin magia que con la niebla, ¿no? Supongo que le dijiste a su mensajera que es una locura.

Daoman suelta un suspiro seco, una especie de carcajada lejana y agria.

—Deidad, no me dio la impresión de que me estuviera pidiendo permiso.

Frunzo el ceño.

—¿Dónde pensaban encontrar el acero celestial para construir un lugar así sin las reservas del templo?

—Destruyendo una piedra guardiana y fundiendo el acero de sus restos.

Pronuncio las palabras de forma tranquila y uniforme, pero el corazón me da un vuelco mientras hablo.

—¿Y dejar a todo un pueblo desprotegido ante la niebla?

—Creen que es mejor que unos pocos privilegiados sobrevivan en ese refugio suyo a que todos caigamos sin la luz de lo divino. —Una botella tintinea con fuerza, ya que sus movimientos son demasiado vacilantes y rígidos.

Dudo, y el horror de lo que los capuchas grises desean hacer se desvanece un poco cuando lo entiendo: por un breve momento, creyó que estaba muerta.

—Sé que estás enfadado conmigo, Daoman —murmuro—. Sin embargo, os hablé del asunto a ti y al Congreso de Ancianos más de una vez. Tenía que ir, con o sin apoyos.

Le dejan de temblar las manos e inclina la cabeza durante unos instantes.

—¿Y cuántas personas han muerto por tu decisión? ¡Ahora, dado que decidiste que no necesitabas mi apoyo, es mucho más evidente para el pueblo que no podemos controlar al Culto de los Inmortales!

Me incorporo en el asiento.

—¿Cuántos seguirían vivos si me hubieras apoyado?

Daoman vierte algo de una botella en la copa y la deja con fuerza sobre la superficie del armario con una demostración poco característica de enfado que hace que me sobresalte, muy a mi pesar. El gato pelusa saca las garras y me araña la piel, al mismo tiempo que abre mucho los ojos cuando gira la cabeza hacia el sacerdote. Este dice, con lentitud y un tono tenso y afilado:

—¿Cuántos capuchas grises crees que se han forjado hoy? Porque pensaron que ese culto de fanáticos podía haber matado a su divinidad, porque creyeron que no tenían otra opción que huir de la fe todos juntos y acabar con la magia de sus vidas. Tu mortalidad es lo que los asusta.

«Y a ti», pienso, aunque no digo las palabras en voz alta.

Cojo aire con firmeza.

—En tus informes, parecías creer que los Inmortales no eran nada, solo un puñado de locos escondidos en los rincones más oscuros del bosque marino, donde no hacían daño alguno.

Daoman estira el brazo hacia una jarra de agua con la que diluir la tónica y se gira con el cáliz en la mano.

—Muchas criaturas son inofensivas hasta que alguien pasa por su guarida.

—¿Por qué no me contaste lo que pasaba ahí fuera? —Me concentro en mantener las manos pegadas al regazo, en lugar de apretar los puños.

Daoman se acerca y deja la bebida sobre una bandeja de plata para que pueda cogerla sin tocarle los dedos. El gato estira una pata hacia allí, pero el sacerdote aleja la bandeja de su alcance con la facilidad de la extensa práctica. Inclina la cabeza mientras cojo la copa, como si le estuviera haciendo un gran favor al aceptar la bebida.

—Hemos estado lidiando con el problema, Deidad. Con delicadeza. Atraer la atención no beneficia a nadie.

Aprieto el cáliz, agradecida por tener algo con lo que ocupar las manos.

—Deberían habérmelo comunicado. Si lo hubiera sabido...

Daoman frunce los labios de manera irónica, la primera señal de que se le está pasando el enfado.

—Nunca se me ocurrió que fueras a ir sola, Nimh. —Últimamente nadie usa mi nombre. Esta vez es una señal para bajar las armas y declarar una tregua.

Doy un sorbo cauteloso a la copa. En su mayoría, las infusiones de Daoman están bastante buenas, aunque de vez en cuando son un poco amargas e intensas. No me extrañaría que esta fuera desagradable, como castigo parcial por mi irresponsabilidad. Para mi sorpresa, es dulce y aromática, con un olor a brotes de serra, batala y otras hierbas que no espero identificar.

Daoman se sienta frente a mí, imitando mi postura, aunque tiene las manos unidas en el regazo, en lugar de alrededor de una copa. Sé lo que está esperando y, tras otro sorbo a la bebida, cojo aire con lentitud y cuidado.

—Yo tenía razón —digo con suavidad, manteniendo la voz en un susurro todo lo que puedo. Este antiguo templo es un panal de pasadizos secretos y lugares escondidos en las paredes, el sueño de un espía. Ni siquiera yo conozco todos los secretos—. Tenía razón sobre que debía ir, Daoman.

El sumo sacerdote levanta las cejas.

—Tú... ¿qué?

Cualquier otro día, estaría maravillada por haberlo sorprendido. Sin embargo, lo que tengo que decirle es demasiado importante.

—He visto la Última Estrella, la señal descrita en la Canción del Destructor y en innumerables profecías, incluida la estrofa perdida de mi visión.

—Tu sueño —me corrige Daoman, bajando de nuevo las cejas para fruncir el ceño.

—No era un sueño entonces y tampoco lo fue ayer cuando vi caer la Última Estrella. Lo he visto, Daoman, el mensajero del Portador de Luz.

Daoman se queda muy muy quieto.

—¿Cómo puedes estar segura?

Controlo mis facciones porque lo cierto es que no puedo estar segura de lo que vi o encontré, excepto de que North es importante y que era mi destino hallarlo.

—Muchas de nuestras profecías hablan de la Última Estrella, pero mi estrofa perdida me dijo dónde encontrarla, y era cierto, Daoman. Estoy segura de lo que encontré. ¿O dudas del poder de lo divino?

A veces me sorprende que Daoman sea mejor político que sacerdote. Más de una vez me he preguntado por la intensidad de su fe. Sin embargo, parece perturbado, y su largo rostro muestra seriedad.

—Cuéntame lo que ocurrió. ¿Estás diciendo...? ¿Crees que se acerca el final de los días? ¿Tú eres la última...?

«¿La última diosa? ¿Y tú el último sumo sacerdote?».

Esbozo una sonrisa pequeña y cautelosa.

—Te contaré lo que he encontrado cuando tenga tiempo de reflexionar sobre lo que he visto. Tú, de entre todas las personas, deberías saber que la profecía nunca es clara. Debo estudiar, meditar y juntar las piezas.

Daoman pierde un poco el enfoque de los ojos, un hábito que tiene cuando sus pensamientos van más rápido que la conversación que está manteniendo.

—Una pena que nadie estuviera contigo para presenciarlo.

Aprieto los labios y coloco el cáliz medio vacío en la mesa ante mí con un golpe sordo. El gato pelusa deja de ronronear y le lanza una mirada directa y firme al sacerdote.

—¿Estás acusando a tu diosa de mentir?

Daoman pestañea y por fin centra de nuevo los ojos en los míos.

—Por supuesto que no, Deidad. —Inclina la cabeza y extiende las manos para hacer una reverencia desde su posición sentada—. Solo pensaba en los desafíos futuros. Un testigo habría sido útil para compartir esta noticia con tu pueblo. —Hace una pausa—. Aunque quizás desees esperar para compartirla hasta que sepas qué significa.

Ante eso, le dedico una pequeña sonrisa, aunque incluso yo sé lo cautelosa que debo parecer.

—Como habrás visto, no he recorrido las calles declarando que llega el final de los tiempos. Ya te he dicho que necesito estudiar y pensar en todo lo ocurrido. Debo consultar la Canción de nuevo, la copia que mi visión me llevó a encontrar.

De repente, Daoman baja los ojos y se reclina en el diván, juntando las largas yemas.

—Eh —dice, y la pausa que sigue a esa única palabra me provoca una tensión inexplicable en el corazón—. Deidad... Quería esperar para eso hasta que descansaras, tras el Festín del Muerto.

—¿Querías esperar para qué? —Utilizo un tono firme y me inclino hacia delante, haciendo uso de todas las tácticas de lenguaje corporal que me ha enseñado. Se reclina y yo aprovecho la ventaja—. ¿Qué ha ocurrido?

Daoman se queda callado.

—El pergamino que encontraste ha desaparecido, Deidad.

La sangre me ruge en los oídos y estiro la mano para aferrarme al brazo del diván.

—¿Cómo? ¿Cómo ha podido pasar eso...? —Mi voz se acalla mientras me centro una vez más en las largas facciones de Daoman.

«El receptáculo mantendrá la estrella como una llama en la oscuridad, y solo bajo ese brillo, el Portador de Luz mirará esta hoja y se reconocerá...».

Me sé de memoria las palabras de la estrofa. Sin embargo, para su conclusión, para que el Portador de Luz despierte y descubra su propósito leyendo ese pergamino antiguo..., necesitaba enseñárselo a North, ver si experimentaba una visión como la mía, el despertar de su destino. Saber, de una u otra manera, quién es y si debe rehacer el mundo junto a mí.

—Matias me avisó de su desaparición hace solo unas horas. —El sumo sacerdote baja la mirada y posa los ojos en la copa de cristal, como si deseara tomar un sorbo de su propia bebida—. Parece que no falta nada más, pero el pergamino que creías que contenía una parte perdida de la Canción del Destructor... no está.

En su defensa tengo que decir que se muestra arrepentido de verdad. Para ser un hombre que negaba con firmeza el significado de mi visión, que luchaba contra mis acciones respecto a la profecía que contenía, y que es muy probable que se haya deshecho del pergamino él mismo..., parece apenado. Sin embargo, Daoman puede parecer lo que desee. Sacerdote o político, nunca he conocido a mejor actor, a mejor mentiroso. Aquí hay un hombre que lo perdería todo si descubriera mi propósito divino y tomara mi lugar a la cabeza de nuestra fe.

Cuando vuelve a levantar la vista, permite que nuestros ojos coincidan sin rastro alguno de culpabilidad, pero sabe cómo no mostrarla. Tiene una mirada compasiva, pero sabe cómo fingirla. Se muestra justo tal y como debe mostrarse: preocupado por mí y por nuestra fe compartida, aliviado de que esté en casa, sana y salva, y arrepentido por no haber confiado en mis instintos divinos y por no haber protegido mejor lo que creo que es el texto más significativo de esta época.

Daoman. Ambos sabemos lo que va a ocurrir, el cambio de poder entre nosotros es inevitable. En teoría, somos aliados. Más que eso, soy lo más cercano que tiene, y que tendrá, a una hija. Esta tensión creciente ha ocurrido poco a poco, con tanta lentitud que, durante años, no entendía la diferencia entre la rebelión de alguien que da sus primeros pasos para salir de la infancia y la aserción de mi poder como su superior.

Algún día, lo sé, mi sumo sacerdote, mi cuidador más antiguo, mi padre, y yo seremos enemigos hasta que uno salga victorioso. «Pero ¿ese día es hoy?».

Tal vez sea la bebida de Daoman, el hecho de que estoy de nuevo en casa tras tanto miedo y pena, que no pueda enfrentarme a la realidad de que se ha perdido el pergamino o que no sé qué hacer a continuación sin la guía profética, pero de repente me siento como si no pudiera abrir los ojos. Pestañeo con fuerza, me inclino hacia delante y durante un momento me olvido de la tensión acumulada entre mi sacerdote y yo, la lenta e inexorable inversión de poder entre nosotros. Por un momento, estoy a su merced de nuevo, soy solo una niña, a la espera de que le pidan que se retire.

—Ay, Daoman, ¿no puedo ir a ver a Elkisa? Si está herida, quizás pueda ayudarla. Ha sido una de mis amigas más íntimas, y pensé que había... —Dejo de hablar cuando se me constriñe la garganta.

Daoman cambia la expresión de los labios, que se curvan en una sonrisa.

—Por supuesto —dice con calma—. Puedes hacer lo que desees, Deidad. Es muy probable que siga con los sanadores. Sin embargo, espero que, una vez que la veas, te vayas a descansar. Elegir marcharte tan cerca del Festín del Muerto ha sido una decisión arriesgada. Solo espero que tengas razón. En cualquier caso, debes descansar antes del festín.

Pensar en presidir un ritual tan largo y complejo hace que quiera gemir, pero sé que el descanso y la comida me recuperarán. Después de todo, este es mi propósito hasta que pueda descubrir la verdad sobre el resto de mi destino.

Acaricio la cola del gato pelusa, una señal elegida mucho tiempo atrás de que me voy a mover, por lo que salta con elegancia al suelo. Cuando me levanto, no obstante, el sumo sacerdote se aclara la garganta.

—Deidad, antes de que te vayas...

—¿Sí, Daoman?

—El chico, el que te acompañó por el bosque marino y al que se le ha dado alojamiento en el templo..., ¿quién es?

Estiro la mano para coger el cetro y utilizar ese tiempo extra para ordenar mis pensamientos.

—Un amigo, creo. Al menos, podía haberme dejado allí sola, pero decidió enfrentarse al peligro de que los Inmortales le pillaran a mi lado.

El sacerdote vestido de dorado me mira con firmeza.

—Ya veo. ¿Y cuánto tiempo tienes intención de darle residencia aquí?

«¿Robó Daoman el pergamino con la estrofa perdida?». No puedo saberlo mirándolo. No sé si entiende que no he vuelto con ningún talismán ni joya, que la Última Estrella no es un signo astronómico, sino la caída de un chico humano. ¿Habrá hecho esa conexión vital, se habrá dado cuenta de que lo único que he traído conmigo ha sido... a North? ¿Habrá adivinado su identidad a través de nuestras profecías, igual que yo?

«Estoy segura de lo que encontré», le he dicho hace unos minutos. Debería haberme quedado callada. No sé lo que esas palabras habrán significado para él.

Suspiro y dejo escapar parte de la chispa de irritación y agotamiento con el sonido.

—Ahora no puedo pensar en eso. Mañana, Daoman... Mañana pensaré en cómo recompensarle por sus servicios. Ahora tengo otras cosas en mente.

Daoman inclina la cabeza y hace un gesto hacia la puerta poco decorada que no lleva a la cámara de la audiencia, sino a la zona privada del templo, a mis propios pasillos.

—Que descanses, hija mía —murmura.

Siento sus ojos fijos en mí, una carga pesada entre los omoplatos, hasta que la puerta se cierra de nuevo. En la privacidad de mi pasillo (hay pasarelas en el templo que solo yo puedo usar), me permito dejar escapar un pequeño estremecimiento.

Alzo en brazos al gato pelusa y lo coloco sobre el hombro para dejar que su ronroneo reverberante me calme. Después, camino hasta el ala del templo destinada a los sanadores.

Durante el trayecto, mi mente se pierde. No sé con seguridad por qué no le he hablado a Daoman de North. No quiero creer que mi sumo sacerdote, el hombre que me crio, me ha robado el pergamino, pero en cualquier caso debería conocer lo que sé de North. Un nubereño..., el primero en siglos.

El sumo sacerdote lo consideraría un objeto valioso de estudio, incluso si resultara no tener nada que ver con la profecía. Daoman nunca dejaría marchar a North.

«Pero ¿no es justo por eso por lo que tú lo has traído aquí, para asegurarte de que está cerca si lo necesitas? ¿No pensaste tú misma que no podías dejarlo marchar?».

El gato pelusa suelta un suave maullido de protesta y me clava con delicadeza las garras en el hombro. Lo he estado aplastando, por lo que me esfuerzo en relajar los brazos. El animal salta con facilidad al suelo de mármol y se acicala a toda velocidad, a la vez que me mira, malhumorado. Me encorvo, me disculpo en voz baja y él espera un par de segundos antes de presionarme la barbilla con la cabeza.

Me muero de ganas de ver a Elkisa, y acelero el ritmo ante el pensamiento, pero, en cuanto la vea con mis propios ojos, me recuerde que está viva, que es real y que está aquí, sé a quién debo ver.

«No digas nada, North. Espérame».

DOCE
NORTH

LLEVO AGUARDANDO UNA HORA EN ESTA SALA DE ESPERA. Ya he dado mil vueltas por ella, he contado los azulejos del techo, y en mi cabeza he compuesto discursos frustrados para Nimh. No es difícil, dado que… ¡hay una estatua a tamaño real de ella de pie en una esquina!

Se encuentra entre dos preciosos tapices, lleva la corona en la cabeza y tiene una expresión serena, con las manos levantadas hacia mí como si me estuviera ofreciendo una de las bendiciones que le pedía su pueblo mientras caminábamos hacia el templo.

La estatua es bonita, claro, pero también es muy… «retrato oficial». Esta es la versión formal de Nimh, la Diosa. Una escultura de piedra nunca capturaría la expresión de su boca, la manera en la que frunce los labios para pensar o cómo inclina la cabeza mientras intenta comprender algo.

Aun así, me entran ganas de pedirle a la estatua que rellene los huecos de información, porque la lista de cosas que su igual de carne y hueso no me ha contado comienza a parecerme asombrosa.

«Esto ha ido demasiado lejos», quiero decirle con la mandíbula tensa. A ver, ni siquiera entiendo las estatuas en mi mundo y soy un príncipe. Ahí lo dejo.

Sin embargo, la estatua resume mi problema, muda como es. Nimh no me ha dicho muchas cosas y no sé por qué. Pensaba que confiábamos el uno en el otro, después de todo por lo que hemos pasado. Pensaba que quería ayudarme.

Pero ¿quiere? O, peor, ¿puede? Si ella es lo más parecido que tienen a un mecánico y no sabe lo que es un motor, entonces no es la respuesta que estoy buscando. Eso significa que necesito encontrar otra salida para este desastre. Llevo aquí menos de un día y ya he estado a punto de morir en tres o cuatro ocasiones. Tengo que encontrar el camino a casa, tan pronto como pueda.

Los archivos que ha mencionado son mi mejor opción, pero ¿tengo alguna esperanza de encontrar un sitio así para lo que necesito? Saelis sabría dónde mirar. Daría lo que fuera por tenerle a mi lado ahora mismo.

Intento respirar hondo, con lentitud, y miro de nuevo el crono que tengo en la muñeca para estudiar su esfera. Lo hago por costumbre, aunque sigue sin ofrecerme ninguna función, aparte de aquellas para las que no se necesita conexión. Veo que mis datos biológicos siguen elevados, lo que no me sorprende. Puedo mirar la hora y poco más.

Estoy a punto de empezar a contar de nuevo los azulejos del techo cuando la puerta se abre. La mujer que está en el umbral es una guardia con cara solemne, vestida de negro y dorado, con las trenzas oscuras alejadas del rostro y unos pómulos con los que podría cortarte. Además, es fuerte, y se le ven los músculos en los brazos desnudos. Nimh parecía bastante rápida con el cetro, y está claro que pudo enfrentarse a esos cultistas en el bosque, pero estoy seguro de que esta mujer podría romperme por la mitad sin sudar. Tiene la cara ligeramente bronceada, salpicada por una constelación de pecas, lo único que no tiene en perfecto orden.

Sin embargo, cuando sonríe, de repente parece mucho más humana.

—Estoy aquí para llevarle a la habitación de invitados —dice—. Allí puede lavarse y cambiarse de ropa.

Esta es mi oportunidad. Le dedico una mirada de despedida a la estatua gigante de Nimh («Deséame suerte») y esbozo una sonrisa a cambio.

—En realidad —digo mientras camino hacia la puerta y desprendo todo mi encanto principesco, a pesar de estar sucio—, me preguntaba si podría ayudarme a encontrar los archivos. Ni... La Deidad me ha dicho que son impresionantes y me muero por verlos. —«O, mejor dicho, me moriré si no los encuentro».

Me estudia durante unos instantes, reflexionando.

—¿No quiere comer primero?

Mi estómago intenta rebelarse en mi interior como respuesta. «¡Sí!», grita. «¡Sí, aliméntame!».

—Puedo esperar —contesto.

Inclina la cabeza.

—Entonces, por aquí. Me llamo Elkisa.

—North —digo a cambio.

—Tiene un acento extraño, North —comenta, estudiándome de reojo, a la espera de que le dé la información que le falta.

—¿Eso cree? —respondo, inocente, y cambio de tema—. Entonces, ¿usted trabaja con el servicio? —Lleva el mismo uniforme que los guardias que he visto antes. Si pertenece a algo similar al equipo de seguridad que tenemos en casa, esa pregunta debería confundirla acerca de quién soy. Me interesa mucho más quién es ella.

Me dedica una mirada penetrante.

—Soy una de las guardias personales de la Deidad —contesta mientras dobla una esquina con destreza—. Me he presentado voluntaria para escoltarle.

—Entonces, le debo una. —Intento mantener un tono alegre, como si no me aliviara que alguien viniera a sacarme de este sitio—. Ya he dado suficientes vueltas en esa habitación.

—Soy yo la que está en deuda con usted —responde. Hay una intensidad en su rostro que me hace estar alerta. Se aclara la garganta—. La trajo a casa, sana y salva, cuando nosotros no pudimos. Quería conocerle.

Le tiene mucho cariño a Nimh, es evidente.

—Suelo ser menos impresionante en persona —comento, esbozando una nueva sonrisa. Ahora mismo me vendría bien tener aliados, y algo me dice que ella quizás lo sea si aprovecho bien la oportunidad.

Abre una puerta alta de madera, que empuja hacia dentro, y me hace un gesto para que pase antes que ella. Doy tres pasos exactamente antes de ralentizar el ritmo y detenerme, al mismo tiempo que mi cerebro sufre un cortocircuito. Los archivos no se parecen a nada que haya visto. Los techos abovedados se elevan hasta, al menos, tres plantas en el aire, alineados con patrones de ladrillos entrecruzados de manera compleja. Los estantes llegan casi a la misma altura, y hay escaleras con ruedas colocadas a ciertos intervalos para que los trabajadores de los archivos accedan a una estantería tras otra de libros y pergaminos. El cristal tintado de las ventanas tiñe la parte superior de verde, azul y dorado. Más abajo, hay lámparas al final de cada pasillo que penetran en las sombras más oscuras.

He estado comparando este mundo con el mío, tomando nota de la tecnología que no tiene, pero cualquier habitación de palacio palidecería al lado de este lugar. «Extensos» es decir poco.

Abro la boca y, un segundo después, la vuelvo a cerrar y trato de controlar mi expresión, esconder mis esperanzas. Elkisa me esquiva, y se oye el eco de sus pasos cuando camina por el pasillo central. Me apresuro tras ella. Encontrar un manual técnico entre todos estos textos podría ser el trabajo de toda una vida.

Se detiene en una mesa un poco más lejana, donde está sentado un anciano con un mechón de pelo canoso, gafas de alambre y un rostro del mismo color y textura arrugada de una nuez, mirándonos con el ceño fruncido.

—Matias, este es el nuevo invitado de la Deidad —dice Elkisa. Luego, se gira hacia mí—. Estaré fuera hasta que esté preparado para darse un baño.

Da media vuelta hacia la puerta y me deja a solas con el anciano. Este se ajusta las gafas para mirarme de arriba abajo. No me puedo ni imaginar la pinta que debo de tener con la ropa sucia, un brazo vendado y la cara manchada.

—Bueno —dice al final, justo cuando recuerdo que no debo cambiar el peso de mi cuerpo de un pie a otro como un estudiante inquieto—, eres la comidilla del templo, muchacho.

—North, señor. —Le dedico un asentimiento sin estar seguro del protocolo.

—Me resultas familiar, North. —Matias empequeñece los ojos un poco, con una expresión reflexiva durante un largo rato, antes de relajarse—. He oído que tenemos que darte las gracias por traer a casa sana y salva a la Deidad.

Lucho contra la necesidad de corregirlo.

—Me ha dicho que puedo usar estas fuentes para hacer algo de investigación.

—Un académico, ¿eh? —Levanta las cejas canosas mientras me estudia por segunda vez—. Y uno tan entusiasta que ni siquiera se detiene a descansar antes de venir a la biblioteca. Dime lo que estás buscando y haré lo posible por ayudarte.

Aunque las palabras son agradables, su tono desprende posesión: estos son sus libros, al menos en su cabeza. Cojo aire con firmeza.

—N... La Deidad dijo que había documentos sobre el vuelo.

Matias ya se está girando hacia uno de los estantes cuando se detiene y me mira.

—¿Puedes ser más específico, muchacho? ¿Poesía, ficción, teología...?

—Maquinaria. —La palabra se me escapa antes de que pueda detenerla y, cuando la cara de Matias no cambia, añado—: Estoy estudiando la manera de hacer máquinas voladoras. Los ancestros podían hacerlo.

—Así es —me confirma—, pero nosotros no. ¿Por qué buscas eso?

—Creo que la maquinaria sería interesante. ¿Ha visto algún documento de cómo lo hacían? Volar, quiero decir.

Se queda quieto durante tanto tiempo que me cuestiono si se le habrá olvidado la pregunta. Luego, se gira, se deja caer de nuevo en el sillón junto a la mesa y fija la mirada en mí.

—¿De dónde has dicho que eres, North?

«Por todas las caídas celestiales, debería haber cerrado el pico».

—No lo he dicho, señor.

Me observa durante un tiempo antes de decir con suavidad:

—Entonces, nuestra Nimh sí que encontró algo ahí fuera después de todo. —Tiene una mirada penetrante y ansiosa detrás de las gafas.

Es la primera vez que oigo a alguien llamarla por el nombre que me dio, en lugar de «Deidad» o algo así. Quizás ese brillo en los ojos del archivero sea una señal de cariño, tal vez son amigos. A lo mejor puedo confiar en él. Quizás...

Matias se aclara la garganta y sufro un pequeño sobresalto.

—Veré lo que puedo encontrar para ti.

—Se lo agradecería —contesto, inyectando en el tono cada miligramo de sinceridad que poseo—. Además, Nimh también pensó que podría encontrar algo acerca del mito de los centinelas.

Levanta las cejas.

—¿Los centinelas? —repite—. A lo mejor tenemos un libro de cuentos. Los cruzarríos y su rey pescador han mantenido la leyenda viva, pero esa es la única realidad que hay en ella.

Me obligo a respirar hondo para esconder la sensación pesarosa de decepción. Si un hombre que lleva una biblioteca de estas proporciones dice que no hay nada que sugiera que los centinelas dejaron alguna pista sobre cómo protegían el camino entre los mundos, entonces, o no existieron, o hace tanto tiempo que se fueron que se han olvidado de ellos.

—Tal vez haya algo sobre volar —dice, con un toque reconfortante—. Mientras tanto, me imagino que Nimh preferirá que actúes con discreción. Es probable que sea mejor que no deambules por ahí como si salieras del bando perdedor de una batalla.

Dudo, atrapado entre mi instinto por confiar en este hombre y los avisos de Nimh de que no diga nada. Estoy totalmente perdido aquí.

Matias revuelve las pilas de papeles y pergaminos de la mesa. Con un pequeño gruñido de satisfacción, por fin localiza lo que está buscando, una taza, y le da un largo sorbo. Entonces, habla de nuevo.

—Habéis hecho una entrada bastante triunfal en la ciudad —observa—. La diosa vuelve a casa con un misterioso compañero. Me pregunto si nuestras tradiciones serán muy distintas a las de los nubereños.

—Yo..., eh..., mmm... —Me quedo sin palabras. Una cosa es dar vueltas alrededor de lo que ha adivinado y otra decirlo en voz alta. Por suerte, no parece necesitar una respuesta.

—Lo que debes entender sobre Nimh es que el clero la designó cuando tenía cinco años. Cuando el receptáculo humano de la divinidad muere, los sacerdotes hacen las maletas y se separan como hormigas evacuando un árbol peludo, arrastrándose por cada rincón y grieta, recorriendo de arriba abajo cada río, en busca del nuevo receptáculo. Por lo general, encuentran a un niño avanzando con timidez a la edad adulta. Nimh ha sido la persona más joven en convertirse en la Deidad.

—Cinco años —repito. Me acuerdo de mí mismo a esa edad. Mis madres me sobornaban para que me quedara quieto en las ceremonias importantes, y mi abuelo solía guiñarme un ojo con solemnidad bajo la corona. Estaba rodeado de mi familia, y lo único que tenía que hacer era evitar mancharme de comida. No me puedo imaginar tratar de liderar con esa edad.

—Cinco años —repite—. Ese fue el primer pilar de sus dificultades. El segundo fue que, unos años después de su designación, nuestras divinidades suelen manifestar su cualidad, el área en la que pueden hacer una gran magia. Esta marca la pauta para el mundo durante esa época. Guerra, paz, hambre o abundancia.

—¿Cuál es la... cualidad de Nimh? —Intento decir la palabra con lentitud.

—Ah —responde con calma—. Eso es lo que no sabemos. Aún no se ha revelado, aunque llevamos esperando más de diez años.

—Quizás sea cosa de la edad —sugiero—. Todos los demás habrán manifestado la suya pronto, pero eran más mayores.

—Quizás —dice, con un tono que no me sirve de confirmación—. O quizás su destino sea tomar otra vía. Algunos dudan de ella. Los habrás visto en la ciudad. —. Su voz adopta un toque burlón—. Llevan el gris como una especie de uniforme, una declaración contra la riqueza de la magia y la fe.

—Los he visto. —Utilizo un tono más sombrío del que pretendía—. ¿Están relacionados con los que nos atacaron? Bueno, la atacaron.

Matias niega con la cabeza.

—No, nunca actuarían tan a las claras en contra de ella. Vuestros atacantes eran cultistas que siguen a una falsa divinidad que quiere matar a Nimh. Los capuchas grises solo quieren destituirla del poder al creer que la falta de cualidad significa que la propia divinidad ha dejado este mundo. Sin embargo, otros... otros se preguntan si su magia será algo nunca visto, si esta es la calma antes de la tormenta.

—Entonces..., ¿sus deidades son las que pueden hacer, eh, magia? —Intento alejar el escepticismo lejos de mi voz, pero me resulta difícil decir «magia» con una expresión seria.

Matias levanta las cejas pobladas, con algunos pelos desaliñados sobresaliendo como antenas.

—Hay muchas personas que pueden hacer magia, nubereño... Los magos son bastante comunes. Suele haber un par de ellos en cada pequeño pueblo o ciudad. La Deidad es mucho más que una mera maga.

—Su cualidad aparecerá. Si siempre ha ocurrido, ahora también lo hará —digo, preguntándome cómo he llegado a un lugar en el que puedo asegurarle a alguien que «la magia aparecerá». ¿Estoy defendiendo a Nimh pese a todos los secretos que ha guardado?

Matias suspira.

—Debemos tener esperanza porque, aunque Nimhara es poderosa, lo será mucho más cuando se manifieste la cualidad. Nuestro pueblo necesita el cambio que su cualidad producirá. Necesita esperanzas y los dones que dominará. Necesita aquello en lo que se va a convertir.

—Entonces, ella podría ser... ¿Qué? ¿Cómo era el último dios?

—La deidad antes de Nimh fue Jezara —dijo el anciano—. Se manifestó como la diosa de la curación. Su luz podía aliviar cualquier enfermedad o herida.

Ojalá entendiera lo que eso quiere decir. ¿Estudió medicina? ¿Utilizó sus habilidades para evitar las enfermedades? ¿O creen que podía curar solo con su presencia?

—Cuando murió, los sacerdotes encontraron a Nimh. —Vaciló al ver su expresión—. ¿No?

Matias frunce los labios.

—Jezara fue la única diosa cuya divinidad salió de ella antes de su muerte.

Se produce el silencio.

—No sé lo que eso significa —confieso.

—No es mi misión analizarlo. Yo no escribí los textos sagrados —dice, en un tono que me recuerda al de mi madre de sangre cuando me espeta: «Yo no he hecho las reglas, North». Siempre he tratado de contestarle que podría si quisiera, pero ahora, como siempre, me muerdo la lengua—. Bueno, ya basta —suelta de forma abrupta—. Vete, veré qué encuentro.

Es una despedida repentina, pero tiene la mirada fija sobre mi hombro y, cuando me giro en la silla, hay un hombre hablando con Elkisa, quien está de pie en el umbral, con los brazos cruzados y expresión de «Esto tiene buena pinta».

Pensaba que se había marchado. ¿Cuánto habrá escuchado de mi conversación con el maestro archivero? Nimh confía en sus guardias. ¿Yo también debería?

El recién llegado es un hombre de piel bronceada con nariz puntiaguda, cabeza rapada y una boca hecha para sonreír con suficiencia. Desconfío de él en cuanto lo veo, y no solo porque Matias se haya callado justo cuando ha llegado. Sea lo que sea lo que está diciendo hace que Elkisa se ponga rígida, me mire y desaparezca del umbral con pasos apresurados.

—Perdóname, perdóname —dice el recién llegado mientras se gira para acercarse. Me muestra los dientes, que no es lo mismo que sonreír—. Espero no estar interrumpiendo. Soy Techeki, maestro de ceremonias. —El título parece estar en letras mayúsculas por la manera en la que lo pronuncia.

—¿Cómo vas a interrumpir? —pregunta Matias, con un tono mucho menos cortés que sus palabras—. Estás justo donde te corresponde, Techeki.

—Tú debes de ser nuestro visitante —dice el maestro de ceremonias, ignorando la respuesta y girándose hacia mí—. Siento no haber podido presentarme antes. Me dijeron que te llevarían directamente al cuarto de invitados. Matias, deberías haberle dejado que se aseara antes de comenzar a hablar por los codos.

—¿Está sucio? —pregunta con suavidad, observándome como si no se hubiera dado cuenta hasta ahora.

Me conozco todas las palabras de esta canción. Me he pasado la vida rodeado de juegos políticos en palacio, y mi instinto me dice que estoy en medio de uno de esos juegos justo ahora. No quiero convertirme en un títere en lo que obviamente es una antigua discusión. Si eso ocurre, quizás uno me aplaste solo para fastidiar al otro, por lo que me pongo de pie de manera cortés.

—Un baño suena genial —digo—. Si no es mucho problema.

Techeki considera la petición, mirando a Matias como si estuviera decidiendo si tomarla con él o no, antes de darse media vuelta y dirigirse a la puerta.

—Ven —me ordena sin mirarme. Observo a Matias, quien me guiña un ojo y me hace un gesto para que lo siga.

Me trago el resto de mis preguntas y sigo al hombre de modales empalagosos fuera de la biblioteca. A pesar de ser una cabeza más alto que Techeki, de alguna manera tengo que apresurarme para mantenerme a su ritmo mientras se desliza por el pasillo.

La habitación a la que me lleva es pequeña, pero pulcra. No tiene ventanas, pero sí múltiples lámparas y ricos tapices en las paredes, así como un montón de ropa de diferentes tejidos y colores sobre una cama.

—Solo tendrás tiempo de lavarte las manos y la cara —me informa—. El festín comenzará pronto y tengo mucho que hacer. Debes vestirte de manera apropiada. Te he traído lo necesario, así como comida. Espero que este cuarto te sirva.

Es evidente que sabe que la habitación no es para nada humilde y está esperando algo, un gracias, una mirada de asombro o un gesto de indiferencia. Está tratando de entenderme, por lo que esbozo una sonrisa cortés.

Me aventuro hacia el baño, me quito la camisa por la cabeza y me deshago el nudo de la venda improvisada hasta poder deslizarla por el brazo. No me he dado cuenta de que tenía miedo de mirarlo. Sin embargo, el cuerpo se me llena de alivio y sorpresa. El corte que sufrí en el accidente con el deslizador es ahora una delgada quemadura marrón. Toco los bordes de la piel y solo siento un ligero dolor, por lo que tiro la bufanda destrozada a un rincón.

Sea lo que sea lo que ha utilizado Nimh para cauterizarla debía de contener también algo que acelerara el proceso de curación. Quizás habría preferido los pulcros puntos del cirujano real, pero no me puedo quejar de los resultados de Nimh.

De una palanca sale un flujo regular de agua, procedente de un surtidor construido en la pared, sobre el lavabo, donde meto una tela que hay junto a él y la uso para frotarme la piel desnuda todo lo rápido que puedo. Hay una vívida línea de moratones en mis costillas, una raya inflamada de color gris violáceo bajo el tatuaje que no les gustó a mis madres. Es el emblema familiar y, durante un momento, deseo que las alas a cada lado de la isla celestial fueran reales y mías. Ojalá pudieran sacarme de aquí.

Sin embargo, el agua desprende un frío punzante y no me da la posibilidad de sumergirme en una fantasía. No quiero pasarme demasiado tiempo en el «baño» porque se está acercando la caída del sol y no he dormido desde ayer por la mañana.

Trato de poner en orden mis pensamientos mientras el agua fría me recorre la piel y, al salir a donde me está esperando Techeki, tengo de nuevo mi cara de póker.

—Siéntate un momento —me dice, indicándome la mesa—. Toma algo.

Ahora se muestra más agradable, y dejo que me guíe hasta una de las sillas. Se sienta enfrente y sirve dos copas de un decantador. Tomo la mía y, tras un momento, me doy cuenta de que está observando la manera en la que la cojo. «Está examinando mis modales». Quiere saber quién soy. Las instrucciones de Nimh solo fueron «Diles que me ayudaste a volver a casa». ¿Qué quiere que les diga? ¿Y qué es lo mejor para mí?

Ojalá supiera qué es lo más seguro, ser un donnadie servicial o un noble invitado. Sin embargo, no tengo ni idea y, además, una pregunta más urgente me ocupa la mente: solo agita la bebida en el cáliz, pero no ha tomado ni un sorbo... ¿Habrá echado algo a la bebida? ¿Me estoy comportando de manera dramática por preguntármelo? Siempre me han enseñado que tenga cuidado con la comida y la bebida que no conozco, aunque una pequeña parte de mi ser se percata de que se me olvidaron esas reglas con Nimh.

Antes de que pueda decidir qué hacer, se da cuenta de que me estoy percatando y, con una pequeña sonrisa que no me gusta demasiado, levanta la copa y le da un largo sorbo deliberado antes de tragárselo, a la vez que la baja. «¿Ves?», dice su mirada con suficiencia. «No pasa nada». Bueno, en realidad añade algo más: sonríe porque sabe que no se encuentran instintos como los míos a menos que seas alguien. Le he informado de algo de lo que no quería informarle, y ahora mismo me odio por eso.

Este tipo sabe jugar. Se llevaría bien con mi madre de sangre.

—Gracias —comento al final, con cortesía, pero sin demasiada efusividad. No quiero dar la impresión de que le debo nada si puedo evitarlo.

Considera las palabras como una señal para retomar la conversación.

—Debemos elegirte la ropa para el Festín del Muerto.

Habla como si yo supiera qué es eso, y no le corrijo. Supongo que el festín no incluirá mi muerte realmente, dado que Nimh podría haberla organizado ya si así lo hubiera deseado, y asiento.

—Será un honor asistir.

—Por supuesto —me confirma—. Quiero asegurarme de que seguimos el protocolo correcto con un invitado tan estimado, a quien le debemos tanta gratitud. Por favor, háblame de ti.

Lo dice con suavidad, como si la pregunta no significara nada, como si tratara de encajarme en una jerarquía, entender qué valor tengo para él y todos los demás en el templo. «Ah, viejo amigo, no tienes ni idea con qué tipo de alumno estás tratando».

Pestañeo con suavidad y me tomo mi tiempo para tragar.

—¿De mí? —pregunto, como si apenas supiera mi nombre.

—¿De dónde eres? —dice, casi mordiéndose la lengua—. Quiero saber sobre tu pueblo, tu hogar.

—Ah —contesto, como si lo entendiera, antes de proceder a no responder a la pregunta—. Solo la he ayudado a volver a casa sana y salva.

Cierra los ojos durante un momento, toma aire y lo intenta de nuevo.

—Soy consciente de lo que has hecho —dice con cuidado—. Quiero saber quién eres. Espero que no estés evadiendo la pregunta.

Buen movimiento, desafiándome así, pero me dice que es probable que piense que no soy poderoso. Le veo intentando comprender si soy un jugador o una pieza del juego. Se inclina a descartarme, pero está claro que aún no ha tomado esa decisión. Es demasiado astuto.

Oigo la voz de Nimh en la cabeza: «No les digas nada». Ella sabe cómo hacerlo.

Su rostro desprendía tanta intensidad cuando me vio entre el desastre del Celestante, así como su voz al preguntarme, que no creo que me haya traído a este lugar solo por mi propia seguridad.

Quiero creer en ella. Ahí fuera, entre la vida salvaje, parecía amable, capaz y fascinante, casi maravillada conmigo. La pequeña semilla de algo («amistad», propone mi mente al instante) parecía real. La sentía como si fuera cierta. Aquí, sin embargo, estoy a la deriva. Quiero poder confiar en esta chica, pero me ha dejado en mitad de un juego sin decirme nada sobre el tablero.

En mi mundo no me estarán buscando porque nadie que haya caído en Allí Abajo ha vuelto. Es probable que estén planeando mi funeral ahora mismo. Si tengo alguna posibilidad de regresar, debo aprovecharla. Por ahora, elijo una respuesta que, por lo menos, no interfiera con los planes de Nimh.

—Soy un académico —comento. Cuando Techeki levanta una de sus impecables cejas, añado—: En formación. Viajaba hacia el templo con la esperanza de conocer al maestro archivero cuando me encontré con N... con la Deidad. Por eso me he apresurado hacia la biblioteca cuando he llegado. No pensaba que fuera a tener oportunidad de hablar con él en persona, así que cuando esta ha aparecido... —Me callo con la sonrisa con la que suelo salir de los problemas ante mi madre de corazón.

Techeki no parece convencido. No sé si es porque no se cree la historia o porque nadie suele querer conocer al maestro archivero. Sin embargo, al final inclina la cabeza—. Pediré que mañana te escolten hasta Matias para que sigas hablando con él.

La palabra «escoltar» suena fatal, como si no se me permitiera salir de esta habitación sin un guardia. Se parece mucho, y por eso me suena fatal, a que soy un prisionero.

Nimh dijo que me mantendría a salvo. Pero «a salvo» no significa «libre». No significa que me vaya a «permitir volver a casa». Por eso, no puedo confiar en nadie, excepto en mí mismo.

TRECE
NIMH

OJALÁ PUDIERA CAMINAR DE UN LADO A OTRO, PERO NI SIQUIERA ante mis propios sirvientes y acólitos puedo mostrar signos tan obvios de un corazón inquieto. En un lugar tan público como el ala de los sanadores, debo evitar todavía más esa clase de demostraciones.

Solo han pasado unos minutos desde que llegué y descubrí que Elkisa no está aquí. Aunque los sanadores dicen que está ilesa, no puedo quitarme de la cabeza la necesidad de verla. Me he centrado tanto en North y su significado que no me he permitido ni un momento para detenerme y llorar por mi amiga. Ahora que sé que está viva...

Cambio el peso de mi cuerpo de un pie a otro, pero me contengo antes de dar un paso inquieto y traicionero. Aunque deseo correr en busca de Elkisa, la mejor manera de localizar a mi guardia es usar la red de espectadores secretos del templo. Sé quiénes de los empleados son informantes de Techeki, pero nunca he intentado destituirlos. Es mejor saber a quién mantener vigilado.

El maestro de ceremonias puede parecer frívolo y superficial, pero la información es su tesoro, y estoy segura de que hay muchos de los empleados que le pertenecen, aunque yo no lo sepa.

Aun así, el ayudante de los sanadores a quien he ordenado encontrar a Techeki me ha dedicado una mirada de asombro y una protesta poco entusiasta antes de rendirse y escabullirse para encontrar al maestro. «Que Techeki te diga dónde está Elkisa», le he dicho. «Pídele que se presente ante mí».

Respiro hondo mientras lucho contra mis instintos. Entonces, justo cuando estoy preparada para buscar a mi amiga yo sola, unas pisadas reverberan en el pasillo. Me apresuro por él con el corazón acelerado... y me detengo de golpe.

«Hiret».

La cruzarríos se detiene con una expresión vacía al verme. Me lleva un segundo reconocerla, ya que se ha quitado las largas trenzas. Ahora lleva el pelo casi rapado al cero y le han desaparecido las plumas que simbolizaban la unión con su marido. Parece diez años mayor. Sé que debería ser la primera en hablar, encontrar algunas palabras de consuelo, pero no puedo apartar los ojos de ella. Tiene un aspecto tan distinto sin las trenzas, tan diferente, ahora que su marido está muerto...

«Muerto por mi culpa».

—Hiret —consigo decir—. Yo...

—He venido a preguntarle a la guardia que sobrevivió dónde ocurrió. —Controla su tono con firmeza—. Así puedo ir a recoger los cuerpos.

Los cruzarríos tienen intrincados rituales de enterramiento, las tradiciones de cada clan son un poco distintas a las de los demás, pero todos incluyen el río. Me pregunto si saber que Capac y su hermano murieron cerca del agua le aportará algún consuelo.

«¿A ti te serviría?».

—Su misión. —La voz de Hiret rompe el silencio del que no me había percatado hasta que ha hablado—. ¿Consiguió lo que necesitaba?

Pestañeo, sintiéndome lenta y estúpida, atrapada bajo la pena.

—¿La misión?

Su expresión cambia al dolor o al enfado. Ahora mismo no estoy segura de que haya alguna diferencia.

—La razón por la que vino a hablar con Quenti el día del mercado. La razón por la que envié a mi marido a que la ayudara... La misión de la que no me podía hablar, pero por la que podía pedirle a mi familia que se sacrificara.

Ahora que he visto la grieta en esa expresión vacía, no puedo olvidarme de la pena tras ella. No puedo desoír lo mucho que se ha acercado al límite. Siento el corazón dolorido y palpitante. Solo se me ocurre decirle una cosa: la verdad.

—No estoy segura, Hiret. —Tomo aire—. Pero creo que sí.

Hiret abre mucho los ojos y pregunta con voz temblorosa:

—¿Cree que sí?

—No te voy a mentir —contesto, y me arden los ojos por las lágrimas sin derramar—. Ojalá estuviera segura. Ojalá lo supiera. Pero te juro que creo que sí. Han muerto por algo. Tenía que estar allí esa noche.

«Para encontrar a North».

La rabia de Hiret permanece, pero hace una pausa mientras me traspasa con la mirada. Sea lo que sea lo que encuentra allí hace que respire hondo y frunza el ceño cuando desliza los ojos más allá de los míos para centrarlos detrás de mí.

—Qué desconcertante es saber que tu diosa necesita tanta fe como tú —susurra.

Esta vez no oigo las pisadas que presagian un nuevo recién llegado. Solo cuando alguien se aclara la garganta me encuentro a Elkisa de pie, no lejos de nosotras, mirándonos a ambas. Ojalá pudiera correr hacia mi amiga y lanzarme a sus brazos. Ojalá pudiera cogerla de la mano, lanzarme a sus pies y disculparme. Ojalá...

Sin embargo, nuestra reunión deberá producirse a esta distancia. Con toda la sala de sanadores del templo como testigos y una cruzarríos apenada a mi lado, debo seguir siendo la Deidad... E, incluso si estuviéramos solas, no podría abrazarla, tocarla y asegurarme de que es real y está a salvo.

—Deidad —dice Elkisa con voz tensa. Debe haberse enterado de mi regreso porque no parece sorprendida, pero el alivio está allí, pintado en todo su rostro—. El maestro de ceremonias me ha dicho que me estaba buscando. —Dirige la mirada hacia Hiret e inclina la cabeza en un gesto de pena y respeto.

—Hiret —consigo decir, manteniendo un tono monótono—. Esta es Elkisa. Iba con nosotros en nuestro viaje.

Hiret presiona los labios y le devuelve un asentimiento a Elkisa. Habla de nuevo con esa voz susurrante y controlada que me dice que algo en su interior quiere rasgarse las vestiduras.

—Me gustaría traer a casa a mi marido y hermano. ¿Podría mostrarme en un mapa dónde están?

Elkisa duda y sé que debe ver la misma imagen que yo cada vez que cierra los ojos: los cuerpos colgados de los árboles, retorciéndose con lentitud, los horrores casi escondidos entre las sombras. Tal vez la jungla les haya producido más destrozos aún.

Sin embargo, Elkisa tiene una máscara más resistente que la de Hiret o la mía, por lo que habla con calma cuando responde.

—Los traeremos a casa por usted, se lo prometo. Debería recordarlos como eran. No creo que la Deidad desee que vea cómo murieron. Por favor, permita que mis compañeros y yo le sirvamos en ese sentido.

Hiret duda y me mira y, aunque en mi interior me pregunto por qué no habré podido encontrar unas palabras tan elegantes como las de Elkisa, asiento con lentitud.

—Mandaremos a un grupo por la mañana, Hiret.

Durante un momento, creo que está a punto de desmoronarse, que la pena encontrará cada una de sus debilidades y estallará en lágrimas, culpabilizándome y señalándome con el dedo. Le he quitado lo que más quería, he puesto a prueba su fe y lo único que ha conseguido a cambio ha sido un «Creo que sí». Sin embargo, solo asiente una vez más y se gira sin palabras para salir de la sala, dejándome a solas con la única persona de mi grupo que no lo ha sacrificado todo por mí.

El silencio se expande antes de que Elkisa hinque una rodilla en el suelo y reafirme su lealtad con ese gesto simple. Se me constriñe la garganta. Fui yo quien los llevó a todos hasta allí. Fui yo quien insistió en que quería dar un paseo a solas. Fui yo quien los dejó sin mi protección para enfrentarse con los cultistas y quien permitió que Elkisa volviera sola, creyendo que yo había muerto y que me había fallado.

—Si hubieran tenido la oportunidad, todos habrían muerto encantados por usted, Deidad —dice en voz baja, como si me leyera la mente—. Igual que yo.

Por fin, las lágrimas me rebosan los ojos. Ignorando la presencia de sanadores y acólitos, me dejo caer de rodillas, lo que hace que Elkisa levante la cabeza, sorprendida.

Con lentitud, sin decir nada, levanto la mano para hacer un gesto antiguo y apenas usado de calidez y amistad. Elkisa traga saliva, me sostiene la mirada con los ojos azules y, en ese momento, su resolución se tambalea. Levanta también la mano, con la palma hacia fuera, a un suspiro de la mía. Es un gesto de total confianza y fe porque, si quisiera, podría inclinar las yemas y tocarme, acabando con mi vida como divinidad para siempre.

—No murieron por nada —digo; mi voz es apenas más fuerte que un suspiro—. Tenía razón. —Necesito que Elkisa lo entienda más que nadie.

Abre mucho los ojos y responde en un murmullo:

—He conocido al chico que vino con usted... —Se calla, y su mirada desprende mil preguntas.

Asiento, resistiendo la necesidad de mirar a nuestro alrededor para ver si nos observan. En lugar de eso, utilizo palabras vagas.

—Es importante, El. Si tengo razón sobre él, quizás mi propósito aparezca con claridad ante mí. Tal vez sea mayor de lo que nos hemos atrevido nunca a imaginar.

Veo el momento en el que se pregunta si estaría hablando de aquel al que llevamos siglos esperando. «El Portador de Luz». Elkisa abre la boca, pero se paraliza durante un largo momento hasta que la mano comienza a temblarle. En lugar de arriesgarse a rozarla con la mía, deja caer ambas al suelo y se cubre los ojos con ellas, un saludo de respeto total hacia la divinidad por parte de un devoto.

—Lo protegeré como haría con usted, Deidad.

Conmovida por este acto de fe, susurro una bendición y me echo hacia atrás para descansar sobre los talones.

—Encontraré la manera de volverme merecedora de tu devoción —digo con suavidad—. Siento lo que te he hecho pasar.

Levanta la mirada, y una ligera sonrisa nos devuelve a la normalidad. De nuevo, somos amigas, en vez de diosa y guardia.

—Si piensa que va a volver a dar un paseo sin mí, se equivoca —dice.

Me siento agradecida por esa sonrisa, incluso por esa pequeña muestra de misericordia. Sin embargo, el peso de todo lo ocurrido me arrastra, y lo único con lo que puedo contestar es con un asentimiento antes de levantarme y apresurarme para salir de la enfermería.

El gato, que me ha estado esperando en el umbral, no le dedica ni una mirada a mi guardia mientras la dejamos atrás, y trota a mi lado. Nunca le ha caído bien Elkisa, de esa forma tan encantadora, pero inconveniente, en la que los animales (y algunos humanos) muestran celos hacia alguien importante para su persona elegida.

Mientras avanzo por los pasillos de camino a mi habitación, de manera espontánea, me aparece una cara ante los ojos en los oscuros pasadizos. Es un rostro delicado y atractivo, con una nariz afilada, cálidos ojos marrones y una sonrisa demasiado encantadora. ¿North es la respuesta? ¿Estará relacionado con la llegada del Portador de Luz… o será el propio Portador de Luz?

El corazón me dice con cada latido que así es. Siento un impulso extraño e innegable para creer que él y yo estábamos destinados a conocernos. Sin embargo, ¿eso significa que yo, con el peso de la divinidad a mis espaldas, puedo ver la verdad en él? ¿O solo significa que estoy tan cansada de esperar y ansiosa por encontrar una manera de ayudar a mi pueblo que estoy viendo cosas donde no las hay?

He vuelto al templo justo a tiempo. El Festín del Muerto es esta noche, uno de los rituales anuales más significativos. Debo comenzar a prepararme para él. No tengo tiempo de ver a North, aunque debería decírselo, contárselo todo.

Tal vez esta noche, durante el festín, encuentre un par de minutos a solas con él. Aun así…, sigo dudando. Ahora mismo, North es mi secreto, solo mío. De manera despiadada, me deshago de los pequeños tentáculos que me empujan a mantener el secreto para mí sola, a descubrir la verdad sobre él por mi cuenta, a entenderlo todo por mí misma.

Me incorporo y abro la puerta de mis aposentos. Una docena de ayudantes se gira hacia mí y se deja caer de rodillas a la vez para darle la bienvenida a su diosa. No hay lugar, en una vida como la mía, para el deseo.

CATORCE

NORTH

La celebración del Festín del Muerto comienza al anochecer, un solemne ritual en un enorme balcón desde el que se observa toda la ciudad. Nimh se encuentra en una plataforma que la eleva sobre los demás, bañada por la luz decadente, con los brazos extendidos.

Va ataviada con un exquisito vestido de seda roja, tan fino que casi se transparenta. La brisa lo mece y le adhiere la tela en torno al cuerpo como un ser viviente. Tiene unas bandas doradas en las muñecas y los brazos, que van a juego con la corona que lleva en la cabeza. Va pintada de dorado alrededor de los ojos delineados con kohl, en los pómulos y los labios.

La luz parece acariciarla, intensificarse, hasta hacerla brillar, más incluso que el glorioso atardecer que se extiende por el denso bosque más allá de la ciudad. Todos los rostros, incluso el del sol, parecen girarse hacia ella.

Se oye el restallido grave de tambores. El coro de sacerdotes sirve como contraposición a su voz aguda mientras ejecuta el ritual. He descubierto mientras esperaba con calma entre la población que en el ritual se celebra la llegada del solsticio. Se despiden del sol al saber que a partir de ahora los días se harán más cortos.

Dentro de tres días, Nimh presidirá otro ritual que marcará el final del duelo por el sol, la Vigilia del Creciente, una celebración que dura toda la noche, en la que esperan que el sol surja como símbolo de esperanza para los meses venideros. Me pregunto qué ocurrirá entre hoy y ese día.

La voz de Nimh se hunde en un ritmo casi musical, con las manos levantadas, mientras el sol le brilla en las bandas doradas de los brazos. Ahora mismo, ella es el sol, que baja del cielo para calentarnos el rostro. Quiero rendirme a este momento, dejar que su belleza, la de Nimh, me traspase. Quiero formar parte de esto, compartirlo con todos los demás y abandonarme entre la multitud. Sin embargo, sé que tengo que observar y pensar. No puedo permitirme perder nada que me pueda servir de ayuda.

Me obligo a mirar a Nimh de manera objetiva. Tiene la presencia que mis madres han intentado inculcarme durante años. Es majestuosa, distante de todos nosotros, pero no inalcanzable. Después de pasar tiempo con Elkisa, Matias y Techeki, tenía ganas de volver a verla, de hablar con ella. Sin embargo, la chica a la que ahora estoy contemplando se aleja todo lo posible de la que conocí.

Aun así, hay muchas preguntas que le quiero hacer. Deseo que me cuente por qué me ha traído hasta aquí sin admitir quién era. Quiero que me diga qué cree que va a ocurrir conmigo, por qué no quiere que le cuente a nadie que soy un nubereño. ¿Qué peligro corro? ¿Quiénes son sus aliados, sus enemigos? ¿Se corresponden con los míos? ¿Debería desconfiar de Techeki porque Matias lo hace?

Sin embargo, cuesta mirar a este mundo desde el exterior cuando todo lo de esta ceremonia me empuja a meterme en él. El ritual acaba con un suspiro que parece extenderse por la multitud.

Como si fuera una señal invisible, la seriedad del momento se acaba. Los sirvientes comienzan a iluminar las antorchas en mitad de una oscuridad creciente, y me veo atrapado en el río de humanidad que fluye hacia el templo para festejar y bailar.

Una vez que comienza el festín, es cada vez más difícil recordar la solemnidad de esta noche. Debo darles un punto a favor: el pueblo de Nimh sabe cómo pasárselo bien. En palacio, he organizado algunas comilonas de esas que duran toda la noche, y me gusta pensar que estaban bastante bien, pero tengo que reconocer lo que merece reconocimiento. Techeki se ha ganado el título de maestro de ceremonias.

El lugar es un batiburrillo de colores, comidas, música, canciones y risas que reverberan desde los azulejos del techo. No soy parte de la celebración de esta noche. Voy totalmente vestido de negro. Techeki no tenía otra opción, dado mi estatus desconocido, pero no puedo fingir que no sienta envidia de la pintura dorada que cubre a todos los demás a mi alrededor. En mi mundo, llevaría la cara pintada de manera exquisita con brillantina y destellos, y la ropa tejida con oro. Es irónico que, tras todo ese tiempo rechazándolo para escaparme de palacio, ahora eche de menos el hilo de oro. No obstante, intento parecer un lienzo en blanco, desconocido para esta gente, para que, con la ayuda de Nimh, pueda situarme en el cuadro que desee, en el que me devuelva a casa. Además, no me sé los pasos de ninguno de sus bailes, literal y metafóricamente.

Rechazo la invitación de una preciosa muchacha que quiere llevarme al centro de la multitud, y la de un chico guapísimo con la cabeza llena de trenzas que me ofrece una bebida que no puedo identificar. Le dedico una sonrisa triste y me escabullo tras una columna. La arquitectura aquí es espectacular, y echo hacia atrás la cabeza para admirar el mosaico del techo. Entonces, algo choca con mis tobillos y, cuando bajo la mirada, me encuentro con el gato de Nimh, que me observa de manera significativa.

—¿De dónde has salido tú, capitán Patitas Blandas? —le pregunto, agazapándome y ofreciéndole un dedo para que me olfatee. Estira la pata para atraparlo y se lo acerca. Luego, le da un mordisquito, no lo bastante fuerte como para romperme la piel, y se gira antes de alejarse unos pasos. Me echa un vistazo para ver si lo sigo.

Solo hace un día que sé de la existencia de los gatos, pero estoy seguro de que es mejor que haga lo que quiere. Por eso, lo sigo por la periferia de la sala. Bordeada de columnas, la enorme cámara circular tiene seis grandes entradas, pero no tomamos ninguna de ellas. En lugar de eso, empuja la puerta de servicio con la cabeza y, cuando la abro, ambos nos escabullimos dentro.

El pasillo ante nosotros no tiene decoración ni gente, solo una antorcha suspendida de un clavo, que cojo para alumbrar nuestro camino. Tras un par de minutos y unas escaleras que me llevan un piso más arriba, el gato se detiene frente a una sección de paneles de madera que no me parecen distintos a los demás. Entonces, suelta un sonido fuerte y balbuceante.

—¿Aquí? —pregunto, a la vez que acerco la antorcha para estudiarlo. Llamo al panel de madera.

La voz de Nimh al otro lado me sobresalta.

—Pasa.

Solo cuando el gato golpea el panel con la cabeza lo veo ceder un poco. Al empujarlo, una puerta se abre sin hacer ruido para dejarnos pasar. La habitación del interior está tallada en piedra y haces de luz brillante iluminan plantas que surgen de salientes en el techo. Una pantalla de madera con intrincados agujeros tallados deja traspasar puntos de luz y el suave murmullo de voces y música. Debe de dar al pasillo que acabo de abandonar.

En el centro de la habitación hay una enorme piscina en cuya agua oscura se dibujan pequeñas olas. Nimh está de pie dentro de ella, metida hasta la cintura, con los ojos maquillados de negro, los labios dorados y... sin absolutamente nada de ropa.

—¡North! Pensaba que eras un sirviente. —Las palabras son un tenue zumbido y apenas las oigo. Solo cuando se recupera de su propia sorpresa e inclina la cabeza de manera interrogativa, me doy cuenta de que la estoy contemplando y me giro con las mejillas ardiendo para mirar hacia el lugar por donde he venido.

Una salpicadura distante traspasa el zumbido en mis oídos y, luego, percibo un ligero sonido de pies descalzos sobre la piedra. Un momento después, reparo en su voz y me percato de que ha estado llamándome.

—¿North? No hay por qué avergonzarse. Soy la diosa de mi pueblo. No hay ni un rincón de mi vida que sea privado. Nunca lo ha sido.

Me arriesgo a echar un vistazo por encima del hombro. Ahora la piscina está vacía, salvo por las ondas que ha dejado a su paso, iluminada por la luz procedente de una serie de pantallas colocadas un poco más allá. Detrás de ellas... Trago saliva. Su silueta es inequívoca, y cada detalle se perfila contra el material traslúcido. Un cofre con complejos grabados se encuentra a un lado de la pantalla, envuelto con un grueso montón de tela doblada. Tiene el cetro apoyado sobre la pared.

Mientras se seca, el material traslúcido me deja ver su silueta. Casi me puedo imaginar la calidez de su piel, el vapor que debe salir de ella tras el baño.

—Yo... yo... siento interrumpir —consigo decir con la garganta seca—. No me he dado cuenta de que era una sala privada.

—Esta es mi cámara del ritual de baño —contesta Nimh, que parece mucho menos avergonzada que yo—. Tras la parte pública de los rituales del festín, vengo aquí a limpiarme y a que las aguas del templo me purifiquen.

El crujir de telas tras la pantalla es vertiginoso. Siento el cuerpo como si perteneciera a otra persona, y tengo que luchar contra el deseo de mirar. Desde que nos conocimos, la he considerado elegante y ágil, pero de alguna manera, aquí, lejos de ojos fisgones, lo es incluso más.

«Por todas las caídas celestiales, North, contrólate».

—No me has interrumpido —continúa Nimh, lo que hace que me dé cuenta de que me he quedado en silencio absoluto—. Planeaba mandarte llamar cuando terminara. ¿Cómo me has encontrado?

—El gato —digo con voz áspera. No voy a seguir hablando hasta recuperarme. Busco a la bestia a mi alrededor. Sin embargo, ahora que me la ha jugado, no hay rastro alguno de Su Peludeza. ¡Cifras!

Nimh se echa a reír, un sonido que se amortigua por los festejos más allá de la pared grabada.

—Debí suponer que se adelantaría. Me he dejado el vestido ahí, en las escaleras de la piscina. ¿Te importaría pasármelo?

El charco de tela carmesí se vuelve obvio cuando me giro. No debe de haber estado en el agua demasiado tiempo porque, cuando cojo el vestido, aún siento en él la calidez de su cuerpo. La tela es fina y transparente, tan delicada que es difícil creer que no se haya hecho a máquina. No puedo evitar fijarme en la manera en la que se desliza entre mis dedos, más suave que cualquier seda que haya tocado.

Un cosquilleo en la nuca hace que levante la mirada y me encuentro con los ojos de Nimh, que me observa desde un borde de la pantalla.

—Lo siento. Toma. —Le coloco la tela roja en el brazo estirado con cuidado de no tocarla.

Posa los ojos en mí durante un momento y abre los labios como si estuviera a punto de hablar, pero, justo cuando el silencio amenaza con alargarse demasiado, desaparece detrás de la pantalla. Comienzo a hablar para distraerme del suave susurro de la tela sobre la piel.

—El ritual ha sido bonito —comento, dándole la espalda a la silueta que se mueve al otro lado de la pantalla. Un pensamiento involuntario: «Estabas preciosa»—. Me alegra haberlo podido ver.

—Es tan antiguo como el propio templo —responde Nimh con la voz amortiguada mientras se pone el vestido—. Me encanta el Festín del Muerto, me encantan todos los rituales que llevo a cabo. Es una carga pesada ser la divinidad presente, pero hacer esos rituales... Me siento conectada a los que pasaron por esto antes que yo. Soy la última de un largo linaje que ha bendecido estas aguas.

La silueta se incorpora y comienza a moverse, lo que me sirve de aviso para que desvíe la mirada antes de que Nimh emerja, vestida de nuevo. Pasa junto a mí hacia la puerta más decorada, opuesta a aquella por la que he llegado, y llama a una sirvienta. Por instinto, doy un paso atrás para esconderme mientras le murmura unas palabras a la chica. Luego, la puerta se cierra y nos quedamos solos de nuevo.

Nimh se gira hacia mí con otra de sus pequeñas sonrisas, una de esas curiosas y asimétricas, diferente a la que le dedica a su pueblo. Aunque tiene las pestañas oscurecidas por el kohl y los labios cubiertos de oro, no se ha puesto todavía las joyas, y el pelo le cae sobre los hombros.

—He pedido que nos traigan comida. Supongo que tendrás hambre. —Levanta las cejas un poco, lo que convierte la observación en una pregunta.

—¿Me has leído la mente? —digo, paseando la mirada desde una estatua hasta ella para estudiarla, ahora que ya está vestida. Solo bromeo a medias. Cada vez estoy menos seguro de lo que Nimh cree que puede hacer de verdad.

—Me veo tentada de decir que sí para verte la cara. —Me dedica otra sonrisa irónica y señala la pantalla de madera con complejos agujeros tallados en la pared más alejada—. Desde aquí puedo ver la celebración que está teniendo lugar. He visto que no comías y pensé que quizás no sabías qué platos contenían carne.

—Exacto. No sabía qué era cada cosa —admito—. ¿Cómo es posible que te des cuenta de todo?

—Magia. —Esboza una sonrisa más amplia y deja entrever una diversión sincera.

Me gusta hacer sonreír a esta chica tan seria. A mi pesar, me echo a reír.

—Vale, no me lo cuentes.

Nimh se encoge de hombros con elegancia.

—Años de práctica. Me he pasado mucho tiempo observando. —Da un paso hacia mí y se sienta. Duda un momento antes de preguntarme—: ¿Me podrías ayudar con el vestido? Podría llamar a otra sirvienta, pero entonces tendría que explicar tu presencia aquí y cómo has llegado por mi pasillo privado. —Señala con la cabeza el panel por el que me guio el gato.

—Yo..., claro. ¿Qué...? —Me callo cuando se da media vuelta y me enseña la parte trasera del vestido, abierto hasta la cintura. La cinta carmesí se extiende por un patrón en cruz, a la espera de que tiren de ella y le hagan un nudo.

Nimh alza las manos y se echa el pelo sobre un hombro. El movimiento envía en mi dirección un toque de un aroma especiado. Tiene la piel impecable y, durante largo rato, no consigo moverme. Es como si mi cerebro se estuviera apagando.

«¡Biiip! Ninguna actividad detectada. Por favor, reinicia».

—Solo tienes que tirar de las cintas y atarlas —dice Nimh a lo lejos.

Tiene hoyuelos en la parte inferior de la espalda, justo por encima de donde la tela se ajusta a la cadera.

—¿North?

Pestañeo y la miro para encontrármela observándome sobre su hombro. Una oleada de pánico hace que me pregunte qué me he perdido mientras la contemplaba, y veo cómo se le tiñen de color las mejillas mientras posa los enormes ojos marrones en mi cara.

—Yo... Perdóname, Nimh. —Digo a duras penas—. No todos los días le piden a uno que ayude a vestir a una diosa.

Me sonríe rápidamente, pero veo cómo inclina la cabeza y la curva de su mejilla cambia al ensanchársele la sonrisa. Con cuidado, manteniendo a raya mi deseo irracional (y contraproducente) de deslizar los dedos por ella, tiro de los extremos de la cinta y los ato en un bonito lazo debajo de su nuca. Estoy a punto de soltar la cinta cuando centro los ojos más allá, en la piel de sus hombros, donde la luz se refleja sobre el vello de punta que aparece, siguiendo la trayectoria de mi mano. Distraído, paso las yemas por el lazo, solo lo suficiente como para resistirme a deshacerlo de nuevo.

Un pequeño estremecimiento en su piel sigue el movimiento de mis dedos. Oigo cómo toma aliento y lo suelta, temblando. Noto la calidez bajo las yemas.

—¿Cómo puedes vivir sin tocar a nadie? —me encuentro preguntando con suavidad—. ¿Sin que nadie te toque?

«¡Cielos, North! ¿Qué dices?». Buen trabajo haciendo preguntas superpersonales. De verdad, he perdido la cabeza.

Sigue sujetándose el grueso tallo del pelo con los dedos, y estos cambian de posición ligeramente mientras hablo, como si estuviera acariciando el cabello de otra persona. Su consuelo.

—He vivido siempre así. Es lo único que conozco.

Gira la cabeza y veo tres cuartos de su perfil. En ese momento, escondida del resto del mundo por esa pantalla grabada en el otro extremo de la cámara, parece tan... sola.

—Nimh, yo...

Una campanilla en la puerta ornamentada hace que ambos nos sobresaltemos, y Nimh se mueve antes de que comprenda siquiera lo que he oído. Se aleja de mí con una rapidez sorprendente y se toma un momento cerca de la puerta para arreglarse el pelo y presionarse una mano contra la mejilla.

He visto a Miri hacer eso una o dos veces antes de escabullirse de una alcoba, seguida segundos después por Saelis. Yo mismo lo he provocado en un par de ocasiones, y siempre hace que me dé un vuelco el corazón observarla mientras comprueba si se ha ruborizado al saber que yo he sido la causa. Ahora, me inunda algo más, una mezcla de emociones que apenas puedo catalogar. Solo una destaca sobre todas las demás: el deseo.

«Cree que es una diosa y no la puedes tocar. En serio, North, tienes que parar».

Quizás me haya salvado la vida, pero no me ha contado en lo que me estaba involucrando. Estoy en problemas, por lo que debería salir de aquí mientras mi piel y corazón sigan intactos.

Me escondo una vez más mientras Nimh intercambia una breve bienvenida en voz baja con la sirvienta, que nos ha traído un montón de cajas de mimbre, escalonadas como el propio templo. Se despide de la sirvienta y se gira, caminando descalza junto a mí para sentarse en la piedra entre el agua humeante y la pantalla tallada con vistas a la fiesta.

—¿North? —pregunta cuando alza la mirada y me encuentra de pie donde me ha dejado—. ¿Comida?

Levanta una de las cajas y un olor delicioso se eleva en espiral hacia mí en forma de bocanada de vapor.

«Olvídate de proteger el corazón… A por esas empanadas».

Todo lo demás puede esperar.

QUINCE

NIMH

No puedo dejar de mirar a North mientras come. De camino aquí, apenas tenía apetito debido al miedo, al dolor de las heridas y a la experiencia con el povi. En el festín me he dado cuenta de que no ha comido nada mientras lo observaba desde detrás de la pantalla. No obstante, ahora, frente a una selección de mis platos favoritos procedentes de las cocinas del templo, y ante la promesa de que nada de lo que coma contendrá carne, no se está reprimiendo.

Me pilla observándolo mientras se lame el queso de los dedos de una mano y trata de que no se le rompa el pan sin levadura con la otra.

—¿Qué? ¿Mis modales en la mesa no cumplen con los requisitos?

Cada vez que comienzo a pensar que es solo otro joven más de este mundo, va y dice algo así. No habla igual que nosotros, aunque normalmente entiendo a lo que se refiere. Además, aunque ya no me preocupa que se le olvide y me toque por accidente, y a pesar de que siempre me ha tratado con respeto, no me mira igual que la gente de mi fe.

Su agradable sonrisa vacila un poco y me percato de que le he estado contemplando en lugar de contestarle.

—Tienes unos modales perfectos —le digo, lo que provoca, por alguna razón, que se ría. He intentado halagarlo.

North levanta una ceja.

—Entonces, ¿por qué te hace gracia mi forma de comer?

—No me hace gracia —protesto—. Tienes que entender que la comida es un símbolo muy importante entre la gente de aquí. La comida es escasa, y alimentar a una persona es un gesto de... —Dudo porque he estado a punto de decir «amor». Lo ignoro y, en su lugar, digo—: Ver a alguien disfrutar tanto de una comida es... agradable.

North se inclina para tomar un hojaldre especiado como si lo estuviera haciendo a hurtadillas.

—Me alegra que te guste, entonces.

Me aprovecho de su interés por el hojaldre para intentar ordenar las ideas. El desasosiego por un problema en particular ha sido el protagonista en mi mente las últimas horas: si North es el Portador de Luz, entonces él también es divino.

Nunca ha habido dos seres divinos en el mundo a la vez, no desde el Éxodo en el que nos abandonaron los dioses. No hay reglas para esto. Que los mortales no pueden tocar a la divinidad presente sin que esta pierda su carácter divino es una ley impuesta desde hace muchos siglos. Sin embargo, ¿qué ocurre si la toca alguien que tenga su propia divinidad?

Me cosquillea la piel ante el recuerdo de su expresión cuando me encontró en la piscina. Su cercanía cuando me tendió el vestido. Debo luchar por evitar estremecerme de manera visible cada vez que vuelvo a pensar en eso.

—¿Tienes frío?

Pestañeo y me encuentro a North mirándome, con las cejas juntas por una leve preocupación.

—¿Qué?

—Estás temblando. ¿Quieres mi chaqueta? —Se limpia las migas de las yemas de los dedos y los cierra en torno a las solapas de la chaqueta negra de seda prestada que llevaba en el festín.

Rápidamente niego con la cabeza. Sin duda, Techeki lo habrá vestido con prendas delicadas de arriba abajo, por lo que no creo que sea buena idea verle solo con la camiseta interior.

—Estaba pensando. Me encuentro bastante bien tras el baño.

Con el hambre saciada, North baja las manos hasta la piedra y se apoya en ellas.

—Dime, ¿qué tienen de importante las aguas del templo para que tengan un papel tan relevante en el ritual?

Lo miro, recelosa, en busca de algún rastro de ese toque de irritabilidad que adquiere cada vez que habla sobre la magia o la fe. Solo encuentro curiosidad.

—El agua y la magia siempre han estado conectadas. —Echo a un lado las cajas de comida y dejo espacio para los dos en el borde de la piscina—. El agua que fluye puede actuar como escudo contra la magia, y el agua estancada, como conducto. Por eso el templo se construyó aquí, entre dos afluentes del río, donde corre más rápido.

—Entonces, ¿funciona como el acero celestial? —pregunta North, y me observa con curiosidad—. ¿Te mantiene a salvo de las tormentas de niebla?

Asiento.

—Es un poco más complicado, pero, en general, sí. Por eso muchas personas de mi pueblo (los cruzarríos, en concreto) han construido sus hogares en el agua y apenas se alejan de los caminos del bosque marino y el río.

—Entonces, en tus rituales, ¿honras al agua? —Su tono se vuelve un poco vacilante, como si, por primera vez, estuviera planteándose que su actitud hacia mis creencias puede afectarme.

Eso, unido a lo que ha dicho, me hace sonreír.

—En cierto modo. El agua de dos ríos, procedente del lugar donde se separan, llega hasta aquí. —Hago un gesto hacia la piscina, donde desemboca el curso de ambos ríos, con lo que se llena hasta el borde—. Cuando me baño en ella, simboliza que la divinidad presente se une con su pueblo igual que las aguas se mezclan y se convierten en un solo río de nuevo.

North me mira para pedirme permiso antes de introducir los dedos en la piscina con una pequeña sonrisa.

—Cálida y agradable.

—La calienta una fuente natural bajo el templo. —Estiro la mano para coger la copa y le doy un sorbo al vino dulce que contiene mientras observo a North por encima del borde—. Estos rituales son mi parte favorita de mi designación.

—También para mí —contesta de manera apasionada con la atención puesta en el vapor que emana de la piscina. Luego, parece darse cuenta de lo que acaba de decir, se tensa y me mira a modo de disculpa—. Me refiero... —Sin embargo, debe de estar sufriendo ahora el toque picante de los hojaldres porque estalla en un ataque de tos.

Dividida entre la diversión y la alarma, me inclino hacia delante y le tiendo la copa. La agarro por el borde para que él pueda sujetar la base. Asiente a modo de agradecimiento mientras el ataque se reduce lo suficiente como para permitirle beber. Una vez que lo tiene bajo control, da otro sorbo con mayor lentitud y los ojos fijos en la copa.

Mi diversión desaparece cuando lo observo, porque ahora muestra una expresión muy seria y le caen algunos rizos oscuros sobre los ojos mientras traza con los dedos el borde de la copa donde he posado los labios no hace mucho. Cuando levanta la cabeza, tiene una mirada inquisitiva.

—¿Por qué no me lo contaste?

Me da un doloroso vuelco el corazón, ya que mi primer pensamiento trata sobre la profecía y el papel que creo que tiene en ella, papel que pienso que no va a entender, no sin leer el pergamino, no sin sentir el destino por sí mismo. Entonces, lo comprendo e inspiro una bocanada de aire.

—¿Te refieres a que soy una diosa? —Estoy ganando algo de tiempo con la pregunta, medio distraída por la forma en la que dibuja con los dedos el círculo sobre el borde de la copa una y otra vez. Abro la boca para contestar, pero no me sale nada.

Al darse cuenta de dónde tengo la atención puesta, me tiende la copa para devolvérmela.

—Algo intuyo —dice, al mismo tiempo que cierro los dedos sobre el tallo, que se ha calentado por su contacto.

Sin embargo, cuando tiro para hacerme con ella, la sujeta con fuerza, lo que me empuja a mirarlo de nuevo. Me observa con una expresión extraña, con las gruesas cejas juntas y los ojos marrones llenos de curiosidad. Curva un poco la boca en una especie de fascinación e interés que nunca he visto.

—Creo que debo de ser la primera persona a la que has conocido que no supo al instante quién eras —continúa North, manteniéndome cautiva por la sujeción a la copa. Aunque podría soltarla, no lo hago, y siento la electricidad traspasar el suave cobre bajo los dedos—. Creo que no conoces a mucha gente que te trate como a una persona, en lugar de como a una diosa. Sería más fácil asumir que me ocultaste esas cosas por una razón siniestra, pero... me pregunto si quizás no me lo contaste porque era la primera vez que podías hacerlo.

Con ambos brazos estirados, casi parece que nos estemos dando la mano, aunque, por supuesto, la superficie bajo nuestras yemas esté hecha de metal. Trago saliva.

—La forma en la que hablabas de la magia, la manera en la que la despreciabas... Supe que no podrías entender lo que significaba ser divino, entonces no. Pensarías que estaba loca.

—No me comporté de forma que fuera fácil contármelo —admite North, entrecerrando los ojos de manera reflexiva—. Lamento haberte hecho sentir... Está claro que la magia existe en tu mundo. No puedo decir que crea en ella igual que vosotros, pero no creo que estéis locos. Definitivamente no creo que tú estés loca.

Su voz siempre está impregnada de la calidez de la diversión, pero ahora mismo no parece que se esté riendo. Como mucho, muestra mayor solemnidad que de costumbre. Cuando no soy capaz de contestar directamente, toma aire para hablar, pero se detiene y me sostiene la mirada.

—Lo más extraño... —murmura, y me estudia los rasgos con interés—. Sentado aquí contigo, casi puedo creer en ella. En todo esto. Hay algo acerca de ti que... no puedo explicar.

Se me aceleran los pensamientos, igual que el corazón... Ojalá tuviera ese pergamino, ojalá supiera si es divino, ojalá pudiera saberlo para... Estamos más cerca que hace unos segundos. No sé si me ha atraído por medio de la copa que hay entre nosotros o si lo he acercado yo. Sin embargo, en cuanto me doy cuenta, me estremezco y la suelto con un suspiro. Eso hace que North retroceda también y la copa caiga sobre la piedra.

North murmura algo que debe de ser una maldición en su tierra y se da media vuelta para buscar una de las toallas que he utilizado para secarme. No tengo el coraje de decirle, cuando comienza a pasarla sobre el vino derramado, que el material vale una pequeña fortuna y que el vino dejará una mancha. No tengo el coraje suficiente porque el corazón me va a mil por hora.

North no deja de susurrar para sí, y solo capto fragmentos («torpe como un recién nacido») mientras lo observo limpiar. Solo cuando ha recogido la mayor parte del vino y me ve la expresión, se detiene.

—¿Nimh?

—Puedo explicarlo —consigo contestar.

Frunzo el ceño.

—¿Explicar el qué?

—Has dicho que había algo que tú no podías... Yo sí puedo explicarlo, North. Me parece... Creo... que tu llegada aquí, a esta tierra, se profetizó hace mucho tiempo. Tú y yo no nos conocimos por casualidad.

Levanta las cejas, aunque, por una vez, no da la impresión de rechazar la idea enseguida. Quiere esperar y escuchar. Consigo respirar con esfuerzo, centrándome en mi formación sobre dicción y discursos.

—Creo que la profecía nos ha unido. North, este es nuestro destino.

DIECISÉIS
NORTH

POR UN SEGUNDO, LOS SONIDOS DE LA FIESTA AL OTRO LADO DE la pantalla, la música, las risas distantes y el murmullo de la conversación desaparecen. Me siento cautivo mirando a Nimh, sin verme preparado para contestar, demasiado inmerso en esos ojos oscuros y serios y en su expresión sincera como para pensar.

—¿Destino? —repito para ganar algo de tiempo—. En plan... ¿sino?

Asiente y, mientras me dispongo a reírme de lo que obviamente es un chiste, no encuentro rastro alguno de sonrisa en su cara.

—La profecía juega un papel muy importante en mi pueblo. Creo que debía estar allí esa noche y ver cómo caías.

Me viene el recuerdo de la silueta destrozada del Celestante. Mi accidente no fue cosa del destino. Fue un sabotaje.

—Yo... me alegro de que estuvieras allí —respondo, titubeante—. La cosa es... Ya sabes que no creo en... todo eso de la magia en general...; me cuesta tragármelo.

A pesar de mis esfuerzos por controlar la expresión, la de Nimh muestra una chispa de dolor.

—Y me preguntas por qué no te dije quién era ahí fuera, en las tierras fantasmales. ¿No te cure el brazo ante tus propios ojos?

—Lo cauterizaste con una especie de reacción química —contesto.

—Era magia curativa —insiste, inclinándose hacia delante, con los ojos brillantes. Aunque habla con una seguridad ferviente, hay un destello en su mirada, como si una parte de sí misma estuviera disfrutando de la discusión.

—Vale —respondo. Me pongo de rodillas para quitarme la chaqueta. Luego, tiro del dobladillo de la camisa y me la saco por la cabeza, dejando que la tela cuelgue sobre mis brazos—. ¿Quieres verlo? Es una quemadura, más que un corte lleno de sangre, pero sigue siendo una quemadura, Nimh, causada por una reacción química que... —Tiro de la venda limpia con la que he sustituido la sucia al bañarme, preparado para mostrarle la quemadura, pero, en lugar de eso, cuando dejo caer la tela, solo hay una línea rosada que me recorre el bíceps, brillante por la piel renovada.

La sorpresa me saca de la indignación. Me reclino sobre los talones, mirándome el brazo. Tras unos momentos, levanto la cabeza y me encuentro a Nimh observándome. Arquea las cejas.

—Alguna clase de... medicina —murmuro—, un antibiótico, con químicos.

—Era un hechizo de curación, North. —Se inclina hacia delante para recoger la venda de dónde la he tirado. Luego, comienza a enrollarla, recorriendo con las yemas las marcas de la tela.

—Amanecer de Mhyr y dulcedensificador, que, al mezclarse con agua, arden sin magia. Sin embargo, no curan, a menos que un mago les diga que lo hagan.

No puedo aceptar ni contradecir lo que me explica, en parte porque no entiendo ni la mitad. Incluso aunque lo hiciera, no podría aceptar ni contradecir su voluntad. Aun así, insisto.

—Entonces..., ¿puedes hacer cualquier cosa con la magia? Prender fuego, curar a la gente, claro, pero ¿qué hay de...? —Recorro con la mente los miles de ejemplos que hay en los antiguos cuentos y, antes de que pueda detenerme a pensar, elijo—: ¿Qué hay de los hechizos de amor?

Curva los labios, un claro indicio de diversión, aunque es lo bastante elegante como para no reírse de mí.

—La magia tiene sus limitaciones, igual que cualquier otra fuerza en este mundo. Podría usar un hechizo para parecerte más hermosa, podría impregnar de magia un amuleto que siguiera tus pasos para poder toparme contigo con más frecuencia, pero la mente va por libre. Un mago utiliza la voluntad para dirigir su poder, pero no puede utilizar este para influenciar la mente de otro. —Hace una pausa para estudiarme las facciones en busca de comprensión y esboza una sonrisa rápida e irónica ante lo que encuentra—. No, North, no podría lanzar un hechizo que hiciera que te enamoraras de mí.

—Pero ¿el destino sí?

Su sonrisa flaquea y su certeza desaparece. Me doy cuenta de cómo he pronunciado las palabras: de manera defensiva y agresiva a la vez. Acusatorias. Incrédulas. Sin embargo, lo cierto es que me siento tan atraído por ella que casi podría creerme que es magia. Miri y Saelis parecen tan distantes comparados con Nimh que me duele el corazón. Suelto el aire de los pulmones al darme cuenta de que estaba tenso, como si me encontrara en medio de una pelea.

—Nimh, lo siento. Trato de entenderlo, lo prometo. Quizás podríamos hablar del destino en otro momento. ¿Por qué no... comemos un poco más?

Levanta la mirada, aunque tarda unos segundos en centrarla en mi rostro. Tarde, me doy cuenta de que sigo teniendo la camisa enrollada sobre los brazos y, con un sobresalto, me la meto por la cabeza. Cuando la vuelvo a contemplar, Nimh parece un poco inquieta.

—Hay cosas de las que deberíamos hablar —murmura—. No hubiera deseado mantener nada en secreto si no... —Se calla y se muerde el labio mientras piensa. La imagen me distrae tanto que no me doy cuenta de que la estoy mirando hasta que deja de hacerlo.

Alzo los ojos y pestañeo.

—¿Perdón?

—Cómete otra empanada —me sugiere, empujando la caja hacia mí. Es la manera tácita de aceptar mi tregua (o petición), y no voy a rechazarla.

Se gira mientras tomo la bandeja y devuelve la atención a la fiesta que continúa al otro lado de la pantalla, en la planta inferior. Observo su solemne perfil mientras me meto una empanada en la boca. Debe de haberse pasado la vida en esta situación. Siempre sola, ahora lo comprendo. En su rango, en el ritual que la he visto llevar a cabo esta tarde...

El cetro, el arma, está reclinado contra la pared y nunca parece abandonarla, convirtiéndose en un recuerdo constante de sus deberes. Incluso tiene sus propios pasadizos por los que caminar sin compañía, excepto la del gato pelusa, que aún no ha reaparecido.

Sin embargo, a Nimh no parece importarle que esté en estos lugares secretos y, con ese pensamiento, de repente capto de forma momentánea algo más. No está actuando como una diosa ahora mismo, solo como una persona, alguien que me ha traído empanadas. Tenía razón al pensar que no me contó lo que era porque nunca ha tenido la oportunidad de ser nada más.

Lo raro es que, si hay alguien que pueda entender una fracción de cómo se siente, ese soy yo. «Y —dice la parte de mi cerebro dedicada a la justicia (muy influida por Saelis con el paso de los años)— tú tampoco le has dicho quién eres. No le has contado que eres un príncipe».

Me acerco un poco más para poder mirar también a través de la pantalla tallada. Estamos en una planta superior, situados detrás de los músicos, una buena vista.

—Háblame de la gente de ahí fuera —comento, cambiando de tema. Parece que es lo más seguro—. Algunos trajes son increíbles.

Se queda callada, reflexionando, antes de inclinarse para mirar a través de uno de los agujeros tallados.

—Ese es el sumo sacerdote —dice—, el que está junto a la pared más lejana. Lleva un traje de hilo dorado.

—¿Tu sumo sacerdote? —pregunto, tanteando para ver cómo suena al decirlo en voz alta.

—Sí —contesta con un susurro—. Se llama Daoman. Guía a los sacerdotes que viven aquí, en el templo. Es... un hombre formidable. Se podría decir que ha sido él quien me ha criado.

«Eso explica por qué tú eres formidable». Me trago las palabras y me centro en la empanada que tengo en la mano mientras busca a otro personaje importante. Señala a Techeki, que está hablando con el líder de un gremio, un par de miembros del consejo que dirige la ciudad y dignatarios de Gobiernos extranjeros.

Todo me parece familiar, lo que me resulta extraño. Las personas quizás sean distintas a las que ocupan el palacio de mi abuelo, pero sus papeles y patrones hacen que sean iguales.

—Los conoces a todos —comento tras una pausa para comer más empanadas.

Inclina la cabeza.

—Me he pasado muchos años observando el ritmo de la vida del templo. Mira ahora, esa mujer vestida con las prendas del Congreso de Ancianos se va a acercar al otro extremo de esa mesa porque no quiere bailar con la superior de uno de los clanes de los cruzarríos, la mujer que va de azul y verde. El clan está presionando al congreso para que cambie una ley de comercio, y la anciana no quiere hablar del tema.

Al mirar hacia abajo, eso es justo lo que ocurre. Una mujer evita con elegancia a la otra, como si se moviera alrededor de la mesa para investigar la comida que hay en el extremo más alejado sin mirar siquiera hacia la cruzarríos. Silbo, impresionado.

—Magia —la provoco con una sonrisa.

—Demasiado tiempo libre —responde con otra—. Tú no has bailado nada esta noche. He visto que varias personas te lo han pedido.

—Me encanta bailar —admito—, pero lo hacemos distinto, por lo que supuse que era mejor seguir siendo un misterio que pisarles a todos los pies y parecer un idiota ordinario.

Aquello la hace reír con suavidad y musicalidad.

—Nunca podrías ser ordinario.

Me trago el nudo que se me forma en la garganta ante el halago. El gato, que ha vuelto sin que nos percatáramos, balbucea su desaprobación ante esa risa y, como niños traviesos, pegamos los ojos a los huecos de la pantalla una vez más.

—¿Matías está aquí?

Oigo cómo toma aire y tengo la sensación de que, si no se contuviera tanto, habría resoplado.

—No le gustan las fiestas —dice, como única respuesta.

Me pregunto si le habrá dicho que puede darme la información que le he pedido. Sin embargo, no insisto sobre el tema, esta noche no. Esta noche es... para otras cosas. Esta noche, o al menos este momento, es para los dos, separados del resto. Estamos unidos de una manera distinta a cuando estuvimos juntos en el bosque marino o las tierras fantasmales, como si hubiera algo entre nosotros que solo pudiera surgir cuando no hay nadie mirando.

—Cuando he visto hoy a Matias, me ha contado cómo te convertiste en diosa —digo, recordando sus palabras—. Debió ser difícil, con solo cinco años, dejar todo atrás.

—Era necesario —contesta—. No me ven como a una persona, tienen que verme como un símbolo, y estos deben permanecer apartados del resto. Nadie los puede.... desear, querer.

—¿Estás segura? —murmuro, al mismo tiempo que sube el volumen de la música al otro lado de la pared y se oyen risas—. Me parece que el ritual está hecho justo para fomentar esa reacción.

No me contesta, aunque me sostiene la mirada bajo la tenue luz.

—Recuerdo cuando los sacerdotes vinieron a por mí —susurra, en un tono apenas audible sobre el jolgorio—. Mi madre trató de ocultarme porque no quería entregarme. Lloró cuando me trajeron. Siempre he guardado ese recuerdo. Fue la última vez que alguien me quiso. A mí, a Nimh, no a Nimhara, la Deidad.

Se me constriñe la garganta al pensarlo, al reflexionar sobre todos esos años de soledad desde entonces, todo lo que requiere esa responsabilidad.

—Lamento su dolor y el tuyo —digo con suavidad—. Pero ¿por qué estás tan segura de que fue la última vez?

Abre los labios, aunque no creo que sepa siquiera lo que va a decir a continuación. Nos quedamos muy quietos, callados, ignorando la fiesta que nos rodea, sosteniéndonos la mirada. Me duele el corazón por un deseo que no sé muy bien cómo llamarlo. Pasan unos instantes en los que no respiramos mientras su expresión se vuelve indecisa.

—North... —susurra al fin—. Hay algo que deberías... algo que quiero decirte...

Un rugido ensordecedor al otro lado de la pared la interrumpe, como si el cielo se hubiera caído y el mundo se acabara.

Nos acercamos rápidamente a los huecos y vemos la pared más alejada de la enorme habitación colapsar en una lluvia de piedras que derriba a varias personas y reduce el festín a una pila de escombros.

El agujero en la pared del templo está lleno de humo y polvo, pero, a través de ellos, descubro una silueta. Alguien está ahí de pie. Antes de poder pensar con claridad para preguntarle a Nimh qué está pasando, una voz detrás de los escombros se eleva sobre los quejidos de los heridos y el murmullo de invitados asustados.

—¿Dónde está vuestra diosa? —Es una voz de mujer, baja y suave, además de autoritaria. Ahora vislumbro varias figuras flanqueándola con las armas al descubierto—. Ven, Nimhara. O condenas a muerte a cada alma de esta habitación o te rindes ante los Inmortales y el verdadero receptáculo de la Deidad. He venido a ocupar el puesto que me pertenece y a desterrarte al polvo para siempre.

DIECISIETE

NIMH

UNA VOZ ME PIDE QUE ME RINDA. ES ENTONCES CUANDO VEO A la mujer de pie entre las nubes de polvo. Durante un momento, quiero echarme a reír. ¿Quién iba a pensar que alguien caminaría hasta el templo, abriría un hueco en la pared y empezaría a hacerle peticiones a una de las personas más protegidas del mundo? Solo hay media docena de individuos de pie entre los escombros, flanqueando a la mujer como si participaran en algún tipo de ritual extraño. Sin embargo, la realidad se posa sobre mí como una oleada rápida y vertiginosa mientras me atrapa con sus garras.

«El Culto de los Inmortales ha entrado en mi templo, en mi casa».

La mujer entre los escombros lleva un vestido muy parecido al mío, pero de un intenso color índigo, y pequeños trozos de piedra y cemento de hace siglos le salpican la falda como estrellas. Reliquias brillantes de los ancestros le adornan los dedos y le cuelgan del cuello, más de las que he visto nunca en un solo lugar. Lleva un cetro como el mío, sin el extremo afilado, con amuletos ceremoniales. Tiene el pelo largo y negro, pero trenzado y atado, rodeándole la parte superior de la cabeza de oreja a oreja, como una corona, no de oro, sino de oscuridad. En un primer vistazo, parece llevar una venda, pero luego me doy cuenta de que es una franja de pintura negra sobre la cara para enfatizar la luminosidad de los ojos en la oscuridad. Incluso en la distancia, los veo relampaguear para examinar la sala.

Debía de saber desde el instante en el que ha podido ver a través del polvo que no estaba allí, pero finge estar buscándome. Algunas de las personas más cercanas a ella retroceden cuando las recorre con la mirada. Curva un poco los labios, de un rojo tan oscuro que casi coincide con la pintura que le cubre los ojos.

—¿Por qué habéis dejado de festejar? —pregunta, con una voz tan aguda que inunda toda la cámara—. No tengo deseo alguno de detener esa muestra tan conmovedora de fe. Por favor, continuad.

Nadie se mueve, y las palabras se quedan en el aire como el polvo del muro caído.

—¡He dicho que continuéis! —Cuando la orden vuelve a fallar, dirige los ojos hacia la tarima de los músicos, justo debajo de la cámara del baño—. ¡Tocad! —grita, y, detrás de ella, uno de los intrusos saca una espada del cinturón con un sonido que rompe el silencio.

Vacilantes, torpes y desincronizados, el batería y el flautista comienzan a tocar de nuevo una melodía alegre que contrasta con la sorpresa y el horror de los ocupantes de la sala. La mujer levanta una mano y hace un gesto expansivo, como un gobernador dando la bienvenida a los invitados de honor a la sala del trono.

—No temáis —declara—. Deberíais regocijaros porque sois los primeros de mi pueblo en mirar a la cara a la que será vuestra verdadera diosa.

A mi lado, North suelta un leve sonido. Desvío la mirada de la pantalla lo suficiente como para echarle un vistazo. Tiene una expresión seria y tensa, y los puños apretados. Cuando levanta las cejas y mira hacia la puerta de la cámara, niego con la cabeza. Sea lo que sea lo que propone, no puedo moverme.

—Soy Inshara —continúa la mujer—, el verdadero receptáculo de la divinidad. Soy hija de dos mundos, nacida para conversar con el propio Portador de Luz. El día en el que me cederá su espíritu para que me convierta en la mayor de las divinidades se acerca. Seré el Iracundo, el Destructor, el Devorador de Mundos. Traed ante mí a vuestra falsa diosa para que podamos hablar.

Un murmullo aterrado de confusión se desliza por toda la cámara cuando mi pueblo reacciona a sus palabras. Algunos se arrastran hacia atrás, otros inclinan la cabeza, pero ninguno la desafía.

Contengo el aire y me muerdo la lengua para no darle la respuesta que quiero espetarle. Mi enfado e incredulidad desean hacerse oír. Todo lo que dice es falso, ninguna profecía habla de que el Portador de Luz cederá su espíritu al receptáculo. ¿Dónde está su Última Estrella? ¿Dónde está cualquiera de los símbolos?

Un ligero movimiento capta mi atención y me desplazo para presionar la mejilla contra la pantalla tallada de madera hasta que puedo verlo con claridad. «Elkisa». Se mueve con lentitud y cautela, deslizándose desde su puesto para acercarse a la líder de los cultistas. Observo la calma fría de la determinación mientras se mueve entre los invitados, rodeándolos. Es la única superviviente de la masacre en el campamento. Quiere matar a la intrusa, quiere venganza.

—No —susurro y, tras un momento, North también la ve. Toma aire y los nudillos se le ponen blancos.

Inshara sonríe sin percatarse de que Elkisa se acerca y da unos pasos con elegancia entre el montón de escombros, como si descendiera por una larga escalera. Sus guardias permanecen donde estaban, cubriendo la salida a través del agujero de la pared.

Una chispa de esperanza se me enciende en el pecho. Si Inshara sigue moviéndose por la habitación, quizás Elkisa llegue hasta ella y la detenga antes de que sus guardias puedan...

—Uno de vosotros debe saber dónde está —dice Inshara, ahora con un tono menos agradable, indulgente como una madre que habla con una hija que sabe que ha sido mala—. No seréis tan despistados como para perder a una diosa.

Desde mi lugar ventajoso sobre la plataforma de los músicos y detrás de ella, veo que al flautista le tiemblan las manos, y el sudor le oscurece el pelo al batería. Observo algunas cabezas girándose de un lado a otro entre la multitud, buscándome a mí o quizás a Daoman, a alguien que se haga cargo de la situación.

Luego, como povis huyendo de un depredador, la multitud se abre y veo el rico color azafrán del traje de mi sumo sacerdote.

—Vete de este lugar sagrado —exige, alzando la voz sin esfuerzo para ponerse a su altura. Tiene una expresión calmada, pero sé que lleva puesta una máscara. Sé que debajo de esa fachada, está furioso.

Inshara desvía la mirada hacia él, a solo unos grados de Elkisa. Mi guardia está casi a la distancia perfecta para atacar. La falsa diosa sonríe a Daoman.

—Sumo sacerdote —le saluda con una elegante inclinación de cabeza—. Bienvenido. Si traes a tu diosa ante mí, te permitiré seguir formando parte del clero. —Luego, añade con un toque de diversión—: Como comprenderás, no será en tu actual puesto, pero te permitiré encender el incienso y que te unas a las oraciones de mis acólitos.

Desde donde me encuentro, los veo enfrentarse el uno al otro. El perfil de Daoman está inmóvil y firme. El de Inshara, sonriente y seguro.

—Vete —repite el sacerdote—. Y podrás vivir lo suficiente para marcharte de la ciudad.

—No puedo hacer eso —contesta Inshara con fingida consternación—. No sin antes demostraros a ti y a todos los que estáis aquí que tenéis fe en un trágico error.

Movimiento. Elkisa está a solo unos pasos de Inshara, quien se enfrenta a Daoman. Veo que saca la espada con lentitud, sin hacer ruido.

«Dioses de mis ancestros, por favor…».

Por primera vez desde que tengo memoria, me siento tan empujada por un deseo poderoso de estirar el brazo y coger de la mano a alguien que me obligo a apretar los puños. Hago tanta fuerza con ellos que me clavo las uñas en las palmas. Miro a North y me doy cuenta de que sus manos tienen el mismo aspecto.

Daoman dice con voz estridente:

—Nimhara no es un error, Insha. —Se desprende del nombre divino y el sonido de ese diminutivo hace que la líder de los Inmortales se tense—. Incluso sin la cualidad, alberga un gran poder.

Inshara se recupera y le dedica al sumo sacerdote una sonrisa lenta y perezosa.

—Quizás, pero nunca has visto lo que es el verdadero poder, Daoman.

Con un grito de rabia y esfuerzo, Elkisa se lanza al ataque con la espada en alto. Inshara se gira y formula un hechizo que no conozco. Luego, se mueve como si arrojara algo invisible a mi guardia. Elkisa se abalanza sobre ella de cabeza, pero se detiene de forma tan abrupta que parece haberse golpeado contra una piedra sólida. Sorprendida, deja caer de entre los dedos la espada, que repiquetea, metálica e inocua, en el suelo.

Gritos de sorpresa y horror se propagan por la multitud, y pierdo la fuerza de mis propias manos igual que parece estarle pasando a Elkisa. Siento que North dirige la atención hacia mí, confuso.

—Has dicho que no podías usar la magia para controlar a alguien —susurra. Trago saliva con fuerza mientras observo el rostro de Elkisa, cuyo miedo se le refleja en los ojos, lo que siento como un cuchillo en el corazón.

—Esta cultista está controlando su cuerpo, no su mente. Para eso se necesita una gran cantidad de poder.

«Un poder divino», pienso, pero no se lo digo a North. «Yo no podría haberlo hecho».

Al darme cuenta de aquello, las palabras me retumban una y otra vez en la cabeza. Surgen como una marea creciente y traen consigo cada duda que siempre ha permanecido en los lugares más oscuros de mi corazón. «Es más poderosa que yo».

Como si llevara a cabo hitos así todos los días, Inshara sonríe un poco, con la mano aún estirada para mantener a Elkisa en su lugar.

—Supongo —comenta con calma— que, dada la ausencia de Nimhara, tendré que hacer esta pequeña demostración.

Mi guardia abre mucho los ojos mientras cuelga en el aire sin poder moverse, tocando el suelo solo con las puntas de los pies, el resto del cuerpo paralizado. Lleva el miedo escrito con tal claridad en la cara que puedo leerlo desde aquí. Con lentitud, Inshara comienza a mover los dedos. Se curvan, se giran hacia abajo con sutileza y cambian con una elegancia traicionera.

El brazo de Elkisa se mueve, imitando el lento gesto. Da un grito de alarma cuando el cuerpo comienza a temblarle, al mismo tiempo que lucha contra una fuerza invisible que le impide moverse. Sin embargo, no hace ningún avance porque el brazo se le sigue moviendo igual que el de Inshara.

La líder de los cultistas inclina aún más la mano y, cuando Elkisa está casi doblada por la mitad, con el brazo estirado en el suelo, Inshara cierra la mano con lentitud hasta formar un puño. Los dedos de mi amiga se cierran en torno a la empuñadura de la espada caída.

Me alejo del agujero, llevándome las manos a la boca para amortiguar un grito que emerge de entre los labios. North no me toca, pero está más cerca de lo que nunca he permitido a nadie aproximarse en circunstancias normales.

—¿Qué pasa? —susurra, con los ojos brillantes entre la penumbra de la cámara.

Niego con la cabeza, indefensa, demasiado asustada como para contestar, demasiado aterrada como para mirar a través de la pantalla y ver cómo Inshara obliga a mi mejor amiga, a mi única amiga, a usar la espada contra sí misma.

North mira sobre su hombro hacia los agujeros, a la vez que posa una mano contra la pared junto a mi cabeza. Luego, vuelve a dirigir los ojos hacia mí.

—Nimh..., ¿puedes luchar contra ella, detenerla?

Niego una vez más.

—Es... Es demasiado fuerte. —Apenas soy capaz de soltar un hilo de voz, inseguro y extraño. No es la voz de Nimhara, es la de Nimh, la niña sin poder—. Es más fuerte que yo.

No soy capaz de detener el torrente de palabras que me sale de los labios, como si fueran las únicas que puedo decir. North expulsa un ruido de frustración con la garganta, baja la mirada y flexiona los dedos al no poderme tocar para despojarme del pánico.

—¡Ya basta! —La voz de Daoman, más fuerte que nunca, traspasa el sonido creciente de horror y sorpresa en la cámara del piso inferior—. Debes saber que no hay poder en el mundo como para obligarnos a mí o a cualquier persona de esta habitación a exponer a la Deidad a tus amenazas. Todo lo que dices es mentira. —Utiliza un tono desdeñoso y furioso. No tengo ni idea de dónde saca la fuerza. Si estuviera a su lado, presenciando de cerca la magia que está usando con Elkisa, me desmoronaría en el suelo por el miedo—. No hay nada que puedas decir que me convenza de que te crea a ti en vez de a Nimh.

El corazón me da un vuelco, pero esta vez por algo distinto al miedo. No ha dicho «a ella», «a la Deidad» o ni siquiera «a Nimhara», ha dicho «a Nimh». ¿Cómo he podido dudar alguna vez de su lealtad hacia mí? ¿De su fe y su cariño?

Tras recuperar la fuerza, le dedico un asentimiento temeroso a North y me arrastro hasta los agujeros. Inshara y Daoman siguen uno frente al otro mientras Elkisa cuelga en el aire, paralizada, con la espada temblándole en la mano.

Inshara sonríe más abiertamente, como si estuviera disfrutándolo cada vez más. Da dos pasos lentos y elegantes hacia el sacerdote y baja la voz, aunque dado el silencio cautivo, suena igual de fuerte cuando murmura:

—¿Qué hay del chico, Daoman? ¿Te ha dicho quién es?

North contiene el aliento, a la vez que se me retuercen las entrañas. Me giro y me encuentro los ojos puestos en mí, un nuevo nivel de urgencia en medio de la confusión. Me llevo un dedo a los labios y acerco el ojo al agujero de nuevo, a pesar de que la mente me va a mil por hora.

«El pergamino perdido... Si la gente de Inshara lo ha robado, si tiene espías en palacio que me hayan oído hablar sobre él con Daoman, si sabe que volví con un chico extraño...».

Daoman se toma un momento para responder, al mismo tiempo que una sorpresa momentánea penetra en la fachada de calma.

—¿El chico? —repite.

—Yo soy el receptáculo del Portador de Luz, sacerdote. Lo sé todo. Más que tú, parece. —Se echa a reír de nuevo—. El chico que la ha acompañado hasta el templo, el que no conoce vuestros modales y costumbres, el que guarda con celo como si fuera algo valioso para ella. —Estira los brazos y grita—: ¡Vamos, chico, deja que te veamos!

Me muerdo el labio y observo a North una vez más. Esta vez no me devuelve la mirada, sino que presta atención a la escena bajo nosotros. Tiene la mandíbula tensa y la luz solo le ilumina el ojo, que veo cómo se empequeñece.

Con voz decidida, Inshara grita de nuevo:

—¡Me encantaría tener la oportunidad de comparar tu poder con el mío! ¡Venga, nubereño!

Una oleada de jadeos traspasa la cámara mientras me da un vuelco el estómago.

—¿Cómo sabe de dónde soy? —pregunta North, tenso—. ¿A quién se lo has contado?

Solo consigo negar con la cabeza, enferma y mareada. No se lo he contado a nadie. A Daoman se le oscurece el rostro mientras la observa.

—No lo puedes saber.

Inshara curva los labios para formar una sonrisa, como si hubiera estado esperando esa oportunidad.

—Me lo ha contado el espíritu del Portador de Luz. También me ha dicho algo más: sé quién cree vuestra diosa que es.

—No lo cree —contesta Daoman con voz estridente y una pizca de rabia al descubierto—. Lo sabe. La Deidad ha vuelto del peregrinaje con nada menos que un dios como acompañante.

North suelta un ruido ahogado, una mezcla de incredulidad y risa, pero ya sabía, porque se lo he contado, que nuestros dioses viven en las tierras de las nubes. Ya lo sabía. Apenas puedo centrarme en él, estoy demasiado ocupada mirando a Daoman.

Le dije que North era un donnadie, un chico que me había ayudado a volver al templo. Sin embargo, me ha oído recitar la estrofa perdida y conoce todas las otras profecías que mencionan a la Última Estrella. Debí suponer que descubriría lo que había encontrado ahí fuera. Un momento después, sé lo que Daoman está a punto de decir.

«North..., deja de escuchar. Aléjate. Tápate los oídos».

—No eres el Portador de Luz —dice Daoman con la voz impregnada de desdén—. Eres una cultista, merodeando en las sombras para arrojar cuchillos a aquellas personas que están destinadas a guiarnos. Nimhara ha servido a su pueblo y ha llevado a cabo su responsabilidad principal.

«No, Daoman, no lo digas...».

No puedo mirar. Aparto los ojos de la pantalla de madera tallada, y deseo con cada ápice de mi alma poder tocar a North y alejarlo de allí. Como si ocultándole la verdad pudiera de alguna manera evitar que esta saliera al mundo.

—Nimhara ha encontrado al Portador de Luz en su peregrinaje —proclama Daoman con voz estridente sobre el rugido creciente de la multitud.

North lo observa sin pestañear, con la pupila dilatada bajo la luz que brilla a través del agujero en la pared. No hay rastro alguno de diversión en su rostro mientras el sumo sacerdote anuncia la verdad.

—Ha encontrado al Portador de Luz y podrá cumplir su destino.

No sé qué reacción se produce en el piso inferior. Solo puedo quedarme sentada con un tenue zumbido en los oídos y mis ojos fijos en la cara de North. Veo que baja las pestañas un par de veces. Luego, el pequeño haz de luz sobre su ojo se suaviza y se le extiende por el rostro mientras se echa hacia atrás. Gira la cabeza hacia mí y no puedo esconderme, ahora mismo no.

Lee la verdad en mí en un santiamén, una confirmación y una confesión silenciosa. Mi divinidad no ha sido lo único que le he ocultado. También la suya.

DIECIOCHO
NORTH

Aprieto los puños. Durante mucho tiempo, ese es el único detalle en el que me centro mientras mi cerebro intenta huir de todo lo que acabo de ver y escuchar. Sin embargo, como siempre, mi mirada cae sobre Nimh, y su expresión contesta a la terrible pregunta que me arde en las entrañas.

Me dijo que los dioses de su pueblo huyeron a las nubes. No me dijo que pensaba que era un dios en concreto, que tenía algún papel en la locura de este lugar, que los asesinos que venían a por ella también vendrían a por mí. No me trajo aquí para ayudarme a volver a casa. Me trajo aquí porque piensa que soy alguien por quien merece la pena matar.

«Iracundo».

«Devorador de Mundos».

«Destructor».

«Portador de Luz».

No soy nada de eso. No formo parte de esto. Solo quiero correr lo más lejos y rápido posible, pero estoy paralizado en el sitio. El choque frenético de mis pensamientos se ve interrumpido por la voz de Inshara al otro lado de la pared.

—Podemos resolver esto fácilmente —propone en mitad de un silencio perfecto. Los músicos han dejado de tocar y la multitud retrocede—. Traedme a la falsa diosa y al chico.

El sumo sacerdote echa hacia atrás el traje y se incorpora. Nimh tenía razón, es un hombre formidable. Tiene la voz bajo control cuando contesta:

—La Deidad no está aquí y, aunque estuviera, ninguno de nosotros te la entregaría.

Inshara chasquea la lengua como si fuera un niño que se hubiera portado mal.

—Creo que sí está aquí.

La expresión estruendosa de Daoman se ensombrece.

—Eres una maga oscura y una blasfema. ¡Gente como tú no es bienvenida en el templo! Vete y no vuelvas.

Inshara levanta una mano y retuerce los dedos con un gesto rápido. Oigo a Nimh jadear a mi lado, suena un poco asustada. Desde donde se encuentra, entre Inshara y Daoman, Elkisa levanta con lentitud la espada, con una mano temblorosa, y se la aprieta contra la garganta. Tiene los ojos como platos cuando echa la cabeza hacia atrás para evitar el filo. A mi lado, Nimh solloza y se le escapan pequeños ruidos involuntarios con cada respiración. Lucho contra la necesidad de abrazarla, a pesar de todo lo que ha hecho para traernos hasta aquí.

—Si insistes —dice de manera casual la falsa diosa—, mataré uno a uno a todos los presentes hasta que se revele ante mí o uno de los vuestros me lleve hasta ella. La decisión es tuya.

Nimh ahora tiene los ojos cerrados y, bajo la luz fragmentada que traspasa los agujeros en la madera, veo las lágrimas que le recorren las mejillas, dejando líneas grises al arrastrar el kohl de los ojos por la piel.

Me han instruido para momentos como este, y estoy seguro de que a ella también. Odiaba cada segundo que pasaba sentado, escuchando a mis profesores. Juré que, dijeran lo que dijesen, me rendiría al instante por mi abuelo, mis madres y mis amigos. Sin embargo, ahora que me encuentro en esta situación, sé la respuesta. Sé lo que debe y lo que no puede hacer. Me duele por ella, a pesar de todas las mentiras que me ha contado.

—Nimh —susurro, y las palabras son apenas un suspiro—, no puedes salir ahí fuera. Da igual lo que haga.

Es más fácil decirlo cuando eres el profesor, no el alumno. Asiente con la mandíbula tensa, el rostro como el de un muerto y la respiración rápida y superficial. Se está aferrando al autocontrol con todo lo que tiene, y no estoy seguro de cuánto podrá aguantar.

Daoman gira la cabeza y habla por encima del hombro hacia el grupo de sacerdotes detrás de él. Se muestra totalmente calmado, pero hay una nota determinante en su tono, como si estuviera haciendo el movimiento final en un juego y supiera que es el ganador.

—Tráeme el Escudo del Acuerdo.

Nimh se queda muy quieta a mi lado y, por un momento, parece que toda la sala contiene la respiración. Entonces, hay ajetreo entre los sacerdotes, como el que produce el viento al mover las ramas de un árbol. Se dividen para dejar paso a dos de ellos, que arrastran la parte superior de lo que creía que era una enorme mesa ceremonial, pero que resulta ser algún tipo de contenedor gigante.

Sin embargo, después dudan, y tiene que ser una de las ayudantes, una chica que no debe de tener más de doce o trece años y que lleva un sencillo vestido azul, quien reúna el valor necesario para actuar cuando los demás se echan atrás. Saca un enorme bulto pesado del tamaño de su torso, envuelto en gruesas telas rígidas que brillan bajo la luz de las lámparas como si tuvieran algo metálico entretejido en ellas.

—¿Nimh? —murmuro, incapaz de apartar los ojos de eso. Incluso Inshara se queda totalmente quieta.

—Es una reliquia hecha de acero celestial —dice con un susurro apenas audible—. Solo se usa cuando la necesidad es mayor. Extinguirá la magia de todos los que lo miren.

—¿Qué? —No sé por qué me horroriza tanto la idea. La magia no existe.

La chica se tambalea hasta Daoman, y este debe de ser más fuerte de lo que parece, porque coge el bulto con una sola mano y, con la otra, le quita las telas que lo cubren con un rápido movimiento antes de dejarlas caer al suelo. Ahora sujeta lo que parece un conjunto de palos de metal que tira al suelo, donde repiquetean hasta formar un enorme montón. Después, los dirige hacia Inshara con una sacudida de la mano.

Espero que comiencen a rodar en todas direcciones, pero, en lugar de eso, cobran vida al instante. Es como ver a un robot roto reconstruirse en un videoespectáculo, salvo porque los palos rodean a Inshara. Se juntan y se elevan, colocándose unos sobre otros a un ritmo frenético hasta que la rodea una red entretejida que se eleva sobre su cabeza. Una jaula.

Todos los demás quedan fuera (Elkisa, Daoman, los sacerdotes...), y apenas se ve rastro de movimiento en el interior.

Daoman dice con calma:

—Ahora quizás podamos hablar, Insha. Como puedes ver, tus amenazas no te servirán de nada.

Inshara se mueve en la jaula. Levanta las manos de nuevo y Elkisa se tensa en su sitio, con el cuerpo rígido y la espalda arqueada.

—¡No! —jadea la guardia, mirando a la mujer que la mantiene cautiva—. No.

—¡No! —dice también Nimh a mi lado, con los ojos enormes, horrorizada—. No es posible...

Sin embargo, estamos viendo lo imposible ante nuestros ojos. Daoman abre la boca, como si fuera a protestar, pero ningún sonido sale de entre sus labios. Entonces, el escudo se disuelve y los fragmentos pierden su conexión hasta caer al suelo con un repiqueteo ensordecedor. El arma más poderosa del templo se deshace como un juguete al que le hubiera dado una patada un niño.

Inshara permanece de pie entre los escombros y le dedica una mirada casi maternal, al estilo «por favor, sé razonable», a la temblorosa Elkisa, como si el intento de Daoman de quitarle la magia no fuera nada, excepto un pequeño inconveniente. Entonces, levanta las manos de nuevo.

Elkisa no puede resistirse. Tiene los nudillos blancos en torno a la empuñadura de la espada. De forma abrupta, estira el brazo y se lanza con la espada hacia Daoman. La hoja se hunde en la vistosa seda amarilla. Se clava entera, con suavidad y en silencio, y el cuerpo del sacerdote se tensa. Observa el punto donde la espada le ha penetrado en el pecho. Luego, sostiene la mirada de Elkisa con los ojos y no me puedo ni imaginar lo que encuentra allí. Después, colapsa a sus pies, y el carmesí le cubre la ropa, tan de repente que estoy seguro de que el golpe le ha alcanzado el corazón.

Gritos de horror y de miedo se elevan por todo el vestíbulo, pero, mientras la ropa de Daoman ondea y se asienta a su alrededor, el chillido más fuerte procede de mi lado.

—¡No! —grita Nimh, y se lanza hacia la pared de madera que oculta su cámara del baño. Se aferra a los huecos como si quisiera arrancarla o escalarla. A sus pies, el gato se alza sobre las patas traseras y clava las garras en la madera, maullando de inquietud.

—Nimh —susurro, indefenso—. ¡Nimh, no!

Pero es demasiado tarde. En el vestíbulo, Inshara nos mira directamente, como si pudiera ver a través de la pared.

—Sumo sacerdote —le dice al cuerpo de Daoman—, ¿ahora qué tienes que decir? ¡Mentiroso!

Se inclina para sacarle la espada del pecho con un suave quejido de esfuerzo y la limpia en el traje del sacerdote. Luego, señala con la punta de la espada en nuestra dirección.

—Las presas están dentro de esas paredes —dice y, después de girarse un poco hacia sus guardias, les ordena—: ¡Tras ellos! ¡Ya!

El horror me inunda el cuerpo. Sabe lo de los pasadizos ocultos de Nimh. Esta aleja los ojos del cuerpo del sumo sacerdote y se lleva las manos a la boca mientras me observa, como si necesitara retener todos los sonidos que quiere emitir.

—¡Corre! —susurra.

DIECINUEVE

NIMH

En los oscuros pasadizos, mi mente es libre de evocar imágenes con una claridad cegadora. En el pasado, cuando era pequeña, jugaba al pillapilla con Elkisa por estos pasillos. Daoman, con la cara seria y el pelo aún con un juvenil tono castaño, me castigaba por «escapar» hacia uno de los huecos de estas paredes y esconderme allí toda la noche.

Daoman está tumbado en el suelo, quieto y… «Daoman».

Oigo la respiración de North rápida e irregular por detrás. Una parte distante de mí se alegra de que tengamos que correr, de que no pueda explicarle nada. En mi mente, le eché la culpa a Daoman de que se hubiera perdido el pergamino, a ese Daoman que ahora ha muerto por mí. «¡Ay, dioses!». Alejo de nuevo mis pensamientos de allí, ya que no deseo ver en mi mente la mancha carmesí que se extiende por su traje azafrán ni la mirada fija y vidriosa.

«¡No!».

Pero ¿por qué la gente de Inshara robó el pergamino que tanto necesitaba? Un cultista debe de haberse infiltrado en el templo y haber escapado sin ser visto. «O ya tenían a alguien dentro».

—Tenemos que salir de entre estas paredes —jadeo, y me detengo a la distancia suficiente para que North tenga tiempo de parar antes de chocarse conmigo.

—¿Qué? —contesta North antes de inclinarse con las manos sobre las rodillas—. ¿Salir al descubierto?

—Deben de tener a alguien dentro del templo. Sabrán lo de los pasadizos. Tenemos que salir antes de que nos pillen.

North no gruñe ni se detiene a quejarse.

—Yo te sigo —dice a modo de respuesta única.

Tengo un destino en mente, el único lugar del templo que no es accesible a través de estos pasadizos secretos: los archivos. Nos mantenemos dentro de las paredes todo lo posible hasta que llegamos a un pasillo que acaba en un enrejado con complejos grabados. Me detengo, prestando atención, con la mejilla pegada a los adornos de hojas y vides. Entonces, tras tocar el mecanismo de piedra sobre mí, el panel se abre en silencio.

North y yo emergemos en un pequeño receptáculo, donde la reja está oculta de manera discreta por un tapiz de seda. Echo a un lado el borde de la tela y examino la sala a oscuras. Luego, le hago un gesto a North para que me siga y damos pasos silenciosos sobre la gruesa alfombra.

Desde el umbral, veo una intersección. En el extremo alejado hay un revoltijo de actividad, ya que los sirvientes e incluso algunos de los guardias de la ciudad corren de aquí para allá. El repiqueteo de armaduras y armas mientras se apresuran por los pasillos me retumba de manera dolorosa y hueca en el pecho. No pueden estar aquí, en la santidad del templo, ninguna persona armada puede, excepto la aproximadamente media docena que forma mi guardia personal en todo momento.

«Sin embargo, eso ha cambiado. Nos están atacando».

No obstante, el pasillo abovedado que se abre al vestíbulo al que necesito llegar está despejado, y estoy a punto de correr por él cuando North me dedica un siseo. Me giro y me encuentro una mano medio levantada, como si su instinto fuera estirarla para agarrarme antes de que salga, pero se hubiera acordado de que no puede tocarme. Encuentro una pizca de tranquilidad en eso, en que al menos con esta persona estoy a salvo.

—El gato —susurra North con la cara aún teñida por la sorpresa y el miedo a partes iguales—. Estaba con nosotros en el pasillo… Pero ha desaparecido.

—Me encontrará —le digo, con mayor confianza de la que siento—. Siempre lo hace. Venga, rápido —murmuro, y corro por el pasillo abovedado hacia el vestíbulo.

Lleva a un largo corredor en espiral hacia abajo y la inercia hace la mitad del trabajo cuando recorremos el resto del camino hasta nuestro destino. Me detengo, casi derrapando, cuando veo una de las altas puertas de los archivos abierta, ya que Matias siempre las cierra para evitar el ruido de la celebración durante toda la noche.

Me acerco de manera sigilosa, con North pisándome los talones, y miro a mi alrededor. Todo parece tranquilo, aunque no puedo observar el escritorio del archivero sin abrir la otra puerta o pasar. El charco de luz que siempre ilumina el escritorio está ahí y, mientras lo observo, una sombra aterradora camina de un lado a otro, enorme como un monstruo y distorsionada al extenderse por las estanterías.

Tengo el cetro agarrado con tanta fuerza que me duele la mano. Entonces, la sombra se gira y de repente se vuelve anciana y familiar… ¡Matias! Está de pie con uno de los acólitos de Daoman, un joven que respira con dificultad, jadeante y doblado por la mitad, inclinado contra las estanterías.

—¡Nimh! —exclama el archivero cuando se gira y me ve, con mayor emoción y alegría en su tono de la que nunca le he escuchado utilizar. Se tambalea alrededor de la mesa—. Esperaba que tuvieras la suficiente sensatez como para venir aquí. —Posa también los ojos ansiosos sobre North y, si le sorprende, no muestra indicios de ello.

—Inshara sabe lo de los túneles —jadeo, aún recuperando el aliento. Entonces, con una oleada de confusión, recuerdo que Matias ha estado aquí toda la noche y quizás no sepa lo que ha ocurrido, que tendría que explicárselo y contarle lo de Daoman...

Se me constriñe la garganta. Matias niega con la cabeza y hace un gesto con la mano.

—Lo sé —comenta con voz suave. Inclina la cabeza hacia el acólito, que lo observa con ojos grandes y lacrimosos. Cuando dirijo la mirada hacia él, se deja caer de rodillas y se lleva las manos temblorosas a los ojos.

—Gracias —le digo, tanto conmovida como desconcertada porque, en medio del caos, alguien haya pensado en traerle la información al archivero, de entre todas las personas.

«Quizás Matias no esté totalmente alejado de la política de este lugar como pensaba».

El maestro archivero inclina la cabeza hacia un lado y, tras ponerse en pie, el acólito hace una nueva reverencia y se marcha a trompicones.

—Tenemos que salir de aquí —farfullo, paseando la vista entre Matias y North, quien está en silencio, observándonos, con el cuerpo tenso, preparado para la acción. Me sostiene la mirada brevemente. Luego, la desliza a un lado con la mandíbula apretada—. Los dos —añado.

Matias asiente.

—En eso estamos de acuerdo. Venid. Está todo preparado.

Ha dejado el bastón inclinado contra la mesa, y la urgencia parece darles fuerza a sus piernas temblorosas mientras nos guía hacia la parte trasera de los estantes. En un carrito que por lo general se usa para transportar libros y pergaminos por los archivos, hay una tela con un tejido basto que cubre algo desigual. El archivero echa hacia atrás la tela para revelar dos mochilas y un cinturón de herramientas. No, no es un cinturón de herramientas, ¡es mi fajín! La banda llena de reactivos de hechizos que me acompaña a todas partes, pero que, por supuesto, no debía llevar al ritual ni a la fiesta. Me quedo sin palabras por el alivio, pero miro a Matias con la pregunta en los ojos.

—He enviado a Pisey a por tus cosas —me explica el archivero, señalando con la cabeza al acólito—. Me contó lo que estaba ocurriendo.

Me meto el fajín por la cabeza y me lo cruzo sobre el hombro antes de coger una mochila. Cuando North da un paso al frente, con una mano casi estirada hacia la otra mochila y una mirada inquisitiva, Matias le dedica una pequeña sonrisa.

—Lo supuse. Sí, esa es la tuya.

North se coloca las correas sobre los hombros, con movimientos aún rígidos.

—North... —No consigo decir nada más. Levanta la cabeza para mirarme.

Sus ojos desprenden dolor, y la profundidad de la emoción me pilla desprevenida.

—¿Por qué no me contaste que creías que era ese... destructor? ¿Es alguna clase de personaje mítico de una de tus historias?

—No es una historia —espeto, cuando una pizca de enfado en mi interior imita a la suya—. Es una profecía... y se está cumpliendo.

Se incorpora.

—Una cosa es no decirme lo que eras, pero ¿por qué no me contaste lo que era yo o lo que tu pueblo cree que soy?

—¡Porque no te conocía! No sabía si podía confiar en ti. Porque....

—¡No era decisión tuya! —me reprende—. Esa gente quiere matarme, Nimh.

—¡Lo sé! —Mi tono se vuelve más enérgico y encendido de lo que pretendía y el sonido retumba en medio del repentino silencio. Cojo aire—. Lo sé. Por eso nadie podía saberlo. Porque en el momento en el que supieran que tú y yo estamos relacionados, podrían... podrían...

La imagen de Daoman tumbado, inmóvil, sobre un charco de sangre expandiéndose en delgados riachuelos sobre los huecos de las baldosas del suelo me llena la mente. Se me constriñe la garganta de forma tan abrupta que suelto un sonido ahogado antes de darme cuenta de que no puedo acabar lo que he empezado a decir.

North no contesta enseguida, aunque oigo cómo se le calma la respiración y un suave movimiento de telas que me informa de que ha dado un paso hacia mí.

—Vas a tener que contármelo —dice en voz baja—. Lo del Portador de Luz, la profecía y lo que tu gente y la suya quieren de mí.

—Lo haré. —Trato de parecer arrepentida, pero estoy demasiado aliviada por lo que implican sus palabras: para que le cuente todo, se tendrá que quedar el tiempo suficiente para oírlo—. Cuando estemos a salvo.

Ignoro la voz diminuta de mi mente que me informa de que nunca lo estaremos.

—Matias. —Me giro hacia el archivero—. Cuando vuelva, voy a...

—No puedes volver —me interrumpe, dejándome un segundo sin palabras por la sorpresa. Por informal que sea, nunca me interrumpe. Nadie me interrumpe—. Nimh, no puedes volver, no hasta que esto se acabe. Debes saberlo.

—Pero...

—Tiene razón. —Aunque North ha permanecido este tiempo callado, ahora habla con una urgencia serena que corta mi protesta—. Si la gente de ahí fuera cree lo que ha dicho sobre que es una especie de diosa a la espera, entonces ahora este templo es suyo... o lo será al final de la noche. Tendremos que salir de aquí primero y preocuparnos sobre cómo recuperarlo después.

Matias asiente, de acuerdo con North.

—Ni todo el contingente de guardias de la ciudad podría acabar con Inshara, no si lo que Pisey me ha contado sobre sus poderes es cierto.

—No es cierto —farfullo—. No puede serlo.

Matias levanta las cejas.

—¿Y aun así supo quién era North? ¿Dónde estaba? ¿Quién creías que era? —Hace una pausa—. Ha conseguido que Elkisa actúe en contra de su voluntad.

No respondo a eso. Matias suspira y niega con la cabeza.

—Debes alejarte, Nimh. Al menos hasta que puedas volver con... —Dirige los ojos hacia North.

Con el verdadero Portador de Luz. Debo encontrar la manera de despertar su poder, pero, con el pergamino desaparecido, se ha desvanecido la única prueba que la profecía ofrecía sobre el destino de North.

Me encuentro contemplando a mi antiguo profesor y amigo, deseando poder tocarlo y mostrar mi gratitud. No puedo evitar preguntarme si será la última vez que lo vea. El bibliotecario suaviza la mirada, como si me leyera la mente.

—En mi época, he visto a líderes levantarse, caer y levantarse de nuevo, hija mía... Lo único que importa es que sigas viva. Te enviaré un mensaje cuando sea seguro volver. Rápido, venga, esta es la única salida.

Lo sigo a través de los estantes mientras North nos acompaña. Matias presiona una de las estanterías y esta se desliza a un lado sin hacer ruido. Detrás, la pared está tallada con un grabado poco profundo en la piedra: un par de círculos, uno dentro de otro, con un ojo observador dentro del pequeño.

—Pensé que conocía todos los túneles y pasadizos —murmuro, y observo cómo Matias encuentra una argolla escondida y un panel se libera a la altura del hombro con un suave roce de piedras, dejando a su paso telarañas como si fueran hilos andrajosos—. ¿Qué es ese símbolo?

Matias me dedica un débil encogimiento de hombros y empuja uno de los carritos de libros para poder subir hasta la abertura del pasadizo.

—Es anterior al tiempo en el que comenzamos a conservar de nuevo los registros. Si ignoras los otros pasadizos que salen de este y vas recto, saldrás a poca distancia del río, al sur. Evita las multitudes.

North hace un ruidito y, cuando lo miro, se ha quitado la mochila y se está desprendiendo de la chaqueta negra que llevaba en el festín.

—Esto tapará ese vestido rojo hasta que te podamos encontrar algo más.

Me pongo la chaqueta, tratando de no centrarme en que sigue emanando el calor de su cuerpo y que huele un poco a él. Por un segundo, me encuentro aturdida. Quizás sea lo más cercano a un abrazo que he sentido desde que tenía cinco años.

—Vamos, Nimh —dice Matias con suavidad.

Me giro para mirarlo.

—Pero Inshara... ¿Y si...?

—Me he pasado años tratando de quitarte esa costumbre. Nada de «y si». —Me dedica una mirada llena de cariño. Solía torturarle con un flujo constante de preguntas, y la mayoría comenzaban con esa expresión mortal. «¿Y si no soy la diosa de verdad? ¿Y si digo que ya se ha manifestado la cualidad y finjo? ¿Y si toco a alguien y nadie lo sabe? ¿Y si...?». Al ver que sigo dudosa, Matias extiende una mano hacia el pasadizo con el mismo gesto que solía usar para alejarme de las estanterías a la hora de comer cuando era una cría—. No tenemos tiempo para eso. Estaré bien, Nimh... Esta Inshara no hará daño a la única persona que sabe dónde está todo, no si alguna vez quiere consultar alguna profecía o texto.

Me trago las lágrimas y asiento. La abertura en el muro es pequeña y estrecha, por lo que North es el primero en asegurarse de si le entran los anchos hombros. Observo cómo desaparece en el oscuro agujero de la pared, murmurando maldiciones cuando se roza los hombros con la estrecha abertura. Luego, me subo a lo alto del carrito yo misma.

Me sorprende y extraña un recuerdo muy muy antiguo. Cuando era una niña, me subí a uno de estos carritos, a pesar de que Matias me había dicho mil veces que nunca lo hiciera, y traté de utilizarlo para llegar a uno de los estantes más altos. Las ruedas se movieron y me caí, con lo que me rompí un hueso de la muñeca. Era la primera vez que me debía curar a mí misma una lesión importante, dado que, por supuesto, los sanadores no podían tocarme. Tuve que palparme el brazo en busca de la rotura, agonizando demasiado como para usar la magia y aplacar el dolor. Luego, me lo entablillé y vendé. Lo que daría ahora por sentir el dolor de un brazo roto si eso supusiera no tener que soportar el dolor de un corazón destrozado.

«Perdóname, Daoman».

Me muerdo el labio, cierro los ojos y trepo hasta el agujero en la pared. Con el sonido de Matias soltando un suspiro largo y exhausto, me desvanezco en la oscuridad.

VEINTE
NORTH

CUANDO EL PANEL SE CIERRA DETRÁS DE NOSOTROS, NOS quedamos a oscuras.

—Voy a detenerme —aviso a Nimh, por si acaso sigue moviéndose y por accidente me toca—. ¿Puedes emitir luz?

No me responde, pero, un momento después, un suave brillo verde aparece y, cuando miro hacia atrás, hay una luz aovillada en la palma de su mano. Le ilumina la cara, manchada por la huella negra y gris de las lágrimas allí donde se le ha corrido el kohl de los ojos, y desprende largas sombras delgadas ante nosotros. Con la mano libre, Nimh se toca la cabeza en busca de la corona, pero se queda paralizada cuando se da cuenta de que no la lleva. Abre mucho los ojos mientras los dirige hacia los míos.

—Te la dejaste en la cámara del baño —murmuro.

Traga saliva.

—Inshara la va a encontrar.

Debería decirle que no importa, que el hecho de que esa líder de los cultistas finja que es la salvadora de esta tierra no cambia quién es Nimh. Pero sé la importancia de los símbolos, sé lo que sentiría si viera la brillante corona de platino de mis ancestros en la cabeza de alguien que no fuera mi abuelo.

Nimh se aclara la garganta, como si eso desvaneciera el miedo y la pena, y echa los hombros hacia atrás.

—Deberíamos irnos.

Recorremos el polvoriento pasillo, ignorando los pasadizos a izquierda y derecha como nos ha dicho Matias. Este lugar no ha estado en completo desuso porque los adoquines bajo nuestros pies están limpios de polvo, pero las telarañas cuelgan sobre el pasadizo con mucha frecuencia.

Caminamos en silencio, Nimh delante de mí. Lleva la chaqueta sobre los hombros, lo que le da un extraño aspecto normal, a pesar de la luz etérea. Podría ser una chica cualquiera de Alciel que le hubiera pedido prestada la chaqueta a un chico en una noche fría. Las curvas del túnel giran de manera abrupta hacia la derecha, y capto una rápida imagen de su perfil.

Tiene los ojos un poco escondidos por el pelo que le cae sobre la cara, pero su expresión desprende una fortaleza que la hace parecer capaz de no estremecerse si el techo se cayera a su alrededor. Conozco esa mirada, se la he visto a mi abuelo y a mis madres cuando mi abuela murió. Estoy bastante seguro de que yo también la tenía. Es la expresión de alguien que se ha guardado cada pizca de respuesta emocional ante una situación adversa en una pequeña caja y ha cerrado la tapa para continuar con su labor. Sin embargo, lo otro que recuerdo es que, si dejas la caja cerrada demasiado tiempo, se puede volver peligrosa e inestable.

Yo tuve a Miri y a Saelis para que me ayudaran a reducir la presión, me abrazaran mientras lloraba por ella y me escucharan hablar. Sin embargo, Nimh solo me tiene a mí, y nadie puede estrecharla mientras llora.

Me ha mentido sobre lo que creía que era, sobre el destino que pensaba que me había traído hasta aquí. Quizás me haya mentido también sobre que creía que había alguna manera de que volviera a casa. No obstante, no ha apuñalado a nadie a sangre fría, por lo que, de entre las dos opciones, ella es la diosa a la que deseo seguir.

Nimh interrumpe mis pensamientos.

—Esta debe de ser la salida.

Hemos llegado a un cruce en forma de T, una puerta sólida ante nosotros con un vestíbulo mucho más amplio y ancho a derecha e izquierda. El techo es alto y hace que me sienta expuesto de una manera incómoda. Tras la parte más antigua de los túneles, debemos de haber llegado a una sección usada con más regularidad, porque las paredes están alineadas con lámparas que trasmiten una tenue luz, quizás para ahorrar combustible durante la noche. ¿Sería capaz de ver una amenaza ante nosotros?

Nimh apaga su propia luz y toma el pomo de la puerta. Tira de él y se detiene. Lo intenta de nuevo, una y otra vez, le da patadas y gime por el impacto.

—¡Dioses! —murmura—. Ahora no, ahora no.

—¿Bloqueada? —pregunto con calma, y asiente con un movimiento rápido y tenso.

Se agazapa y saca una pequeña funda de cuero del cinturón de herramientas y bolsillos. Cuando la desenrolla, los reconozco con un sobresalto de sorpresa: utensilios para abrir cerraduras. Hace un tiempo, Saelis se aficionó a aquello para ayudarme a entrar en una de las secciones más antiguas de los motores bajo la ciudad. La mayoría de las cosas que merecen ser protegidas se encuentran detrás de cerraduras electrónicas en mi mundo, solo accesibles tras muestras de sangre del usuario, conseguidas a través de microagujas. Sin embargo, nadie se molestó en instalar cerrojos de ADN en los viejos pasillos polvorientos de las salas de los motores. Me pregunto a dónde habrá querido ir Nimh para que las puertas estuvieran cerradas incluso para una diosa.

Sigo observando con la espalda contra la pared y un cosquilleo en la piel. No tenemos protección alguna aquí. ¿Y qué está ocurriendo unos metros más arriba? ¿Qué piensa Inshara de la desaparición de su rival? ¿A cuántas personas más habrá matado?

Un sonido en algún lugar de los oscuros túneles me saca de mis pensamientos. Me agazapo y, mientras me muevo, capto un destello, un haz de extraño color dorado verdoso en la penumbra. Entonces, con un deslizar de patas por la piedra, el gato se escabulle hasta nosotros, contra las orejas hacia atrás. Es lo más cerca que he estado de verle apresurarse, descuidando su dignidad. Dejo escapar un lento suspiro de alivio cuando pasa junto a mí y se presiona contra las piernas de Nimh, pero el sonido que suelta no es un ronroneo, sino otro gruñido.

Me doy cuenta cuando levanto la mirada de nuevo. Había algo en esa manera de andar que no me convencía, pero no sabía qué era. Ahora sí. Huía de algo, algo en la oscuridad.

Podría haber jurado que antes había más luces, que las lámparas se extendían a mayor distancia por el vestíbulo que ahora. Un hilo de hielo me recorre la columna. Había más luces, estoy seguro.

—Nimh —susurro con nerviosismo, y me echo hacia atrás para mirar a la izquierda de nuevo. Mientras la observo, la lámpara más alejada se apaga y deja en penumbras otra sección del pasillo. Luego, lo hace otra, y la oscuridad se acerca aún más. Miro a mi espalda y observo cómo una lámpara detrás de mí se extingue. Una a una, las otras se apagan y la oscuridad y lo que se esconda en ella se aproximan.

Nimh murmura algo que no entiendo, aunque sé por su tono que es una maldición, y se guarda los utensilios antes de ponerse en pie a mi lado.

—¿Deberíamos volver a los archivos? —susurro, con el corazón martilleándome.

Niega con la cabeza un poco.

—No hay otra forma de salir del templo sin que nos vean —murmura—. Tenemos que cruzar esta puerta, es nuestra única vía hacia la ciudad. Y, si intentáramos volver, nos pillarían antes de que llegáramos hasta Matias.

Entonces, una voz retumba en la oscuridad, desconocida y áspera.

—¿Cómo os habéis escabullido por vuestras madrigueras tan rápido, pequeños povis? Correteáis mucho más rápido de lo que pensábamos.

Cultistas. La respiración se me acelera y se vuelve superficial mientras recorro desesperado el inventario mental en busca de algo que pueda usar como arma. No me puedo creer que no le haya pedido una a Matias, pero nunca la he necesitado. No hasta que me caí de mi mundo y llegué a este.

Nimh dice en voz muy baja:

—North, quédate cerca de la puerta.

—¿Qué?

—No te muevas. —Utiliza un tono decidido, con una expresión neutra y las manos en los bolsillos atados al cinturón.

Me aprieto contra la fría pared de piedra cerca de la puerta. «Solo es una pesadilla», me digo. «Voy a despertarme en mi cama, en casa y, luego, voy a ser un hijo modelo durante el resto de mi vida».

Nimh levanta las manos con las palmas hacia arriba, el tipo de extraños movimientos ceremoniales que le he visto hacer durante el ritual esta tarde. Una luz azul verdosa se le desprende de ambas, luminosa como el día y sin parecerse en nada al tenue brillo de antes. Alumbra el pasillo y revela figuras vestidas de negro que se acercan a hurtadillas en ambas direcciones.

Lo único que veo es que Nimh entrecierra los ojos y, como ellas, me quedo paralizado en el sitio.

—No sigáis avanzando —dice con voz estridente y una autoridad absoluta, al mismo tiempo que un intenso estruendo retumba entre las paredes.

—Ven con nosotros —propone uno de los cultistas—. Quizás te deje vivir.

El estruendo se vuelve tan audible que nadie puede ignorarlo. El suelo tiembla a nuestros pies y hace que me vibre el cuerpo. Cae polvo del techo y un estremecimiento recorre las paredes. El polvo forma remolinos y patrones en el suelo. Los adoquines de piedra se hacen añicos, deformándose y dividiéndose.

Los cultistas sueltan un grito de sorpresa. Con un crujido ensordecedor, un bloque de piedra cae del techo a mi derecha y golpea el suelo entre Nimh y nuestros perseguidores. Estalla por el impacto. Un instante después, otro cae a nuestra izquierda, lo que desprende más remolinos de polvo.

Nimh parece una criatura salvaje, y un viento invisible se alza del suelo para revolverle el vestido y el pelo. Se muestra aterradora pero tranquila. Parece un depredador, y el gato, un pequeño cazador fiero a su lado. Todos los demás en este vestíbulo son las presas.

Me cubro la cabeza con los brazos para protegerme de los escombros cuando nuevas rocas comienzan a caer, apilándose entre nosotros y los cultistas, a ambos lados. Nimh susurra algo, y el siseo en cierta manera traspasa el ruido a nuestro alrededor. Levanta las manos como si le estuviera pidiendo al techo que se cayera.

El aire se vuelve denso y el rugido me inunda los oídos, como si se estuviera creando una tormenta increíble. El techo se estremece y se abre una enorme grieta. Nimh levanta las manos más alto, sobre la cabeza, y las lanza hacia el suelo. Con un bum como el del golpe de un rayo, el techo entero cae, haciéndose añicos. Forma un muro sellado que nos separa de los cultistas a ambos lados y nos permite estar a salvo.

Se derrumba contra la piedra detrás de ella. La luz estroboscópica se desvanece, quedándonos solo con la de una tenue lámpara cerca de nosotros. Sigo pegado a la pared, incrédulo, impresionado y aterrado.

—¿Cómo has...?

Sin moverse, Nimh habla bajo, con la voz rota por el cansancio.

—Deberíamos irnos, antes de que recuerden que hay una puerta en esta sección que da al exterior.

Por fin consigo moverme y paso sobre un montón de escombros.

—Sigue cerrada —anuncio, y me siento como alguien que le dice a su maestra de pintura que a uno de los árboles del cuadro que está pintando le vendría bien un par de hojas más.

Nimh no abre los ojos, aunque gira la cabeza como si quisiera contestarme.

—Ya lo hago yo —le digo, y estiro los brazos hacia el cetro para cogerlo con ambas manos. Dudo durante largo rato sobre si debería o no usar algo que es claramente ceremonial para esta misión. Sin embargo, Nimh lo usó para ayudarse durante la caminata a través del bosque marino, y el tiempo es importante. Por eso, giro el extremo del cetro hacia el cerrojo y lo golpeo mientras la mente me va a mil por hora.

¿Qué acaba de ocurrir? ¿Era una imagen virtual? ¿Un holograma?

No, las piedras amontonadas a cada lado son muy reales.

¿Algo mecánico? ¿Alguna clase de antiguo sistema de defensa que ella haya activado? Sin embargo, ¿cómo o por qué estaría situado un mecanismo justo donde lo necesitábamos?

Una parte distante de mi mente, al observar mi propio debate por encontrar algo de lógica, señala que ninguno de estos misterios explica el control de la intrusa sobre la guardia de Nimh en la fiesta. ¿Cómo fue aquello posible? ¿Cómo puede ser nada de esto real?

Con un último golpe, el cerrojo cede. La puerta se abre y el gato sale, totalmente tranquilo, a pesar de que el techo se ha caído a nuestro alrededor. Me apresuro tras él, con Nimh a mi espalda. La salida lleva a un callejón oscuro que se extiende a lo largo de un lateral del templo.

Le devuelvo el cetro a Nimh. Una parte de mí se siente agradecida de tenerla a mi lado, de contar con su poder y protección, pero otra, una parte que no puedo negar, comienza a tener miedo de ella.

VEINTIUNO
NIMH

LA NOCHE ES CÁLIDA Y TRANQUILA, Y LAS CALLES Y CALLEJONES DE la parte alta de la ciudad están desiertos. La mayor parte de mi pueblo está en el templo. ¿Se considerarán cautivos y se sentirán aterrados por su futuro? ¿O estarán de fiesta, celebrando mi derrota? ¿O serán prisioneros que mueren mientras le suplican a su diosa que los salve?

Me estremezco y encorvo los hombros.

—¿Tienes frío? —La voz de North, procedente de algún lugar sobre mi hombro izquierdo, es suave.

—No. —Niego con la cabeza, luchando contra otro estremecimiento. Si fuera alguien de mi pueblo quien me acompañara, habría utilizado la excusa encantada. Sin embargo, descubro que no quiero seguir mintiendo a North, incluso si eso significa mostrar una debilidad humana—. Estoy asustada.

North suelta un suspiro y, cuando se recupera, responde:

—Yo también. —Mira a su alrededor e inclina la cabeza hacia la entrada del estrecho callejón—. Por allí. Podemos oír si alguien nos está siguiendo y despistarlo si es así.

Nos detenemos justo en el borde de la sombra de la entrada del callejón y nos quedamos en silencio durante un tiempo.

La ligera brisa de la calle mece uno de los banderines de una ventana. Las Amantes se han elevado, pero el rosa plateado de la luz de la luna desvanece el color en la oscuridad, y no sé si dicho banderín es una de las banderas de celebración con múltiples colores o una de apagado tono gris. En la distancia, oigo un grito. Luego, nada más.

La calma me pone nerviosa, y el cuerpo entero se me retuerce por la necesidad de correr. Sin embargo, sé que North tiene razón. El sigilo es nuestra mejor baza.

¿Qué tipo de vida llevaba en su tierra, en las nubes, para ser tan diestro a la hora de escabullirse y evitar a los perseguidores? ¿Por qué nunca se me ha ocurrido preguntarle?

Levanto las cejas de manera inquisitiva hacia North, quien asiente. Las calles están despejadas, por lo que seguimos moviéndonos.

Desandamos los pasos que di la mañana que fui a ver a Quenti y siento un cosquilleo en la columna vertebral por la extraña sensación de haber hecho esto antes. Entonces, mi necesidad no era tan urgente y no era responsable de la muerte de dos miembros de su familia.

Nuestros pasos nos llevan por la orilla del río, donde nos alejamos de los senderos de piedra por las alfombras entretejidas de las calles del mercado flotante, abandonado por el festín.

—¿Qué te parece una de estas? —La voz de North se oye a cierta distancia detrás de mí, por lo que me detengo para mirarlo. Hace un gesto hacia una de las barcas pesqueras atadas cerca del borde del río.

—Tenemos que utilizar una barcaza de los cruzarríos. —Inclino la cabeza y le hago un gesto para que siga moviéndose—. Son más rápidas y seguras que cualquier otra. Tanto tú como yo nos cansaríamos de remar en una de esas mucho antes de que estuviéramos lo bastante lejos.

North abandona la barca que había estado examinando y se apresura para ponerse a mi ritmo.

—¿Tienen velas o algo?

—Más o menos —respondo, sintiendo un desgastado toque de diversión parpadear en mi interior antes de desvanecerse—. Esperemos que algunos hayan preferido no asistir al festín.

De soslayo, siento los ojos de North fijos en mí. Tras algunos pasos más, su voz suena como una suave vibración en mitad de la oscuridad.

—Nimh..., estás haciendo lo único que puedes hacer. Quizás sea nuevo en este mundo, pero incluso yo puedo ver cuánto te necesita tu pueblo.

Las palabras deberían reconfortarme, y una parte de mí sufre porque lo esté intentando, después de todo lo que le he ocultado. Sin embargo, las heridas siguen abiertas, y su mención, por delicada que sea, me arde.

—No te puedes imaginar lo que se siente al estar en mi lugar —replico con palabras tan afiladas como cuchillos—. Tú no crees en nada.

North se toma su tiempo para contestar, lo que me da la oportunidad de coger aire.

—Eso no es verdad. Aunque nunca he pasado por algo así, me puedo imaginar mejor que cualquiera lo pesada que es esa responsabilidad.

Una pequeña corriente de curiosidad me empuja.

—¿Por qué? ¿Por qué te lo puedes imaginar mejor que cualquiera?

North echa la cabeza hacia atrás para mirar hacia la parte inferior de las tierras de las nubes, poco más que una silueta en penumbra entre las estrellas.

—Mi abuelo... es el rey de Alciel.

Me detengo de manera tan abrupta que debo esforzarme para no tambalearme.

—¿Rey? —repito—. No ha habido reyes ni reinas aquí desde hace siglos. —Entonces, me pongo al día mentalmente y continúo con lentitud—: Los reyes les pasan el poder a los hijos, ¿verdad?

—Mi madre de sangre es una princesa y la heredera al trono. —North se ha detenido también y ahora me mira con una ligera expresión de tristeza—. Yo soy, ya sabes, de la realeza.

—Un... príncipe, ¿no se dice así? —No puedo evitar sonreír cuando la palabra se me escapa entre los labios—. Como en un poema antiguo.

—No me sé las historias de este mundo, pero... sí, soy un príncipe. —North imita mi expresión, y su sonrisa aparece a la vez que la mía. Un momento después, desaparece.

—No me lo contaste cuando nos conocimos —recuerdo.

—En Alciel, hay personas que utilizarían las conexiones familiares en contra de la Corona. No podía estar seguro de si eras una de ellas.

—Ah —contesto, y un toque triunfal me inunda la voz—. Entonces, ¿me estás diciendo que todavía no me conocías y no podías fiarte de mí, por lo que mantuviste la información importante en secreto hasta que estuvieras seguro de que estabas a salvo?

North suelta una carcajada rápida y afectiva.

—Me parece justo, Deidad, pero mis secretos no van a hacer que nos...

«Maten». Es cierto. Daoman está muerto por mi culpa. Y los que me acompañaron en el peregrinaje.

Vuelvo a sentir un escalofrío. Me giro para examinar las barcas hasta que encuentro lo que estoy buscando: el cálido brillo de la luz de un farol en una de las barcazas.

El corazón me da un vuelco cuando identifico de quién es.

—Por supuesto —murmuro, mirando la embarcación. Es la única luz entre todas las filas de barcas.

North pasea la mirada entre aquellas y yo varias veces.

—¿Qué pasa?

Obligo a los pulmones a que cojan una amplia bocanada de aire.

—La barcaza pertenece a un hombre llamado Quenti, uno de los líderes de este clan. Era el clan de mi madre.

—¿Al que hubieras pertenecido tú?

Asiento.

—Por eso vine a pedirle ayuda cuando nadie en el templo o en el Congreso de Ancianos me apoyó. Por eso, su sobrina Hiret envió a su marido y hermano a que me escoltaran en el viaje que me llevó hasta ti.

North lo comprende enseguida.

—Las personas del campamento —susurra.

Asiento de nuevo, esta vez porque no me atrevo a hablar por miedo a echarme a llorar.

North se incorpora y avanza hasta colocarse entre la ventana iluminada y yo antes de girarse.

—Cojamos una de estas barcas, Nimh… Eres una diosa que huye para salvar la vida.

Niego con la cabeza.

—Debemos preguntar. La barcaza de un cruzarríos no funciona sin su piedra clave. —Sin embargo, le dedico una pequeña sonrisa por lo que está intentando hacer—. Sería incluso mejor que remáramos en una barca pesquera.

Me armo de valor, deseando poder sentir algo más elegante que el pavor.

—Espera aquí.

North niega con la cabeza, taciturno.

—Voy contigo.

Abro la boca para protestar, pero, cuando observo su rostro y la mirada de determinación, me siento más aliviada que molesta porque se haya negado a hacer lo que le he pedido.

Llamo a la puerta de la casa flotante, pero nadie contesta. La empujo con cautela y pronuncio un suave saludo, incapaz de arriesgarme a decir nada más alto. Intercambio una mirada con North y este se lleva un dedo a los labios antes de deslizarse con cuidado por la escalera estrecha y desvencijada hacia el segundo piso. Ahí, una tenue luz brilla en el pasillo.

Dejo que vaya primero porque, dado el espacio tan estrecho, sería imposible evitar que un atacante me tocara o incluso lo hiciera un aprendiz o cruzarríos sorprendido que saliera de una habitación. Me detengo en lo alto de la escalera mientras North se desvanece al girar una esquina. Solo ha desaparecido unos segundos, pero, cuando vuelve a trompicones, el corazón me palpita con fuerza.

Tiene el rostro de color ceniza y una expresión en la que se mezclan el miedo y la repulsión. Entonces, susurra:

—Hay alguien ahí, pero... está... Eh... Le pasa algo en la cara...

Siento cómo se me constriñe el pecho y me palpita.

—Quenti —murmuro, y le hago un gesto a North para que se mueva y poder entrar en la diminuta habitación.

Ahí está, donde lo vi por última vez. El colorido edredón le cubre la figura y contrasta con la palidez de su piel. Se me para la respiración de nuevo cuando lo veo. No sé si está mejor tras mis intentos por curarle, aunque creo que quizás ahora respira con más facilidad y tiene menos marcas de dolor en la piel, llena de heridas. Entonces, para mi sorpresa, aprieta una vez los ojos hinchados y los abre.

—¿Quenti? —susurro, y doy varios pasos antes de apoyarme en el cetro a los pies de la cama y arrodillarme junto a él.

Tiene la mirada perdida y la pasea durante un tiempo antes de centrarla con dificultad en mi rostro.

—¿Nimh? —Comienza a curvar los labios, pero el movimiento le tira de alguna zona dolorida y se detiene para coger aire. En lugar de eso, levanta una mano tras liberarla con torpeza del edredón—. Ven aquí, mi niña.

Se me nubla la visión ante esa mano estirada.

—No puedo —susurro—. Quenti, soy la divinidad presente. ¿No te acuerdas?

—Tonterías —murmura, aún tratando de cogerme de la mano—. Jezara es joven y sigue siendo fuerte... ¿Por qué no me saludas, hija?

Cojo aire en un sollozo, pero, de repente, North está allí. Se arrodilla junto a mí y le ofrece la mano al anciano. Cuando lo miro, tras pestañear para alejar las lágrimas, no veo rastro alguno de la repugnancia nauseabunda que vi en el pasillo. Cuando Quenti cierra los dedos en torno a los suyos, no se estremece.

El corazón me palpita de manera casi dolorosa, y debo de haber emitido algún ruido, porque North me devuelve la mirada con las cejas levantadas. Al ver algún rastro de emoción en mí, me dedica una diminuta sonrisa triste e inclina la cabeza ligeramente. «Vamos».

Me trago el nudo de la garganta, alejando la maraña de gratitud y pena. «Desmorónate después».

—Quenti, necesito la piedra clave de una de las barcazas.

—Mmm —murmura el anciano—. Hoy tengo los tobillos hinchados, pero Hiret debe estar por aquí... Sigue apenada, la pobre. Echa de menos a su madre...

Su mente, afectada por la niebla, le hace pensar que está años atrás, pero sigue sabiendo que Hiret se hunde de pena. Niego con la cabeza y aprieto el borde del edredón con los dedos.

—No está aquí, Quenti, y no podemos esperar a que regrese. ¿Sabes dónde puedo encontrar una piedra clave?

Cierra los ojos y, durante un largo momento, estoy convencida de que se ha sumergido en la inconsciencia. Sin embargo, entonces, con un áspero rugido divertido, dice:

—Coge la de Orrun. Ese crío idiota deja la piedra clave por dentro de la puerta. Dale una lección por pedir que le roben.

Susurro un «gracias», deseando poder quedarme y hablar con él hasta que se vuelva a dormir o ser North para darle la mano, el pequeño consuelo que me está pidiendo. En lugar de eso, cojo el cetro y me pongo en pie.

North, con delicadeza, intenta retirar la mano para seguirme cuando, de repente, Quenti abre los ojos, los centra en la cara de North y aprieta con más fuerza.

—Te conozco —murmura el anciano con una repentina alerta en esos ojos distraídos.

North me mira con cierta sorpresa.

—Eh…, no, señor, no soy de…

—Sí… —Quenti habla de manera tensa y desgastada, como un antiguo manuscrito olvidado—. Te he visto en algún sitio. Eres de un lugar tan lejano que pensaba que solo existía en una de las historias del rey pescador…, pero fue el rey pescador quien te acogió. Decía que era una pena que sus historias sobre los centinelas no fueran ciertas.

—¿El rey pescador? —repite North, frunciendo el ceño—. ¿Quién…, eh…? —Recuerda demasiado tarde que debería saber la respuesta a la pregunta y se interrumpe, pero Quenti no se cuestiona su ignorancia.

—El rey pescador —confirma—. Sus historias son sus peces, cosas rápidas y brillantes, siempre en movimiento. —El anciano ahora está animado y recupera energía a medida que habla—. Saltan y, si eres lo bastante rápido, puedes atraparlas y sujetarlas en el sitio un tiempo. El rey pescador mantiene nuestras tradiciones, muchacho. Es el narrador de nuestras historias, canciones y baladas. Conoce las leyes que van más allá del templo, las que pertenecen solo a los cruzarríos. A él nos dirigimos en busca de sabiduría. Y, madre mía, tienes preguntas para él, ¿verdad? Tú, de ese lugar tan lejano.

—Es la niebla —le susurro a North, cuyos ojos aumentan de tamaño tras esa última afirmación, tan asombrosamente cierta—. O el dolor... No sabe lo que está diciendo.

Quenti frunce el ceño y la voz rasposa se vuelve más densa.

—Te pasas demasiado tiempo alrededor de nuestra diosa, chico. No debes quererla...

North por fin consigue liberar la mano y retrocede hacia la puerta.

—Lo siento. No, eh, no volveré a hacerlo.

Sin embargo, la alarma de Quenti comienza a desvanecerse, como si el recuerdo inventado que estaba reviviendo se volviera negro en cuanto le soltó la mano a North. Murmura algo y cierra los ojos antes de que la respiración se le ralentice de nuevo. North se gira hacia mí con los ojos muy abiertos, e inclino la cabeza con un gesto silencioso hacia la puerta. La brisa, aunque sigue siendo cálida, es como un cubo de agua fría cuando salimos de la barcaza de Quenti y nos adentramos en la noche.

North da unos pasos más, como si deseara poner cierta distancia entre el hombre herido en la cama y él.

—Nimh..., ¿qué narices...? ¿Qué era eso? —farfulla.

Tengo que contenerme unos segundos antes de contestarle, dejando que el aire más frío me permita encontrar el equilibrio.

—Es un afectado por la niebla —digo por fin mientras me giro hacia la serie de barcazas de los cruzarríos en busca de la de Orrun.

—¿La niebla le hizo eso? —North hace un gesto sobre su propio rostro antes de pasear la mirada hacia la única ventana iluminada sobre nosotros.

—Puede dañar la mente y el cuerpo. Hace que la gente vea cosas, otorga poder o lo arrebata. A veces, incluso te garantiza el don de la profecía.

—Profecía —repite North, y en su voz se mezclan a partes iguales la confusión y el escepticismo.

La barca de Orrun no está lejos de la de Quenti. Es una de las barcazas más nuevas, más pequeña que las otras, pero perfecta para nuestro propósito. Me muevo por el pequeño paseo de juncos entretejidos y me subo a ella. North me sigue, aunque su mente continúa en la habitación de Quenti.

—Entonces, ¿quieres decir que, de alguna manera, sabía quién era y que tú me has traído hasta aquí? ¿Intentaba avisarme de que no...? —Se detiene y, cuando lo miro, nuestros ojos se encuentran antes de que él desvíe los suyos.

—Eso no era una profecía —le digo—. Ni siquiera sabía que era la diosa, pensaba que seguía siendo una niña.

—Aun así, ¡qué inquietante! —murmura North, siguiéndome mientras me muevo hacia las escaleras que llevan al puesto del capitán.

Orrun no es un «crío idiota», como ha dicho Quenti, es un hombre bien entrado en la treintena. Sin embargo, la mente de Quenti se ha quedado atrapada diez años atrás, cuando Orrun era más joven.

«Por favor», rezo cuando estiro la mano hacia el pomo de la puerta. «Ojalá siga siendo igual de alocado que antes».

Doy un paso atrás e inspecciono el interior de la puerta. Allí, colgada en un gancho, hay una pequeña cadena con una piedra clave de color ámbar. Dejo escapar el aliento, la cojo y me acerco a los controles. North me observa con curiosidad, sin duda preguntándose qué clase de «tecnología» explicaría cómo la barcaza de un cruzarríos responde a su piedra clave. Sin embargo, me detengo antes de ponerla en marcha.

—Gracias —susurro, incapaz de levantar aún la mirada.

—¿Por qué?

—Por Quenti. Por cogerle la mano cuando yo no podía.

Cuando por fin levanto la cabeza, North es una silueta bajo la luz de la luna que penetra en la cubierta de la barcaza. Le sostengo la mirada y sonríe un poco, aunque muestra una expresión triste.

—Sea o no cierta la profecía sobre mí —dice, con el toque justo de ironía en la voz—, estamos juntos en esto.

Solía soñar con ser aquella a la que se le acercara el Portador de Luz, con tener un compañero que me entendiera, con el que compartir el peso de la divinidad. A pesar de que la pena amenaza con paralizarme, aún siento el impulso de ese sueño.

—Oye... —North levanta las cejas mientras inclina un poco la cabeza y me sostiene la mirada—. No tenemos tiempo de distraernos. Pongamos algo de distancia entre el templo y nosotros, ¿vale? Quizás entonces me puedas contar un par de historias porque, si tu pueblo piensa que soy ese destructor, supongo que debería saberlo todo.

Meto la piedra clave en el hueco correspondiente y esta comienza a cargar la magia de la barca. Los pasos siguen resultándome todos familiares, aunque no haya formado parte de los habitantes del río desde mi infancia.

La voz de North aún me retumba en los oídos diciéndome que somos un equipo.

«Solía soñar con no estar sola. Ahora tengo a alguien a mi lado».

VEINTIDÓS
NORTH

—En mi pueblo hay una historia —dice Nimh con los ojos fijos en el oscuro río y las manos sobre el timón de la barca— que cuenta que, hace miles de años, cuando los dioses aún caminaban entre nosotros, el mundo se acercaba a su fin, la existencia se estaba desgastando y había llegado la hora de que la vida comenzara de nuevo.

En otro momento, le habría pedido que se saltara todo eso y llegara a la parte en la que se profetizaba que yo era el salvador de su pueblo. Sin embargo, aún tenemos mucha distancia que recorrer para alejarnos de los perseguidores y, por lo tanto, tiempo de sobra. Además, para ser sincero, me gusta la manera en la que cuenta las historias.

—Con ese fin —continúa—, nació un nuevo dios. Se le conocía como el Portador de Luz y debía rehacer el mundo. Sin embargo, era joven e inexperto y, llegado el momento, tuvo miedo de hacer lo que debía.

»Cuando los otros dioses decidieron abandonar a la humanidad y subieron al cielo, huyó con ellos en lugar de cumplir con su destino. Un dios se quedó atrás, la primera divinidad presente, y ella nos regaló las palabras de la profecía. Acabaron convirtiéndose en la Canción del Destructor, la historia del Portador de Luz.

—¿Esa es la profecía que trata sobre mí? —la interrumpo.

Asiente.

—Nos dice que vendrá un nuevo Portador de Luz y terminará lo que el primero no pudo acabar. Recuperará el equilibrio de este mundo y hará uno nuevo en el que su pueblo pueda prosperar.

Suspiro.

—Y crees que esta profecía se está cumpliendo ahora.

Imita el suspiro, inconsciente de lo mucho que se parecen ambos sonidos. Oculto una sonrisa en la oscuridad.

—Tengo fe, sí. —Está ahí de pie como una estatua, con el gato a su lado, inmóvil, guiando la barcaza del cruzarríos por el lento y perezoso río.

El único sonido real procede de las vueltas que dan las palas del motor mientras se deslizan a través del agua en la popa, porque eso es lo que dirige esta cosa, un motor. No suena, y por eso Nimh dice que es magia, porque qué no lo es en este lugar, pero algo da vueltas a las palas de la hélice. Podría ser un circuito que se completara con la inserción de la piedra clave. O una reacción entre esta y uno de los materiales de los que está hecha la barca. O la potencia podría ser magnética y aprovechar algún tipo de atracción o repulsión.

Lo gracioso es que, tras la descarga inicial de entusiasmo por haber encontrado quizás una fuente de potencia que pueda impulsar mi propia nave, me detengo a pensarlo. La reparación del deslizador no es mi prioridad principal, sino la seguridad de Nimh. No sé cuándo ha ocurrido tal cosa.

—Sé que tu pueblo piensa que el mío está formado por dioses… —comienzo a decir.

—Descendientes de los dioses —me corrige, con la voz un poco más animada—. He cambiado de opinión acerca de la divinidad real de tu pueblo desde que te conocí.

Es una pulla, pero siento que una sonrisa tonta se me extiende por el rostro.

—Ah, muy bien. Para ser sincero, no sabíamos que tuviéramos que ser los dioses de nadie.

Observo un brillo en sus ojos cuando se alejan de manera momentánea del río para sostener los míos.

—¿Acaso tu pueblo nunca miró hacia abajo?

Me echo hacia atrás, esta vez con la vista fija en el río.

—Me lo he preguntado en un par de ocasiones desde que supe de vuestra existencia —admito—. Sin embargo, las nubes bajo Alciel son bastante densas. Nadie ha mirado a través de ellas desde hace siglos. Y supongo…

—¿Supones? —pregunta Nimh con curiosidad.

—Supongo que mi pueblo dejó de cuestionarse qué había aquí abajo.

Se queda callada un rato y luego dice con suavidad:

—Creo que debéis de tener una vida sin muchas esperanzas.

Una parte de mí quiere protestar ante eso porque, en su mayoría, mi pueblo es feliz, está alimentado y se siente a salvo. Sin embargo, sé que la seguridad no es esperanza y, cuanto más tiempo paso aquí, más me pregunto qué nos habremos perdido al olvidarnos de los dioses, la magia y el poder de la profecía. Me aclaro la garganta, esperando cambiar de tema.

—Entonces, ¿qué se supone que debo hacer exactamente? ¿No debería prepararme de alguna forma?

Nimh se queda callada durante un tiempo antes de contestar con un hilo de voz.

—Prometo que voy a ser sincera. Te contaré lo que deseas saber, solo… —Se interrumpe y cruzo los brazos sobre el pecho para evitar estirarlos hacia ella con la intención de tranquilizarla—. Es una larga historia, llena de cosas para las que debes tener un poco de paciencia. Magia, destino y designaciones divinas.

Se me constriñe el pecho y me obligo a respirar con lentitud. Ha sido una noche muy larga, pero para Nimh lo ha sido más que para mí.

—¿Por qué no hablamos mañana del tema? —sugiero. Asiente, y en sus rasgos aparece una pizca de gratitud.

El mundo se desliza junto a nosotros bajo la luz de la luna, y los árboles se vuelven más gruesos a medida que nos alejamos de la ciudad. Grandes bloques de piedra llenos de musgo se extienden entre los arbustos, como si la jungla estuviera recuperando lo que en el pasado fueron los límites de los cultivos. Las ruinas llevan un tiempo siendo visibles en la orilla, por lo que me da la impresión de que el templo y sus alrededores eran antes mucho más grandes y se han ido contrayendo con los siglos hasta amontonarse donde están ahora, en el lugar donde ambos ríos se cruzan.

Sigo teniendo miedo. Miedo de los asesinos que nos persiguen desde el templo, de los animales que merodean por las orillas, de lo que tengamos que hacer a continuación. Sin embargo, también percibo la belleza que se me escapó cuando llegué.

¿De verdad han pasado solo veinticuatro horas? Ni Nimh ni yo hemos dormido desde entonces, y comienzo a sentirlo. Cuando la miro, veo cómo su silueta, similar a la de una estatua, se tambalea. Parece parte del entorno, medio escondida entre las sombras como los árboles a lo largo de la orilla. Me pongo en pie para acercarme a ella en un extremo de la cubierta.

—Nimh —digo con suavidad al aproximarme, e, incluso así, sufre un sobresalto—. Creo que deberíamos detener la barca un tiempo.

—No —responde automáticamente, sin separar los ojos de las olas iluminadas por la luna ante nosotros.

—Nadie sabe cómo hemos abandonado la ciudad, y hemos recorrido una larga distancia —observo—. Necesitamos descansar, aunque sea solo unas horas. —Mira hacia atrás, como si pudiera ver a los perseguidores girando en la curva. El gato suelta un suave ruido balbuceante—. ¿Ves? —tanteo—. Incluso nuestro valiente capitán está cansado.

Eso le provoca una ligera sonrisa y acepta antes de girar el timón para acercarnos a la orilla.

—Tenemos que encontrar un lugar al que atarla —dice.

Soy un marinero un poco torpe, pero me esfuerzo al máximo, y me muestra cómo atar las cuerdas alrededor de los árboles y luego soltarlas un poco, de forma que estamos seguros, pero lo bastante lejos de la orilla para que nada con grandes dientes pueda saltar sobre nosotros.

Observar a Nimh trabajar me deja entrever un pequeño destello de cómo podría haber sido si no la hubiera escogido el sumo sacerdote siendo una niña. Habría sido una cruzarríos como su madre, trabajando en el agua de esta manera durante toda su vida. Es un pensamiento agradable, pero triste.

—He visto ropa por aquí —dice, cuando el río nos aleja con su corriente y entre nosotros y los árboles hay una distancia mayor, lo que tensa las cuerdas—. Me pondré algunas prendas de la esposa de Orrun. Las suyas serán más prácticas que las mías.

El gato y yo nos quedamos en la cubierta mientras se dirige hacia la escalerilla. Cuando tomo asiento sobre una caja llena de mercancías un minuto después, el animal salta junto a mí.

—Bueno, Pelusa —le murmuro—. Somos todo lo que tiene. Espero que sepas qué hacer, porque yo no.

Me da un cabezazo, lo que decido considerar un desarrollo positivo en nuestra relación. Entonces, lo vuelve a hacer, embistiéndome el brazo.

—Te está pidiendo que lo acaricies. —La voz de Nimh surge por detrás de mí mientras el gato lo intenta una tercera vez. En esta ocasión, levanto la mano y camina bajo ella, animándome a que le acaricie toda la espalda. Entonces, se gira para repetir el proceso. Es una sensación muy agradable, y estoy a punto de decírselo cuando Nimh aparece ante mí.

Lleva puestos un par de vaqueros anchos que casi podrían ser una falda y, aunque la luz de la luna quiere desprenderla de todo color, percibo que son de un rojo intenso. Una camisa azul oscura le envuelve la parte frontal y se le cruza en el torso para atarse en la espalda. Además, lleva el pelo suelto sobre los hombros. De todas las versiones que he visto de Nimh hasta ahora, sé al instante que esta es la que más me gusta.

Esta es Nimh, la chica; Nimh, como habría sido si nunca se hubiera convertido en Nimhara, la diosa. Lo he sentido durante unos instantes cuando estábamos de pie detrás de la pantalla tallada, observando cómo se desarrollaba la fiesta tan cerca de nosotros, pero al mismo tiempo muy lejos.

Soy distinto a las otras personas que conoce. No me importa si tiene miedo o está triste. Quiero que sea un ser humano. Quiero que sienta. Incluso, si puedo conseguirlo, deseo darle esperanzas.

—¿Crees que Elkisa sigue viva? —pregunta en voz baja, y el corazón se me agrieta.

—Inshara no tenía razones para matarla —respondo a toda velocidad—. De hecho, si fuera ella, la dejaría vivir como símbolo de lo poderosa que es mi magia.

Nimh reflexiona sobre mis palabras antes de asentir con lentitud.

—Pareces un príncipe —dice, pero solo la oigo a medias. Estoy demasiado ocupado intentando ocultar lo que acabo de decir, hablar de la magia de Inshara como si fuera real, como si todo lo que ha ocurrido no tuviera alguna especie de explicación lógica.

Cambio de tema.

—¿Quiénes son las personas que visten de gris? Los he visto al entrar en la ciudad, y creo que también había un par en la fiesta.

—Oponentes del templo —dice, caminando hasta el borde de la cubierta, donde apoya las manos en la barandilla y mira hacia el río—. Los capuchas grises. Creen que la era de lo divino se ha acabado. Ven que las tormentas de niebla se hacen cada vez más fuertes y peligrosas, por lo que desean crear ciudades refugio, lugares donde la niebla no penetre, pero tampoco la magia.

—¿Eso sería tan malo? —pregunto al pensar en mi mundo.

Niega con la cabeza y levanta una mano para pasársela por el pelo suelto.

—Perderíamos demasiado —dice—. Todo lo que hemos creado y aprendido en los últimos mil años o más. Utilizamos la magia para potenciarlo todo, desde nuestras barcazas hasta nuestras lámparas. Sin embargo, la peor parte es que en esos refugios solo entrarían unas pocas personas. Desmontarían las piedras guardianas que protegen los pueblos para construir los refugios y dejarían al resto de mi gente sola para que se enfrentara a la niebla sin protección. Los dejarían desprotegidos y morirían.

—Eso es... —Por un segundo, me quedo sin palabras— una barbaridad. ¿Cómo podría alguien estar de acuerdo con algo así?

—Creen que o actuamos pronto o será demasiado tarde para salvar a nadie —contesta con calma—. Creen que una tormenta como ninguna otra de las que hemos visto hasta ahora vendrá y, cuando lo haga, la civilización dejará de existir. Nos extinguiremos. Sin embargo, yo soy la diosa de mi pueblo. Debo esforzarme al máximo en la tarea de salvarlos a todos.

Su voz amenaza con romperse con esas últimas palabras. Cielos, estoy haciendo el peor trabajo del mundo intentando consolarla. Solo la he llevado de vuelta al recuerdo de aquel al que no ha podido salvar esta noche.

—Siento lo de Daoman —digo en voz baja.

—Éramos familia —contesta con suavidad—. A menudo no estábamos de acuerdo. A medida que mi poder crecía, el suyo se reducía. Puede que incluso hubiéramos acabado enfrentándonos, pero ninguno tenía a nadie más. Él me crio, y le importaba.

—Por todas las caídas celestiales, Nimh —murmuro—, no lo sabía.

Niega con la cabeza, como si desestimara la compasión.

—He dicho una oración por él mientras recorríamos el río —dice con calma—. Ahora haré lo que me enseñó y me centraré en lo que es mejor para mi pueblo.

—Lo que es mejor para tu pueblo ahora mismo comienza con un descanso —comento.

Levanta la cabeza con una mirada vacía.

—¿Cómo podría dormir? —susurra—. Cada vez que cierro los ojos, lo veo. O a Elkisa. O a los devotos del templo, encogidos de miedo.

Le sostengo la mirada con la esperanza de que comprenda que no está sola.

—Traeré algunas de las mantas a la cubierta. Hablaremos de otra cosa hasta que sientas que puedes dormir.

Las mantas y los cojines están abajo, pero allí hay demasiadas cosas como para que apetezca dormir. Traigo tantos como abarcan mis brazos y comienzo a colocarlos unos sobre otros en la cubierta. Cuando termino de crear nuestro pequeño nido, me agacho con un quejido y doy una palmadita a mi lado.

Duda un momento, y el gato aprovecha esa pausa al instante para hacerse con su sitio. Rompe la tensión y, con una suave carcajada, Nimh lo alza en brazos y lo abraza mientras se echa hacia atrás para apoyar la cabeza en un cojín.

—Cuéntame algo sobre tu familia, North —me pide.

Eso sí puedo hacerlo, puedo distraerla así.

—Mi familia es muy pequeña —comienzo a decir—. Solo somos mi madre de sangre, mi madre de corazón, mi abuelo y yo. Mi madre de sangre, Beatrin, es muy estricta. Es resuelta e influyente, la auténtica política de la familia. Mi madre de corazón, Anasta, es más dulce. Por eso la gente tiende a subestimarla, y creo que lo prefiere así.

—¿Y tu abuelo?

—Es el tipo de rey que espero ser algún día —respondo—. Es sabio, y su pueblo lo quiere. Yo lo quiero. Cuando suba a las nubes, creo que Beatrin será una líder distinta. Después de ella... —Me callo porque justo ahora la pregunta de si alguna vez llegaré al trono me parece bastante sombría.

Busco algo más que decir antes de que nos centremos en esa posibilidad.

—Creo que mi madre de sangre, Beatrin, te gustaría. O, mejor dicho, creo que tú le gustarías a ella, mucho. Mi madre de corazón y ella siguen tratando de enseñarme cómo ser mejor príncipe, mejor político, mejor líder..., pero tú pareces haber nacido para ello.

—Elegida por la divinidad —me corrige, pero el tono es irónico—. Tus madres parecen formar un equipo formidable.

—Así es —murmuro, intentando no pensar en cómo se deben de estar consolando la una a la otra ahora mismo. Creerán que estoy muerto.

Siento los ojos de Nimh centrados en mí y, tras una breve pausa, ella es la que cambia de tema.

—En tu creación, ¿hubo algún hombre involucrado? —pregunta. Supongo que es una pregunta válida. Las cosas se hacen de manera distinta ahí arriba, sobre todo si se supone que somos dioses.

—Sí, un consejero llamado Talamar. Su papel es solo biológico, y hace muy poco que lo conocí. Es muy extraño encontrarte con alguien y darte cuenta de la parte de ti mismo que procede de él.

—¿Qué es «biológico»? —pregunta Nimh con curiosidad, sin plantearse siquiera la naturaleza privada de la pregunta que me está haciendo.

—Eh... —Por lo general, no tendría problemas para hablar de sexo, pero con Nimh tumbada junto a mí en la manta, tan cerca que la oigo respirar, de repente la pregunta hace que me sonroje—. Es... A ver, él aportó el... Mis madres no podían hacer un bebé sin...

—Ah —dice Nimh, salvándome. Al final, se le sonrojan las mejillas un poco y desvía la mirada para centrarla en una tabla suelta de la cubierta, en lugar de en mi rostro—. «Biológico» significa acostarse con alguien.

Podría corregirla, pero, ahora mismo, tengo la lengua demasiado hecha un lío como para conseguirlo. Parece menos desconcertada, y evita que responda cambiando ella misma de tema.

—¿Hay alguien más que sea importante para ti en las tierras de las nubes? —pregunta.

—Las siguientes personas más importantes son mis dos mejores amigos, Miri y Saelis —contesto—. Miri es de alta cuna, con toda la confianza que eso aporta. Se lanza a cualquier cosa que atrapa su interés y se preocupa de cómo controlarlo después. Saelis es el hijo de uno de mis tutores. Es mucho más sensato. Y es agradable. —Siento cómo se me curvan los labios al pensar en ellos—. A veces es un poco como un hombre mayor en un cuerpo de joven, pero me gusta que sea así. Miri añade la chispa y Saelis se asegura de que no nos prendamos fuego.

—Mmm. —Nimh me dedica una mirada de soslayo y, aunque sus ojos reflejan cansancio, consigue esbozar una pequeña sonrisa provocativa. Mi distracción está funcionando, al menos un poco.

—Para ser sincero —digo—, Saelis pensó que el deslizador era una idea horrible cuando lo construí.

Con eso me gano otro intento de sonrisa.

—Debes de echarlos mucho de menos.

—Mucho. —Dudo solo durante un momento. Quiero compartirlo con ella—. Puedo enseñarte una foto. Mira. —Hago que el crono cobre vida y navego a través de las fotos mientras la luz de la pantalla nos ilumina la cara pálidamente.

—¿Sigues estando seguro de que este aparato no es mágico? —pregunta, no sé si para provocarme.

—Tecnológico —contesto con una suave sonrisa, parecida a la que le dediqué la primera vez que vio el crono—. Mi pueblo lo inventó hace un siglo, aunque aquellos eran bastante primitivos. Ahora todos tenemos uno, y pueden hacer cualquier cosa. Nos controlan la salud, nos indican direcciones e incluso nos permiten hablar con personas que están en el otro extremo del archipiélago.

—¿Puedes hablar con los que están lejos? —Nimh desvía la mirada hasta la mía—. ¿Por qué no has usado ese comunicador a distancia para decirle a tu gente que has sobrevivido a la caída?

—Lo he intentado. —Mantengo los ojos fijos en el crono por el momento, temeroso de que pueda ver lo mucho que me sigue doliendo—. La señal no llega hasta aquí.

Nimh se inclina hacia delante para estudiar la pantalla y se echa hacia atrás cuando toco un botón que proyecta un holograma en tres dimensiones. Me dedica una mirada de escepticismo.

—North, esto es magia. Hay rastro de estas cosas en nuestras reliquias más valiosas, pero ni siquiera yo he visto nunca algo así.

—No es magia —respondo, impotente—. Existe tras siglos de avances, experimentos e invenciones de la ciencia. Podría desmontarlo y mostrarte todos los circuitos del interior.

Asiente con pasión y se le iluminan los ojos por la curiosidad.

—Por favor, me encantaría.

—Bueno... —me corrijo, y cambio la sonrisa anterior por una vergonzosa—. En realidad, no puedo desmontarlo sin romperlo. No sabría cómo volver a montarlo.

Nimh levanta las cejas y, un instante antes de que hable, sé lo que va a decir.

—Me has dicho que la magia es una ciencia que no puedes explicar, pero aquí tenemos más elementos de tu tecnología que no sabes demostrar. ¿Cómo puedes estar tan seguro de que no contiene magia?

No puedo evitarlo y me echo a reír.

—Solo... mira la foto, ¿vale?

Es una de mis favoritas, de hace un año. La tomamos cuando los tres nos fuimos un fin de semana de viaje a una de las islas más pequeñas de Alciel. Saelis está en el centro, con un brazo alrededor de Miri y fingiendo que me asfixia con el otro. Tengo la cara contorsionada por la risa y Miri nos observa de reojo con las mejillas sonrosadas.

Nimh la estudia, y el desafío en su expresión desaparece antes de verse reemplazado por algo más tierno.

—Pareces tenerles mucho cariño. —En su mirada, casi veo nostalgia.

Entonces me detengo, porque hay una respuesta fácil para esa observación y una más difícil. Hay una que lo acepta, sí, son mis mejores amigos y me preocupo por ellos. Y la otra que se abre a una parte más privada.

—Les tengo mucho cariño —admito—. Queríamos formar un trío: Miri, Saelis y yo. Parecíamos... Parecíamos serlo.

—¿No se permiten esas uniones en tu tierra?

Siento sus ojos fijos en mí, aunque mantengo los míos en la foto.

—No para un príncipe. Complica el tema de la herencia, de quién será mi heredero. —Trago saliva y continúo—. Creo que los dos acabarán siendo pareja y, de verdad, me alegro por ellos. Quiero lo mejor para ambos.

—Pareces Menaran —comenta—, observando a las Amantes desde lejos.

—¿Quién?

Gira la cabeza para estudiarme y centra los oscuros ojos en los míos.

—Quizás utilicéis otros nombres. Las Amantes es el nombre que les damos a las lunas. —Levanta una mano para señalar a cada una de ellas y ambos alzamos la mirada al cielo—. Ahí está Miella y aquí, su amada Danna. Meneran era un cruzarríos y Miella, su prometida. Debía hacer un viaje, por lo que la dejó en la ciudad con su hermana Danna. Cuando volvió, las dos se habían enamorado y no podían separarse. Por eso, él volvió al río, y ahora Miella y Danna bailan juntas en el cielo para toda la eternidad. Menaran es un punto de luz que aparece cada siglo más o menos.

—¿Un cometa? —sugiero.

Se encoge de hombros, por lo que quizás la palabra le resulte desconocida.

—Un cruzarríos que vuelve de su último viaje —contesta— para pasar junto a ellas y mirarlas una vez más.

Observamos las lunas durante un tiempo, a la vez que el sonido del agua chocando con el borde del río se funde con algún crujido ocasional de la barca de madera. El aire se mueve más rápido por el agua y crea una tenue brisa que cruza la humedad del bosque marino. Busco con los ojos de manera automática la oscura masa gris de la parte inferior de Alciel. No puedo evitar preguntarme si esas nubes son lo único que veré de mi hogar a partir de ahora.

Luego, me doy cuenta de que Nimh ya no está mirando las lunas, sino a mí, con una mirada curiosa.

—¿Puedo hacerte una pregunta, North? Es personal.

—Claro. —No hay mucho que no vaya a contestar ahora mismo ni nada que no vaya a hacer para mantener a raya el dolor en sus ojos.

—Me pregunto… —Desvía la mirada hacia las estrellas sobre nosotros. Y hacia las Amantes. Las nubes se deslizan y amenazan con ocultarlas—. ¿Alguna vez has besado a uno de tus amigos?

Sea lo que sea lo que esperaba, es evidente que no era eso. Pestañeo mientras reflexiono sobre la pregunta, intentando ignorar la manera en la que me arden las mejillas, y asiento antes de darme cuenta de que no me está mirando.

—Sí —respondo—. A los dos.

Parece algo que no debería confesarle. No sé por qué. Sin embargo, cuando me vuelve a mirar, en su rostro solo hay curiosidad y quizás una pizca de soledad.

—¿Qué se siente? —pregunta.

A punto estoy de atragantarme. Supongo que he aceptado responder a la pregunta.

—Bueno… —Tengo que detenerme para pensar, tratando de cuantificar el sentimiento de alguna manera—. Bueno, esta parte quizás sea obvia, pero la sensación comienza en los labios. Una especie de hormigueo o…, no un cosquilleo, pero parecido. Es muy agradable. Luego, se mueve, a veces a la nuca y por la columna, y a veces por los brazos, hasta los dedos. Tienes los ojos cerrados, por lo que se te olvida dónde estás o lo que ocurre a tu alrededor.

He bajado los párpados mientras hablaba y, cuando la miro, me observa directamente. No puedo alejar los ojos de sus labios, aún llenos de polvo dorado de la ceremonia.

—Suena... genial —murmura.

—Es... Eh... —Vuelvo a centrar mi atención en su mirada con un esfuerzo considerable y trago saliva con dificultad—. Lo es. Ojalá... Ojalá pudiera mostrártelo.

Abre un poco los ojos y separa los labios cubiertos de oro. Esta vez, veo el momento en el que baja la mirada y la centra durante un solo instante en mi boca. Luego, la deja caer.

—Yo... siento haberte hecho esas preguntas.

—No —murmuro. Una pequeña idea cobra vida en el subconsciente—. Nimh, ningún mortal te puede tocar porque eres divina, pero...

No digo las palabras «Pero, si aquí yo también soy un dios...». Me coloco un poco más cerca y siento el calor que emana de su piel.

Contiene el aliento, con la mirada aún baja. «¿Habrá pensado lo mismo?». Sin embargo, niega con la cabeza tras un largo silencio y se aleja.

—No lo sabemos. Además, después de lo que Jezara le hizo a mi pueblo... —Nimh se tensa y continúa con una certeza distante—: No puedo arriesgarme.

Veo lo que ocurre, la manera en la que adopta una máscara y sella su alma. La chica que quería saber lo que se siente cuando alguien que te importa te besa desaparece para dejar paso de nuevo a la diosa.

Trago saliva con fuerza.

—¿Qué pasó con ella, con la diosa anterior a ti? Matias no me lo quiso contar.

Nimh se queda callada y, durante largo rato, creo que no me va a contestar, que ni siquiera ella me va a responder. Sin embargo, luego me vuelve a mirar, medio oculta en la oscuridad. Las nubes se están acercando y esconden las lunas y al resto de las estrellas.

—Se enamoró —dice con suavidad—. Actuó siguiendo sus deseos. Lo prefirió a él.

«Dejó que la tocara».

—Entonces, perdió la divinidad y la echaron —murmuro—. ¿Qué le ocurrió a él?

—Nada —susurra—. ¿Crees que su roce lo incineraría en el acto? Es la divinidad quien lo pierde todo, es ella la que debe permanecer distanciada por el bien de su designación.

—Pero eso no es justo. Tú no pediste esta vida —contesto, y mantengo el tono dulce para que coincida con el suyo—. Daoman la eligió por ti.

—Daoman me encontró —me corrige con delicadeza—. La divinidad ya me había elegido como su receptáculo. Tú no pediste ser un príncipe, ¿verdad? Tu nacimiento decidió esa vida por ti. Y no pediste caer de las nubes, el destino te trajo a esta tierra.

—Pensaba que no íbamos a hablar del destino y la magia esta noche. —Curvo la comisura de los labios en una sonrisa.

Los suyos también se curvan como respuesta, y el movimiento de sus labios hace que se me acelere el corazón.

—Quiero decir que ninguno elegimos nada de lo que nos ocurre en esta vida. Eso hace que las decisiones que sí podemos tomar sean mucho más importantes. Yo quiero que nadie me toque para honrar mi destino. Esa es mi elección. —Baja los párpados y los sube—. Da igual lo mucho que me tiente lo contrario.

—Entonces, no te voy a pedir que elijas otra cosa. —Intento que las palabras parezcan alegres y reconfortantes, pero suenan como una maldición, como un guerrero en una historia antigua que pidiera fidelidad a algún poder superior—. Nunca lo haré, Nimh.

Estamos lo bastante cerca como para que pueda ver las estrellas reflejadas en sus ojos y la luz de luna brillándole sobre el polvo de oro de los labios. No puedo contenerme, le examino los rasgos sin evitar imaginarme cómo sería tocarla, abrazarla, sentir su pelo deslizándose por mi palma, conocer su sabor.

—North —suspira, con las cejas levantadas por el arrepentimiento—. Seré la diosa de mi pueblo hasta que muera.

—Lo sé. —Con lentitud, asegurándome de que tiene todo el tiempo del mundo para ver cómo me muevo, estiro una mano entre los dos. Sus ojos siguen el movimiento y luego se centran en los míos; hay una pregunta en ellos mientras echa la cabeza ligeramente hacia atrás.

Me detengo con la mano estirada. Quiero pedirle que confíe en mí, pero no consigo hablar. Solo nos conocemos desde hace unas horas y no es fácil pedirle que acepte que no quiero hacerles daño ni a ella ni a su divinidad. Sin embargo, tras recorrerme la cara con los ojos, me sonríe e inclina un poco la cabeza hacia mí.

Entonces, estiro la mano poco a poco y la dejo revolotear a un suspiro de su pómulo, deseando rozarla con los dedos. Tiene los ojos fijos en los míos y, un momento después, se dilatan.

—Te siento —murmura.

Debido a su cercanía, siento un cosquilleo en mi propia piel antes de aproximar las yemas a sus mejillas, su frente y su barbilla. Cierra los párpados con el ceño fruncido, como si deseara concentrarse con cada partícula de su cuerpo en este momento. Me muevo despacio para asegurarme de que no le toco la piel, pero la lentitud parece afectarnos a los dos.

Mientras le recorro los labios con el pulgar, los separa y deja escapar un suspiro tembloroso, después abre los ojos.

Antes, cuando me ha mirado, en su rostro había miles de preguntas. Se sentía perdida, sola y ansiosa. Ahora, tiene los ojos marrones encendidos como el ámbar y siento que se me corta la respiración ante el repentino calor que hay en ellos.

Se gira y se apoya en el codo para acercar su rostro al mío, al mismo tiempo que una sonrisa le cosquillea en los labios. Luego, se inclina un poco más, confiando en que me quedaré quieto.

Tiene los labios lo bastante cerca de mi oído como para que, al hablar, su aliento me revuelva el pelo.

—¿Y dices que no puedes hacer magia?

Me roba el aliento mientras busco las palabras para contestar. Entonces, con el rugido ensordecedor del relámpago, el cielo se abre y una lluvia torrencial comienza a caer. Con un chillido, se pone de pie y la sigo. Riéndonos, recogemos los cojines y las mantas y buscamos refugio bajo la cubierta.

«Esto es lo que quiero para ella, solo este pequeño instante de risas mientras corremos para alejarnos de la lluvia. Incluso si es solo durante un momento, eso es todo lo que tenemos».

VEINTITRÉS

NIMH

EN EL SUEÑO, SOY UNA NIÑA DE NUEVO, CAMINANDO POR LAS calles del mercado flotante junto a mi madre. Está examinando una pieza de fruta mientras miro al comerciante de enfrente con hambre, ya que está friendo masa de galletas y calentando la miel. Quiero probarlas con tantas ganas que tiemblo. Estoy a punto de preguntarle a mi madre si me puede comprar un dulce cuando la barcaza a mis pies se estremece y a punto estoy de caer. Corro hacia mi madre, pero ella retrocede, alejándose de mí sin importar lo mucho que lo intente.

«No, Nimh», me dice. «No puedo darte la mano».

El suelo tiembla de nuevo y, después, comienza a hacerse pedazos a mi alrededor como la lutita en un terremoto, hasta que estoy sola sobre una isla flotante. Entonces, esta también se rompe y desaparece y comienzo a caer y caer…

Me despierto en el aire, desorientada y sin estar segura de cuánto tiempo he estado cayendo. Me doy un fuerte golpe cuando llego al suelo y la cabeza me da vueltas al girarme para observar la litera colgante desde la que he caído debido a la confusión. El sonido de una respiración, un ligero ronquido y un murmullo hace que dirija la mirada hacia el otro lado de la habitación... North. Sigue durmiendo, hecho un ovillo hacia un lado, con el gato pelusa sentado sobre su cadera con una calma y una dignidad perfectas, contemplándome.

La barcaza del cruzarríos. La lluvia. Los momentos previos... Mareada, me siento, con el pulso aún a toda velocidad por la caída. Sin embargo, al mirar a North, el latido se me ralentiza hasta un ritmo más estable.

Siento que se me calienta el rostro, y la noche anterior me inunda como una ola salvaje. Es como si su mano siguiera allí y atrajera la sangre a mis mejillas y labios, como si sus dedos fueran un imán. Me encuentro tocándome la mejilla mientras observo cómo duerme. Mirarlo es como contemplar el mapa de una tierra que solo he visitado en sueños. Estoy totalmente perdida y, a la vez, segura de dónde estoy.

Tiene los gruesos rizos caídos sobre la frente mientras duerme, y siento que la mano me hormiguea por la necesidad insoportable de tocarlos. Tocarle el pelo no sería tocarlo a él, claro. Me encuentro estirando la mano antes de decidirme y la dejo ahí, con los dedos en el aire.

¿Lo sabré? Si le toco el pelo y eso es suficiente para que la divinidad se desvanezca en mí, ¿lo sentiré? No recuerdo el momento en el que se posó en mí. Era demasiado joven, pensaría que era una fiebre pasajera o una sensación imaginaria. ¿Lo sabría?

Intento imaginarme lo que Jezara debió de sentir al rechazar todo lo que conocía, todo lo que su pueblo necesitaba de ella por un momento así. ¿Notó cómo la divinidad se alejaba de ella? ¿Lamentó la decisión?

La barcaza sufre una sacudida repentina y me agarro al aro en el que se sujeta la litera de North para evitar caerme sobre él. El suelo tembloroso de mi pesadilla no era un sueño después de todo, sino que la barcaza se está moviendo y acaba de golpear con algo lo bastante duro como para que me duelan los huesos.

Me pongo de pie como puedo, con el corazón martilleándome, aunque no consigo entender qué puede estar ocurriendo, y me dirijo hacia la escalera de la cubierta.

La mañana ha amanecido gris y húmeda, pero la ligera luz aún es suficiente para hacerme empequeñecer los ojos tras la oscuridad del interior de la barcaza. La lluvia se ha ralentizado, pero el río ha crecido y fluye más rápido, por lo que la línea de amarre... ha desaparecido.

—¡North! —exclamo, entrando de nuevo a trompicones—. ¡Despierta!

—Despiértate tú —murmura, aovillándose aún más.

Cojo aire para tranquilizarme y me inclino un poco más sobre él.

—North, no puedo sacudirte, tienes que despertarte. El río nos ha llevado corriente abajo y necesito tu ayuda.

La urgencia en mi voz hace que se remueva y solo necesita mirarme a la cara, bajo la tenue luz grisácea, para bajar de la litera. Me pisa los talones cuando emerjo en la cubierta. La barcaza se ha encallado en el barro de la orilla y el maldito río la empuja hasta obligarla a adquirir un ángulo que explica por qué me he caído de la litera. Por una vez, no nos detenemos a discutir o a hablar, sino que trabajamos en armonía, simple y sencilla. Le grito a North que se encargue de la parte de la proa y estribor y salta sin dudar al barro y al agua, que le llegan por las rodillas. Hago lo mismo en la popa, y juntos empujamos la barcaza, luchando contra su peso.

Con lentitud, comienza a moverse, creando profundos surcos en el barro de la orilla hasta que llegamos a tierra firme y deja de desplazarse. Hago un gesto a North con un brazo tembloroso para que ate la cuerda a los árboles y, cuando me recupero, hago lo mismo.

Jadeante, North se acerca a mí antes de doblarse por la mitad, rodeándose las rodillas con los brazos. Tarda unos momentos en recuperar el aliento suficiente para hablar, pero, cuando lo hace, desprende un tono divertido.

—La próxima vez quizás deberíamos buscar una alarma de despertador más agradable.

Yo también sigo respirando con dificultad y apoyo un brazo sobre el árbol que hay a mi lado.

—¿Despertador?

—Es... ¿Sabes qué? Da igual. —Me sonríe, lo que aleja cualquier ofensa en las palabras, y se incorpora de nuevo. Se examina la ropa y, con una mueca, se separa la tela mojada de la piel. Ambos estamos empapados hasta los huesos por el esfuerzo, pero sigue llevando el tejido negro y grueso del atuendo para la fiesta.

Tras un intento vano por escurrirse el agua del borde de la camisa, se rinde y se la quita, revelando un torso esbelto y bronceado y unos hombros anchos, así como un tatuaje sobre una de las costillas. Por un momento, mientras observo cómo aprieta la camisa con las manos para deshacerse del agua, me olvido del cansancio, del río que fluye, del hecho de que hayamos acabado en un territorio desconocido e incluso, durante un agradable puñado de segundos, de lo que ocurrió anoche en el festín.

Entonces, la mano que tengo contra la madera húmeda del árbol se me resbala y caigo al barro con un chillido muy poco digno. North maldice y se acerca chapoteando hacia mí tras colgarse la camisa húmeda en el hombro.

—¿Estás bien? —Pestañeo para alejar el agua de mis ojos y mirarlo. Frunce el ceño mientras me examina con los brazos cruzados para evitar ofrecerme una mano—. ¿Te has tropezado?

—Eh..., sí, con las raíces del árbol. —Pestañeo de nuevo, con cuidado de mantener los ojos fijos en su rostro. Siento cómo me arden las mejillas de manera incómoda, y tengo que hacer algo antes de que se calienten lo suficiente para que sea visible—. Había más ropa en la barcaza —farfullo—. Seca, me refiero. Y masculina.

North asiente.

—Es probable que la moda de los cruzarríos sea más cómoda de todas maneras. Supongo que ahora nos tocará andar, ¿no? ¿Hacia dónde?

Eso me despeja bastante rápido porque no tengo modo de saber lo lejos que nos ha llevado el río antes de encallarse la barca en esa orilla. No tengo ni idea de dónde nos encontramos e, incluso si lo supiera, ¿a qué lugar podríamos ir para estar a salvo?

—Vete a cambiar —le digo—. Veré si puedo averiguar lo mucho que nos hemos alejado.

Cuando North sale de la barcaza encallada con las dos mochilas sobre los hombros y los brazos llenos de ropa, estoy subida a un árbol, mirando a mi alrededor en busca de un paisaje familiar. Debajo, North parece tanto un cruzarríos cualquiera que me detengo y lo observo. Ha elegido una camisa verde oscuro, abierta en la garganta y enrollada en los brazos, y un par de pantalones, más ceñidos de lo que deberían ser. No debe de haberse dado cuenta de que los pantalones están hechos de cuero porque estoy segura de que tendría la misma reacción al llevar puesto algo procedente de un animal que cuando descubrió nuestra costumbre de comer carne.

North deja de chapotear de repente al darse cuenta de que no estoy por ningún lado.

—¿Nimh? —Mueve la cabeza a toda velocidad de un lado a otro antes de gritar—: ¡Nimh!

—¡Shhh! ¿Quieres contarle a todo el bosque marino dónde estamos? —Sin embargo, mi tono es más divertido que enfadado. Casi parece afectuoso. Me aclaro la garganta—. Mira hacia arriba.

Le lleva un momento encontrarme mientras se gira en un lento círculo para inspeccionar los árboles. Entonces, murmura algo en voz baja con los ojos como platos.

—Ten cuidado, ¿quieres?

—¿No tenéis árboles en las nubes? —pregunto, con una sonrisa.

—Ninguno que se pueda escalar.

Intento imaginármelo, un mundo en el que ningún árbol es lo bastante robusto y alto como para soportar el peso de una persona, pero mi mente se niega a complacerme.

—Te enseñaría cómo hacerlo si hubiera tiempo.

—Eh... Me encantaría. —North no intenta siquiera alejar de su voz el horror ante esa idea—. ¿Ves algo?

Devuelvo mi atención a los alrededores, paseando los ojos a través de una enorme curva del río hasta dejarlos caer sobre un saliente rocoso con forma de cabeza de águila. De repente, un recuerdo aparece ante mí. Tenía ocho años y estaba haciendo el primer peregrinaje real. Mi misión era ofrecer toda la ayuda posible a los habitantes de los pueblos periféricos. Toda la amplia orilla de la curva del río estaba llena de personas vestidas con sus mejores galas, saludándome con banderines y serpentinas para conseguir mi bendición. Protesté ante las molestias que se habían tomado, pero Daoman me llevó a un lado y me dijo que no debía despreciar su devoción, que era lo más importante que tenían y que mostrarla era una cuestión de orgullo.

«Daoman».

Con la garganta constreñida, bajo con cuidado del árbol. North me espera cuando llego al suelo.

—¿Y bien?

—Hay un poblado hacia el norte, no lejos de aquí —le digo—. Quizás podamos escondernos allí hasta que... hasta que estemos a salvo. Si comenzamos a andar ahora, deberíamos llegar después del mediodía.

North frunce el ceño.

—¿Es posible que Inshara tenga a alguien a tanta distancia de la ciudad?

—Muy poco probable —contesto—. Es un pueblo leal y piadoso. Vine cuando era pequeña y me trataron con mucha amabilidad. Si les cuento lo ocurrido, seguro que me ayudarán.

—Parece un buen plan. —North asiente. Luego, me ve mirándole la ropa y sonríe—: ¿Qué? ¿No voy bien vestido?

«No, definitivamente vas muy bien vestido».

Lo confirmo con un movimiento de cabeza y una sonrisa, pero no puedo evitar decirle:

—Deberías llevar un fajín en la cintura si quieres parecer un auténtico cruzarríos. Muestran los colores de su clan.

—Mmm. —North me dedica una rápida mirada reflexiva antes de curvar los labios en una sonrisa—. Tengo una idea. Toma, esto es para ti. —Con cuidado, me tiende la ropa—. No estaba seguro de lo que querrías, por lo que te he traído varias cosas.

Miro hacia la ropa y luego a él, de manera inquisitiva, mientras alzo una manga de encaje con las cejas levantadas. North se encoge de hombros.

—Quizás no sea práctico, pero pensé que era bonito.

—Esto es… Eh… No es para llevarlo en público. —Cuando frunce el ceño, pruebo en una nueva dirección—. Es algo que llevan las novias… después de la boda.

Abre la boca y la vuelve a cerrar de manera abrupta.

—Ah —consigue decir, mirando la prenda en cuestión unos instantes—. Quizás prefieras los pantalones, entonces.

Sigo riéndome cuando se aleja entre murmullos para buscar un fajín improvisado en las mochilas. Al principio, no sé lo que está haciendo. Luego, percibo la tela roja sobre una de las mochilas y me percato de que es el vestido ceremonial que llevé en el festín, empaquetado con cuidado. Apenas tengo tiempo de asumir ese acto de amabilidad antes de que North se incorpore con la bufanda roja y larga, entretejida con oro dorado, de mi traje. Se lo ata en torno a la cintura, se lo ajusta aquí y allí y me mira en busca de aprobación con una sonrisa un tanto desenfadada.

—¿Ahora parezco un auténtico cruzarríos?

Durante un momento, muevo la boca sin emitir sonido mientras comienzo y abandono varios intentos de discurso. Por último, consigo murmurar:

—Cuando he dicho que llevaban los colores de su clan, no era... Es una confirmación de su lealtad, North, un símbolo de... devoción.

Mira hacia abajo y tira un poco del fajín rojo hasta que se asienta a la perfección. Luego, me vuelve a mirar con una leve sonrisa, impasible.

—¿Sí? ¿Y?

Al observar su expresión, me pregunto si de alguna manera sigue sin entender el significado de llevar mis colores. Es una declaración de intenciones más importante de lo que él, procedente de una cultura distinta, puede comprender. Sin embargo, hay tanta franqueza en su sonrisa que hace que me detenga. Parece saber exactamente lo que me está diciendo al llevar mis colores. Me encuentro devolviéndole la sonrisa, y una calidez desconocida se me asienta en el pecho.

—Perfecto —le digo.

El aire se vuelve más denso y húmedo cuando dejamos el río a nuestras espaldas. Aquí, los árboles están demasiado cerca para que una brisa ofrezca algún alivio a la humedad. Sin embargo, al llegar al camino que recordaba y dirigirnos al norte, la ruta sube por las colinas, por lo que con el incremento de altitud el aire se vuelve más frío y seco.

Hacia el oeste se encuentran las montañas, que dan refugio a un grupo de asentamientos a los pies de la sierra. A medida que el mundo se hundía en la miseria, algunas personas se retiraron a la larga y ventosa carretera del río mientras otras eligieron un terreno más alto que no se inundara en la época lluviosa. El pueblo que buscamos no se aleja de la curva más oriental de la sierra.

Aunque suelo sentirme en casa entre los peligros del bosque marino, noto un cosquilleo en la espalda mientras caminamos a través de las montañas. La sensación de que me observan me persigue, y pillo a North examinando sus alrededores más de lo habitual, por lo que él también debe de sentirlo.

Una hora antes de llegar al pueblo, nuestro sendero emerge del denso bosque para encontrarnos con una auténtica carretera. En el cruce, pasamos cerca de un campamento nómada que consiste en poco más que un par de vagones cubiertos y un puñado de viajeros. Es raro que estas bandas se acerquen tanto al sureste como para llegar al templo. Probablemente los hayan echado de su propio pueblo y busquen refugio más cerca del río.

A pesar del atuendo marrón oliva y la cara desmaquillada, siento cómo posan los ojos en mí con una mirada tan empequeñecida y aguda como sus rostros hambrientos. Incluso en su propio pueblo, debían de ser poco más que mendigos, a juzgar por sus ropas y escasas posesiones. Aunque los adultos no dicen nada, un niño sentado en un tronco medio putrefacto levanta los pequeños brazos y pide una bendición con la esperanza de conseguir un poco de comida o una moneda de los viajeros.

—Debemos seguir —le susurro a North, aunque me arden los ojos. Ralentiza la marcha igualmente, como si no me hubiera oído—. Por favor... —La voz me flaquea. Lo único que debo hacer es susurrarle una bendición a esa pobre criatura, pero cuanto más permanezcamos aquí, en mayor peligro estaremos.

Sin embargo, North presiona la mandíbula y mete la mano en la mochila, de donde saca una pequeña bolsa de povi seco que Matias ha empaquetado entre otros alimentos. Camina hacia el campamento, se detiene a unos pasos del niño y mantiene la bolsita en alto. El niño, con los brazos ya estirados, sujeta el paquete en cuanto se acerca lo suficiente. Solo cuando se mira las manos, abre la bolsa y huele las especias picantes, parece entenderlo. Levanta la cabeza para mirar a North, y durante unos instantes ambos se quedan quietos, observándose. El niño murmura algo en voz muy baja y se esconde en uno de los vagones para ocultar su descubrimiento o compartir el botín con su familia.

La expresión de North es fría y neutra cuando me alcanza y comenzamos a movernos en silencio. Mantengo los ojos frente a nosotros, en el sendero.

—En tu mundo, nadie tiene hambre. —No es una pregunta.

North levanta al fin la cabeza, y la tristeza en su rostro a punto está de dejarme paralizada. No puedo concebir lo que debe ser vivir en un lugar donde la idea de que alguien pase hambre es imposible, pero sí puedo imaginarme lo devastador que debe ser encontrarlo por primera vez en los ojos de un niño mendigo.

Me arden los ojos y me encuentro diciéndole:

—Los estamos ayudando, North.

—¿Cómo? —pregunta, con un extraño toque de amargura en la voz.

—Al descifrar la profecía, los ayudaremos, traeremos un mundo nuevo y más rico, donde nadie, absolutamente nadie, tendrá por qué saber lo que supone mirar a un hambriento por primera vez.

Se queda en silencio largo rato hasta que comienzo a pensar que no me va a contestar. Solo cuando le he dedicado cuatro o cinco vistazos a su perfil, suspira.

—Perdóname, Deidad, por no creer que la profecía llenará los estómagos vacíos. —Me doy cuenta de que ya me estaba preparando para eso, para el recuerdo de que no cree en la profecía, en la magia ni en mí. Pero, entonces, con mayor suavidad, añade—: Es difícil encontrar consuelo en la fe de otra persona, Nimh. Ojalá pudiera.

—¿Qué te ha dicho el niño? —le pregunto.

North frunce un poco el ceño y se encoge de hombros.

—Nada que tuviera sentido.

Esbozo una pequeña sonrisa.

—Quizás si lo tenga para mí.

—Ha dicho que hay una maga oscura viviendo al oeste, junto a las montañas, que es muy poderosa y que no deberíamos ir allí. —North me echa un rápido vistazo.

—Vaya. —Frunzo el ceño, tratando de ignorar el pequeño escalofrío que me recorre la nuca—. No conozco a ninguna maga oscura en esta región, pero...

—¿Pero? —North me anima cuando no termino la frase.

—Pero Daoman no me contaba todo lo que debería. —El nombre de mi sumo sacerdote se me asienta con mayor facilidad en los labios, aunque me sigue doliendo el corazón cuando lo menciono—. Los capuchas grises, los cultistas... No quería que supiera lo rápido que estaba cayendo nuestro mundo.

North se coloca la mochila sobre los hombros.

—Entonces, ¿deberíamos evitar el pueblo?

Niego con la cabeza.

—No, al menos en el pueblo estaremos a salvo. Una piedra guardiana protege a la gente de allí contra los magos oscuros y la niebla.

—En ese caso, supongo que solo tenemos que evitar las montañas, ¿no? —North pasea la mirada hacia un lado y hacia arriba, donde se ven retazos de las montañas del oeste por los huecos entre los árboles. No obstante, hay un tono extraño en su voz y lo observo durante un tiempo antes de hablar:

—¿Qué pasa, North?

—El niño ha dicho algo más.

—¿Sí?

Su mirada preocupada vuelve a centrarse en mi rostro.

—Ha dicho que estas colinas están malditas y que los fantasmas no nos dejarán marchar.

Intento ignorar el pequeño escalofrío que me recorre la columna vertebral. Leyendas y cuentos, solo son eso. Pero, entonces, ¿por qué esas personas se alejaron del refugio de su piedra guardiana?

VEINTICUATRO
NORTH

El pueblo al que nos dirigimos se encuentra en un estrecho cañón al borde de las montañas. El cauce seco de un río recorre el fondo. Llevamos andando una eternidad, siguiendo el camino de pequeños afluentes y arroyos. Luego, hemos subido por lo que parecían mil escalones hasta llegar aquí. Nos detenemos en lo alto de la colina para mirar por donde hemos venido. Los bordes tallados en la roca descienden con lentitud hasta que se pierden en el bosque marino.

—Recorrieron un largo camino —dice Nimh en voz baja.

—¿Recorrieron? Querrás decir «recorrimos» —comento, con las manos sobre las rodillas.

Niega con la cabeza.

—Me refiero a los que viven aquí. Cuando era pequeña, se acercaron al río para saludarme; vine para ocuparme de su piedra guardiana.

Seguimos adelante mientras unos empinados acantilados de color marrón rojizo se erigen a cada lado sobre nosotros, con las cimas dentadas contra el pálido cielo azul que se extiende sobre nuestras cabezas. Los primeros hogares que encontramos están tallados en la roca, o tal vez aprovecharan las cuevas que ya existían allí.

Las ventanas abiertas nos vigilan y se alzan hasta dos, tres e incluso cuatro plantas por los acantilados. Son oscuras e imperturbables, «como filas de ojos vacíos».

Me deshago del pensamiento con un movimiento de hombros. «¿De dónde ha salido eso?». Un suave crujido capta mi atención y, durante un segundo, pienso que es el gato, pero no. Hay un trozo de tela, quizás una vieja cortina, que golpea contra la parte superior de una de las ventanas y, de alguna manera, es peor que si no hubiera nada.

«¿Dónde está la gente?».

Sobre nosotros, formando una compleja red, hay puentes de cuerdas colgados de un lado a otro del cañón, que se entrecruzan o pasan por debajo, creando un laberinto imposible, con tablas desvencijadas y trozos de cuerda demasiado finos, atados con nudos poco fiables. A ver, vivo en el cielo, pero la idea de intentar cruzar una de esas cosas me provoca vértigo.

Caminamos por el cauce vacío hasta el centro del cañón con el sonido de nuestros pasos como único compañero. El silencio poco natural me crispa los nervios y se me instala como un tic entre los omoplatos. Cuando no puedo soportar más el silencio, susurro:

—¿Dónde está todo el mundo?

Nimh responde al mismo volumen.

—No... No lo sé.

Miro hacia la izquierda cuando giramos una curva, y me sobresalto porque, durante un momento, pienso que una persona está allí de pie. Sin embargo, es una estatua y, cuando miro ante mí, hay varias repartidas a un lado del camino. Tienen más o menos mi estatura, con cuerpos altos y cónicos tallados en la piedra, con cabezas en lo alto. Los cuerpos apenas tienen adornos, pero algunos son fornidos, con hombros anchos, otros más pequeños, y los últimos, esbeltos, pero sus verdaderas personalidades se reflejan en sus rostros, tallados con rasgos fieros y afilados, con pintura negra en torno a los ojos.

Nimh se lleva las manos a los ojos en lo que sin duda es un gesto de respeto.

—Son las divinidades anteriores a mí —murmura.

Ver tantas, ver la historia de la que forma parte, provoca solemnidad. Paso junto a ellas en silencio, solo mirándolas por el rabillo del ojo. Cuando llegamos a las últimas estatuas, la pintura negra se vuelve más marcada y oscura, es más reciente. La antepenúltima es un hombre con el pecho como un tonel, y mide media cabeza más que los demás.

Luego, está la penúltima, de la altura de Nimh, una mujer con el vientre abultado sobre las caderas y unas habilidosas líneas de pintura negra a modo de pelo liso, con una sola raya blanca entre el negro, un único mechón blanco. Alguien ha hecho lo imposible por romperla porque tiene grietas por todo el cuerpo y fisuras de la cabeza a los pies. Esta debe ser Jezara, sacada de la historia por atreverse a seguir su corazón.

La siguiente estatua debe ser Nimh, pequeña y esbelta. La han representado con cinco años, cuando la designaron. Al echarle un vistazo a Nimh, observo que tiene los ojos fijos en el retrato en ruinas de su predecesora. Presenta una expresión neutra, pero sé lo que debe de estar pensando. Si no fuera por la decisión de Jezara, ella estaría con su clan ahora mismo.

Ha sido la que más ha sufrido por esa decisión. ¿La odiará por lo que hizo? ¿O simplemente, en lo más profundo de su corazón, siente compasión por ella? ¿Alguna diminuta parte de su ser se cuestionará si el sacrificio valió la pena? Ojalá supiera cómo preguntárselo.

Nimh se incorpora con el ceño fruncido mientras examina el pueblo abandonado.

—Deberían estar aquí —susurra, aunque no haya nadie a nuestro alrededor.

Me encuentro contestando también en voz baja, incapaz de alejar la sensación de que nos observan y oyen.

—Quizás hayan ido hasta el río, a buscar comida o...

—¿Todos? —Nimh se gira para mirarme—. ¿Los niños, los enfermos y los ancianos que no pueden caminar?

Antes de que pueda contestar, un sonido corta el silencio. Ninguno habla, solo nos quedamos paralizados donde estamos. Nimh tiene los ojos muy abiertos cuando me mira y, durante unos instantes, todo se queda quieto. Entonces, el sonido vuelve a surgir de nuevo. La risa de un niño, medio perdida en el viento.

Se me pone de punta el vello de la nuca, pero, antes de que pueda decirle nada a Nimh, esta se gira y corre en la dirección de la risa. Maldigo y me apresuro tras ella.

—Soy Nimhara —grita—, la divinidad presente. Necesito auxilio y cobijo. ¿Pueden ayudarme...?

Giramos en otra curva mientras el gato corre ante nosotros. A partir de ahí, el cañón dobla su anchura y es lo bastante grande como para que un suave haz de luz alcance el fondo. Los edificios a cada lado están en distintos estados de conservación, desde casas talladas en la roca hasta construcciones desvencijadas, hechas de madera blanqueada por el sol, envueltas con coloridas telas en los tejados. Los oscuros agujeros de las ventanas en las casas de piedra parecen seguirnos.

Nimh ralentiza el paso hasta detenerse y mira a su alrededor en busca del niño. Luego, suelta un suspiro audible. Está observando una pequeña isla de arena marrón rojiza erigida en el corazón del pueblo. Sobre ella se encuentra un pequeño montón de rocas y escombros, formado por piedras de color gris pálido.

Nimh avanza hasta allí con dificultad y se deja caer de rodillas antes de coger un pedazo de roca con una mano temblorosa. Hay fragmentos de cristal rojo mezclados con roca, y algo diminuto dentro de la piedra que brilla durante unos instantes bajo la luz del sol.

—¿Qué es eso? —pregunto. Sin embargo, mientras hablo, reconozco ese brillo. Lo recuerdo de la cueva que utilizamos como refugio durante la tormenta de niebla y de los motores en mi mundo. Es acero celestial integrado en la roca.

—Era la piedra guardiana. —A Nimh le tiembla la voz. Cuando mira sobre su hombro, tiene los ojos muy abiertos, pero la mirada firme—. Alguien la ha destruido, por eso han abandonado este lugar. Ya no está protegido contra las tormentas de niebla.

Cambio de manera incómoda el peso de un pie a otro.

—Entonces, deberíamos irnos. Volver al río, seguir moviéndonos. No hay nada que podamos hacer aquí, y está claro que no vas a encontrar ayuda en un pueblo vacío.

Sin embargo, Nimh mira a su alrededor con los ojos muy abiertos y llenos de preocupación.

—No podemos marcharnos —murmura—. No sin encontrar al niño. Debe de haberse perdido, separado de los demás.

Quiero decirle que la risa que hemos oído estaba en su imaginación, que era el viento o el canto de un pájaro. No obstante, yo también la he oído.

Un rápido movimiento en una de las ventanas vacías hace que nos sobresaltemos. Me doy cuenta de que Nimh se ha acercado un paso hacia mí, no sé si por miedo, para tratar de protegerme o ambos.

—Muéstrate —grita Nimh, con un tono estridente. Su vida como diosa le ha servido para entrenar la voz, que emerge sin el mínimo temblor.

La única respuesta es el suave susurro de una carcajada en la brisa. Ahora que se me han acostumbrado los ojos, hay movimiento en todas partes. El ondear de una cortina aquí o un cambio de sombras allí.

—Soy Nimhara —anuncia, con el mismo tono estruendoso—, cuadragésimo segundo receptáculo de la divinidad.

«Nimhara», susurra el cañón, estirando las sílabas por el viento. «Nimhaaa...».

Nimh da una vuelta con lentitud, aunque pasea los ojos por todas partes, examinando las ventanas.

«Deidaaad...».

Las palabras flotan una milésima de segundo más tarde de lo que lo haría el eco. Nimh me sostiene la mirada con los ojos como platos. Siento su miedo como el filo de un cuchillo recorriéndome la espalda.

—Venga —susurro—. Nimh, vámonos. La gente ha abandonado este lugar. No es seguro.

—No lo han abandonado —murmura, estirando el brazo y posando la mano contra la base de la piedra guardiana—. Ha habido una tormenta de niebla... ¿No lo notas?

—¿Te refieres a que... —trago saliva, tratando de imaginarme a un pueblo entero abatido— están afectados por la niebla, como Quenti?

—Ah, no. —Permanece entre las ruinas de la piedra y el aire creciente le revuelve el pelo. Me sostiene la mirada—. Peor, mucho peor.

—No lo entiendo —murmuro. Lo malo es que creo que sí lo hago—. ¿Dónde están, entonces?

«Nimhaaa...», susurran los muchos ojos oscuros de las paredes del cañón.

Nimh se estremece y me susurra:

—Por todas partes.

Entonces, desvía la mirada a un lado y la centra en algo sobre mi hombro. No consigo mover el cuerpo, por lo que observo cómo Nimh contempla aquello que ha visto detrás de mí. Con lentitud, sin vacilar, con la mirada como la de un halconero acercándose a un ave salvaje, mete una mano en el bolsillo del cinturón. De forma apenas audible, murmura algo. De manera visible, se incorpora, llena los pulmones, estira el puño y lanza unos polvos más allá de mí.

El aire suelta chispas y haces de luz, y a punto está de dejarme sordo, aunque no lo suficiente como para que no oiga el sonido sibilante, como un aullido, que se produce cuando el hechizo llega a su objetivo. La sensación fría que se me deslizaba por el hombro desaparece, y de repente puedo moverme de nuevo, de repente no puedo dejar de hacerlo.

Corremos, golpeando la tierra dura con los pies, mientras me arden los pulmones y el pulso me ruge. Cuando me arriesgo a echar un vistazo por encima del hombro, al principio no veo nada, solo el paisaje que se confunde ante mis ojos por la velocidad. Entonces, me centro y veo movimiento cerca de la piedra guardiana donde hemos estado antes. Algo se retuerce y se arremolina dentro como si fuera humo de un pálido color hielo sobre el suelo.

Allí, una cabeza toma forma, arqueándose como si se esforzara por deshacerse de una serie de nudos inmóviles. Abre la boca, enfadada, y el eco de un grito recorre el cañón hacia nosotros.

Me tropiezo con una piedra suelta y me caigo sobre el polvo. Delante, hay un estrecho desfiladero para salir del pueblo, una empinada pendiente que, por lo general, me haría resoplar. Ahora, sin embargo, es una gloriosa escalera para salir de esta pesadilla.

Nos dirigimos hacia allí mientras resuena otro chillido. Un par de manos traslúcidas salen de las sombras hacia nosotros.

Nimh se tambalea, lo que me obliga a echarme a un lado para evitar una colisión.

Giramos, pisando el suelo con fuerza, hasta que alcanzamos un precipicio, derrapando hasta detenernos de manera tan abrupta que los guijarros caen por el barranco. Nimh pasea la mirada por el borde hasta detenerla sobre un desvencijado puente de cuerda que lleva al extremo más alejado del cañón. Parece estar hecho con un cordel y palillos de dientes.

—¡Estás de broma! —exclamo, y me mira con tanta incredulidad como si fuera yo quien bromeara.

—North, ¡corre!

El gato no duda. Se apresura hacia el puente con ligereza y se lanza hacia la seguridad del lado contrario. Nimh le pisa los talones, y esa cosa se tambalea de forma alocada. Sin embargo, Nimh se mueve con casi la misma ligereza que la mancha naranja que corre ante ella, cada ondulación parece empujarla aún más lejos.

En cuanto llega al otro extremo, la sigo. No obstante, peso más y no tengo ni idea de qué estoy haciendo. Me aferro a las cuerdas de cada lado, y el puente se mueve mucho mientras me apresuro a trompicones por él. Nimh me espera en el lado más alejado, y la expresión en su rostro me informa de que hay algo detrás de mí.

Me giro y veo una cara hecha de humo, contorsionada por un grito imposible, con la boca demasiado ancha y dos agujeros negros donde deberían estar los ojos. Se me resbala el pie sobre el borde del puente cuando el rostro de esa cosa se convierte en una mezcla humana y animal, como una pantalla de vídeo que cambiara una y otra vez entre dos canales.

Me arrastro por el último tramo del puente, que se tambalea de manera salvaje, y sigo a Nimh a trompicones cuando encuentra una puerta abierta en una de las chabolas del lado más alejado del acantilado. Nos lanzamos dentro y la cierro con la fuerza suficiente para que toda la edificación tiemble.

Nimh y yo nos movemos a la vez hacia el único mueble pesado de la sala, un enorme baúl de madera.

—¿Qué eran esas cosas? —jadeo mientras cada uno lo sujeta por un lado y lo arrastramos por el barro para bloquear la puerta.

La luz diurna brilla a través de los huecos de las paredes de madera. Una fina capa de polvo arenoso se cuela por la pesada tela sobre nuestras cabezas.

—Espectros de niebla —contesta sin aliento, a la vez que se aparta del baúl hasta que golpea la pared más alejada con los hombros—. He oído historias..., pero solo eran eso, historias, siempre lo han sido.

—¿Han matado ellos a los habitantes del pueblo?

Gira la cabeza hacia mí y sus ojos parecen, en la penumbra, dos enormes charcos oscuros.

—North, ellos son los habitantes del pueblo.

Las palabras del pequeño mendigo me retumban en la cabeza como si estuviera a mi lado.

«Hay fantasmas en esas colinas. Si seguís, nunca os dejarán marchar».

Abro la boca, tratando de pensar en otra cosa que no sea el terror que me araña las entrañas. Antes de que pueda hablar, algo golpea contra la puerta y hace que las paredes tiemblen. Me aparto de ella y del baúl, tropezando de espaldas hasta estar junto a Nimh en la pared más alejada.

—¡Puedo...! ¡Puedo ayudaros! —grita Nimh, con lágrimas en los ojos—. Por favor, parad... Parad. Dejad que os bendiga..., dejad que intente reducir el dolor. —Se interrumpe con un pequeño grito cuando la chabola se estremece, y otro golpe contra la puerta retumba por el aire.

Respiro rápidamente, con bocanadas superficiales, y me da vueltas la cabeza.

—Esa cosa que les has lanzado... ¿Cuánto te queda?

Cuando Nimh no responde, me giro para observarla y tiene una expresión tensa por el miedo. Solo tengo que mirarla para saber la respuesta. «Nada».

Las paredes se tambalean de nuevo debido a otro golpe en la puerta. Siento un tirón en la mano cuando el instinto de estirarla hacia Nimh se ve frustrado por otros nuevos, aprendidos con mayor dificultad. Sigue con los ojos el movimiento antes de levantar la mirada hacia mí con expresión de aflicción.

Entonces, de manera tan inesperada que me pitan los oídos por el silencio repentino, los golpes en la puerta se detienen. La forma de esta se ve gracias al sol del exterior y, mientras la miro, algo se mueve contra su oscura superficie. Trato de contener el aliento y tardo un momento en entender lo que estoy viendo hasta que la puerta gruñe y se desplaza como si un enorme peso la estuviera empujando.

Un hilo de humo comienza a traspasar la puerta, no flotando, como desplazado por el viento, sino burbujeando y agitándose como si surgiera a causa de una enorme presión. Luego, otro hilo y otro y otro...

Los dedos de una mano, apretándose con lentitud y con un gran esfuerzo estremecedor, traspasan la propia madera. La parte del cerebro que sabe palabras como «depredador» y «presa», una parte que nunca se ha manifestado hasta que caí con el Celestante, me grita que corra. Sabe lo que no entiende mi parte lógica. «La magia es real y va a matarme».

Los dedos se convierten en una mano, seguida de una muñeca, acompañada de un codo... El propio esqueleto de la chabola gime por la presión... Entonces, se produce una explosión de la luz del día y oigo cómo Nimh grita y mi propia voz se desprende de mí al estar seguro de que sentiré esos dedos helados sobre la garganta en cualquier momento.

Mi vista se ajusta y se posa sobre una única figura agazapada, iluminada por un haz de luz. Un momento después, la figura se levanta y me doy cuenta de que es alguien con una capa, con la cara tapada y escondida. La figura se encuentra sobre un charco de tela azul desvaída... ¡El tejado! Debe de haber entrado por arriba mientras esas cosas golpeaban la puerta.

¿Es una mujer? Sí, definitivamente es una mujer; lo veo claramente por algo en sus proporciones, incluso bajo la capa, y la manera en la que se mueve.

Introduce la mano en una bolsa que tiene sobre un hombro y extrae un objeto del tamaño de un puño. Entonces, con un gruñido de esfuerzo, lo lanza contra la puerta, donde se estrella, se convierte en fragmentos de vidrio y suelta un espray sobre las tablas irregulares.

Un chillido de dolor e ira, que resuena como si procediera de media docena de gargantas distintas, como un altavoz chirriante con un acople disonante, surca toda la choza antes de que se haga el silencio. Por un segundo, nadie se mueve, y el único sonido es la unión arrítmica y extraña de tres pares de pulmones jadeando en busca de aire.

Entonces, la mujer se gira para mirarnos. El manto que lleva sobre los hombros y la cabeza es de un oscuro púrpura, parecido al de una joya, bajo el sol que penetra en la casa por la abertura del tejado. Tiene la piel clara, aunque llena de arrugas, y los ojos escondidos bajo la capucha.

—Rápido, venga —dice, con un tono apresurado y seguro, a pesar del temblor—. Ayúdame, niña. ¿Cómo es tu magia de agua?

Nimh está a punto de desmoronarse contra la pared. La poca energía que le había quedado tras el miedo se la ha llevado la sorpresa. Con un rápido pestañeo, se pone en pie a duras penas y tartamudea:

—Pero... ¿qué...? ¿Quién...?

—¡Tu magia de agua, niña! —espeta la mujer como un látigo y siento los músculos tensos para prestarle atención como respuesta, aunque tiene los ojos sobre Nimh y no me ha dedicado ni una mirada—. Solo me queda un frasco y hay demasiados como para que lleguemos al final del pueblo. ¿Puedes crear vapor con el agua?

Nimh la mira con la boca abierta mientras la mujer saca un pequeño frasco de cristal lleno de agua. El momento se alarga hasta que un tenue sonido al otro lado de la puerta hace que los tres nos pongamos tensos, el roce lento y largo de yemas de dedos sobre la tosca madera.

Entonces, sin previo aviso, un peso enorme choca contra la puerta. La madera se astilla y las tablas chillan cuando están a punto de romperse. La mujer de la capa duda mientras alza el frasco en la mano. Si lo lanza contra la puerta, nos dará unos momentos antes de que la choza se desmorone. Sin embargo, el aullido del exterior procede de demasiadas voces como para poder contarlas.

Levanta la cabeza y, por primera vez, posa los ojos en mí. Los abre mucho y sufre un ligero estremecimiento, como si, al devolverle la mirada, hubiera sentido un golpe físico. Entonces, se gira y le arroja el frasco de cristal a Nimh.

El corazón me late en la garganta y el tiempo parece dilatarse. El frasco reduce su velocidad mientras mis ojos lo siguen hasta Nimh. Pero no, no es el tiempo el que se ralentiza. El frasco va cada vez más lento y flota...

—Respira hondo —dice la mujer de la capa, y su voz, de repente, no se parece en nada a la que ha usado antes. Donde antes había órdenes directas, ahora pareciera que trata de cantarnos una nana para que nos durmamos—. Relaja la mente. Siente el sol en el pelo, la brisa en las mejillas. Cierra los ojos, Nimh.

Habla con tanta familiaridad, con una preocupación tan serena y cálida, que me recuerda por un momento a mis madres. Nimh debe de sentirlo también, porque hace lo que dice la mujer y cierra los ojos. Ninguno pregunta cómo sabe quién es Nimh. Durante un instante, todo se queda en silencio. Paseo la mirada hasta la mujer de la capa y me la encuentro observando a Nimh con una extraña expresión en el rostro, una que no consigo identificar. Entonces, Nimh levanta la cabeza, abre los ojos y el frasco explota.

Me tapo la cara con los brazos, pero, cuando nada me golpea, me arriesgo a mirar. Los trozos de cristal están por el aire, formando una esfera brillante alrededor del lugar en el que se encontraba el frasco. El agua ha desaparecido o, mejor dicho, el agua está por todas partes. Una densa bruma llena el aire y se extiende a través de las grietas de la edificación, agitándose sobre las paredes. Se expande a mayor distancia de la que debería, más lejos de lo que permitiría la cantidad que había en el frasco, por todo el valle y hasta el otro lado.

Al mismo tiempo, un coro de alaridos se eleva por todo el cañón y hace eco una y otra vez... hasta que se desvanece y solo quedan unos gemidos antes de acallarse del todo. La mujer con la capa suelta un largo suspiro antes de hablar con la voz llena de alivio:

—Buena chica.

Nimh da un paso vacilante hacia un lado y se apoya con pesadez sobre el cetro. La esfera brillante, lo único que queda del frasco de cristal, cae sobre el suelo de barro como la lluvia. Nimh levanta la cabeza con una sonrisa temblorosa.

—¿Se han ido? —pregunto, con un graznido áspero.

La mujer gira la cabeza hacia mí. La capucha se le debe de haber bajado cuando ha lanzado el frasco, porque ahora le veo los ojos, enmarcados por el pelo oscuro. Debe de tener la edad de mi madre de sangre, con un rostro redondeado y pómulos anchos. Esta vez, cuando la miro, no muestra rasgo alguno de ese extraño reconocimiento.

—Por ahora, sí —dice, y se incorpora con una mueca, frotándose una pierna—. Tenemos muy poco tiempo antes de que el sol acabe con el vapor y vuelvan.

—¿Cómo sabías que el agua los detendría?

—El agua está enriquecida con finas virutas de acero celestial. Los espectros de niebla son criaturas hechas con magia. O eso esperaba.

—¿Eso… esperabas? —repito, y me giro hacia Nimh para buscar apoyo.

Sin embargo, ella permanece ahí de pie, muy quieta, con los ojos como platos y el rostro ceniciento. ¿Habrá algún nuevo horror que haya salido de la niebla y solo se haya manifestado ante ella? Me giro, pero únicamente mira a la mujer. Cuando miro de nuevo a nuestra salvadora y veo una pizca de reconocimiento como respuesta, lo entiendo. El pelo oscuro no es del todo negro, sino que tiene entremezclado un mechón blanco. Igual que la estatua destrozada que vimos de camino aquí.

La mujer se inclina para empujar el baúl con todo su peso y alejarlo de la puerta. Lo echa hacia un lado con un largo y fuerte chirrido de la madera sobre la tierra acumulada. Luego, se incorpora, aunque no levanta los ojos lo suficiente como para encontrarse con los de Nimh.

—Venid —murmura Jezara, cuadragésimo primer receptáculo de la divinidad—. Debemos irnos, ¡ya!

VEINTICINCO
NIMH

La diosa que renunció a su divinidad nos lleva hasta los pies de las montañas del oeste, que se extienden por el borde largo y curvo de esta tierra como la columna de un anciano jorobado.

Jezara ha sido un espectro oscuro que se cernía sobre mí, un recordatorio del tipo de fracaso que sería si mi devoción flaqueaba, pero nunca había sido real, se parecía más al hombre del saco de los niños pequeños, un ejemplo odiado de una divinidad desperdiciada. ¿Alguna vez habré pensado en ella como en una persona? Si lo he hecho, debió de ser hace muchos años. Dejó de ser de carne y hueso y se transformó en algo más grande y, a la vez, más pequeño, un aviso, una historia con moraleja, pero ¡es real!

Vive en una casa en expansión, construida entre las ruinas antiguas donde nacen las montañas. Primero veo el tejado, una serie de ramas largas, húmedas por el rocío, que se extienden por el costado de uno de los edificios caídos que ocupan toda la base de la cordillera. Solo siguiendo ese conjunto de madera mojada veo dónde se encuentra el resto de la casa, que conecta varias partes de las ruinas. Los ancestros construyeron este lugar junto a las montañas, por lo que el hogar de esta mujer está construido hacia arriba, cada añadido se eleva un poco más sobre las empinadas colinas. Los tejados cubiertos de ramas se curvan y envuelven la piedra más pálida de nuestros antepasados como las patas de una araña atrapando una presa.

A medida que nos acercamos, veo que lo que pensaba que eran ramas de árboles apuntalando la estructura de la casa son en realidad gruesos barrotes de metal. «Acero celestial», percibo con un sobresalto de horror y fascinación. El método antiguo de fundir trazas de acero celestial con hierro ordinario es una magia que perdimos cuando los dioses nos abandonaron y los esqueletos de sus torres y chapiteles son lo único que queda en muchos lugares. Ver reliquias de la última época en la que vivieron los dioses entre nosotros siendo utilizadas para un propósito tan innoble coincide a una perfección milimétrica con la imagen que tengo de alguien que respeta tan poco los dioses y nuestra fe.

No puedo evitar pensar en los mendigos cerca de los que hemos pasado de camino, en el niño al que North le ha dado comida y en las innumerables almas perdidas en el pueblo destrozado por la niebla. Y aquí está ella sentada, rodeada de acero celestial, mientras esas pobres criaturas sufren.

North está justo detrás de mí, a un cuidadoso paso y medio. No sé qué piensa de este lugar, pero lo siento ahí y soy consciente de cada una de sus respiraciones. A punto he estado de perderlo para siempre, igual que las personas de su mundo, el cielo, que lo quieren.

De manera espontánea, vuelven a mí las palabras que me dirigió anoche, cuando huimos del templo en la barcaza del cruzarríos y nos tumbamos en la cubierta para mirar a las Amantes. «Ojalá pudiera mostrártelo».

Pensé que estaba preparada para eso, para el inevitable momento en el que mi corazón y mi cuerpo de mujer hablaran más alto que la divinidad de mi interior. He mirado, por supuesto, a chicos en servicios divinos o a los acólitos que se arrodillaban ante mí cuando pasaba junto a ellos, a un artesano de la ciudad en particular, que tenía las manos fuertes, diestras y delicadas, tan irresistibles que no podía dejar de imaginarme qué se sentiría al deslizar las mías entre las suyas. Sin embargo, nadie, ninguno de ellos, me ha devuelto nunca la mirada, no como lo hace North.

«Ojalá pudiera mostrarte qué se siente cuando te besan».

Pensaba que estaba preparada, que la fuerza de mis antepasados y la divinidad que comparto con ellos serían mucho más resistentes que cualquier atracción mortal y pasajera. Que haya llegado a esta encrucijada solo me parece una ironía. Ahora me preparo para enfrentarme a la mujer que me ha impedido, debido a su fracaso, ser una chica normal que ayudara a su madre a coser redes de pesca y pensara en comprometerse con un chico cualquiera de uno de los clanes de los cruzarríos. Pero por culpa de esta mujer... ¿Quién puede ser tan egoísta e insensible, tener tan poco corazón, como para darle la espalda al mundo entero, dejar a todos sufriendo, a cambio de experimentar un placer fugaz? «Sin corazón», pienso, mientras el mío se dirige a North con los brazos débiles y delgados de un niño mendigo.

Jezara se aclara la garganta, el primer sonido que ha emitido en horas. Abre la puerta y se queda allí, esperándonos a North y a mí. Es mayor de lo que me imaginaba, ya que, cuando pensaba en ella, mi mente siempre conjuraba alguna sombra oscura que contenía todas las terribles decisiones que nunca tomaría. Sin embargo, esta mujer debe de tener unos cuarenta y tantos años, es un poco más baja que yo y tiene las caderas y la cara redondeadas. Lleva un vestido, aunque no es rojo, sino de un oscuro púrpura, sin cinturón, y el pelo negro, a excepción de una pequeña vena plateada, echado a un lado.

Nuestra huida del pueblo destrozado por la niebla es una maraña de miedo y sorpresa. Recuerdo que North ha levantado la vista hacia la mujer, ha dicho su nombre y después... nada, solo un rugido en los oídos hasta volver en mí y encontrarme corriendo por el sendero hasta el final del cañón. Desde entonces, Jezara ha guiado el camino sin mediar palabra excepto para decir que podemos refugiarnos en su casa.

Ahora me mira de arriba abajo y alza una ceja.

—Bienvenida, Deidad. —Debo haber dejado entrever alguna reacción, porque se echa a reír con un sonido rápido y seco que tiembla y se agita hasta desvanecerse en la densa atmósfera—. No esperaba conocerte. —Las palabras no son hostiles, pero algo en su tono me inquieta.

Me he dado cuenta de que a menudo los luchadores tienen una determinada forma de quedarse de pie, una muestra de competencia y corporeidad que permanece en su naturaleza, incluso cuando están relajados. A Elkisa le ocurre, siempre hay una pizca de tensión en su cuerpo que me recuerda que está preparada.

Sin embargo, los mejores luchadores, los más ancianos, los que han recorrido más mundo y han hecho más cosas, no permanecen así. La tensión ha desaparecido. No necesitan mostrar que están listos porque saben que lo están y no les importa si el resto lo entiende o no. Así es cómo permanece esta mujer.

Abro la boca, pero pasa un tiempo antes de que me salgan las palabras:

—Gracias por ayudarme. ¿Cómo supiste que debías salvarnos?

Jezara tuerce los labios con un expresión desagradable.

—Cuando destruyeron la piedra guardiana, hubo una tormenta de niebla sobre el cañón como ninguna que haya visto antes. He estado patrullando la zona desde entonces, en busca de supervivientes.

—¿Destruyeron? ¿Quiénes? ¿Quién destruiría una piedra guardiana y dejaría a tantas personas desamparadas bajo la niebla? —Pero, incluso mientras pregunto, ya sé la respuesta.

Recuerdo a la mujer con la banda de color gris que estaba hablando con Daoman el día que volví sana y salva del bosque marino. Su petición fue desmantelar una piedra guardiana para extraer el acero celestial y ver si podían construir uno de sus refugios. Desvío la mirada de los ojos incisivos de Jezara.

—Me reconociste. Podrías habernos dejado morir.

Su mirada ansiosa se desvía hacia North. No se le pasa por alto la banda roja que lleva en la cintura, exhibiendo mis colores.

—Entonces, no tendría respuestas a mis preguntas —dice—. Ni respuesta para las tuyas. Pasad. Os enseñaré la habitación que podéis usar para descansar.

Nos lleva por el recibidor tras dejar las armas en la puerta y quitarse la pesada capa que viste sobre el vestido. Entonces, se agacha y se levanta el dobladillo del vestido para mostrar una rodillera atada a la pierna. Tiene la piel hinchada por las cuerdas de cuero y se las desata con un suspiro de alivio. Después de colgar la rodillera junto a las armas, toma una lámpara de barro y un pedernal.

«¿Cómo pudiste abandonar a tu pueblo?». Las palabras burbujean en mi mente como el agua de un manantial profundo bajo una gran presión. Cada pregunta que le quiero gritar, cada corte, excavación y golpe de una década intentando recomponer la tierra que destrozó.

«¿Qué tipo de persona elige su propia felicidad a las necesidades del mundo entero?».

«¿Cómo? ¿Cómo pudiste hacer eso?».

«¿Cómo... pudiste hacerme eso?».

—¿Por qué no usas un fueguechizo? —pregunto en su lugar, observando cómo enciende la lámpara y la levanta. Ante nosotros aparece un pasillo con varias puertas a intervalos.

Me mira con una expresión extraña en el rostro. Entonces, pestañea.

—¿Dónde están tus guardias, Deidad? ¿Tu conjunto de sacerdotes y acólitos, tus barcazas llenas de comodidades y facilidades?

Me veo empujada por una urgencia ridícula a mentir, a decirle que todo va genial, que la tierra prospera bajo mi título como divinidad presente, que estamos bien sin ella. Entonces, el gato pelusa me golpea la pantorrilla con la cabeza y respiro hondo.

—El templo está perdido —susurro—. Una falsa diosa, una maga oscura como ninguna que haya visto, se ha hecho con él, y matará a todos los que se le opongan, empezando por el sumo sacerdote. No puedo volver hasta que encuentre ayuda.

Jezara se gira y baja la lámpara.

—¿El sumo sacerdote? Daoman, ¿verdad? —murmura con los ojos muy abiertos. Lee la verdad en mi rostro y, cuando la pena le impregna los rasgos, se da media vuelta. Antes de ser mi padre, fue el suyo.

—¿Tu guardia personal sabe dónde estás? —pregunta Jezara con brusquedad—. Si me van a tirar la puerta abajo, dímelo. Tengo razones para desconfiar de los soldados. —Las palabras reflejan desprecio. Agarra un bastón inclinado junto a las armas y lo usa de apoyo al andar mientras se gira para guiarnos por el pasillo. Es demasiado joven para necesitarlo y, entonces, la importancia de lo que ha dicho, la verdad, me sorprende. «Fueron sus propios protectores quienes la echaron del templo y la ciudad. Sus propios guardias, sus propias Elkisas. Y la hirieron».

El pasillo gira, y los diminutos haces de luz diurna en torno a los bordes de algunas de las rocas se desvanecen. Estamos bajo las ruinas, en alguna subestructura en forma de túnel dentro de la montaña.

Llegamos a una puerta que abre Jezara. Tarda bastante en encender los braseros de las esquinas de la habitación con la pequeña lámpara de barro, pero eso me da tiempo para absorber lo que veo. Esperaba un agujero desagradable, frío y húmedo, con alguna escasa existencia tallada por ella misma en los límites del mundo superviviente. Esperaba suelos llenos de escombros y ruinas a punto de colapsar. Esperaba... oscuridad.

En lugar de eso, la habitación que cobra vida bajo la luz de la lámpara es amplia y grande, cómoda y cálida. Una chimenea se enciende cuando amontona los carbones y echa un nuevo tronco sobre ellos. Las sillas y las mesas no son tan grandes como las que amueblan las habitaciones del templo, pero están bien hechas, son robustas. Hay pequeños toques que me recuerdan de dónde vengo, cosas que debe de haberse llevado consigo, como un tapete de seda dorada sobre la superficie de una mesa, una diminuta estatuilla, también dorada, de la diosa de la curación original sobre un estante atornillado a la pared, una serie de lentes de aumento cada vez de mayor magnitud, como las que utiliza Matias, lo que hace que, por unos instantes, vuelva a los archivos.

Entonces, me doy cuenta del porqué: entre dos lámparas en la pared más alejada hay una serie de estantes. Al menos una docena de libros se encuentran allí, colocados en una pulcra fila y, en otra estantería, fundas de pergaminos apiladas en forma de triángulo. Me olvido de mí misma y camino junto a mi predecesora para acercarme a ellas. Si tiene una copia de la Canción del Destructor, podría pedirle a North que la leyera. Quizás sus versos le ayudaran a entender este mundo de una manera en la que no pueden hacerlo mis explicaciones.

Detrás de mí, Jezara dice, con una observación divertida:

—Matias debe de tenerle mucho aprecio. No creo que me haya acercado nunca con tanto fervor a una estantería.

Entonces, oigo la voz de North con un toque de sarcasmo:

—Mis tutores también la habrían preferido a ella.

—¿No tienes ninguna copia de la Canción del Destructor? —pregunto, al mismo tiempo que examino los textos con cierta consternación.

—¿Por qué iba a tenerla? —Utiliza un tono desagradable—. De todas formas, ¿para qué la quieres? Seguro que te la sabes tan bien que la recitarás estando dormida.

—Pensé que quizás North podría leerla. Está... menos familiarizado con nuestra fe que la mayoría.

Jezara inclina la cabeza. Desliza los ojos hacia North, quien se incorpora y comienza a inspeccionar de manera evidente la estatuilla dorada. La mujer se queda inmóvil mientras lo observa, como si contemplara algo perdido hace tiempo.

—Es cierto... —susurra—. Cuando te vi en el pueblo, pensé... Pero creí que me lo estaba imaginando. ¡Eres un nubereño!

North se pone muy rígido y me dedica una mirada de alarma.

—No, soy... de un país muy lejano. Yo...

Jezara le coge de la muñeca y la sostiene en el aire.

—Llevas un cronómetro —dice con voz monótona.

North abre la boca.

—¿Sabes lo que es un crono?

Jezara curva los labios en una diminuta sonrisa y levanta una de las cejas.

—¿Eres tan arrogante como para creerte el único nubereño que ha venido a nuestro mundo? —Se gira hacia mí—. ¿Cómo es que viajáis juntos?

Esta vez, no lo dudo.

—Tuve una visión que me llevó hasta él. Llegué al lugar a la hora justa para ver cómo su deslizador caía envuelto en llamas desde el cielo.

—Viste su deslizador caer… —murmura Jezara con la mirada distante unos segundos antes de centrarla en mí de nuevo, con la precisión exacta de un haz de luz a través de una lupa—. Crees que es la Última Estrella.

El asombro hace que dé un paso atrás, y le sostengo a North la mirada con cierta confusión. ¿Cómo lo sabe? ¿Cómo podría esta exiliada solitaria saber tanto de la misión como yo misma?

North nos mira a ambas y pregunta con lentitud:

—¿Qué te hace pensar eso?

—El receptáculo mantendrá la estrella como una llama en la oscuridad —responde Jezara.

Me aferro al respaldo de una silla al sentir que se me debilitan las rodillas de repente. La estrofa perdida, ella también la ha visto. ¿Cuántas veces le repetí esas palabras a Daoman, insistí en que la visión era real, en que la estrofa perdida era real? Jezara lo sabe.

—Supongo que cree que es el receptáculo vacío porque aún no se ha manifestado su cualidad. —Jezara sigue hablando con North, aunque me mira mientras habla.

—¿Cómo…? ¿Cómo…? —Mi mente titubea, tratando de descubrir las capas de significado detrás de las palabras.

North se aclara la garganta, y el sonido parece despertarme.

—¿Por qué te sabes la estrofa perdida? —espeto—. Solo he visto las palabras en el pergamino en un sueño, pero, incluso si lo hubieras encontrado mientras seguías siendo la divinidad, no podrías haberlas leído porque solo formaban parte de un sueño. El manuscrito auténtico estaba en blanco donde debería aparecer la estrofa perdida. ¿Cómo…? ¿Cómo…?

—Por supuesto que la versión que encontraste no tenía la estrofa perdida. Robé el auténtico cuando me echaron del templo. Y cubrí mis huellas.

Con los ojos muy abiertos, North exhala con lentitud.

—Entonces, ¿estaba la estrofa perdida escrita en él, pero dejaste una copia que no la tenía?

Jezara asiente, examinándome el rostro.

—¿Te encuentras bien, niña?

—Pensaban que estaba loca —susurro mientras la sangre me ruge en los oídos y me cosquillea en la piel—. Los sacerdotes, el Congreso de Ancianos... pensaban que me había vuelto loca. Me hicieron creerlo a mí también. Y tú eres la culpable.

—¿Me vas a seguir riñendo? —Jezara levanta las cejas con la comisura de los labios aún curvada—. ¿O te gustaría ver la estrofa perdida con tus propios ojos?

Mientras permanezco ahí de pie, indefensa, con el corazón palpitándome a toda velocidad y los pensamientos acelerados, Jezara señala una piedra en concreto bajo la esquina de una alfombra de lana sin teñir. Con el uso de un atizador de hierro de la chimenea y la ayuda de North, levanta la piedra y se agacha sobre la cavidad. Mete el brazo hasta el hombro, lo que sugiere que el suelo bajo la roca se excavó aún más. Tras un largo y espantoso momento en el que estoy segura de que va a decir que, después de todo, no está ahí, se incorpora y saca la funda polvorienta de un pergamino, manchada de telarañas.

Pasa los dedos con suavidad sobre la superficie para acabar con los años de suciedad y la pone sobre la pequeña mesa con el tapete de seda dorada. Con dedos temblorosos, estiro los brazos hacia ella.

—¿Por qué lo escondes así? —pregunta North mientras miro la funda, demasiado abrumada como para abrirla—. ¿De quién lo estás ocultando?

—De mi hija —contesta. Luego, añade con un susurro—: Ahora ya no está.

En el silencio, surge una voz, mi voz.

—¿Has...? ¿Has tenido una hija?

Jezara levanta una ceja mientras se gira, y el pelo suelto le cae hasta la cintura, arremolinándose con suavidad al compás del vestido que le llega a los tobillos.

—¿Cómo, si no, piensas que supieron que debían echarme? Se puede ocultar el embarazo un tiempo, más de lo que crees, pero no toda la eternidad. Incluso con vestidos sueltos, se vuelve evidente.

Mantengo el pergamino enrollado en una mano mientras la mente me da vueltas.

—Esconder el... ¿Eso significa...? —Tardo más de lo normal en unir las piezas—. ¿Pasaste meses con tu... con un amante, el tiempo suficiente para que se viera que ibas a tener un hijo, y nadie lo supo? ¿Fingiste... Fingiste seguir siendo la divinidad?

Jezara, durante un momento, me mira con una sorpresa casi cómica. Entonces, se echa a reír y se mueve por la sala antes de dejarse caer en un banco acolchado junto al fuego.

—Niña —dice con un suspiro—, nada cambió la primera vez que el hombre al que amaba me cogió la mano. No perdí nada. Seguía siendo la diosa igual que hasta entonces, y nadie notó la diferencia. No dejé de ser su diosa cuando nos tocamos, sino cuando lo descubrieron.

El horror, la confusión, las dudas y la rabia se pelean en mi mente por dominarla mientras miro a la mujer que una vez vivió donde vivo yo ahora, que caminó los pasos que recorro yo ahora.

«Está mintiendo. ¿Por qué iba a mentir? Para hacerme daño, debe de odiar todo lo que le recuerde a su antigua vida. Pero, entonces, ¿por qué dejarme ser parte de ella? ¿Para jugar conmigo?

¿Para darme la cuerda con la que colgarme? Quizás quiera que me destruya igual que hizo ella porque desea que vean que cualquiera puede tropezar, porque quiera demostrar que no es la única sin la fe suficiente para... ¿Y si no está mintiendo?».

—¿Por qué escondías el manuscrito de tu hija? —le pregunta North, que parece ignorar la tormenta que me zarandea la mente como una hoja en un vendaval.

Jezara sigue observándome. Al menos ella sí es consciente del efecto que han tenido sus palabras.

—Es... Es una cuestión complicada, nubereño.

—North —dice el chico—. Lo siento, se me ha olvidado presentarme, con todo el... —Hace un vago gesto con la mano—. Ya sabes.

—North —repite Jezara, y le extiende la mano para que se la estreche—. Encantada.

La cabeza de North y la mía se alzan a la vez, y sus ojos se pasean entre su mano estirada y mi mirada afectada. Sin embargo, está demasiado bien formado, es demasiado nieto real y cortés, por lo que acepta su mano y hace una reverencia con un gesto de respeto elegante, pero desconocido.

No separo los ojos del lugar donde la mano de Jezara descansa sobre la suya. Me cosquillea mi propia mano, y el corazón se me parte por la mitad. Ha pasado mucho tiempo desde que alguien me tocó como para notar el fantasma del roce. Solo me siento... desgraciada, vacía. ¡Celosa!

Me aferro al pergamino como si fuera lo único que me ata a la cordura. Jezara le dedica a North una pequeña sonrisa antes de soltarle la mano.

—La respuesta a tu pregunta se encuentra en ese texto —dice, reclinándose en el banco y señalando con la cabeza en mi dirección—. Debes de haber memorizado la estrofa perdida, haber repetido las palabras una y otra vez, ¿verdad, niña?

No contesto y, para mi intenso y de repente visceral horror, siento que los ojos se me llenan de lágrimas. «No llores delante de esta blasfema...».

—Nimh, ven a sentarte —sugiere North, y su voz se convierte en una atadura más fuerte y segura que el pergamino. Se coloca ante Jezara y hace un gesto hacia uno de los bancos, interponiéndose entre ella y yo durante los instantes que tardo en moverme. Eso me da más tiempo, y lo observo cuando paso, demasiado conmocionada como para mostrar gratitud. Aun así, sonríe como si lo hubiera hecho y lo entendiera. Me guiña un ojo cuando me siento.

—Sí, me las he repetido una y otra vez —respondo al final, con la voz convertida en un seco graznido hasta que me aclaro la garganta—. Me pasé años buscando la razón por la que no se manifestaba mi cualidad. Cuando vi esas palabras en la visión, lo supe. ¡Lo supe!

Jezara me estudia, inescrutable. ¿Está comparando mis adversidades con las suyas? Yo no provoqué las suyas, aunque ella siempre ha sido la causa de las mías.

—Niña, yo...

—Me llamo Nimhara, soy el receptáculo de la divinidad y la líder de nuestro pueblo —le espeto. Entonces, me estremezco porque no he proyectado fuerza, sino mostrado debilidad.

—Nimhara —repite Jezara con un tono casi agradable—. Entiendo por qué leíste esas palabras y pensaste..., pero esa estrofa perdida, la profecía, no habla de ti.

Mis pensamientos avanzan a trompicones hasta detenerse.

—Trata sobre mí. Vi a la Última Estrella. Encontré... —Apenas consigo no mirar a North—. Sé que trata sobre mí.

Jezara se lleva los dedos a la frente y se masajea un punto entre los ojos.

—Ese es el problema de la profecía —murmura, dirigiéndose a nadie en particular—. Todos creen que son los elegidos.

North está ahora muy silencioso.

—El receptáculo vacío —recita Jezara—. Solo podría ser una diosa a la que le hubieran quitado su divinidad, ¿verdad? Esta profecía, Nimh..., habla de quién traerá al Portador de Luz. —Duda. Luego, dice con calma—: Mi hija, ella es la que ahora se sienta donde una vez estuviste tú. Su nombre es una de las viejas palabras para «esperanza».

De manera perturbadora, la palabra me viene a los labios como si procediera de una lejana, muy lejana distancia. Susurro:

—Insha. Inshara, la usurpadora, es tu hija.

—Es el final de todo. —Jezara me mira directamente a los ojos—. Ella es el Portador de Luz.

VEINTISÉIS

NORTH

NIMH SE HUNDE EN EL BANCO JUNTO A MÍ. TIENE LAS MANOS unidas de manera pulcra sobre el regazo, pero respira de forma irregular mientras inspira y expira con lentitud.

—Eso es imposible —susurra con la voz tensa, a la vez que observa a su predecesora. No sé qué decir. De todas las personas en este mundo, soy el menos indicado para entender qué es posible y qué no.

Jezara se mueve lentamente por la acogedora habitación, colocando una baratija aquí o empujando una silla allí para alinearla con la mesa. Es como si no pudiera quedarse quieta mientras continúa con la historia.

—Cuando tuve a Insha, estaba amargada y sola —dice—. Me habían quitado la divinidad, mi propósito, todo lo que quería, y me habían echado de mi hogar.

—¿Adónde fuiste? —me encuentro preguntando en voz baja.

—¿Adónde podría ir? —responde Jezara—. Di a luz en un pueblo, pero, en menos de un día, uno de los hombres de allí que había estado en el templo y había oído las historias descubrió quién era. Me echaron casi antes de que pudiera caminar de nuevo.

Sea cual sea el desacuerdo que tenga con Nimh y lo que haya hecho su hija, es una imagen difícil de digerir, una madre recién parida tambaleándose por los caminos, sola, con un bebé con horas de vida entre sus brazos.

—¿Qué ocurrió con el padre? —pregunto.

Jezara solo niega con la cabeza.

—Hacía tiempo que ya no estaba. Durante una temporada, mi hija y yo vivimos en un pueblo flotante en el extremo occidental más alejado del bosque marino; me ganaba la vida como bruja protectora, tejiendo amuletos y curando a aquellos que venían a mí. Entonces, un día... no sé cómo, la gente del pueblo descubrió quiénes éramos Insha y yo.

La cara de Nimh es una maraña de confusión, pero levanta la cabeza y escucha el resto de la explicación de Jezara.

—Durante años, aguanté su odio y su juicio. Podía soportarlo porque, después de todo, era una diosa y no podían hacerme daño. —Jezara cierra los párpados y levanta una mano para pasársela por la cara—. Pero Insha solo era una niña pequeña. Cuando conseguí reunir los recursos para mudarnos a estas lejanas montañas... había crecido oyendo cómo el mundo decía que su madre era débil, mentirosa y traidora. Nunca tuvo la oportunidad de adoptar otro estado de ánimo que no fuera el enfado.

Nimh emite un pequeño sonido. Sin embargo, cuando la miro, ya no contempla a Jezara. Tiene las manos apretadas sobre el regazo.

Jezara sigue moviéndose por la habitación, levantando cosas y dejándolas en su sitio, siempre en movimiento. Me pregunto si habrá practicado el discurso o se habrá imaginado dándolo. Si es así, ¿con quién pensaría que estaría hablando cuando lo pronunciara?

—Leí la profecía una y otra vez —continúa—. Con el tiempo, comencé a entenderla de verdad. Me había convertido en el receptáculo vacío, pero no me habían vaciado de mi propósito. Mi Insha, Inshara, debía salvar el mundo. Traería la luz, y eso es lo que le enseñé.

Resoplo de manera involuntaria.

—Ayer, cuando estaba matando a la gente en el templo, no parecía haberse aprendido la lección de memoria.

Jezara baja la mirada.

—Tienes que comprenderlo, no siempre tuvimos claro qué era. El poder de su convicción era inspirador. Estaba decidida, motivada, con una confianza total en que alcanzaría una altura a la que nadie antes que ella habría llegado. La forma en la que hablaba, la manera en la que te introducía las palabras en la cabeza y te presionaba hasta que solo la veías a ella... Podía hacer que la quisieras. Sabía que podría cambiarlo todo, conseguir la devoción y la fe que había perdido. Entonces... apareció la voz.

—¿La voz? —pregunto.

Jezara empequeñece los ojos, inquieta y aterrada de una manera extraña.

—Comenzó... Comenzó a oírlo, al propio Portador de Luz. La visitaba en sus pensamientos y le susurraba la verdad, cosas que era imposible que supiera de otro modo.

—Pero... —Miro a Nimh, que sigue sentada sin moverse, centrada en algo por encima de Jezara, algo más allá de la habitación. Me armo de valor y tanteo el terreno de nuevo—. Pensaba que los comunicadores a distancia, como los llamó Nimh, no eran una magia que existiera aquí.

Jezara levanta las manos y nos las muestra con un gesto de desesperación.

—Yo nunca he oído la voz por mí misma. Sin embargo, lo que al principio pensaba que era imaginario, el bálsamo de una niña en un mundo que la odiaba..., es cierto. Hay un poder divino que habla con ella, de eso no tengo dudas.

—Me lo creo —murmura Nimh, con aspecto de estar perdida—. Era muy poderosa. Le lanzaron el Escudo del Acuerdo y se resistió.

Jezara asiente con lentitud.

—Eso es porque el acero celestial nunca ha obstaculizado su magia —contesta.

A Nimh se le corta la respiración.

—Es imposible.

—No. —Jezara habla con calma—. Solo que nunca había ocurrido. Me has preguntado por qué no uso fueguechizos para encender las lámparas. No puedo. Me dijeron que la divinidad había huido de mí cuando toqué al padre de Inshara, pero mi magia permaneció hasta que los sacerdotes encontraron la manera de quitármela también.

Miro a Nimh, que niega con la cabeza.

—No puedes quitarle a alguien su habilidad de usar magia —contesta—. Es parte de un mago, igual que su sangre o su aliento.

—Sí que puedes, niña. Si haces lo que se necesita. Pusieron una diminuta cantidad de acero celestial molido en una bota de agua para que se mezclara con el líquido y me sujetaron para obligarme a tragármelo.

Jezara habla con amargura, y Nimh se lleva una mano a la boca y la otra al corazón.

—Por eso sabes hacer esos frascos, los que has usado para ahuyentar a los espectros de niebla del pueblo. —La voz de Nimh se oye amortiguada, pero Jezara asiente.

—Estabas embarazada —digo.

—Sí, creo que pensaron que le quitarían todas las habilidades al bebé también, pero eso no acabó con su magia, sino que le proporcionó resistencia al acero celestial.

—Inmunidad —comento con lentitud—, por una exposición temprana a bajos niveles. Científicamente tiene sentido.

—Nada de esto tiene sentido —grita Nimh, con los ojos como platos y la respiración irregular.

—Era especial —contesta Jezara con simpleza—. Era la elegida y creía en ello. Le llevó un tiempo entender que la voz en sus pensamientos era el Portador de Luz porque no creo que se presentara siquiera, pero, cuando lo hizo... —Negó con la cabeza—. Fue demasiado tarde cuando años después comencé a preguntarme si el peso de su destino había convertido la convicción y la razón pasadas en...

—Locura. —Nimh contiene la respiración, con un sonido que no sé si desea ser un sollozo o una carcajada. Se me retuerce la mano por la necesidad de coger la suya.

—Creo que podemos decir con seguridad que eso es lo que ha ocurrido —digo.

—Sí —afirma Jezara—. Por eso escondí el pergamino al darme cuenta de que no podría ser ella la que renovara el mundo, que, si lo hacía, sería a su imagen y semejanza, un reflejo del odio que nuestro pueblo me tiene. Pero, si ese es de verdad su destino..., entonces, no puedo detenerlo. Nadie puede.

Observo a Nimh, que tiene una mirada vacía. Parece que la hubieran apuñalado, pero no supiera aún si está muerta. Antes de que tenga oportunidad de contestar, una campanilla en la esquina de la sala comienza a sonar, y Jezara se gira para mirarla con consternación.

—Alguien viene —comenta—. Este es mi sistema de alarma. No me sorprendería que la gente de Insha tuviera vigilado este lugar. Sus seguidores tienen una gran devoción por ella, en cuerpo y alma. Es muy probable que sepa dónde estás.

Nimh frunce el ceño.

—No vamos a dejar que te enfrentes a ella sola y sin poder alguno.

Jezara posa los ojos en su sucesora, y un profundo pero breve toque de compasión se le refleja en la mirada.

—Nos matará a las dos si viene a buscarte. Este pasillo lleva a un túnel que te permitirá salir entre los acantilados al otro lado del valle. Los entretendré todo lo que pueda.

Hay un tono sombrío en su voz que hace que Nimh abra mucho los ojos.

—¿Crees que le haría daño a su propia madre?

Jezara no contesta, pero la respuesta de Nimh se encuentra entre las arrugas surcadas por la tristeza de la cara de la antigua diosa, la forma en la que inclina la cabeza como si soportara un gran peso. Meto el pergamino en mi mochila, haciendo hueco para el antiguo documento entre la comida y los suministros. No sé muy bien de qué va a servir esa cosa...; incluso aunque resultara que puedo leerlo y que soy el Portador de Luz, Inshara no me parece alguien que escuche con calma mientras se le explica que está equivocada.

Nimh mira a Jezara durante largo rato, y la otra mujer le devuelve la mirada. Me pregunto qué verán la una en la otra: Jezara, en la chica que ocupó su lugar, y Nimh, en la mujer que lo tuvo antes que ella. Son las únicas personas en el mundo que saben cómo es la vida como divinidad presente. Las únicas dos que han estado vivas al mismo tiempo para saberlo juntas. La tensión se palpa entre ambas, tan afilada como un alambre tirante. Por fin, Nimh rompe el estancamiento y pregunta de golpe:

—¿Cómo pudiste hacerlo? —Se traga un sollozo—. ¿Abandonar a tu pueblo, abandonarnos a todos, por un hombre?

Jezara endurece la mirada y aprieta la mandíbula.

—Me preguntaba cuánto tiempo tardarías en echarme la culpa.

—¡No! —exclama Nimh con los ojos ardiendo de una forma que nunca antes he visto. No estoy seguro de si alguna vez he entendido lo mucho que su pueblo debe de haber odiado a esta mujer hasta ahora—. No actúes como la víctima. No elegiste ser divina, pero es evidente que sí decidiste dejar de serlo.

—Eres solo una cría —le espeta Jezara enfadada, con un rubor creciente en las mejillas—. No sabes nada de lo mucho que he sufrido.

—Te necesitaban y los dejaste para poder ser feliz. —Nimh hace una pausa mientras lucha por controlar la respiración—. Mira lo feliz que eres ahora.

Me estremezco y miro a la mujer más mayor, quien da un paso atrás como si retrocediera tras un golpe físico. Entonces, empequeñece los ojos, que tenía muy abiertos con una expresión fría y áspera.

—Nimh —intervengo, antes de que Jezara pueda hablar—. Tenemos que irnos.

Nimh retrocede unos pasos por el pasillo por el que debemos huir, aunque no separa los ojos de su predecesora. Como si las acusaciones y preguntas que le ha lanzado hubieran acabado con toda su ira, ahora solo parece exhausta, con los ojos llenos de lágrimas.

—Por tu culpa, estoy en esta situación —murmura, aunque no sé si Jezara la oye. Nimh niega con la cabeza y se escabulle en la oscuridad.

Me giro para seguirla y dejar atrás el cómodo hogar en el que se nos prometió descanso, pero Jezara me coge del brazo.

—No la van a matar —dice en voz baja—, no directamente. Inshara querrá destronarla en público. Sin embargo, pueden matarte a ti, y lo harán. La convertirás en humana, nubereño, y por tanto, en vulnerable. Protégete, el amor no te defenderá de sus armas.

Abro la boca para protestar, pero Nimh ya ha desaparecido por el pasillo y Jezara me empuja tras ella. Caminamos por un pasadizo flanqueado por más luz procedente del acero celestial. Me recuerda a los cables de la sala de conciertos de mi mundo, totalmente fuera de lugar entre las estructuras de piedra antigua de Allí Abajo. El pasaje acaba con una puerta vieja y medio podrida. Al otro lado, emergemos a un túnel largo y oscuro.

Nimh formula un hechizo de luz con manos temblorosas. Me pongo a su ritmo y, sin hablar, nos apresuramos a través de los pasadizos sinuosos del túnel de Jezara por el que huimos, con el gato trotando ante nosotros.

El sol está a punto de ponerse cuando salimos a través de la maleza que oculta la entrada del túnel. Surgimos exactamente donde Jezara nos ha dicho, ya que un acantilado se eleva sobre nosotros y vigila el valle. Detrás, veo las montañas que se encuentran al otro lado, donde, en alguna parte, Jezara estará reteniendo a los cultistas.

«Al menos, espero que así sea».

Nimh no ha hablado desde que le lanzara a Jezara esas palabras con voz baja y tortuosa antes de huir. «Por tu culpa, estoy en esta situación», ha dicho, y es cierto. Si Jezara no hubiera renunciado a su divinidad por su amante, Nimh sería una chica cualquiera, una cruzarríos con su clan, capaz de vivir su vida como quisiera y con quien quisiera.

Me coloco junto a ella y digo en voz baja:

—¿Estás...? —Me parece estúpido decir «bien», por lo que me callo.

Contesta con suavidad:

—Solo la echaron cuando el embarazo estaba tan avanzado que era imposible que no lo vieran. Durante todos esos meses, continuó con los deberes de diosa y nadie lo supo. No le disminuyeron los poderes.

Considero la respuesta mientras caminamos al mismo paso, con cuidado de no mostrar mis propias creencias en mis palabras.

—¿Cómo sabemos que está diciendo la verdad? Es la única que ha perdido su divinidad, ¿no? Entonces, ¿cómo podemos saber qué ocurre?

—Si seguía teniendo un toque de lo divino y se lo trasmitió a su hija...

Frunzo el ceño.

—¿Eso es posible? Pensaba que la divinidad buscaba a alguien al azar, no a alguien relacionado por la sangre.

Nimh levanta los ojos con un gesto desesperado.

—No se puede tocar a la divinidad presente. Ninguna ha tenido un hijo. No ha pasado antes, al menos no en este ciclo del mundo. Los sacerdotes tardaron años en encontrarme tras desterrar a Jezara. ¿Y si fue así porque, de alguna manera, su divinidad se le trasmitió a su hija y yo solo soy un...? —Se calla, pero la palabra que no ha dicho me retumba en la mente. «Error».

Tiene una expresión tan afligida en el rostro que no puedo evitar tratar de arreglarlo, aunque no tengo ni idea de cuáles son mis creencias.

—Nimh, para. —La dureza de mi tono hace que me dedique una mirada de asombro, pero mejor asombrada que devastada—. Tú eres su diosa. Se lo has demostrado cada día.

—Pero aún no he manifestado la cualidad —susurra Nimh—. Todas las otras divinidades de nuestra historia lo hicieron uno o dos años después de su designación. En mi caso, quizás han pasado diez años porque la cualidad estaba en la hija de Jezara, y se conformaron con una maga normal, pero poderosa.

—Nimh... —Tengo dificultades para encontrar las palabras—. Eres tú la que debía guiar al pueblo. Inshara está loca, ya la has visto en el templo. Es una asesina. No sé qué leyes siguen tu magia y tu divinidad, pero tú eres lo que tu pueblo necesita. Ella lo único que hará será destruirlo.

Ahora, Nimh tiene los ojos fijos en el sendero.

—Inshara es más poderosa que yo.

—No —contraataco—. Sabe hacer cosas que tú no sabes. No es lo mismo.

De repente, se gira hacia mí con los ojos brillantes, con tal intensidad que doy un paso atrás.

—El pergamino —farfulla—. Debes leerlo para ver cuál es tu papel en todo esto.

Me quito la mochila y con lentitud saco el pergamino, al mismo tiempo que pienso a toda velocidad alguna manera de retrasarlo. En este momento, puedo leerle el corazón en los ojos. Todo en lo que cree depende de que lea ese pergamino suyo y, al hacerlo, experimente alguna especie de despertar de mi destino.

—De verdad, deberíamos seguir moviéndonos —murmuro, sujetando el pergamino con ambas manos y mirando hacia los arbustos que crecen alrededor de la boca del túnel, aún visible en la distancia—. Si consiguen superar a Jezara y encontrar ese túnel...

—Entonces, será mejor que estemos seguros de que se van a enfrentar a dos dioses cuando nos encuentren —replica Nimh—. Por favor, North.

Esa petición me paraliza porque es la ventana hacia la chica desesperada debajo de la diosa. Suelto el aire y, con manos temblorosas, desenrollo el endeble pergamino. En mi mundo, algo tan antiguo se habría conservado bajo un duracristal y alguna luz especial, y solo los académicos con guantes y mascarillas podrían acercarse. Soy muy consciente de que me sudan las manos y se me acelera la respiración mientras lo toco con toda la delicadeza posible.

El texto del antiguo poema se extiende por la hoja. Incluye la estrofa extra de Nimh, sobre la que soñó, la que cree que se refiere a mí.

El receptáculo
mantendrá la estrella
como una llama en la oscuridad
y, solo bajo ese brillo,
el Portador de Luz mirará esta hoja
y se reconocerá...

Sin embargo, da igual las veces que lea las palabras, nada cambia. El pergamino no se ilumina, no siento un propósito posarse en mi pecho ni ninguna estrofa o instrucción aparece. Solo después de que la página comience a temblar ante mis ojos, me doy cuenta de que contengo el aliento. Cuando lo suelto, una oleada de alivio y decepción me traspasa.

«¿Pensaba que iba a ocurrir algo?».

No obstante, cuando levanto la vista, el alivio se convierte en pavor. Nimh me observa con una mirada vacía. No tengo que hablar, sabe por la manera en la que la observo que nada ha cambiado. Tiene el rostro de alguien que se estuviera desangrando hasta la muerte, como si el mínimo roce fuera a hacer que se desmoronara en el suelo.

—Nimh...

—Se acabó —dice, con un hilo de voz y una mirada sombría que me penetra y me traspasa—. Todo en lo que he creído, todo por lo que he dado... mi vida entera. Y no sé siquiera si alguna parte ha sido real.

Me duele el pecho. No puedo imaginarme estar en su lugar. Intento pensar en cómo me sentiría al descubrir que, después de todo, no soy un príncipe, pero nunca he tenido que creer en la realeza. La prueba siempre estuvo ahí, cada vez que presionaba un cerrojo de ADN o miraba a mi madre de sangre para ver mis propios rasgos reflejados en ella. Aunque hace unas semanas habría dicho que mi vida como príncipe exigía sacrificios todo el tiempo, el hecho de ver mi libertad restringida aquí y allí por razones de seguridad no es nada comparado con la vida de soledad que Nimh ha tenido que soportar.

—Sigo aquí contigo —murmuro. Las palabras son suaves, pero suficientes para que se centre en mi rostro de nuevo—. Soy real y me has enseñado a creer, Nimh. En cosas que no puedo ver ni tocar, pero, sobre todo, en ti. Soy real.

Le tiemblan los labios, como si hubiera una sonrisa en algún lugar debajo de las capas de pena. Dirijo los ojos hacia allí y descubro que no puedo apartarlos.

—Estaba tan segura de que tú eras mi destino y yo el tuyo... —susurra.

Incluso perdiendo el control y todo aquello en lo que siempre ha creído, tiene el poder suficiente para robarme el aliento. Baja la mirada un poco y mueve la boca. Lo reconozco, es un cambio de ideas, una manía suya que he aprendido a identificar sin darme cuenta, pero la invitación está ahí, en una pequeña parte de sus labios. Tiene la piel más oscura que la mía y no se ruboriza con facilidad, pero veo color en sus mejillas. Si ya no está segura de ser la divinidad..., entonces tampoco está segura de que no se la pueda tocar.

—Debemos seguir andando —farfullo, y la voz se me rompe de una manera que hacía años que no me ocurría.

—¿Por qué? —murmura Nimh sin apenas moverse, aún mirándome la boca durante un momento antes de levantar los ojos para encontrarse con los míos. En ellos veo desafío, sabe exactamente por qué la he interrumpido—. ¿Qué más da si me encuentran?

Intento no dejarle ver lo inquieto que estoy.

—Bueno, para empezar, por la muerte. Quizás la tuya, definitivamente la mía.

Intento usar un tono despreocupado, pero levanta un hombro y aleja la mirada mientras se encorva y cruza con fuerza los brazos. No debería haber estropeado el momento, debería habérselo concedido, haberle dado algo a cambio. ¿Por qué no lo he hecho?

—Entonces, adelante —dice, y comienza a caminar.

Nos quedamos en silencio un tiempo. Sigue centrada en sus pensamientos, y dejo que continúe así. Hace unos días, habría dicho que la profecía era la herramienta de un embustero, una colección de vagas predicciones que cualquiera podría retorcer para que se adecuara a las circunstancias, habría dicho que la magia no era más que una serie de trucos ingeniosos. Sin embargo, eso fue antes de ver a Nimh hacer aparecer una pared del aire mientras escapábamos del templo, antes de ver a los habitantes del pueblo convertidos en criaturas espectrales a causa de la niebla y verla derrotarlos con el agua de acero celestial de Jezara.

Lo único que tengo claro ahora es que, cuanto más tiempo me quede aquí, en el mundo de Nimh, menos seguro estaré de nada. Si su magia es real, ¿quién puede decir que la profecía no lo sea? Quizás Nimh dude de que alguna vez haya sido divina, pero, si me toca ahora, no habrá manera de deshacer esa elección. No podría soportar que se diera cuenta demasiado tarde de que lo ha sacrificado todo por un momento de debilidad y de que yo he dejado que eso ocurriera porque... porque es lo que quería.

Caminamos a lo largo del estrecho sendero, flanqueado por árboles retorcidos y larguiruchos, sinuosos e inclinados como si quisieran agarrarnos. Serpentea junto a una de las caras del acantilado, bordeado a un lado por una empinada roca que se extiende hacia arriba y, al otro, por una enorme caída vertical que haría que los escaladores más decididos palidecieran.

El gato parece estar especialmente alerta, moviendo el rabo y retorciendo la nariz debido a todos los nuevos aromas. Las raíces se estiran para hacernos tropezar, y a veces el sendero parece no existir, pero, cuando se vuelve lo bastante ancho, camino junto a Nimh. Quiero recordarle que no está sola.

Avanza a través de las sombras alargadas con la mirada fija al frente. Parece no inquietarse por la empinada caída a un lado. De hecho, camina tan cerca que hace que el pecho se me constriña. Con cada paso se acerca un poco más hasta que siento cómo la tensión sale de mí en forma de un hilo de voz.

—Nimh... —dudo, porque lo último que quiero es parecer su cuidador o, peor, su hermano, pero entonces veo sus hombros encorvados y cómo se detiene justo al borde del abrupto acantilado, con lo que los guijarros se agitan y caen en un descenso largo y silencioso. Me mira con una ceja levantada, retándome a terminar la reprimenda que no he pronunciado—. No puedo agarrarte de la mano si te tambaleas —anuncio y sonrío, a pesar de que la preocupación me recorre las venas. No quiero que el momento se vuelva tenso, pero hay algo en la manera en la que se sostiene que hace que se me erice el vello de la nuca.

Nimh suelta una pequeña carcajada con el rostro ensombrecido antes de girarse hacia la puesta de sol, cuyos colores le otorgan un tono ígneo a su pelo negro.

—¿Qué vale más? —murmura en voz alta, aunque parece estar formulando la pregunta para sí misma—. ¿La divinidad o la vida?

Toda su vida, le han dicho que la divinidad que poseía era lo más valioso que tenía, que, de todas las otras cualidades, incluso respirar, su destino era la más importante. Poco a poco, le han quitado todo. Desearía saber cómo mostrarle lo mucho que vale lo que le queda.

—Tu vida —le digo antes de que el silencio se prolongue—. Es una pregunta fácil y estúpida. Sal de ahí, estamos a punto de llegar a lo alto del acantilado. Está oscureciendo y debemos alejarnos lo suficiente. Nos detendremos, comeremos algo y te prometo que te sentirás mejor.

No dice nada, solo mira el borde del precipicio, donde descubro con un cosquilleo de horror que se me retuerce entre los omóplatos, que tiene la punta de las botas colgando en el aire.

—¡Nimh! —Doy un paso hacia ella—. Tu vida, eso es lo más importante.

Me observa por encima de su hombro.

—Entonces, si me caigo —murmura—, ¿me cogerás?

Estoy a punto de contestar cuando la mirada de sus ojos me deja frío. Pensaba que había visto la desdicha en los ojos de ese niño que pedía comida mientras caminábamos hacia el pueblo, que había visto el dolor en la cara de Quenti mientras me sujetaba la mano. Sin embargo, ahora hay un vacío en el rostro de Nimh que hace que el corazón me dé un vuelco tan violento que me provoca náuseas.

—Me dijiste que creías que tú y yo estábamos destinados a encontrarnos. —Doy otro paso hacia ella, con los ojos fijos en los suyos, aunque la infelicidad que veo ahí me duele—. Sabes que todo eso sobre la profecía y el sino me vuelve loco y hace que desee no haber oído hablar siquiera de mi deslizador. No sé qué significa que Jezara no perdiera la divinidad cuando la tocaron ni que su hija pueda ser el Portador de Luz. —La expresión de Nimh se tensa y me apresuro a seguir hablando mientras tengo toda su atención—. No sé nada —le digo, estirando las manos de manera desesperada—, excepto que me alegro de haber caído, Nimh. —Me arden los ojos mientras pronuncio las palabras porque nunca las he confesado, ni siquiera a mí mismo, porque decirlas significa darle la espalda a mi familia. Significa apagar la esperanza de que nunca volveré a ver a mis amigos—. Me alegro —repito— porque te he conocido.

Cierra los párpados y los abre para centrarse en mi rostro, con el suyo cansado y exhausto. El atardecer detrás de ella es glorioso, pero apenas puedo verlo porque estoy absorto en cada movimiento y cambio en su expresión.

Trago saliva en busca de voz.

—Eso solo puede llamarse destino.

Nimh mueve los labios y los aprieta con los ojos acuosos.

—Ay, North, no sé qué hacer.

Le tiemblan los hombros y deja caer las lágrimas. Estoy a punto de retroceder para que pueda alejarse del borde cuando veo que su postura cambia. Se ha estado manteniendo recta y rígida, pero ahora se desmorona bajo el peso de las emociones. Da un diminuto paso atrás, muy pequeño. Nuestros ojos, aterrados, se encuentran en ese instante antes de que comience a caer.

Me lanzo para sujetarla, luchando por mantener el equilibrio durante un aterrador momento mientras los músculos me gritan y el corazón trata de abrirse paso por mi garganta. Estoy seguro de que ambos vamos a acabar cayendo por el acantilado, pero, al mismo tiempo que me sujeto con fuerza al suelo y aprieto los dientes, se estabiliza. Tiene los enormes ojos fijos en mi rostro y la respiración acelerada. Luego, deja caer la mirada y la mía la sigue. En ese momento, me doy cuenta de que he agarrado el filo del cetro y ella se aferra a la empuñadura.

Al percibirlo, una línea de dolor penetrante me traspasa la palma y cambio rápidamente el agarre hasta que sujeto el puño del cetro en su lugar. Incluso estando su vida en juego, por instinto he cogido el cetro, en lugar de su brazo o la mano. «¿Cuándo he aprendido a actuar así?».

—¿Estás bien? —jadeo, retrocediendo con cuidado, aún sujetando el cetro.

—Sí —contesta, temblorosa, aferrándose a él también, mientras me sigue para alejarse del borde del acantilado—. ¿Y tú?

Por fin consigo separar la mano de él con la respiración aún acelerada.

—La mano —digo con una débil carcajada por el detalle tan insignificante—, me he cortado.

Hay una línea roja que me cruza la palma donde ha penetrado el filo de esa cosa, y rezuma sangre. Rápidamente, cierro la mano en un puño y la alejo porque no necesito que Nimh se preocupe, sobre todo porque detenernos para curármela nos dejaría al descubierto.

Las lágrimas aún surcan la cara de Nimh, aunque el miedo de haber estado a punto de caer y de casi haberme arrastrado consigo parece haber superado su desdicha por el momento.

—Lo siento —susurra, y se pasa una mano por la cara—. Nunca... Nunca he tenido que creer en mi fe cuando nadie más lo hacía. No sé cómo hacerlo.

—Estoy bastante seguro de que, si fuera tú, estaría hecho un ovillo, esperando a que mis madres lo arreglaran todo. —Por fin, ¡por fin!, recibe el chiste con una sonrisa trémula y pequeña—. Montemos el campamento y echémosle otro vistazo al pergamino. Quizás nos dé alguna pista sobre qué hacer a continuación.

Así, cuando alcanzamos la parte alta del acantilado y encontramos un pequeño claro entre el desaliñado bosque, nos detenemos. Aún nos encontramos conmocionados por haber estado a punto de caer, y Nimh observa un brillo en el horizonte que quizás sea una tormenta de niebla, pero el silencio mientras acampamos es agradable, en lugar de tenso. Repaso nuestras provisiones y busco agua. Organizo una comida y dejo la mayor cantidad posible para mañana. Ninguno habla mientras nos sentamos en torno al pequeño fuego y masticamos lo que creo que son unos champiñones secos y algo de pan sin levadura.

—¿Quieres echarle otro vistazo al pergamino? —me aventuro a preguntar.

—No me atrevo a acercarlo al fuego, por lo que quizás necesitaría toda la fueguemilla que tengo. No puedo volver al templo a reponerla. —Deja escapar un largo y lento suspiro—. Es mejor que esperemos a la luz del día.

Alzo la muñeca y le muestro el crono antes de activar la linterna incorporada.

—A veces la ciencia es la respuesta.

Nimh pestañea y levanta una mano como si quisiera sujetarme del brazo para acercarlo. Por supuesto, no lo hace, pero su urgencia es suficiente para empujarme a sacar el pergamino de entre mis cosas y tendérselo. Lo desenrollamos por segunda vez. Nimh lo trata con mucho más cuidado que yo unos momentos después de salir del túnel.

Acabamos poniendo primero mi chaqueta y mi camiseta de repuesto debajo antes de colocar pequeñas rocas limpias de hasta la más mínima mota de barro en las esquinas del papel. Nos inclinamos sobre las líneas de pulcra caligrafía y Nimh señala una sección más abajo.

—Esta es la estrofa perdida —murmura, con los ojos como platos—. En la copia del templo no había nada, pero en mi visión aparecieron unas palabras, estas palabras.

Cuando miré por primera vez el pergamino, no tuve tiempo de sorprenderme de que ella hubiera soñado con esto antes de verlo en la vida real.

—¿Cómo pudiste saberlo?

Gira la cabeza un poco, lo suficiente para mirarme a través de las pestañas, y una pequeña sonrisa le curva los labios.

—Magia —dice en voz baja, divertida. Su mirada hace que el pecho se me constriña por el alivio de ver una pizca de alegría tras los acontecimientos del día.

Se inclina de nuevo sobre el texto y señala con un dedo cuidadoso que deja flotar sobre los últimos versos:

El receptáculo
mantendrá la estrella
como una llama en la oscuridad
y, solo bajo ese brillo,
el Portador de Luz mirará esta hoja
y se reconocerá...

—Este eres tú, North —murmura—. Yo soy el receptáculo vacío y tú, la estrella. Mi pueblo usaba a menudo «luz» de forma metafórica en estos viejos textos; este «brillo» quizás signifique «en tu compañía» o «en tu vida».

—O... —dudo, y me doy cuenta de que es difícil decir con tacto la idea que se me acaba de ocurrir. Sin embargo, cuando Nimh me mira con las cejas levantadas, acabo alzando la muñeca—. O literalmente significa «mi brillo».

Nimh suelta una rápida carcajada de aprecio. Ni siquiera ella va tan lejos como para pensar que sus antiguos predecesores predijeron que leeríamos esta cosa con la luz de un crono, pero, aun así, es cierto.

—Entonces, ¿cómo podemos saber que me estoy..., eh..., reconociendo? —«Mantén una expresión neutra, North. Es probable que aquí no signifique lo mismo que en tu hogar». Miri estaría muerta de risa.

Sin embargo, Nimh se muerde el labio mientras la inseguridad le burbujea en la superficie.

—Creía que estaría claro —admite—. Pensé que tendrías una visión, igual que yo, que experimentarías un despertar de algún recuerdo reprimido o recibirías alguna instrucción.

El papiro comienza a curvarse cuando una de las rocas se desliza hacia un lado, tratando de enrollarse y recuperar la forma que ha tenido durante tanto tiempo. Estiro la mano para poner el «pisapapeles» en su sitio.

Nimh emite un pequeño sonido y levanta una mano. Al seguir la dirección de sus ojos, me doy cuenta de que me observa la palma, que rezuma con lentitud donde el filo del cetro me abrió la herida.

—¡Sigues sangrando! —exclama con el ceño fruncido mientras me sostiene la mirada con un ligero toque acusatorio.

Hago una mueca y murmuro:

—Te prometo que parece peor de lo que es.

La agito mientras la retiro, y algunas gotitas de sangre caen sobre el pergamino. Antes de que pueda avergonzarme por haber manchado algo tan antiguo y valioso, la cosa... titila.

Como una pantalla de vídeo que perdiera la potencia un segundo, el texto desaparece y aparece. La tinta comienza a expandirse y desplegarse por la página, fluyendo desde la caligrafía original para formar un nuevo texto alrededor de los márgenes y entre las líneas, apiñándose sobre cada parte disponible del pergamino.

Es como ver un circuito cobrar vida, como observar un cerrojo de ADN de los distritos reales activarse, exactamente igual, porque ha sido una gota de sangre lo que ha iniciado el proceso. Nimh y yo contemplamos sin aliento cómo esa cosa se desarrolla. Las nuevas secciones son una maraña de tinta, capa sobre capa, algunas desvaídas por los siglos y otras más nuevas y nítidas.

—North... —susurra Nimh de manera temblorosa.

Debe ser así, debe ser así cómo el Portador de Luz se conocerá a sí mismo. No estoy seguro de lo que deseo, si no ver nada y escapar de esta locura o entender cada palabra y demostrar que Nimh tenía razón.

Sin embargo, cuando lo miro de cerca, me parecen garabatos. Es como si unos insectos dieran vueltas bajo la luz del crono tras caer en un frasco de tinta y se arrastraran por la página moribundos y con convulsiones. Observo la confusión de tinta sin idea alguna de qué decir. Quiero posponer el momento en el que pronuncie alguna palabra. Si esta es una prueba para el Portador de Luz, entonces Nimh se ha equivocado y toda esta muerte y sacrificio no ha servido de nada.

—Nimh... —comienzo a decir, y mi tono es suficiente para que levante la vista con el ceño fruncido.

Niega con la cabeza y extiende un dedo para hacer un gesto hacia una parte del caos desordenado.

—Ahí, esa es tu parte —dice—. Está escrito con caligrafía antigua, ¿puedes leerla? Describe un presagio que indicará el camino, una visión de mil alas. Y aquí explica que la sangre de los dioses lloverá sobre la tierra...

Le lleva un momento darse cuenta de que ya no estoy contemplando el texto. Cuando me mira, su urgencia se tiñe de confusión.

—¿North?

El corazón me palpita en los oídos. Nuestras miradas se encuentran.

—Nimh, tú puedes leerlo. Lo estás leyendo.

Me observa durante largo rato. Pasea los ojos desde el pergamino hasta mí. Le cambia la mirada oscura mientras la contemplo y se le aviva como carbones en llamas. El entendimiento se le extiende como un fuego incontrolado.

No sé si creo en su profecía. No sé si creo en sus dioses o en el destino. No sé si creo en nada de esto. Pero sí creo en ella porque, si puede interpretar lo que estamos viendo, eso solo significa una cosa para ella y su pueblo. ¡Nimh es el Portador de Luz!

VEINTISIETE
NIMH

LAS PALABRAS SE LIBERAN Y REPTAN HASTA MÍ BAJO LA PÁLIDA luz azul de la pulsera de North. Me penetran en los ojos, en la mente, como un lento torrente inexorable. No puedo desviar la mirada, cada vez que pienso en que he alcanzado el límite de lo que puedo ver allí en los versos anudados y los bucles de tinta, una nueva frase o símbolo capta mi atención y me lleva de vuelta a la profecía.

North me trae comida. Intenta que pare y coma. Lo siento revolotear como una distracción distante. El gato pelusa trata de caminar por la superficie del objeto que me ha interesado tanto, pero lo aparto de manera tan brusca que sisea por la sorpresa y la traición. Luego, lo siento aovillarse con calidez cerca de mi pierna mientras suelta un ronroneo ansioso.

Las estrellas se mueven sobre mí. Bajo nosotros, el polvo flota sobre el cañón. Las Amantes ocupan su sitio y no emiten luz, pero no las necesito porque tengo esta reliquia de los ancestros, un regalo que nos dejaron los dioses. La luz que han otorgado al Portador de Luz.

Apenas soy consciente de que North me habla porque quiere que me detenga, que duerma y descanse los ojos y la mente. Dice que han pasado horas. Trata de marcharse, retirando el brazo y la luz, pero, cuando grito una protesta sin palabras y le miro, se paraliza al verme la cara. En silencio, se quita la pulsera de la muñeca y la deja junto al pergamino.

Ahora mismo no puedo leerle la expresión ni analizar las emociones escritas en ella porque solo consigo centrarme en estas palabras que se extienden ante mí. Lo que veo en su rostro no tiene sentido. ¿Por qué razón iba a mirarme North con miedo?

Cojo la pulsera y, un tiempo después, detecto el sonido de pisadas alejándose. No digo nada porque no puedo, ya que mi mente está cada vez más atrapada por las profundidades de la página ante mis ojos. Mi vida entera, todo lo que he hecho y no he hecho, me ha preparado para este momento. Todos esos años de incertidumbre han sido por algo, por este propósito. Mi propósito. Mi cualidad, manifestada al fin tras todo este tiempo. «El Portador de Luz».

Las palabras están escritas a capas. Las más antiguas están en la caligrafía desvaída y angular del pueblo de North, la de los ancestros, mientras las nuevas datan de hace menos de un siglo. Reconozco en los límites de la luz la escritura de Lorateon, el dios anterior a Jezara.

Y veo también a los otros. Encuentro a Minyara, la diosa del cielo nocturno, que creó un mapa de los cielos, estudió los movimientos de los cuerpos celestiales y predijo la llegada de la Llama de Minyara, un visitante del cielo que colgó en el horizonte nocturno durante una semana como un pálido espíritu cien años antes de que yo naciera y más de tres siglos después de que ella muriera. Me habla ahora con la misma caligrafía que conozco gracias a mis propios estudios de sus gráficas. Me habla de la Última Estrella, cuya luz mostrará al Portador de Luz quién es, la luz de North. Su sangre y presencia son las razones por las que estoy leyendo estas palabras. Minyara me cuenta que esta visión solo es el comienzo del camino.

También está Vesseon, dios de la exploración, quien predijo la existencia de un antiguo curso de agua en el norte que, ochenta años después, se volvió esencial para el paso de embarcaciones del mar oriental al occidental, permitiendo que nuestros marineros y comerciantes evitaran los violentos mares que rodean el cabo sur del mundo. Salvó incontables vidas cuando los exploradores por fin descubrieron ese paso. He leído sus diarios como si fueran leyendas épicas, devorando uno tras otro. Ahora me escribe, como si le dirigiera una carta directa e íntima a una antigua amiga querida. Me habla de un lugar conocido en su época, pero perdido en la mía, un sitio más allá del fin del mundo, un emplazamiento de los finales y los principios a donde debo ir para completar mi destino.

Alteon, cuya cualidad era la poesía, me canta con su letra apresurada sobre la soledad y el desamor, y sobre las elecciones futuras que pondrán a prueba mi devoción y mi fe. Emsara, cuya época de campañas como la diosa de la guerra nos trajo la paz ahora conocida a nuestros países, me habla de la sangre que se derramará y de la que se ha derramado, pero también de que dicho derramamiento ha moldeado el mundo y no debería temerlo. Elinix, sin género, manifestó la cualidad del amor en sí mismo, y ahora me susurra que, aunque seamos dioses presentes, seguimos siendo humanos por alguna razón, que nuestra humanidad es igual de vital que nuestra divinidad, incluso para aquella persona que acabe con el mundo. Sobre todo para ella.

Por sí solos, las frases y los trozos de palabras tienen poco sentido. Debo leerlos juntos, mezclando las nuevas adiciones con las palabras escritas allí hace mil años, para entender su significado. Hay fragmentos de escritura que no reconozco, secciones más antiguas, más cercanas a la época de los ancestros que North y yo compartimos. Las palabras me llegan de una época anterior incluso a nuestros textos más antiguos, de divinidades cuyos nombres perdimos durante ese período de desesperación en el que la propia escritura era un lujo denegado para aquellos que trataban de sobrevivir.

Revoloteo con los dedos temblorosos sobre la página. «Es más antiguo de lo que ha leído cualquier persona viva». Y solo yo, tan desesperada por manifestar una cualidad y tras haber entendido demasiado tarde que mis estudios incluían toda la colección de nuestra historia, puedo leerlo y comprenderlo. Por fin he descubierto lo que ninguno de mis sacerdotes y tutores me ha dicho nunca: esto es lo que se siente al descubrir la cualidad divina, al manifestarse, al tener un propósito y conocer mi destino.

Siento la mente llena de golpe, inundada por las palabras como el suelo agrietado al beber de la lluvia. Las palabras gotean y se escapan, se me sacia la sed y la tierra se satura. Aun así, no puedo apartar la mirada de la página ni dejar de leer. Muevo los ojos cada vez más rápido, con el corazón acelerado. La página se difumina ante mí porque no puedo siquiera detenerme a pestañear. Sin embargo, las palabras siguen encontrando su camino en mi mente, ignorando la vista por completo.

Trato de alejarme, pero el cuerpo no me responde. North se ha rendido a la hora de intentar interrumpir mi estudio, y no lo oigo cerca. Solo percibo el susurro de las palabras antiguas en mis pensamientos, cada vez más ruidosas. Me inundan y rebosan, dejando un fuego ardiente a su paso hasta que estoy segura de que me estoy muriendo por el ardor del interior, a punto de explotar en una columna de llamas. Entonces, se produce un silencio tan completo que suspiraría si pudiera moverme.

«Portador de Luz», me susurra el pergamino. «Escucha con atención… porque esto es lo que tienes que hacer para acabar con el mundo».

VEINTIOCHO
NORTH

Hilos y volutas de niebla se juntan en los huecos alrededor del claro, girando con lentitud hasta crear secciones más grandes, uniéndose y separándose. Es una visión hipnótica.

Nimh sigue sin moverse, como una estatua. Ni siquiera sé si respira. Por eso, me centro en la niebla y trato de luchar contra la preocupación que quiere desembocar en el pánico. ¿Cuánto tiempo debo dejarla así? ¿Será capaz de volver de donde sea que haya ido? ¿Qué le está ocurriendo y qué va a pasar a continuación? Siento como si ya la echara de menos, a pesar de que está sentada a unos metros de distancia.

Llevo mirando los zarcillos de niebla durante horas cuando, poco a poco, me doy cuenta de que algo está cambiando. Se mueven con un propósito más claro que antes, retorciéndose en secciones que se unen y aumentan de tamaño con una especie de agitación que indica que algo viene. Las estrellas sobre nosotros están desapareciendo, no solo porque se acerca el amanecer, sino porque el aire se está espesando. Me lleva demasiado tiempo entender lo que estoy viendo y, cuando lo hago, me pongo en pie a trompicones desde donde estoy sentado, apoyado en un árbol.

Se aproxima una tormenta. Aquí no estamos a salvo. ¿Cuánto tiempo he desperdiciado pensando en Nimh, en lugar de mantenerme alerta de verdad?

—¡Nimh! —Me apresuro para arrodillarme junto a ella, aún absorta en una especie de trance o éxtasis. Ni siquiera se estremece cuando alzo la voz—. Nimh, escúchame, necesito que te despiertes. —El gato añade un maullido a mis súplicas y corre a mi alrededor formando un ocho, con el pelaje de punta en todas direcciones.

Nimh permanece quieta, con las piernas cruzadas, una mano levantada para sujetar el cetro a su lado y la otra sobre el pergamino que sigue leyendo, moviendo los labios sin hacer ruido, con los ojos como platos.

—¡Nimh, por favor!

No me atrevo a tocarla, por lo que empujo el mango del cetro por el extremo que descansa en el suelo, hasta que se desliza hacia atrás y se cae. Cuando se derrumba, dirige la mano hasta el lugar en el que se encuentra el extremo puntiagudo. Sigo el movimiento con los ojos y veo que pasa la palma sobre la sangre seca del corte con la que manché el pergamino.

Al instante, levanta la cabeza con una mirada ciega que centra en la niebla que se retuerce sobre nosotros. Abre los brazos y la niebla comienza a moverse. Gateo hacia atrás, apoyándome en las manos y las rodillas, para alejarme de ella, al mismo tiempo que la niebla se vuelve de un blanco puro y perlado. Ilumina el claro como si fuera de día, y el fogonazo de luz hace que me ardan los ojos.

La niebla resplandece, aferrándose a ella como un aura, envolviéndole los brazos y las piernas como hace el gato cuando se coloca para que lo acaricies. Es una cosa viviente, parte de ella. La visión hace que se me erice el vello de los brazos. Durante un prolongado momento, ese es el único movimiento que nos rodea porque Nimh está paralizada. El gato y yo nos agazapamos juntos, observándola, a medida que la niebla luminosa entreteje un camino en torno a su cuerpo. Parece que todo esté suspendido, como si el tiempo se hubiera detenido.

Entonces, todo se convierte en una corriente y, con un fogonazo cegador, Nimh se eleva del suelo con los brazos aún estirados y la silueta recortada contra la niebla brillante. Las nubes incrementan la velocidad y dan vueltas rápidas a su alrededor, girando de manera vertiginosa sobre las copas de los árboles, tragándose hojas y escombros y esparciéndolas por todas partes, a la vez que los árboles se estremecen y tiemblan. La hoguera se apaga en un remolino de chispas atrapadas y separadas por el violento viento.

Presiono con una mano el antiguo pergamino antes de que salga volando por el aire. Me acuclillo, permitiendo que el gato se coloque bajo el brazo con el que sujeto el pergamino mientras los dos nos encogemos lo más posible.

Una luz se arremolina a mi alrededor y me doy cuenta de que es el crono, girando con la tormenta. Lo atrapo cuando pasa volando y lo coloco debajo de mí. Aprieto con las manos el cálido costado del gato mientras me lo ato a la muñeca, ya que es el único contacto con mi hogar.

Un instante después, todo se queda quieto, excepto las hojas que ondean con lentitud mientras caen. Cuando me atrevo a levantar la cabeza, Nimh sigue flotando en el aire, sujetando el cetro, y le brilla el cuerpo con una luz blanca. Entonces, habla con una voz áspera, como si le arrancaran las palabras:

El Portador de Luz contemplará esta página
bajo el brillo de la Estrella
y aprenderá las lecciones de años atrás.

Entonces, la Estrella le iluminará el camino
hasta el emplazamiento de los finales y los principios.
La madre de luz hablará
y las dos caras del Portador de Luz se pelearán.
El Portador de Luz se elevará,
el cielo caerá
y la sangre de los dioses lloverá.

Mientras la miro con la boca abierta, de repente todo se acaba. Cae al suelo como una marioneta a la que le hayan cortado las cuerdas y se queda ahí tumbada, inmóvil. Me apresuro hacia ella, pero el gato se me adelanta y se recuesta en el centro de su espalda. Cuando llego junto a ambos, se está removiendo.

Se incorpora igual que el animal, de manera lenta y deliberada, estirándose y arqueando la espalda mientras se pone en pie, se retira el pelo de la cara con un movimiento de cabeza y se gira para sostenerme la mirada.

Sin embargo, esta no es Nimh, sino una versión de la chica que he llegado a conocer, con ojos salvajes, con una curva en los labios que vislumbro gracias al amanecer y una seguridad en la inclinación de su cabeza que nunca había visto. Parece casi brillar, dorada y resplandeciente bajo el sol naciente detrás de ella, con un propósito recién descubierto palpable en sus rasgos.

Si no la conociera tan bien, pensaría que está relajada, pero capto el blanco de sus ojos y la energía que hierve en su interior, igual que las chispas se desprenden de un cable con corriente, preparado para conectarse a algo y capaz de provocar una descarga mortal.

Levanta una mano y la niebla a nuestro alrededor se arremolina, poniéndose en marcha de nuevo. Parece contraerse e intensificarse en torno a ella y, de repente, vuela hacia los límites del claro, como si una explosión invisible la hubiera alejado de nosotros. Ahí se queda, agitándose con lentitud mientras nos rodea.

Nimh inclina la cabeza, y la niebla aumenta de velocidad. En el borde del claro, su circuito parece acelerarse de repente. Inclina la cabeza hacia el otro lado y la niebla se ralentiza una vez más. «La está controlando».

—¿Nimh? —Parece que le tengo miedo, pero, ahora mismo, así es.

—Esto no debería ser posible —murmura, observando la niebla con los ojos encendidos—. Controlar la niebla es como controlar la propia magia.

Lucho contra el deseo de alejarme, dado que el recuerdo de lo que la niebla les hizo a Quenti y a esos habitantes del pueblo es demasiado reciente.

Nimh condensa la niebla en un pequeño hilo que le rodea la mano.

—Uno puede recoger la lluvia para regar el jardín..., pero no puede ordenarle a la lluvia que caiga.

Desvía los ojos de su mano para sostenerme la mirada. Debe de leer algo en mi rostro, porque el suyo se suaviza.

—No tienes nada que temer —susurra—. ¿Ves? —La corriente de niebla se estira hacia mí, señalándome como un dedo. Cuando retrocedo y me pongo en pie a trompicones, una pizca de dolor cruza su rostro, levemente ansioso—. ¿North?

Trago saliva con fuerza.

—Has hablado, cuando estabas... Justo antes de que te despertaras. Parecía que estuvieras leyendo una nueva profecía.

Frunce el ceño y la niebla retrocede para asentarse en torno a ella como un halo que oculta el sol naciente.

—Sí..., lo recuerdo —pestañea, y la urgencia traspasa su aturdimiento—. Exacto, era una nueva profecía. Tú eres la Última Estrella. Bajo tu brillo, me reconocí... ¡Soy el Portador de Luz! Siempre debiste estar aquí en este momento, y yo no podía manifestar la cualidad hasta que no aparecieras.

—¿Una profecía que tardó mil años en hacerse predijo mi presencia? —protesto.

Cambia el peso de un pie a otro como si quisiera avanzar hacia mí, pero se detiene. Sin embargo, no puede ocultar la intensidad de su mirada y eso es suficiente para que quiera huir.

—Jezara se equivocaba, North. No sé qué magia ha usado Inshara para convencer a los demás de que habla con el espíritu del Portador de Luz, pero nunca he estado más segura en mi vida. Yo soy el Portador de Luz, y tú, la Estrella. Has desbloqueado el pergamino para que lo leyera, ¿no lo ves?

—¿Y eso, exactamente, qué significa? —Aunque la niebla a su alrededor está ahora parada, aún la puedo ver, como un leve toque iridiscente en el aire. De alguna manera, el hecho de que casi sea invisible es peor que cuando se ha acercado a mí. Ahora está esperando, al acecho, como un depredador en las sombras—. Cuando estuvimos en el templo, me prometiste que me contarías qué debía hacer el Portador de Luz, porque todos los otros nombres de ese dios, Destructor, Iracundo y Devorador de Mundos, suenan bastante a que es... un asesino.

Se le aclara la mirada y, aunque no duda, utiliza un tono tranquilo.

—El Portador de Luz es el que debe acabar con el mundo.

—¿Acabar? —Se me constriñe la garganta y siento el cuerpo frío—. Eso no significará lo que parece, ¿verdad?

—¿Acaso en tu tierra esas palabras tienen otro significado? —pregunta—. El Portador de Luz llevará al mundo a su fin. El cielo caerá, el bosque marino arderá y la pizarra de la creación se borrará. Veremos el final de un ciclo de sufrimiento, pobreza y enfermedad, un regreso hacia la nada de donde nació todo esto.

El frío se me instala en las entrañas ante esas palabras.

—Nimh..., no puedes decirlo en serio, ¿quieres destruir todo y a todos los que hay en este mundo?

Se inclina hacia delante con decisión en la mirada, suplicándome que la entienda.

—Aquí, desde que somos niños, nos hablan del ciclo de creación y destrucción. Todos sabemos que el mundo llegará a su fin y volverá a nacer sin sufrimiento. Sin embargo, para que eso ocurra, todo esto —hace un movimiento con el brazo que abarca todo a nuestro alrededor: el amanecer, la luz dorada que se filtra entre los árboles y el transcurso del río que hay debajo— debe morir, igual que nosotros.

«Igual que nosotros...».

—El cielo —consigo decir, tratando de no dejar entrever el miedo en mi voz—. Cuando dices que el cielo caerá...

—Las tierras de las nubes —dice, suavizando el tono—. Sí, los dioses deben regresar con nosotros en este nuevo ciclo.

—Y la sangre de los dioses lloverá —susurro, repitiendo el verso de la nueva profecía.

Tiene los ojos oscuros fijos en los míos.

—Tu pueblo y el mío nunca debieron separarse. Si hay algo que sé con total seguridad es que nuestros pueblos estaban conectados hace mucho tiempo. Nuestros mundos deben renacer unidos.

Habla de que mi pueblo se derrumbe y caiga a Allí Abajo en lo que solo puede ser una tormenta de muerte y destrucción. Un impacto de esa magnitud está claro que destrozaría su tierra, y su pueblo y el mío se desvanecerían. El bosque marino ardería. Las cenizas y los escombros de ese incendio taparían el sol durante generaciones. Podría significar la muerte de todo. De repente, sus palabras son reales.

«El Portador de Luz se elevará y el cielo caerá».

Y cree que todo, en cierta manera, renacerá. Quizás al final una especie de planta echará raíces de nuevo, pero la idea de que el mundo volverá alguna vez a...

La sangre desbloqueó el pergamino como si fuera un cerrojo de ADN de palacio. Eso significa que nuestra tecnología está aquí, por todas partes, mezclada con fe, magia y antiguas profecías. El pergamino tal vez tenga la clave sobre cómo hacer que las islas celestiales caigan. Si eso es cierto, el fin del mundo no es una idea metafórica. ¡Nimh podría lograrlo!

—¿Y qué pasará luego? —pregunto, todavía esperando algún vacío legal y buscando ganar algo de tiempo.

—Nadie lo sabe con total seguridad —contesta—. Nadie de esta época puede haber presenciado nada antes de su comienzo. Sin embargo, ha habido muchos renacimientos anteriores. Mundos infinitos, una cadena continua de vida, muerte y renacimiento. Habrá belleza de nuevo. Habrá gente, igual que ahora, pero el mundo estará lleno de vida, esperanza y abundancia y las personas ya no se morirán de hambre, enfermarán o se refugiarán de las tormentas de niebla.

Quiero arrastrarme lejos de ella. Quiero vomitar. Sé que no lo oculto en mi expresión, debe de estar viendo el horror y el asco que siento. Respira hondo para recuperar fuerzas.

—North, este mundo debería haber acabado hace siglos. Por eso la tierra está tan enferma, y su pueblo, lleno de sufrimiento. Tuvimos un Portador de Luz en el pasado, pero huyó a los cielos con el resto de los dioses, dejándonos sin esperanzas, sin final para el declive infinito de nuestro hogar. Hasta ahora. —Le arden los ojos con una especie de fuego oscuro, esperanza, certeza y súplica, todo a la vez.

—Pero hay otras formas de resolver vuestros problemas —digo, y oigo la desesperación en mi propio tono—. Si soy la Estrella, te puedo mostrar muchas cosas. En Alciel, tenemos tecnología que podría ayudar a alimentar a tu pueblo. Podemos convertir el agua contaminada en potable, cultivar grandes cantidades de comida en espacios pequeños. Es probable que haya acero celestial por todas partes sin que nos hayamos dado cuenta, quizás el suficiente para proteger a todos de la niebla. Tal vez, con esos cambios, mi pueblo pudiera venir a este lugar, sería como si el viejo mundo hubiera acabado y naciera uno nuevo. Después de todo, si nadie ha visto lo que ocurre en este ciclo, ¿cómo lo vamos a saber nosotros? Eso es lo que podría mostrarte, así es como podría iluminar tu camino.

—Te pareces a los capuchas grises —farfulla—, tratando de posponer lo que debería haber ocurrido hace mil años. Hemos sufrido durante siglos, North. Hemos estado hambrientos, hemos muerto y se han enfrentado hermanos en guerras por el agua potable y un lugar donde vivir porque no teníamos otra opción. Sin embargo, el mundo sigue flaqueando, y mi pueblo, muriendo, y los que aún viven lo hacen con agonía. Solo has visto una fracción de nuestro sufrimiento, durante algunos días. Yo lo he visto durante toda mi vida. Mi pueblo ha vivido así durante generaciones.

Las lágrimas le inundan los ojos, pero no se molesta en limpiárselas. La luz del amanecer las atrapa, haciéndolas parecer diamantes, mientras continúa:

—Durante toda mi vida, solo he querido encontrar la manera de ayudar a mi pueblo y, durante toda mi vida, he tenido que observarlo, impotente, sin esperanzas de cambio. Esta es nuestra esperanza. Yo soy nuestra esperanza. Si soy la que está destinada a traer este regalo a mi pueblo, ¿cómo no iba a hacerlo?

—¿Por qué lo tienes que hacer a expensas del mío? —pregunto—. Ellos no quieren morir ni renacer. No puedes decidir esto tú sola, Nimh.

—Yo no decido nada —contesta, elevando la voz para ponerse a la altura de la mía—. Esta no es ninguna creencia tonta. ¿Acaso no has visto todo lo que ha ocurrido para traernos hasta aquí, hasta este momento? La Estrella cayó, el receptáculo vacío la encontró y juntos trajeron al Portador de Luz… Nada ha pasado como yo pensaba, pero, aun así, aquí estamos.

—Coincidencias —murmuro, mareado y con náuseas.

—Destino —replica—. ¿De dónde crees que vienen estas profecías? ¿Crees que son solo historias bonitas, escritas por locos que deliran? ¿Locos que deliran como yo?

Ojalá pudiera negarlo, decirle que no pienso que esté delirando ni loca. La Nimh que conozco es inteligente, cariñosa, habilidosa y valiente, más de lo que hubiera imaginado. Sin embargo, quizás mi idea de cómo es no sea real. Me tiembla la voz cuando tanteo una última petición.

—Todas las personas, Nimh, tu pueblo y el mío, van a morir. ¿Cómo puede ser algo que quieras que suceda?

—¿Acaso tengo elección? —grita.

—¡Siempre hay elección! —replico.

Exhala con lentitud y se le humedecen los ojos por las lágrimas contenidas.

—No quiero que muera nadie, pero todo, ¡todo!, es parte del ciclo de muerte y renacimiento. Incluso el árbol peludo más bonito y grande del bosque marino no puede vivir una eternidad. Cuando muere, se descompone, le devuelve su vida a la tierra y permite al sol pasar y a cientos de nuevas plantas surgir de su tumba. Lo viejo debe dar paso a lo joven, ese es el ciclo de la vida. —Hace una pausa antes de añadir con un toque de veneno frustrado—. ¿O acaso esa «tecnología» tuya ha conquistado a la muerte?

—Claro que no —contesto, con un tono calmado—. Algún día, mi abuelo morirá para dejar paso a mi madre, y ella morirá para dejarme paso a mí. Sin embargo, hay una diferencia entre el ciclo natural de muerte y renacimiento y matar a todos en ambos mundos.

—La vida me parece un regalo, North, un regalo más preciado del que puedes… —Se le rompe la voz y se pasa una mano por el rostro para recuperarse—. ¿Por qué crees que llamamos al destructor Portador de Luz? Porque él... porque yo traeré la luz para un pueblo que vive en penumbras. Soy la esperanza.

—Pero no eres solo tú, ¿no? —pregunto con calma—. Soy la Última Estrella. Se supone que yo también tengo algún papel en esto. Bueno, pues no lo voy a llevar a cabo.

Me incorporo con los músculos doloridos.

—North —dice, con voz anhelante y suplicante.

Niego con la cabeza y retrocedo. Un estremecimiento me recorre bajo la luz matutina y... ¡Espera! El estremecimiento me baja por la muñeca. Es el crono. ¡Me está vibrando el crono! Levanto la muñeca con un jadeo y Nimh se pone en pie con dificultad para intentar ver lo que yo veo. La misma pantalla que he visto desde que llegué sigue aquí:

- CALCULADORA
- HORA/FECHA
- ANÁLISIS DE DATOS BIOLÓGICOS
- IMÁGENES
- NOTAS
- MENSAJES
- ARCHIVOS

Pero, debajo, hay un nuevo icono. Lo he visto miles de veces, pero nunca lo he recibido con un vuelco del corazón tan grande como el de ahora.

NUEVO MENSAJE

Titubeo mientras trato de acceder a él. De repente, siento el dedo enorme y torpe, y los pulmones constreñidos, como si alguien me estuviera abrazando con demasiada fuerza. «Por favor», suplico en silencio. «Por favor, que no sea un fallo técnico, por favor, que sea real».

Incluso aunque sea un milisegundo milagroso y momentáneo de recepción, la oportunidad de que se descargue un único mensaje será la chispa de mi antigua vida que, de repente y con desesperación, necesito ahora mismo. Será una fracción de segundo de normalidad. Será la unión con el lugar que echo de menos con toda mi alma y corazón.

Me arden los ojos por las lágrimas cuando consigo acceder y el mensaje se proyecta sobre el crono con las letras verdes y luminosas a las que estoy tan acostumbrado.

Mensaje: Punto de encuentro equipo rescate.

Localización indicada.

Hay un esbozo de mapa bajo las dos líneas de texto donde es bastante fácil entender los elementos principales: el cañón y el río que hemos estado siguiendo, el bosque, el templo en la ciudad y el sendero entre ambos. Más al este hay una X que pestañea para indicar el punto de encuentro. Lo único que tengo que hacer es seguir el río para llegar allí.

Me da vueltas la cabeza, y las preguntas se dan codazos entre sí para destacar como en un combate de lucha libre. ¿Cómo ha bajado mi gente hasta aquí sana y salva? ¿Cómo van a volver? ¿Cómo conocen este lugar lo bastante bien como para dibujar un mapa? ¿Cómo saben que sigo vivo?

—¿North? —Noto la voz de Nimh tensa por la urgencia. Mientras me observa, me doy cuenta de que no he hablado.

—Es el mensaje de un equipo de rescate —farfullo, con los ojos fijos en el mapa, en lugar de en su cara—. Están listos para reunirse conmigo y llevarme de vuelta.

Me duele pensar en abandonar a Nimh. Después de todo por lo que hemos pasado, despedirme así parece un error en todos los sentidos. Sin embargo, a esta Nimh, coronada por la niebla mortal, no la conozco. Si quiero evitar que haga daño a Alciel, entonces no tengo elección. Quizás con irme será suficiente, acabar con parte de la profecía. Si no, entonces mi pueblo necesitará defenderse, y solo yo puedo advertirlos.

—¿De vuelta? —Su rostro desprende conmoción y desesperación—. No, tenemos trabajo que hacer. Debemos hacerlo juntos, North.

—No vamos a hacer nada —replico, retrocediendo—. No te voy a ayudar a destruir ninguno de los dos mundos. —«Lo siento», quiero decir, pero no es así, no puede ser así. Ahora no.

—Pero... —Da un paso adelante y levanta la mano, con lo que la niebla se alza y se extiende hacia mí como un eco—. Nuestro destino...

—No creo en el destino —le espeto—. Nada de esto es real, Nimh. Sean cuales sean los mensajes que te han enviado nuestros ancestros, han cambiado y se han distorsionado con los siglos. Ninguna persona cuerda quiere acabar con todo lo que existe. No está bien y no es real.

Las palabras flotan entre nosotros, y en su rostro aparece un gesto de dolor, como si la hubiera abofeteado.

—No puedes decirlo en serio —susurra. La niebla la envuelve y titila con la subida y bajada de su pecho mientras respira—. No después de todo lo que has visto.

—Haré lo necesario para evitar que hagas esto. ¿Cómo puedes pensar que haría algo distinto?

El silencio se alarga entre nosotros cuando nuestros ojos se encuentran y, al final, ella es la primera en romperlo.

—Dices que nada de esto es real, pero, si te vas a ir, debo confesártelo. Tú lo eres, North, tú eres real. La atracción que siento hacia ti, el modo en el que mi corazón quiere lanzarse a por ti... Eso es real.

Se me corta la respiración. Aprieto los dedos, luchando contra el impulso de responder porque ahora está hablando como solía. No como una diosa, sino como la chica que hizo que quisiera atarme una banda roja alrededor de la cadera para llevar sus colores, la que me preguntó qué se siente cuando te besan.

Debe de ver la confusión en mi rostro, porque se aproxima un paso y busca mi mirada con los ojos.

—¿Vas a fingir también que eso es una locura? —pregunta con suavidad—. ¿Vas a decirme que tú no me has mirado como te he mirado yo? ¿Que lo que me contaste mientras subíamos por este acantilado, lo de que tú y yo éramos destino, era mentira? ¿Que no...? —Por primera vez desde que se ha despertado de su aturdimiento, duda y se muerde el labio—. ¿Que no sientes lo mismo que yo?

No deja caer los ojos ni los desvía. Me está entregando su corazón, así como su fe, y, mientras el sol traspasa los árboles larguiruchos y le delinea la curva de la cara y los labios y se le posa en la humedad de las pestañas..., quiero aceptar lo que me está ofreciendo.

—Claro que no —susurro, y estiro una mano. Cuando nos conocimos, se habría encogido de pavor ante la idea de que la tocaran. Ahora, solo espera, confiada, sin abandonar los ojos de mi rostro mientras mis dedos siguen el contorno de la curva de su mejilla a un suspiro de la piel. Siento su calidez bajo el frío aire matutino—. Por supuesto que esa parte es real.

Levanta la mano también y yo aproximo la mía a la suya, flotando muy cerca de ella.

—Entonces, quédate conmigo —me suplica—. Le enviaremos un mensaje a tu pueblo y les diremos que estás a salvo.

Me deleito con ese momento, con la sensación del aire silbando entre los dos. Ayer, esas palabras me habrían incendiado el corazón. Ayer, habría dicho que sí. Ayer, no sabía que quería destruir el mundo. Doy un paso atrás, retirándome, y siento el frío en las yemas de los dedos cuando dejo caer la mano.

—¡No puedo! —grazno.

El color le tiñe el rostro, y sus ojos reflejan un repentino dolor y una diminuta pregunta implícita. Me duele el pecho como si me hubiera herido al dañarla a ella. Aprieto los puños. Cuando su súplica silenciosa no recibe respuesta, su expresión se vuelve más fría y distante.

—Podría hacer que te quedaras —dice, con los ojos centrados en mi rostro. Un dedo de niebla se vuelve visible y se estira entre los dos. Crece hasta convertirse en un brazo que se enrolla a mi alrededor hasta que puedo sentir su presión, una banda invisible de fuerza que amenaza con acercarme a ella. El amanecer ha impregnado de dorado la luz del entorno, pero, a medida que su poder surge a través de la niebla, todo se vuelve blanco, como si nos hubiera sobrevenido una helada—. Podría hacerlo ahora, podría hacer que te quedaras.

Retrocedo y me llevo la mano derecha al crono sobre mi muñeca izquierda. Pongo espacio entre nosotros, a la vez que mido la distancia hasta los árboles.

—Entonces, ¿esto es lo que eres ahora? —le pregunto—. Hablas de cuidar a la gente, de cómo toda esta muerte procede de un lugar donde hay amor, pero sea lo que sea en lo que te ha convertido la profecía, está claro como el cielo que no tiene nada que ver con el amor. ¿Podrías hacer que me quedara? ¿Qué te pasa? Ayer a estas horas habría jurado por mi vida que no pensarías siquiera en traicionar a un amigo, a alguien que confiara en ti.

—He esperado esto toda mi vida —contraataca, y el poder de la niebla en torno a ella hierve y se agita—. Te he esperado a ti, North.

—¿Para obligarme, para ir en contra de mi voluntad? ¿Para forzarme a quedarme cuando quiero irme a casa?

Me mira, y lo único que oigo es mi propia respiración irregular, inspirar y espirar, inspirar y espirar. Después, todo desaparece, y vuelve a convertirse en una chica que me observa con el corazón en los ojos, transparente, vulnerable y familiar. De repente, es la misma chica que me ofreció empanadillas cuando tenía hambre durante el festín. Es la chica que se sorprendió junto a mí por la cabeza de la estatua en el agua de las tierras fantasmales, la que me miró con deseo, perdida, cuando le dije que ojalá pudiera besarla.

—Oh, dioses —murmura, con los ojos como platos por la sorpresa mientras la niebla se desvanece, se disipa en el aire matutino como si nunca hubiera existido. Las lágrimas contenidas le caen por la mejilla sobre la que revoloteaba mi dedo—. Dioses, North, lo siento. Solo... Por favor, mi mundo te necesita. —Entonces, baja aún más el tono hasta que las últimas palabras son una confesión susurrada—. Yo te necesito.

Tengo que recordarles a mis piernas cómo moverse porque están bloqueadas, paralizadas en el sitio.

—Ojalá fuera así.

Se le corta la respiración como si le hubiera dado un puñetazo.

—Todos renacerán. Nosotros también lo haremos —me asegura—. No como un príncipe y una diosa, sino sin el peso del destino sobre nuestros hombros.

Cielos, ayudadme. Casi podría aceptar, condenar a ambos mundos. Tengo que hacer uso de toda mi fuerza de voluntad para darle la espalda.

—Si vuelves a casa —dice Nimh—, nunca seré capaz de cumplir la profecía. —Su voz está llena de dolor, igual que mi corazón—. Si te dejo marchar, condenaré a mi mundo.

Resisto el deseo de girarme.

—Si me quedo, dejaré que condenes al mío.

Cambio el peso de mi cuerpo de un pie a otro mientras trato de convencerme de dar un paso, de que, si me alejo de ella solo ese paso, el siguiente será más fácil, y el siguiente, aún más. Ojalá se me diera mejor mentirme a mí mismo.

—Espera. —Nimh coge aliento, temblorosa—. Si no te quedas, entonces tengo que saber que llegarás a casa sano y salvo. Permíteme que te dé un poco de protección antes de que te marches, para que puedas encontrar tu camino sin sufrir daño alguno.

Me duele la mandíbula por la tensión, y me doy cuenta de que no puedo abrirla para hablar. Me giro hacia ella y asiento. Nimh mira a su alrededor con los ojos llenos de lágrimas y examina el claro en busca de algo. Se encorva para coger una pequeña piedra redondeada, fuera de lugar entre las otras rocas más irregulares y dentadas. La acuna con las manos y se la acerca para mecerla contra su esternón tras cerrar los ojos. La observo mientras continúa así, con los ojos cerrados, para memorizar sus rasgos y fundirlos en mi memoria para no olvidarlos. Podría hacerle una foto con el crono, pero solo sería una imagen de una chica hermosa y un amanecer. No sería Nimh ni sería mágica. Cuando abre los ojos, el hechizo ha terminado y yo ya tengo la mano estirada hacia ella.

—No te puede proteger de una espada o una bestia —susurra—. Pero te mantendrá a salvo de la magia de cualquiera que desee hacerte daño.

Me mira la mano y coloca la piedra en el centro con cuidado de no rozar los dedos con los míos. La piedra está caliente tras su tacto y, por un momento, casi parece distinta, con un tenue brillo a su alrededor, quizás un toque de luz. Entonces, pestañeo y me percato de que solo son los colores del alba.

Cuando levanto la cabeza, los ojos de Nimh están esperando los míos.

—Llévala siempre contigo —susurra, pero las palabras no son tanto una petición como un ruego, que acompaña con ojos suplicantes. Las lágrimas que los llenan caen, dibujando marcas brillantes del amanecer reflejado en sus mejillas.

Quiero levantar la mano para tocarle la cara, atrapar esa humedad y abrazarla hasta que deje de llorar. Quiero que sea solo Nimh, y nunca haber oído siquiera el nombre del Portador de Luz. En lugar de eso, cierro el puño sobre la piedra y asiento.

Esta vez, cuando me alejo, no me detiene y no miro atrás.

VEINTINUEVE

NIMH

EL SOL SE ELEVA Y SU LUZ REPTA CON LENTITUD PARA REVELAR debajo el valle como si se hubiera retirado una cortina. La mañana ya se extiende por el acantilado, pero, durante unos minutos, me quedo de pie con la cálida luz sobre el pelo y la mirada puesta sobre una tierra aún dormida, escondida en la penumbra.

La niebla me rodea, invisible ahora para los ojos, pero ahí está, esperándome. Se agita a mi antojo, algo que no debería ser posible porque, incluso la maga más poderosa no puede controlar la niebla, solo acceder a ella en busca de poder.

Cojo aire mientras me doy cuenta de lo distinto que parece este amanecer al último que recuerdo, cuando North y yo estábamos sentados donde el bosque marino se junta con las ruinas de nuestros ancestros, y lo único que podía ver era la oscuridad de la incertidumbre... y el frágil deseo de abandonar mi destino y quedarme ahí con ese nubereño extraño que apenas conocía.

El aire matutino me seca las lágrimas sobre las mejillas. No me las limpio. Por una vez, no me importa mostrar cómo me siento. Durante toda mi vida, he tenido que ser distinta, algo más que humana, pero North nunca creyó en la divinidad, por lo que ¿qué importaba si le mostraba mi humanidad?

Me estremezco, aunque no es por la brisa fría sobre mi rostro. La humanidad no es lo único que le he mostrado. Aún siento el impulso de la niebla, el susurro de poder, la promesa de que, ahora que tengo la fuerza de manipular el entretejido de la propia magia, puedo hacer cualquier cosa y que cualquiera haga lo que quiero.

«Podría hacer que te quedaras…».

El rostro de North momentos después de que hablara, cuando la niebla lo rodeó, se me ha grabado en la mente. Sorpresa, decepción, enfado…, pero, lo más siniestro de todo, miedo. Nunca quise que me tuvieran miedo. Nunca pensé que yo misma me temería. Que he manifestado la cualidad, que soy el Destructor, el Portador de Luz, está claro, pero ¿a qué precio? North se ha ido, y es una parte esencial de la profecía que salvará a mi pueblo, y he tenido que dejarlo marchar. «Les he fallado a todos».

Me dispongo a desmontar el campamento, moviéndome con lentitud, como si mi mente estuviera centrada solo a medias en la tarea. No sé a dónde ir. No he recibido ningún mensaje de Matias, y sin duda los agentes de Inshara habrán doblado la vigilancia sobre la casa de Jezara. Sin embargo, lo recojo todo porque no me puedo quedar aquí. Quizás solo deba comenzar a andar y seguir así hasta que mis pies no soporten dar ni un paso más.

Solo cuando lo he guardado todo me doy cuenta de que el gato pelusa lleva desaparecido desde el amanecer. Por lo general, habría encontrado ya el camino de vuelta tras haber cazado algo pequeño y escurridizo como desayuno. Un diminuto hilo de pensamientos, tanto esperanzadores como tristes, se pregunta si el gato, al ver que su grupo se dividía, se habrá ido con el que más lo necesitaba. O quizás incluso el gato pelusa me tenga miedo.

Camino hasta el pergamino, que sigue extendido y abierto gracias a las piedras que North colocó en las esquinas. Ahora me parece un galimatías, debido a que hay muchas capas de mensajes escritos unos sobre otros. Da igual lo mucho que lo mire, no me llega ninguna comprensión profunda.

«Quizás porque le he dejado marchar y abandonar su propósito, ya no soy el Portador de Luz», piensa mi mente de manera espontánea.

—¿Qué podía hacer? —grito, con la voz áspera por el penetrante aire matutino—. No voy a convertirme en eso..., no puedes transformarme en un arma tan letal que hiera a todos a los que quiero. ¡No soy Inshara! ¿Qué me habrías obligado a hacer?

Por supuesto, el pergamino no contesta. Las letras siguen ahí, pero no revelan ninguna perspectiva nueva. Tengo la pieza final de la profecía en la mente como si me hubieran grabado el pergamino en el cráneo, pero la certeza que me regaló comienza a desaparecer.

Sin North, no tengo manera de encontrar el «emplazamiento de los finales y los principios», por lo que no puedo seguir las instrucciones de la profecía. Después de todo lo ocurrido, a pesar de este nuevo poder que controlo, a pesar de todo lo que sé..., sigo en el punto en el que comencé. No me voy a desmoronar. Pensaré de nuevo en la última estrofa. Quizás haya más pistas. «La madre de luz hablará...». Está claro que se debe referir a Jezara. Es más madre de Inshara que mía, pero simbólicamente es mi predecesora, su vida como divinidad presente y sus elecciones son las que han guiado la mía.

Tengo que continuar. Volveré a casa de Jezara y descubriré lo que tenga que decir sobre esta pieza final del puzle.

Si los agentes de Inshara están ahí... Bueno, muy poco puede detenerme ahora. Me las arreglaré.

Me echo la mochila al hombro y recojo el pergamino. Al mirar por el valle, veo la curva de piedra en el extremo más alejado donde está excavada la casa de Jezara en las montañas. Aunque no me entusiasma la idea de enfrentarme a ella de nuevo, no me aterra de la manera que era de esperar.

«Después de todo, ahora yo también he decidido en contra de mi propósito. He dejado marchar a North. Lo he elegido por encima de mi destino».

El pensamiento hace que me quede inmóvil, con el corazón acelerado. El principio primordial de mi vida ha sido no parecerme a Jezara. Aun así, aquí estoy. Comienzo a enrollar el pergamino y estoy a punto de girarme y empezar a andar por el sendero hasta el fin del valle cuando algo capta mi atención. Una pequeña flor de luz naranja se abre ante mí... No, no es pequeña, está muy lejos. Se encuentra al otro lado del valle, donde está la casa de Jezara... Entonces, se oye un ruido, un sonido errático y un estruendo de piedras, lo que reverbera hasta mí desde cada acantilado y superficie rocosa, fragmentado como el reflejo en un espejo roto. «Una explosión».

Se me rompe la voz en un grito y caigo de rodillas mientras la contemplo. El esplendor inicial del fuego se ve reemplazado por humo y polvo, una enorme nube oscura que se eleva desde ese lugar. Le pregunté a Jezara, sorprendida, si de verdad creía que su propia hija le haría daño. No contestó a mis palabras, pero debería haberlo sabido por lo que vi en su rostro. «Dioses, ¿por qué no comprendimos lo que nos estaba diciendo? ¿Por qué...?».

La madre de luz ya no puede hablar. Los fragmentos de la profecía se derrumban a mi alrededor. Cierro los ojos y aprieto los puños en torno al pergamino hasta que el papel antiguo se rompe. Los pensamientos me dan vueltas con tanta violencia que tengo náuseas, se tambalean de aquí para allá como un barco en una tormenta. El torrente de «y sis» que se me ocurre se me clava como un cuchillo y penetra a mayor profundidad cuanto más se arremolina a mi alrededor.

«Les he fallado. Les he fallado a todos porque he sido débil, porque he sido humana, porque estaba enamorada de...».

¿Enamorada?

Abro los ojos mientras los pensamientos dejan de dar vueltas y se cristalizan. Quizás le haya fallado al destino y me haya decantado por el corazón, por North, en vez de por la profecía creada durante mil años. Sin embargo, hay un aspecto en el que no soy como la diosa que me precedió. ¡No huiré! No puedo salvar el mundo, pero sí a unos pocos. Matias, Elkisa, Techeki, mis acólitos, Hiret, los cruzarríos y todos los que asistieron al Festín del Muerto... siguen estando bajo los caprichos de Inshara porque me vi obligada a huir. Mi vida y mi propósito eran demasiado importantes para arriesgarme a enfrentarme a ella. Entonces, no podía luchar. Pero ahora...

Una pizca de niebla se condensa en el aire y me rodea. No es un charco tranquilo y delicado, sino que tiene la fuerza, el hambre y toda la furia de la más violenta de las tormentas. Sin embargo, se inclina ante mí, golpeando y tirando como una manada de perros entrenados para atacar, encadenados a mi voluntad.

Ahora tengo poder..., puedo derrotarla. Porque ahora no tengo nada que perder.

El aire se espesa a medida que me acerco al río, y la humedad me rodea como una manta familiar. Iré más rápido viajando por el agua que a pie, incluso río arriba, por lo que debo comprobar si la barca de Orrun sigue ahí. Aunque ahora es invisible, siento la niebla en el aire a mi alrededor. Podría desencallar la barca con un pensamiento y deshacer lo que nos llevó tanto tiempo a North y a mí hacer con las manos.

El sol se posó hace horas, dejando la tierra en penumbras, lo que me esconderá de cualquier ojo atento. La gente de Inshara debe de saber ya que he escapado de la ciudad por el río.

Intento no pensar en North, recorriendo con torpeza la naturaleza salvaje, en busca de su gente. El gato pelusa debe de estar con él y, aunque otros se burlarían ante la idea de que un solo gato sirva de protección, no conocen su asombrosa habilidad de sentir aproximarse el peligro.

Con el corazón dolorido mientras mi mente se deleita con la visión de unos cálidos ojos marrones y una sonrisa torcida, estoy a punto de llegar al borde del río antes de captar el luminoso brillo naranja entre los árboles.

Me quedo paralizada durante un momento cuando la confusión me atrapa, porque parece que el río estuviera en llamas. Entonces, me percato de qué es lo que arde: la barca del cruzarríos.

Echo a correr y salgo de entre los árboles justo para ver la cubierta del barco colapsar con un tenue golpe que envía un rocío ámbar hacia el cielo. Retrocedo y levanto los brazos para protegerme del calor, en busca de alguna manera de apagar las llamas. Sin embargo, la barca está destrozada y los fragmentos sisean cuando caen al barro.

Entonces, me cosquillea la nuca y se me eriza el vello, igual que ocurre cuando se forma una tormenta de niebla. Por un momento, considero reunirla en un esfuerzo por apagar las llamas, pero la barca ya está hecha pedazos y ese no ha sido el aviso que me quería dar la niebla. «No estoy sola».

Me agazapo en la sombra de un árbol, atenta. Quizás el que esté cerca sea el responsable del fuego. En cualquier caso, si estos últimos días me han enseñado algo es a asumir que un extraño es un enemigo hasta que demuestre lo contrario.

Aprieto el cetro y, forzando los ojos, descubro una sombra donde no debería haber ninguna. La forma oscura de una figura encapuchada se reclina sobre un árbol no lejos de mí. Con una lentitud minuciosa, me acerco arrastrándome, manteniéndome en la penumbra bajo los árboles hasta que estoy a solo unos pasos de la silueta.

La manera más rápida y segura de dejarlos fuera de combate es apuñalarlos en la oscuridad con la punta del cetro, dirigiéndola al grueso del cuerpo. Caerían al suelo antes incluso de que supieran que los he golpeado. Sin embargo, tal vez estaría poniendo en riesgo la vida de un inocente.

Daoman me diría que atacara. Aun así, cuando me dispongo a moverme, es la voz de North la que escucho. Con un gruñido de esfuerzo y una estocada, hago un arco con el cetro de lado hasta las piernas de la sombra y la derribo, lo que le provoca un grito de sorpresa. Me acerco y coloco la punta del cetro sobre su garganta.

La luz cambiante y parpadeante del fuego distorsiona la escena, pero vislumbro la figura de la persona buscando aliento y observándome aturdida. Cuando le devuelvo la mirada, los ojos se me ajustan a la luz temblorosa y empiezo a asimilar las facciones.

La sombra se convierte en un hombre, un chico en realidad, con los rasgos finos y delicados y los ojos brillantes y grandes. Tiene el pelo rapado tan corto que debe de habérselo rasurado hace poco, y la palidez de su piel resalta frente al barro de su alrededor. Sobre sus mejillas claras, veo un oscuro trío de líneas pintadas, un rasgo que reconozco de los guardias que flanqueaban a Inshara cuando irrumpió en el templo, me hizo huir y asesinó a mi sumo sacerdote.

El miedo se me eleva como la bilis por la garganta, asfixiándome y quemándome, dejándome entumecida la lengua.

La descarga de preguntas que había preparado se desvanece como un espejismo. «Un cultista».

Inshara debe de haber enviado a agentes por todo el río al darse cuenta de que ya no estaba en la ciudad. El chico me mira sin miedo, con los ojos relucientes. No llevo el rojo ceremonial, por lo que hay muchas razones para pensar que no tiene ni idea de quién soy.

—¿Qué haces aquí? —pregunto, tras un silencio que se prolonga demasiado.

Me dedica una mueca espantosa y me escupe. Por instinto, me echo hacia atrás unos milímetros, horrorizada y confusa a la vez. Nunca me han tratado así.

—Esperándote, Falsedad. —Su tono es áspero y desafiante.

Lucho contra la necesidad aún más apremiante de correr. Sabe quién soy, pero, como mucho, parece estar alejándose de mí, en lugar de posicionándose para intentar tocarme. Aun así, preparo cada músculo para moverme.

—¿Cómo...? ¿Cómo sabías que estaría aquí? —Mantengo la punta del cetro sobre la garganta del chico.

Se burla de mí y gira la cara. Veo que las rayas de sus mejillas continúan más allá de la línea del pelo, apenas visible porque lleva la cabeza casi rapada. No están pintadas, sino tatuadas.

Asqueada, endurezco el corazón como me enseñó Daoman. Presiono la punta del cetro contra su garganta, a punto de penetrarle la piel.

—¡Contéstame!

El chico balbucea como respuesta a la presión del cetro, pero, cuando lo levanto para dejarle respirar, el balbuceo se transforma en una carcajada. Me mira mientras los tatuajes atraen mi atención hacia sus agudos ojos, igual que los pétalos rayados de una rosa cazadora atraen a las moscas a su centro mortal.

—La verdadera Deidad lo ve todo —dice, con un tono grave y ferviente—. La Deidad lo sabe todo. ¿Crees que sabes lo que es ser un dios? —Otra carcajada, con los rasgos iluminados y quebrados por la intensidad de su fe—. Comparada con Inshara, eres una pulga. Mientras ella es el sol, la luna, las estrellas, el...

Presiono de nuevo la punta del cetro y la verborrea se convierte en un balbuceo.

—Ha enviado a su gente por el río, y tú ya has visto la barca. —Cuando el chico no dice nada, solo me observa, dejo escapar el aire despacio—. ¿Por qué has venido a esperarme?

—Soy un mensajero, pero el brazo de mi diosa alcanza...

—¿Cuál es el mensaje? —Lo interrumpo, lo que me sorprende incluso a mí. Por lo general, tanta ceremonia es parte de mi vida, pero ahora no tengo paciencia para todo esto.

El chico pestañea y sonríe con lentitud sin centrar los ojos. Luego, los pone en blanco. Cuando habla de nuevo, su voz suena diferente, más aguda, suave y familiar en cierta manera.

—Hermana —recita—, no te tengo rencor porque ¿qué persona entre los vivos puede saber el peso que soportas excepto yo? No luchemos entre nosotras, juntémonos para ayudar al pueblo y a la gente que tanto queremos. —Reconozco el toque familiar en su tono. Suena exactamente igual que Inshara, y su voz de chico se agudiza sin romperse ni tensarse bajo la presión—. Vuelve conmigo —continúa—. Ven a casa antes de la Vigilia del Creciente y te prometo que nadie te hará daño. Ven a casa y no le haré daño al nubereño. Le importas mucho, hermana. Ven y será tuyo.

No puedo hablar ni moverme. Los ojos del chico vuelven a posicionarse en su lugar y me mira, de repente agotado y feliz. Mantengo el cetro donde está, aunque en este momento no podría detenerlo si levantara la mano y me lo quitara.

«Inshara tiene a North».

Un montón de imágenes me inundan la mente, cada una más terrible que la anterior. North languideciendo en una celda, desesperado por ver su hogar de nuevo. North siendo torturado en busca de información sobre mi paradero. North, roto y sangrando por todas partes, delirando cercano a la muerte, susurrando con su último aliento lo del barco, lo de este lugar y lo del beso que no compartimos.

Inshara podría haberlo matado, haberme dejado incapacitada para llevar a cabo mi destino, pero lo ha mantenido con vida. Sabe lo valioso que es. «Le importas mucho...». North sigue aquí.

No puedo evitar una punzada de alivio que cobra vida en mis dedos, devolviéndome la fuerza. Preferiría verlo a salvo con su pueblo que en manos de mis enemigos, pero... ahora quizás pueda verle una vez más.

Odiándome por la chispa de felicidad que me provoca esa idea, me deshago de mis pensamientos y me centro en el chico. Inshara podría haber enviado a un equipo entero de guardias para matarme o capturarme si sabía que iba a estar aquí sola y sin protección. En lugar de eso, ha mandado a un chico, inofensivo y fácil de dominar.

Cambio el peso de un pie a otro y deslizo uno de ellos hacia él. Se retuerce y contorsiona el cuerpo para alejarse como si me rodeara una fuerza invisible. No solo me quiere viva, sino que es evidente que le ha dado instrucciones a su mensajero de que no me toque. «¿Por qué?».

¿Quiere quitarme la divinidad públicamente? ¿Montar un espectáculo para mi gente, quitarles la fe de tal manera que no puedan negarse?

Le hago un gesto al chico con el cetro.

—Muévete... Pon la espalda contra ese árbol de ahí. Vas a contestar a mis preguntas.

El chico desliza los ojos hacia el lugar que le he indicado y me devuelve la mirada.

—Los dioses están muertos —susurra, y me mira con ojos brillantes. Los posa sobre mí, tanto que apenas percibo el movimiento a su lado—. Que la única diosa viva para siempre...

Algo relampaguea bajo la luz del fuego y consigo percibir el filo de un arma. Antes de que pueda echarme atrás en anticipación a su ataque, se lleva el cuchillo a la barbilla con los ojos fijos en los míos.

—¡Espera! —Se me rompe la voz por la urgencia y el horror mientras aparto a un lado el cetro—. ¡No...!

Otro destello del filo y cae sobre la roca. Tiene los ojos muy abiertos y la sangre le gotea como una cortina de tinta desde el cuello, rociándome el vestido y los brazos, rozándome la piel como una lluvia cálida y húmeda.

Me dejo caer de rodillas, atrapada entre la necesidad de actuar y el conocimiento de que no puedo hacerlo, al mismo tiempo que se me paraliza el cuerpo. Siento la niebla invisible del aire cambiar, un poder en espiral sin delicadeza alguna. Puedo usarla para destrozar a alguien, pero no para curar el mínimo rasguño.

La respiración del chico se vuelve un borboteo mientras la sangre sigue saliéndole a un ritmo horripilante y se le derrama la vida sobre las rocas. Sus ojos relampaguean al moverlos, desesperado, hasta que se detienen en mi rostro. Por primera vez, no veo odio ni una certeza ferviente, solo miedo. Intenta hablar y tose sangre.

Pensaba que moriría al instante. Pensaba que sería como en un cuento, que abandonaría la vida con una llamarada de gloria por la causa que veneraba. En lugar de eso, se está desangrando en la oscuridad de una orilla solitaria con una chica que no puede siquiera presionarle la herida, por inútil que fuera, con una chica que no puede ni sujetarle la mano mientras muere.

—Te... Te... Te bendigo —consigo decir cuando la voz surge de algún lugar de mi interior, traspasando el gélido horror que me ocupa la mente—. Camina con ligereza por el vacío hasta que revivas cuando el mundo renazca. —Sigue con los ojos fijos en los míos, pero no sé si agradece la oración o es un insulto para él—. Que... Que... Que el perdón te encuentre y la compasión te cuide hasta... —El chico ya no tose ni balbucea, ya no intenta hablar ni moverse, sino que me observa, inmóvil. Y sigue observándome—. Hasta que nos encontremos de nuevo.

Me quedo ahí mientras la sangre se detiene porque, incluso después de que reduzca el ritmo al que cae, sigue rezumando de la herida. Me quedo ahí, agazapada junto al chico, incapaz de quitar los ojos de los suyos mientras continúa mirándome.

Cuando la última de las llamas muere, está a punto de amanecer de nuevo. El chico sigue contemplándome con los últimos restos de luz de luna en los ojos, y yo me agazapo ahí, cerca de las ascuas humeantes, continuando con mi silenciosa vigilia hasta que llega la mañana.

TREINTA

NORTH

ESTOY CUBIERTO DE RASGUÑOS PEGAJOSOS, EL BARRO SE ME PEGA a la piel y el sudor a los ojos, pero consigo ver una débil luz ante mí. Ya casi estoy. Retiro una rama del camino y me agacho por debajo antes de soltarla para que vuelva a su sitio. Después, no puedo evitar echar a correr.

Una parte de mi corazón me empuja hacia atrás, pero me obligo a centrarme en lo que me impulsa a continuar: mis madres, mi abuelo, mis amigos y la seguridad de mi pueblo. El pulso me martillea a una velocidad increíble al ver más luz entre los árboles, lo que significa que ahí el bosque es menos espeso. Debe de ser el claro al que me dirijo.

Cuando me abro paso hasta el borde de los árboles y salgo a trompicones a la hierba irregular, me detengo con una sensación horrible y tambaleante en el estómago. Ahí no hay nadie.

No pueden haberse ido sin mí. Llevo en marcha, como mucho, dos horas: deberían haberme dado al menos ese tiempo. Entonces, veo el fuego. Se encuentra en un círculo de rocas, y de él sale una lenta voluta de humo. Además, hay mucha madera por quemar. Lo deben de haber hecho hace poco, quizás para mostrarme que este es el lugar. Debe de significar «No te alejes, hay gente cerca».

Por eso, me inclino con las manos sobre las rodillas para tomar aire y espero. Considero durante unos segundos gritar, pero no sé qué animales hay por aquí, así que trato de recuperarme.

¿Quién habrá venido a rescatar al príncipe? No se le habrá permitido a ninguna de mis madres hacer algo tan arriesgado, eso seguro. ¿Y cómo planean devolvernos ahí arriba? A menos... Tendrán una forma de subir, ¿verdad? No me extrañaría que mi madre de corazón mandara a un puñado de guardias en una misión sin viaje de vuelta para protegerme hasta que descubriera cómo devolverme a casa.

Una rama cruje detrás de mí, lo que me saca de mis pensamientos. Me giro y veo a un par de hombres salir de entre los árboles por el borde del claro. Sin embargo, esos no son los uniformes de Alciel, sino los de los guardias del templo de Nimh.

Me doy la vuelta despacio y es entonces cuando veo a los otros emerger. Inshara, ataviada con el vestido rojo de Nimh, junto a Techeki, ese traidor empalagoso. Elkisa está a su otro lado con la mirada baja, aún cautiva. Hay cuatro guardias más reunidos en torno al claro para atraparme. Sin duda me querían cerca del fuego, justo en el centro del espacio abierto sin lugar alguno al que huir.

—Nubereño —dice de forma agradable Inshara—, veo que te has dado mucha prisa en llegar aquí. Haremos que alguien te cure esos arañazos cuando volvamos al templo. —Hace que parezca que tengo cinco años.

«Asesina». La palabra casi me traspasa los labios antes de que me lo piense mejor. Su gente lleva armas, yo no. Sin embargo, la rabia se me clava con una decepción amarga, y me duele la garganta cuando me obligo a tragármela para calmarme. No va a venir nadie de Alciel. Mi pueblo sigue pensando que estoy muerto. No voy a volver a casa.

No obstante, no voy a darle a Inshara la satisfacción de ver mi dolor. No voy a darle nada. De alguna manera, procedente de algún lugar, encuentro una voz casual que parece provenir de otra persona.

—No estoy seguro de que el rojo sea tu color, Insha.

Veo que se encoge ligeramente por la irritación de haberle quitado la parte divina de su nombre antes de ocultarla. Sonríe, mirándose el vestido, y se lo alisa con una mano.

—Llevo lo que dicta mi responsabilidad —dice, con una sonrisa irónica—. Es interesante ver que tú también lo llevas. —Me mira de manera cortante cuando descubre el fajín, a juego con su vestido.

Lleva la corona de Nimh, pero también la extraña selección de baratijas y collares que tenía cuando entró en el templo. Al deslizar la mano por la cadena que le cuelga al cuello, de manera involuntaria la sigo con los ojos. Me quedo paralizado al ver lo que hay al final de esta. Una pequeña esfera cuadrada con los números verdes brillando con timidez. ¡Un crono!

—Es una reliquia sagrada —dice al percatarse de mi mirada, con los dedos tensos alrededor de la esfera iluminada—. Caída hace siglos, procedente de los dioses. Pero, por supuesto, tú sabes lo que es.

Consigo mantener la boca cerrada porque sí que sé lo que es, mejor que ella, al parecer. Esa cosa no es de hace siglos, me sorprendería que fuera siquiera de hace décadas. Mi abuelo tiene el mismo modelo porque dice que no entiende los controles de los últimos diseños ni consigue centrarse en los elementos holográficos. «¿De dónde lo habrá sacado?».

—Me extraña que lleves reliquias sagradas cuando hace unos días te vi asesinar a un sumo sacerdote —digo.

Junto a ella, Techeki está a punto de estremecerse; entrecierra un poco los ojos, pero luego recupera la expresión calmada de siempre. Apenas me parece un tipo creíble. Se ha pasado casi toda la vida sirviendo a Nimh y ahora está aquí, al lado de su mayor enemiga, sin sentir el más mínimo remordimiento.

Inshara suspira y baja los ojos.

—Habría preferido no matar a nadie —comenta—, pero Daoman mandaba en el templo con puño de hierro. Encontraron a Nimh siendo mucho más joven que cualquier otra divinidad anterior. ¿Sabes por qué? Porque así podía controlarla por completo, después de que mi madre fuera tal decepción para él. Era un hombre ambicioso. Encontró a Nimh, la crio y la enseñó a ver el mundo justo como él quería que se viera. La usó, y Nimh se merecía un poco de justicia, igual que todos.

Quiero decirle que coja la falsa compasión por Nimh y la mande a donde no vuelan los pájaros. Sin embargo, tengo que admitir que sus pensamientos se parecen de manera extraña a los míos cuando me enteré de su infancia.

Inshara me observa con ojos serios y tengo la sensación de que puede ver y medir el impacto exacto de sus palabras.

—Quiero que me ayudes a encontrar a Nimh —dice.

Resoplo de manera involuntaria.

—¿Por qué iba a considerar siquiera hacer algo así? ¿No acabamos de hablar de cómo desearías no tener que matar a nadie, pero que, a veces, al parecer, tienes que hacerlo?

Su calma sigue impasible.

—Deberías planteártelo —contesta— porque, cuando me ayudes, te mandaré de vuelta al cielo, alteza.

Se me detiene el corazón. Tiene un crono. ¿Poseerá también otras tecnologías? Sin embargo, incluso aunque quiero gritarle que sí, comienzo a asimilar el resto. «¿Alteza?». Solo le he contado a una persona de este mundo lo de mi familia: a Nimh.

—¿Cómo lo has...? —comienzo a decir, pero me fallan las palabras antes de que pueda continuar.

Inshara levanta una ceja.

—El espíritu del verdadero Portador de Luz me habla, North. Me cuenta muchas cosas, como, por ejemplo, que el chico que Nimhara ha descubierto para su versión de la profecía es en realidad un príncipe de las tierras de las nubes, que se cayó al mundo por accidente, no por el destino, y que sus madres se preocupan mucho por él y solo quieren verle a salvo en casa.

La observo mientras el estómago me da un vuelco.

—Magia —susurro débilmente. Una parte de mí se maravilla por el modo en el que he aceptado la magia, tanto que estoy dispuesto a usarla como defensa contra la idea de intervención divina—. Solo es un truco.

Inshara suspira y se inclina hacia delante con la expresión seria.

—Cree lo que quieras, North. Tengo una manera de volver al cielo. Solo necesito que me digas cómo funciona.

Pestañeo.

—Dejando a un lado que no te ayudaría, aunque pudiera, no tengo ni idea de qué estás hablando.

La irritación le recorre el rostro.

—El Portador de Luz me ha dicho lo contrario. —Se lleva la mano a la corona de Nimh y se la quita de la cabeza para enseñármela—. Esta es la clave. Techeki ya lo sabía. El Portador de Luz también me lo ha contado.

Dirijo los ojos hacia el maestro de ceremonias, tan tranquilo como siempre.

—Si hubiera sabido tu deseo de volver a tu mundo, habría compartido la información contigo de inmediato —comenta Techeki, rezumando sinceridad—. Solo lamento no saber cómo usar la clave, Deidad.

Algo se roza contra mi pierna y bajo la mirada. El gato está allí, con el pelaje de punta, lo que le hace parecer el doble de grande de lo habitual. Se me hincha el pecho al pensar que tengo a alguien a mi lado y a punto está de parárseme el corazón. ¿Esto significa que Nimh está cerca? Tengo que hacer algo.

Cuando levanto la mirada, me da otro vuelco el corazón. Elkisa ha elevado la cabeza y mira también al gato. Un momento después, nuestros ojos coinciden y, aunque solo dura un par de segundos, lo cambia todo. Inshara ha perdido el control sobre ella. Quizás la he distraído, porque Elkisa da un paso al frente, moviéndose con lentitud.

Mientras Inshara no sepa que Elkisa es libre, tenemos la oportunidad de someterla. Por eso, busco rápidamente una respuesta, algo que mantenga su atención en mí.

—Si el Portador de Luz puede decirte que tu corona es la clave para ir al cielo, suponiendo que eso sea posible, ¿por qué no te cuenta cómo usarla? Debe saberlo, ¿no?

Levanta una ceja.

—Si soy su receptáculo, debo demostrar que valgo —contesta—. Me ha dicho que tú lo sabes. Con eso basta. Me vas a contar cómo usarla e iremos juntos al cielo.

Ahora me toca a mí levantar una ceja.

—Estás de broma, ¿verdad? De todas las personas a las que invitaría a casa a conocer a mis madres, tú eres la última en la lista.

—¡Qué desagradable! —me reprende—. Sé que ya has conocido a la mía.

Se me constriñen los pulmones. Elkisa se acerca otro paso. Está ahora casi en la espalda de Inshara con una expresión imperturbable. Inshara me contempla con aspecto interesado, como una científica observando cómo llevar a cabo un experimento. Curva la boca en una sonrisa y, tras girar un poco la cabeza, dice:

—Venga, no seas tímida.

«Por todas las caídas celestiales, lo sabe».

Sin embargo, Elkisa no parece asustada o furiosa porque la hayan pillado, sino... incómoda. Observo confuso cómo aleja la mirada de mí y se niega a devolvérmela. Entonces, da un paso al frente. Sigo esperando a que saque el cuchillo o se lance contra Inshara para quitarle el arma o algo así, pero esta se da media vuelta y estira una mano.

Elkisa duda y desliza los dedos entre los de la otra mujer, dejando, reticente, que la acerque. Cuando Inshara tuerce la cabeza hacia la cara de la guardia, cuando se inclina y le da un delicado y tierno beso, Elkisa no se aparta, sino que le aprieta la mano.

«¡Esto no puede ser verdad!».

Siento que me arrancan el corazón, como si me hubiera traicionado a mí. «¡Oh, Nimh!».

—¿Cuánto tiempo? —consigo decir en voz baja—. ¿Cuánto tiempo llevas siendo enemiga de Nimh?

Elkisa por fin me sostiene la mirada.

—No soy su enemiga, North.

Se me escapa una carcajada afilada y rápida.

—¿No? Entonces, me sorprende lo lejos que puedes llegar para darle a Inshara una falsa sensación de seguridad antes de atacarla.

Inshara se echa a reír y aprieta la mano libre en un puño. A mi lado, el gato gruñe en un tono bajo.

—No es tan sencillo —me espeta Elkisa.

—Llevas trabajando en contra suya todo este tiempo. —Estoy tan enfadado que apenas me salen las palabras—. Confió en ti y le llevaste todos sus secretos a esta... —No tengo siquiera un insulto lo bastante fuerte para lanzarle a Inshara, que sigue sonriendo, disfrutando el momento.

—Elkisa me contó que Nimh había ido a decirle a Daoman lo de la nueva estrofa que le había llegado en forma de visión —dice Inshara—. Esa chica debería haber tenido más cuidado con quién protegía su puerta.

Elkisa esconde la cara con la mandíbula tensa, y creo que trata de liberar la mano de la de Inshara, pero la otra mujer se la agarra con demasiada fuerza.

—¿Ayudaste a los cultistas esa primera noche? —pregunto—. Fuiste la única persona, aparte de nosotros, en escapar del campamento. ¿Tú...? —Se me revuelve el estómago y las náuseas reemplazan a la rabia.

El color le inunda el rostro a Elkisa, lo suficiente para que se vislumbre a través del ligero tono bronceado de su piel.

—Claro que no. Inshara no puede controlar todo lo que se hace en su nombre, igual que Nimh. No quiere derramamiento de sangre, no si se puede evitar.

—Así es —confirma Inshara—. Los envié porque el Portador de Luz me dijo dónde estarías cuando cayeras. Si hubieran conseguido capturaros, todo habría sido distinto. No quiero herir a mi pueblo, quiero guiarlo.

—Mataste a lo más cercano que tenía Nimh a un padre.

Elkisa aprieta los puños, pero solo después de permitirme percibir el temblor en los dedos.

—Debía hacerlo —farfulla, con la emoción tiñéndole la voz—. Daoman nunca habría dejado que Nimh se rindiera de manera pacífica.

—¿Por eso lo apuñalaste en el corazón?

De manera involuntaria, aparece ante mí una imagen de Elkisa la noche que Inshara tomó el poder. Con los ojos muy abiertos, temblorosa, tratando desesperadamente de luchar contra el cuchillo que dio en el blanco en el pecho de Daoman. Sin embargo, estaba haciendo lo que tenía planeado con Inshara. Lo único a lo que se estaba enfrentando era a su propia conciencia.

—Nimh dice que eres su amiga —digo en voz baja—. Y la has traicionado.

La emoción desaparece del rostro y la voz de Elkisa, y la mirada que me dedica es fría y superficial.

—Siempre he sido sincera con Inshara —responde con calma, con voz de acero—. La quiero y lo sabe. También quiero a Nimh. Insha acepta que lo que hago lo hago por las dos. No sabes nada de este mundo o de Nimh. No lo entenderías. Esto es lo que quiere, nubereño. Es valiente, fuerte y devota, pero no desea esta vida. La vive porque debe, porque se ha visto forzada a hacerlo. Pero, si nada de esto fuera cierto, cuando el Portador de Luz entre en Inshara y se convierta en la divinidad presente, entonces Nimh podrá vivir la vida que quiera. Podrá hacer todo lo que se le ha negado durante tanto tiempo. —Hay una determinación en la forma en la que habla que me pilla por sorpresa. Cree lo que dice, lo que significa que no hay nada que pueda contarle para convencerla de que se detenga.

Inshara parece sentir mi momento de debilidad y me presiona con la voz endurecida.

—Viaje de vuelta al cielo, North.

Aprieto la mandíbula.

—No —susurro—, incluso si lo supiera, nunca te lo contaría. Ni siquiera para volver a casa.

Inshara suelta una bocanada de aire larga y lenta.

—De un modo u otro, encontraré la manera de llegar a las tierras de las nubes. Si no me ayudas, los mejores académicos estarán encantados de servir a su diosa y ser los que resuelvan este antiguo misterio. —Hace una pausa y mira a Elkisa—. Que los guardias lo detengan. Tenemos un largo camino por delante.

Elkisa asiente, ya no desea sostenerme la mirada.

—Después, El —continúa Inshara—, puedes ir en busca de Nimh. No quiero que aparezca en nombre del amor verdadero, no por este chico, y la vamos a necesitar si queremos convencerlo de que nos ayude.

Me quedo paralizado cuando un repentino frío gélido me recorre las venas. Si hubiera algo que pudiera decirle a Inshara sobre cómo llegar al cielo, lo haría ahora mismo, y al infierno las consecuencias. El peligro se dirige a Nimh en forma de su mejor amiga, y no va a sospechar nada hasta que sea demasiado tarde.

Me muevo antes de pensarlo y me lanzo hacia la izquierda, entre dos guardias. Detrás de mí oigo el maullido de un gato y, después, alguien me coge del brazo y me da la vuelta. Es Elkisa. Nuestros ojos se encuentran cuando me agarra de la parte frontal de la camiseta para acercarme. Un instante después, el dolor me explota en la sien y vislumbro aturdido que agita el puño mientras caigo al suelo y el mundo se desvanece en un torbellino de oscuridad.

TREINTA Y UNO

NIMH

EMERJO DE MIS PENSAMIENTOS TRAS DARME CUENTA DE QUE ya no estoy sola con el cultista muerto. Una voz me llama, y unos pasos chapotean hacia mí por el barro. Un peso me cae sobre los hombros, tan reconfortante como un brazo a mi alrededor. Lo miro y veo una tela morada polvorienta que agarro con la mano antes de decidir hacerlo.

—Nimh, vuelve conmigo… —dice la voz en un tono bajo y calmado—. Vuelve. Eso, buena chica.

Los pensamientos se me sincronizan con el cuerpo y me sobresalto como si despertara de un sueño. Le sostengo la mirada a… «¿Jezara?». Tiene el rostro cansado, agotada por el viaje. Aunque posee la mirada sincera y tranquila de siempre, hay una chispa en ella cuando me mira, una diminuta ventana a un sentimiento más profundo. El polvo se le adhiere al pelo y le brilla la piel bajo la luz de la luna y las últimas brasas, dándole un aura dorada.

Se me corta la respiración porque, de repente, veo el eco delicado y sutil de la divinidad en sus ojos. Nunca conocí a esta Jezara. Mis sacerdotes, mis tutores y mi padre sustituto me enseñaron a odiarla tanto que nunca me pregunté si seríamos parecidas, tanto que no podía imaginarme compartiendo rasgo alguno con la villana que había producido tanta incertidumbre en nuestro mundo.

Sin embargo, Jezara era una diosa mucho antes de que yo naciera y todo su pueblo la quería. Por primera vez en mi vida, me la imagino como debía haber sido. Me recuerda a mi madre. La que conocí en el pasado, cuando no sabía que era la divinidad. Cuando comía pirrackas con los otros niños y nos sentábamos en el suelo para escuchar las historias del rey pescador.

Lo que habría dado por quererla entonces, en lugar de odiarla, crecer adorando a la diosa de la curación, en lugar de presionando viejas heridas, mirar a mi niñez y recordar a esa mujer brillante y dorada que flotaba en las noches de los festivales mientras cantábamos y bailábamos para darle las gracias, sabiendo que estábamos a salvo.

«¡Qué consuelo debe de ser vivir bajo la protección de un dios en el que crees!».

Se me llenan los ojos de lágrimas y cojo aire. De manera abrupta, la tranquila lejanía de la expresión de Jezara se rompe y se desmorona. Se deja caer de rodillas a mi lado y me murmura:

—Oh, niña. —Hunde los hombros cuando atrapa el manto morado con el que me ha rodeado. Tira de los extremos y la presión se parece mucho a un abrazo sobre mi espalda—. Lo sé, cariño. Lo sé. Lo recuerdo.

Un sollozo se libera cuando las bandas de tensión alrededor de mi caja torácica se aflojan un instante. No consigo entender la presencia de Jezara aquí, no cuando la última vez que la vi salía humo de las ruinas de su hogar. Tampoco comprendo su calidez y su compasión cuando las últimas palabras que compartimos fueron tan amargas.

—No lo entienden —murmura Jezara con un tono amable—. No pueden entender lo que se nos pide. Nadie lo sabe, excepto tú y yo.

No hay rastro alguno de la brusca fachada de su comportamiento anterior. Tal vez, al verme sin armadura, se ha desprendido de la suya. Me estremezco, incorporándome un poco, una señal implícita que entiende de inmediato. Deja caer las manos del mantón con el que me ha envuelto y se sienta sobre los talones. Una sombra tapa la luz de la luna que le ilumina la cara, y el aura dorada desaparece.

—Pensaba que habías muerto —gimo, mareada de repente.

Jezara alza las cejas un milímetro y la sonrisa que le curva la comisura de los labios la convierte en la Jezara humana de nuevo, los ecos divinos retroceden.

—Bien. Espero que eso piensen también los espías de mi hija.

Me tiende una bota de agua por la correa cuando toso. Tras un largo sorbo, consigo decir:

—¿Destruiste tu casa a propósito?

Jezara inspira una bocanada larga y lenta antes de soltarla.

—Me equivoqué contigo —murmura, mirando el río más allá de mí—. Tenías razones para estar enfadada. Me maldije toda mi vida por la divinidad, pero al rechazarla cayó sobre ti. —Tiene un tono calmado y sincero. Y, aunque no me sostiene la mirada, sigo viendo el precio de la confesión en los hombros tensos. Cuando vuelve a pasear los ojos y los centra en los míos de nuevo, alza las cejas y el rostro se le ensombrece—. Oh, que la Luz me perdone, pero te odiaba, Nimhara. Esta chica perfecta y responsable, elegida tan joven. ¡Qué orgulloso debía estar Daoman! ¡Qué alivio debía sentir mi pueblo ahora que se podía olvidar de mí! ¡Una nueva diosa había llegado!

—Te culpé de abandonar a nuestro pueblo por darle la espalda al destino para seguir tu propio corazón, pero yo he hecho lo mismo —susurro.

Jezara abre mucho los ojos.

—El nubereño —murmura—. He visto la manera en la que... ¿Has...?

—Lo he dejado marchar —digo en voz baja—. Es la Última Estrella y lo necesito para cumplir la profecía, pero, cuando encontró el camino de vuelta a casa... Podría haber hecho que se quedara. Tenía ese poder, pero lo dejé marchar.

La mirada de Jezara desprende aflicción.

—Querías que estuviera a salvo. Te importa, eso es obvio.

—Pero ¡no lo está! —replico, con la voz más alta de lo que pretendía—. Inshara lo ha atrapado.

Recuerdo demasiado tarde lo que Inshara significa para Jezara y me arrepiento del odio amargo en mi voz. Al verme la cara, niega tímidamente con la cabeza.

—No pasa nada. Sé en lo que se está convirtiendo. Siempre lo he sabido... Pero no quería verlo.

—Estabas demasiado ocupada pensando que ella era el Portador de Luz.

Se le congela la expresión y, durante un momento, me arrepiento de mis palabras... hasta que veo que tiene los ojos oscuros por la... ¿culpa?

—Perdóname —murmura, y desvía la mirada antes de pasarse una mano por los ojos—. Estaba tan enfadada... Quería que sintieras lo mismo que yo, que estuvieras tan perdida como yo.

Me da un vuelco el estómago y las náuseas se me instalan en las entrañas.

—¿De qué estás hablando?

Jezara presiona los labios.

—No es el Portador de Luz. Te conté la historia que ella cree. No sé qué es esa voz que oye, pero es evidente que no es un dios hablándole. Debes entenderlo, estaba tan sola y era tan infeliz de pequeña... Vivíamos rodeadas de tanto odio... Todos a los que conocíamos la castigaban por mis actos. Cuando era una cría, encontró ese pergamino, el de la estrofa perdida.

—¿Por qué iba a pensar que tenía algo que ver con ella? —le pregunto—. ¿Que alguna parte trataba sobre vosotras?

—Había partes que parecían ciertas —murmura Jezara—. El receptáculo vacío, el camino. Y yo tenía mi propia Estrella... Di mi divinidad por él.

—¿Tu propia...? Pero no viste caer una estrella del... —Me interrumpo cuando se me constriñe la garganta.

—Tu North se sorprendió cuando supe de dónde venía —susurra Jezara—. Me recordaba mucho a él, con esa mente escéptica y ese extraño asombro por nuestro mundo. Cuando os vi juntos en el pueblo destrozado por la niebla, pensé que lo estaba viendo a él.

—Tu amante... era un nubereño —suspiro, y el enfado desaparece para dejar paso a la sorpresa.

—Cayó y lo curé. Al final, me dio a Insha.

—Entonces, se vio reflejada en el pergamino, igual que yo. —La miro mientras la mente me da vueltas—. Y no la sacaste de su error.

—Era un cuento —farfulla Jezara, con la voz impregnada de súplica para que la entienda—. Le conté que era especial. Le conté que era la elegida, que todo ese dolor y soledad... era porque estaba destinada a algo más grande que nosotros, a algo más grande que aquellos que nos marginaron.

Me siento a punto de derrumbarme en el barro.

—Me hiciste pensar que estaba loca.

Se le humedecen los ojos.

—Lo siento, Nimhara. Debes entenderme. Perdí la fe en el momento en el que la única familia que tenía me echó a la calle, embarazada y sola. No creía en nada... ¿Qué daño le iba a hacer a mi hija tener algo en lo que creer?

Presiono los puños.

—Entonces, ¿por qué estás aquí? ¿Por qué me sigues?

—Porque... —La diosa anterior suelta un suspiro y se pone con lentitud en pie con una mueca antes de frotarse una mano contra la pierna mala para reducir la rigidez—. Porque sé a dónde debes ir y lo que debes hacer. Ahora entiendo en lo que Insha se ha convertido. Es mi hija, mi responsabilidad.

—Sé que es tu hija, pero...

—Escúchame. —Jezara tiene una expresión relajada y seria de nuevo, pero esta vez no parece una armadura—. Los sacerdotes me encerraron en una prisión. Dejé que me hicieran avergonzarme de mí y de mi hija. Me acobardé allí, en esa jaula de humillación, culpa y arrepentimiento, durante muchos años, y pensaba que habían envenenado a mi hija igual que hicieron conmigo, pero fui yo quien la crio, así que fui yo quien la envenenó.

La miro, sin aliento.

—Estoy cansada de esconderme. —Me observa con inquietud en los ojos, pero decidida—. Y es mi responsabilidad.

—Debemos detenerla —consigo decir. Me pongo en pie y siento temblor en las rodillas—. ¿Estás segura de que puedes...? Jezara, no creo que vaya a abandonar sus planes de forma pacífica.

Me observa.

—Por favor —contesta con suavidad—. Déjame intentar salvar a mi hija, Deidad.

Sigo buscando un hilo de voz cuando una diminuta sensación me susurra a través del vello de la nuca. Me paralizo.

Aunque esta conexión con la niebla es nueva, es poderosa... y la reconozco de inmediato.

«No estamos solas».

Miro a Jezara, quien me contempla de manera inquisitiva al haberme visto cambiar de expresión. Me llevo un dedo a los labios y asiente con los ojos muy abiertos. Con cuidado, dejo escapar un poco de niebla, luchando contra la necesidad de permitirme perder el control, como con una manada de perros.

Ahí. Una única persona, agazapada entre los arbustos, no lejos de nosotras. Con un sobresalto, me doy cuenta de que la siento, de que estoy segura de que es una mujer. Aunque no puedo leerle los pensamientos a través de la niebla, noto su tensión como si fuera la mía, y la maraña de emociones de su corazón sale de ella como una avalancha. Nos está observando.

Me incorporo con lentitud y reúno más niebla mientras estiro la mano hacia el cetro. El poder crece dentro de mí, suplicándome que lo suelte, pero mi fuerza de voluntad lo contiene. Con esfuerzo, consigo dar dos pasos hacia la figura escondida entre los arbustos antes de liberar la niebla.

Una fuerza invisible avanza y golpea a la mujer, quien cae con un gruñido de sorpresa y dolor. Me apresuro hacia allí antes de que se pueda recuperar, y Jezara me pisa los talones. Muevo el cetro para colocárselo en la garganta a la intrusa... y gimo cuando le veo la cara bajo la tenue luz antes del amanecer.

—¡Elkisa!

Mi guardia tiene la piel ceniza y los ojos muy abiertos, está llena de polvo y desprende emoción.

—Nimh... ¡Nimh, perdóname! Por favor, soy yo, no... —Sin embargo, se queda callada, incapaz de explicar qué fuerza la ha tirado al suelo.

—Dioses, El, lo siento. ¿Cómo has...?

—El humo de la barca. Se ve desde kilómetros de distancia si estás por encima de los árboles. No sabía que eras tú, pero pensé que, si lo eras, debías estar en peligro… —Desvía la mirada hacia un lado y me doy cuenta de que Jezara está encorvada detrás de mi hombro.

—¿Conoces a esta mujer? —me pregunta, con los ojos empequeñecidos mientras examina a Elkisa.

Asiento y balanceo la cabeza como el anzuelo de una caña de pescar.

—Es mi guardia…, mi amiga más antigua. Nos separamos y pensé… Pero está aquí. Está bien. Lo estás, ¿verdad?

Elkisa asiente, aunque tengo la atención dividida por la repentina tensión en la mujer a mi lado.

—¿Confías en ella? —pregunta Jezara con brusquedad, y su voz desprende ese toque de armadura metálica anterior. Se incorpora, apoyándose en el bastón. No puedo evitar recordar la visión que tuve en su casa, en la que sus propios guardias fueron los que la echaron de su hogar hace muchos años.

—Claro que sí —contesto, consiguiendo mantenerme bajo control con esfuerzo. Con demasiado esfuerzo, como si al sentir las emociones, la niebla me rodeara. Invisible, pero esperando el peligro, como un animal feroz que siente la agitación de su amo. Respiro en profundidad para tranquilizarme y, aunque estoy hablando con mi predecesora, centro los ojos en la cara de Elkisa—. Le confiaría la vida.

Para mi sorpresa, un sonido amortiguado procedente de Elkisa me avisa unos segundos antes de que deje caer la cabeza y le tiemblen los brazos por un sollozo.

—Eh, El…, ¿te han hecho daño? Venga, siéntate. —Me echo hacia atrás para dejarle espacio, ya que sé que no se va a mover hasta que esté segura de que no me va a tocar—. ¿Qué pasa?

Veo los surcos de las lágrimas en las mejillas cuando se incorpora. Está temblando.

—¿Quién es, Nimh? —Como respuesta al ceño fruncido de Jezara, Elkisa imita el gesto hasta que ambas mujeres se observan de manera incómoda.

Dudo solo un momento.

—Es... Bueno, esta es Jezara, El.

Elkisa adopta una vaga expresión y se echa hacia atrás, como si la sorpresa fuera tan profunda que rozara el miedo.

—Nimh... ¡No lo entiendes! Esta mujer es la madre de Inshara. Inshara es su hija. No puedes fiarte de ella.

Durante un momento, siento ganas de echarme a reír, pero tiene una expresión tan decidida y seria que me recupero.

—Lo sé, El. Nos lo ha contado.

—Tienes que pedirle que se vaya. Debemos salir de aquí. Vamos, Nimh, vayamos...

—¡Se queda! —La irritación estalla y respiro hondo, desconcertada por lo rápido que responde la niebla de mi alrededor a mi estado de ánimo. O quizás sea mi estado de ánimo el que responde a los cambios en la niebla.

—Tenemos que irnos —dice con voz firme—. Los caminos estarán repletos de guardias cuando ella se dé cuenta de que me he escapado.

Su reticencia a decir el nombre de Inshara me recuerda lo asustada y llena de culpa que debe de haberse sentido estos últimos días bajo el control de esa mujer.

—No voy a marcharme, Elkisa. Debo salvar a North. No lo voy a dejar en manos de Inshara.

A Elkisa se le oscurece la expresión.

—No. No puedes enfrentarte a ella, es demasiado poderosa. ¿Por qué no te busco algún lugar seguro donde esconderte? Iré a por North y luego volveré a por ti. La vigilia comenzará pronto y estarán distraídos. Seguro que puedo salvarle.

Una inquietud extraña se me instala en el fondo del estómago.

—¿Tú? Pero ¿y si toma el control de tu cuerpo de nuevo? —pregunto al fin, tratando de entender por qué estoy tan intranquila.

Aunque Elkisa abre la boca, Jezara es la que habla.

—¿A qué te refieres? —pregunta, paseando la mirada de una a otra. Cuando pestañeo, se explica—: ¿A qué te refieres con que «tomó el control de su cuerpo»?

Elkisa se remueve, incómoda, y contesto para que no tenga que describir su propio calvario:

—En el festín, cuando Inshara entró en el templo, utilizó a Elkisa para asesinar a Daoman. Un tipo de magia que no debería ser posible. Era como si Elkisa fuera una marioneta e Inshara controlara los hilos.

Jezara alza las cejas.

—¿Una marioneta? —Suelta una pequeña carcajada—. La magia de Inshara es fuerte, pero, aunque sea carismática, persuasiva y encantadora, controlar físicamente a una persona a través de la magia solo es una fantasía. Nadie puede lanzar un hechizo como ese, niña. Ni siquiera ella.

Frunzo el ceño.

—Lo he visto con mis propios ojos, Jezara. Le... —Sin embargo, centro la mirada en Elkisa y en su rostro hay una intensidad que me paraliza.

Cuando me ve contemplándola, da un paso atrás.

—Está mintiendo —contraataca—. Está del lado de su hija, manipulándote. Deberíamos irnos ya.

He visto a Elkisa hacer cosas sorprendentes. La he visto escalar una pared de cuatro veces su altura en unos segundos, derrotar a media docena de aprendices sin llevar un arma y luchar por su propia vida, pero no recuerdo haberla visto nunca tan asustada. Sufro una sacudida en el estómago por la inquietud cuando todo encaja.

—Elkisa... —murmuro, a la vez que huyo mentalmente de aquello que no quiero saber—. ¿Cómo sabías la fecha límite que me ha dado el cultista? ¿Cómo sabías que tenemos hasta el final de la vigilia?

Elkisa pestañea.

—Lo... —Se humedece los labios—. Se lo escuché decir a Inshara mientras me controlaba.

Sin embargo, su titubeo dura demasiado, y ella también lo sabe. Nos miramos a través del barro y la hojarasca durante un instante infinito que desearía que no acabara porque no quiero ver en qué se convierte cuando termine. Entonces, Elkisa coge la espada con un movimiento veloz, pero ahora soy distinta. No conoce esta parte de mí. La niebla es más rápida que ella.

Una oleada de fuerza la lanza contra un árbol cercano tan fuerte que el suelo tiembla. Gruñe cuando se le escapa el aire de los pulmones y se le cae la espada de la mano, insensible de repente.

—¡Cielos! —suspira Jezara al presenciar mi poder.

—No es posible —sollozo, al mismo tiempo que la niebla se esfuerza en presionarme todavía más. Aun así, la culpa y el miedo se funden en los rasgos de Elkisa, lo que confirma la inquietud que siento en el fondo del estómago—. Tú nunca... Tú no...

La niebla la rodea y la empuja contra el tronco de un árbol hasta que cuelga a medio metro del suelo.

—Nimh... —Jezara habla en voz baja y calmada, pero llena de urgencia—. Inshara sabe cómo persuadir a la gente para que siga su causa. Es despiadada, pero también... magnética. Su talento para la persuasión es desproporcionado...

—Ni... —gime Elkisa a medida que la fuerza de la niebla la rodea y le presiona la caja torácica—. No puedo... respirar...

—¿Todo...? ¿Y todo lo que había entre nosotras? ¿Cuánto tiempo llevas siendo una espía? ¿Cuánto tiempo llevas siendo mi enemiga? ¿Alguna vez...? —Me arden los ojos por las lágrimas, pero las ignoro—. ¿Alguna vez te importé?

—¡Nimh! —La voz de Jezara me resuena en el oído como un látigo—. No eres una asesina. Veo tu poder, y debes controlarlo.

Jadeando por el esfuerzo y la rabia, reúno toda mi fuerza de voluntad y lucho contra la niebla que tiene atada a Elkisa al tronco. Tras un momento, inspira una amplia bocanada temblorosa de aire cuando la presión contra su cuerpo se reduce una milésima.

Con un estremecimiento, susurro:

—Lo mataste. Mataste a Daoman.

Tiene los ojos rojos y la voz áspera cuando contesta:

—Sí.

Un diminuto fragmento de mi corazón se desmorona, a pesar de que ya lo sabía.

—A ti también te quería, ¿sabes? —No me molesto en detener las lágrimas, dejo que me recorran las mejillas—. Ambas éramos unas crías cuando el deber nos llamó, y a ti también te quería. Igual que yo.

El rostro enrojecido de Elkisa aumenta de rubor cuando la tensión se le enrosca en el cuerpo hasta que estalla en un grito irregular. Lucha contra las sujeciones invisibles y golpea el árbol con los talones, pero no puede moverse mucho más.

—Átala y quédate para vigilarla cuando me vaya —le pido a Jezara con el corazón endurecido. Ahora mismo solo me preocupa una cosa—. Iré sola a por Inshara.

Elkisa profiere un grito de alarma.

—¡No lo hagas! —gruñe—. Por favor, no puedes hacerlo. Os destruiréis entre vosotras. —Ahora las lágrimas le recorren la cara, aunque no sé si por la emoción o por un auténtico pavor físico.

Jezara no se ha movido para seguir mis instrucciones. En lugar de eso, mira más allá de mí con la cara redonda llena de preocupación.

—Nimh... Creo que deberías esperar —dice, con la voz normalmente baja y firme rota por el esfuerzo de parecer calmada—. Aún no entiendes este poder tuyo.

Con la niebla sujetando a Elkisa contra el árbol, le echo un vistazo por encima del hombro.

—Me da igual. —Hablo a través de los dientes apretados, aliviada por dejar que la rabia reemplace ese otro sentimiento más profundo y doloroso. La ira es suficiente para distraerme de la enorme herida que tengo en el corazón—. Voy a salvarle. Necesito hacerlo.

—¡No! ¡Espera, no puedes! —exclama Elkisa—. Inshara iba a meterlo en prisión, pero se resistió... —Comienzo a interrumpirla, pero grita por encima de mí—: ¡North está muerto!

Doy un paso atrás y la niebla flaquea lo suficiente como para que Elkisa se deslice por el tronco y aterrice de pie. Entonces, aprieto los puños y vuelve a presionarla.

—Es mentira. Eres una mentirosa, eso es lo único que sabes hacer.

—Yo... no estoy mintiendo, Nimh, lo juro... —Se le tensan los músculos, que le sobresalen del brazo, hasta que logra llevarse la mano a la cintura. Desata lo que lleva sujeto al cinturón y tarda unos momentos en soltarlo para que caiga al suelo entre las dos.

Es un trozo andrajoso de tela roja, mi bufanda roja, la que North se ató a la cintura para parecer un cruzarríos, para parecer mi cruzarríos. «North está muerto».

Las palabras retumban en el silencio repentino de mi mente. Todo se queda quieto, la rabia y el dolor se paralizan durante un momento largo e interminable. Estoy de pie en el ojo de la tormenta y en cualquier momento me sobrepasará y me lanzará de vuelta al torbellino.

«North está muerto».

Un grito se me desprende de la garganta. Lo último que hago es pedirle a la niebla que estrelle la cabeza de Elkisa contra el árbol con un crujido nauseabundo. Luego, todo se vuelve blanco.

TREINTA Y DOS
NORTH

UNA OLEADA DE COLOR ME INUNDA LA VISIÓN, Y LOS AZULES, los verdes y los dorados se funden en un incómodo remolino. Jirones de recuerdos bailan fuera de mi alcance, una impresión huidiza de árboles sobre mí y un rápido vistazo del templo a lo lejos. Los veo a través de una niebla cambiante antes de que desaparezcan de nuevo. Pestañeo y consigo centrarme en el techo.

—Ah, está despierto —anuncia una voz a mi lado.

Giro la cabeza y me arrepiento al instante porque todo se vuelve a unir. Otro pestañeo y esta vez es Techeki quien aparece ante mí. Un fogonazo de rabia me recorre el cuerpo y me trago las náuseas mientras me incorporo sobre los codos.

—¿Qué haces aquí? —le espeto—. ¿No estás demasiado ocupado con tu nueva diosa?

Techeki me contempla, aburrido, durante un momento antes de desviar los ojos hacia un lado. Cuando los sigo, descubro al gato, que le devuelve la mirada y maúlla con fuerza. Con un suspiro, el maestro de ceremonias se pasa una mano por la brillante cabeza y me dedica un vistazo paciente.

—Si estuviera a su favor, seguirías drogado y te habría encerrado en un lugar mucho menos agradable, chico. Dime: ¿Nimhara está bien?

Un pequeño sobresalto me traspasa cuando usa su nombre honorífico. La desconfianza le pisa los talones.

—No te voy a decir dónde está —contesto.

—Bien, me alegra que al menos seas así de listo. Si vuelve, estaré preparado para servirla. Mientras tanto, haré lo que se me pida para mantener este puesto. No sirvo de nada en prisión.

—¿Por eso le dijiste a Inshara que tenía razón, que podía usar la corona de Nimh para llegar a las tierras de las nubes? —le pregunto—. Sabes lo que hará ahí arriba.

—Ella misma sabía que tenía razón —responde—. No sé cómo, pero ya la has oído. Asegura que se lo contó el Portador de Luz, al negar la verdad habría demostrado que no puede confiar en mí. Por eso, confirmé lo que ya sabía y le seguí el juego un poco más.

—Y lo siguiente que hiciste fue venir a verme —digo con lentitud. Estoy esforzándome por recuperarme. De todas las posibilidades que había imaginado, tener a Techeki contándome que es mi aliado no era ninguna de ellas.

—Lo siguiente fue venir a verte —me confirma—. Incorpórate y te cuento por qué. Y bebe, llevas inconsciente casi un día entero.

Aturdido, dejo que me dé la mano y balanceo las piernas sobre el borde del sofá en el que estoy tumbado. Ya he estado aquí, es la misma habitación en la que esperé cuando llegué al templo. Solo ha cambiado una cosa: la estatua de Nimh a la que quise gritarle un millón de preguntas está destrozada hasta los tobillos y se encuentra hecha un montón de escombros sobre la alfombra.

—Continúa —le pido a Techeki mientras el gato salta al nuevo lugar vacante en el sofá, junto a mí. El maestro de ceremonias le dedica un gesto cortés al gato y se agacha para sacar un enorme vaso de agua del suelo, cerca de mis pies.

—Estoy aquí —empieza a decir con calma— porque sé más de lo que le he contado. He visto cómo se usaba esa corona para enviar a un hombre al cielo. He visto a un nubereño volver a Alciel.

Al oír el nombre de mi hogar en sus labios, se me corta la respiración y a punto estoy de ahogarme con el agua.

—¿Tú qué?

—Fue hace muchos años, cuando a Jezara... la echaron del templo —responde con calma—. Entonces, no tenía la influencia que tengo ahora. Lo único para lo que le serví fue para evitar que mataran a su nubereño, como habría hecho con total seguridad alguien en cuanto se completara el destierro de Jezara.

—¿Su nubereño? —repito, pero, justo después, me viene a la mente un recuerdo. Jezara sabía que venía de Alciel cuando me conoció. Mi manera de hablar y mi comportamiento debieron delatarme, pero eso solo podía ocurrir si sabía qué buscar. «¿Eres tan arrogante como para creerte el único nubereño que ha venido a nuestro mundo?».

—Cuando decidió buscar un amante, no se anduvo con chiquitas —comenta Techeki secamente—. Pero usó la corona para volver a casa... Lo vi con mis propios ojos.

—¿Cómo?

—El nubereño utilizó un amuleto que le di. Provenía, es decir, lo robé, de los almacenes de reliquias de los archivos. Se rumoreaba que en el pasado perteneció a un centinela.

—Los centinelas no existen —señalo—. Todos dicen que son un mito. Matias solo me ofreció un libro de cuentos para niños cuando le pregunté por ellos.

—Sin duda tenía razón en que no hay ningún otro rastro —acepta—, pero el amuleto fue la manera de llegar al cielo y se dice que los centinelas eran los guardias del pasaje entre los dos mundos. Imagino que así es como surgió el mito. El nubereño me dijo que estaba seguro de que la corona era la clave y por eso... se la presté. Rompió el amuleto sobre ella y, un momento después, había desaparecido, dejando solo la corona.

La esperanza hace que me dé un vuelco el corazón.

—¿Qué era el amuleto?

—No lo sé, pero se creía que contenía la sangre de un antiguo rey. No sé cómo funcionó.

Siento náuseas al comprenderlo.

—Lo rompió, según has dicho... No tendrás otro, ¿verdad?

—No.

Intento ignorar la sensación nauseabunda del estómago cuando busco en sus palabras alguna pista de lo que ocurrió en realidad. «La sangre de un antiguo rey». ¿Podría estar hablando de un... cerrojo de ADN? El pergamino de Nimh se desbloqueó cuando lo rozó la sangre. ¿Será igual la corona? Repito las palabras en mi cabeza. «La sangre de un antiguo rey». Con lentitud, la mínima semilla de una idea comienza a echar raíces, y digo:

—Nimh me contó una vez que hace mucho que no hay reyes aquí..., desde antes de la Ascensión. ¿El Éxodo?

Techeki alza una ceja.

—Creo que sí, en torno a esa época. Tendrás que preguntar al archivero por el momento exacto, si alguien le encuentra.

—¿A qué te refieres? ¿Está bien Matias? Nos ayudó a Nimh y a mí a escapar. Si Inshara se entera... —La culpa me traspasa porque debería haberlo preguntado antes.

Techeki niega con la cabeza.

—No se le ha visto desde la noche que huisteis. Ninguna de mis fuentes ha encontrado el más mínimo rastro de información. Quizás sean buenas noticias.

No tengo otra opción que aferrarme a la esperanza de que Matias esté escondido en algún lugar para evitar la ira de Inshara. Por ahora, no está aquí, pero Techeki sí. Dudo, aunque solo unos segundos. Tal vez la lealtad de Techeki sea cuestionable, pero no veo a nadie más a mi lado por aquí. A lo mejor sabe algo que no considera importante, y necesito darle una razón para buscar en su memoria. Sea con magia o tecnología, debo encontrar el camino a casa. «La sangre de un antiguo rey…».

Levanto la barbilla y digo con calma:

—Mi familia lleva en el trono de Alciel desde la época del Éxodo.

La otra ceja de Techeki se une a la primera.

—¿No solo un dios, sino también un príncipe entre los dioses? —Parece divertido, en lugar de reverente. Entonces, lo entiende—. Crees que es posible que desciendas del antiguo rey cuya sangre envió a casa al último nubereño, ¿verdad?

—No sabes lo mucho que se asegura mi familia de que no se rompa la línea de sangre. Si vuestro antiguo rey fue mi ancestro, entonces compartimos ADN. —Recuerdo entonces con quién estoy hablando y añado—: Mi sangre podría funcionar igual que el amuleto… si pudiéramos ponerle las manos encima a la corona.

Techeki asiente con lentitud.

—Es posible —murmura, reflexivo—. Y, si te quitamos de la ecuación, la usurpadora no tendrá modo de subir al cielo. Tiemblo solo con pensar lo que haría si tuviera en sus manos el poder de los dioses.

Inshara, con la tecnología de Alciel, sería una oponente formidable aquí abajo…, y cualquiera armado con magia sería casi imparable en mi mundo. Pero la idea de Techeki hace que se me estabilice un poco el ritmo irregular del corazón cuando la esperanza me domina y digo en voz alta:

—Mi sangre podría ser mi billete de vuelta.

El gato gruñe de repente y, un momento después, la puerta se abre y revela a una mujer vestida de negro y dorado.

—Ha llegado el momento de la Vigilia del Creciente —dice con calma y sin pasión—. Vamos.

El gato trota ante nosotros moviendo el rabo como una bandera y, aunque el templo está en silencio porque debe de ser antes del amanecer, se encuentra casi a rebosar. Supongo que se estarán preparando para la vigilia.

Techeki y yo seguimos al gato, adelantando a ciudadanos y estudiantes, y una cosa que me sorprende es lo normal que parece todo. La gente se mueve, por alguna razón, con calma, en vez de con pánico, y se hablan con voces bajas y atareadas. No parece un lugar sometido a una invasión hostil. Los gritos y el miedo del Festín del Muerto han desaparecido. Este lugar solo parece... ajetreado. Es como si nada hubiera ocurrido, como si hubiera habido un cambio fluido en la gestión y todos siguieran con su vida.

¿Qué ocurrió después de que nos marcháramos? ¿Cómo se ha pasado de que Inshara matara a Daoman delante de todos a esta sensación tranquila, relajada y mundana? Siento como si el mundo entero estuviera patas arriba y solo yo lo notara, como si me estuviera volviendo loco.

Sea lo que sea lo que ha hecho Inshara para convencerlos de volver a sus vidas habituales, quizás una combinación de carisma mordaz, muestras de poder y la promesa de una solución para sus calamidades, funciona. Por aquí, hay el ajetreo de siempre.

Ojalá supiera lo que ha planeado, pero ahora tengo un objetivo: su corona. «Si la consiguiera, ¿cómo la usaría? ¿La utilizaría y dejaría a Nimh sola para que se enfrentara con Inshara?».

—El Festín del Muerto indica el solsticio —dice en voz baja Techeki—. Nos despedimos del sol al saber que ante nosotros llegan días más cortos. Sin embargo, ahora, al amanecer, celebramos la Vigilia del Creciente y recordamos que dejamos atrás la oscuridad y que los momentos de sol vuelven a prolongarse.

La guardia nos guía hasta el balcón y, con un sobresalto, me doy cuenta de que nos encontramos donde se colocó Nimh cuando llevo a cabo el Festín del Muerto. Tengo todos los detalles de esa tarde grabados a fuego en mi mente, desde el sol poniente hasta la mancha creciente de sangre de Daoman sobre el suelo de piedra en la fiesta posterior.

Los ayudantes encienden las antorchas de la barandilla del balcón mientras la guardia nos guía hacia delante. Desde la enorme plataforma de piedra se ve toda la ciudad, y sobre las rocas a nuestros pies hay un complejo patrón en una escala demasiado grande para entenderla. Hacia el centro del balcón, el dibujo se vuelve menos libre y más estructurado. Las líneas en las piedras son tan precisas que pensaría que están hechas con una máquina si en Allí Abajo hubiera tecnología de ese tipo. Un grupo de personas están reunidas allí y capto un fragmento del vestido carmesí... Inshara. Lleva puesta la corona.

Cuando los ojos se me adaptan a la luz, veo la ciudad bajo nosotros. Justo enfrente percibo el sinuoso río, el mismo río por el que Nimh y yo huimos hace solo unas noches. Se desvanece en la oscuridad, ya que las estrellas están ocultas en esa dirección por los enormes bancos de nubes negras.

El río se divide para pasar por ambos lados de la ciudad, creando una enorme isla, aunque hay tantas barcas y puentes sobre el agua que nunca me habría dado cuenta si no hubiera subido a esta altura.

La ciudad bajo nosotros, donde me encontraba durante el Festín del Muerto, es un mar de antorchas y fueguechizos parpadeantes. Solo consigo vislumbrar los rostros de la multitud, girados hacia nosotros.

Inshara está flanqueada por media docena de guardias del templo, filas de sacerdotes y ayudantes, algunos de los personajes importantes que vi en el festín, líderes de gremios y miembros del consejo. Veo también hombres y mujeres solemnes, todos vestidos de gris.

Si no supiera que la actuación de Elkisa la noche que Inshara irrumpió en el templo fue mentira, habría asumido que estas personas están bajo el mismo hechizo. Aunque algunas me miran con ojos llenos de preocupación e incertidumbre, la mayoría no me presta atención.

¡Con qué facilidad Inshara le ha arrebatado a Nimh su pueblo! ¡Qué desesperados debían de estar por encontrar un salvador como para creer en una mujer que mató al sumo sacerdote ante todos esa noche! Luego, pienso para mí, sintiendo náuseas: «O qué poder de persuasión tiene Inshara». Tanto que ha hecho lo que Nimh no pudo hacer: unir a los sacerdotes y a los capuchas grises. ¿Qué debe haberles prometido?

Inshara se dirige a nosotros mientras la luz de las antorchas se le refleja en el vestido carmesí. Cuando se detiene ante mí, no puedo evitarlo y dirijo los ojos hacia su corona. Nunca la miré cuando Nimh la llevaba puesta porque estaba mucho más interesado en su dueña.

Sin embargo, ahora... ahora la veo. El diseño de la corona es complicado, pero hay un mensaje escondido dentro del patrón. Dos alas estilizadas se extienden a cada lado de un pequeño espacio, eso está claro. Además, la forma de esa pequeña área sencilla la conozco tan bien como mi propio rostro. Es la silueta de una isla celestial.

El escudo de mi familia está en esa corona, llamándome para volver a casa, a Alciel. Fue la marca que dejamos en este mundo cuando huimos. Durante un alocado momento, quiero quitarle la corona y correr. Si mi sangre es la clave, podría usarla para volver a casa, para avisar a mi familia de que los de aquí abajo quieren destruirlos porque lo dicta su religión.

Sé que eso es lo que debería hacer. Tendría que resultarme fácil elegir. Estaría abandonando a Nimh, pero no puedo sacrificar a mi pueblo, descuidar mis deberes por una chica, ni siquiera por esta. No debería ser una opción.

—Nubereño, pareces muy pensativo —dice Inshara, y, con un pestañeo, me doy cuenta de que la he estado observando. La pintura dorada de los labios resplandece bajo la luz de las antorchas y tiene una ceja levantada.

—Yo... Eh... —Mi primer intento por contestar se estrella y arde. Siento que el gato zigzaguea entre mis tobillos y, de alguna manera, la calidez de su pelo y la facilidad de movimiento de sus músculos se vuelve reconfortante—. Estaba examinando la mampostería de allí. ¿Qué significa?

Techeki, a mi lado, murmura una explicación, deseoso de colaborar conmigo para ganar tiempo.

—El primer símbolo, en el extremo más alejado de la piedra guardiana, pertenece a un dios sin nombre. El otro, en este extremo, a una diosa sin nombre. El hombre fue la primera encarnación de la divinidad presente, y la mujer, la segunda. Se han perdido sus nombres, pero no su aspecto. Él fue el dios de los finales y vio el Éxodo del resto de su clase hacia las tierras de las nubes. Ella fue la diosa de los principios y vio el comienzo de un mundo nuevo en su ausencia.

Tengo que esforzarme por mantener la sorpresa lejos del rostro. Nadie en este mundo, excepto Nimh y yo, ha oído las palabras de la profecía que le llegaron cuando manifestó la cualidad. «Entonces, la Estrella le iluminará el camino hasta el emplazamiento de los finales y los principios». Y aquí estoy yo, la Estrella, en el lugar en el que debo estar.

No importa lo mucho que me esfuerce en alejarme, la profecía me retiene y me arrastra de vuelta. Y estoy cansado de huir de ella. La profecía de Nimh se está haciendo realidad y está ocurriendo ahora mismo. Estoy aquí para interpretar mi papel, y lo haré por Nimh.

Al darme cuenta, siento un cosquilleo recorriéndome el cuerpo como una corriente eléctrica, tan sorprendente que es imposible ignorarlo. No puedo abandonarla... y no lo haré. «Estoy aquí por Nimh».

—Va a venir, ¿verdad? —susurra Inshara, girándose para mirar al otro lado de la ciudad a oscuras—. Casi la puedo sentir. Viene a salvarte.

Trago saliva con fuerza, con los ojos en el horizonte, donde las estrellas se apagan por una tormenta lejana que se está formando. Sigue siendo una forma pequeña y negra que se ilumina por los relámpagos de su interior.

—Deberías desear que no fuera así. Quizás descubras que ahora es demasiado poderosa.

Inshara desvía la mirada hacia mí y, cuando se la devuelvo, una sonrisa le curva los labios.

—Creo que me encontrará preparada.

—¿Qué vas a hacer? —pregunto con lentitud, y un toque de terror no identificado me recorre la espalda.

—Nuestros amigos de gris ya están en sus puestos —dice, observando la ciudad—. Una palabra mía y modificarán el río para siempre. Haré lo que ella nunca pudo hacer, crear una barrera permanente alrededor de la ciudad. Será un enorme refugio. Seis anclas de acero celestial se han colocado a lo largo del río. Cuando las sumerjan, el agua las conectará y toda la ciudad estará envuelta en su protección. Nadie dentro del anillo será capaz de usar la magia.

—Nadie excepto tú —susurro, y el corazón me da un vuelco hasta hundirse en mi estómago.

Un millón de preguntas me arden en la mente. «¿De dónde ha sacado el acero celestial de las anclas? ¿Cuántas piedras guardianas ha desmenuzado? ¿Cuántos pueblos se han perdido o se perderán por su necesidad de poder? ¿Cuántos han muerto o algo peor?».

Siento náuseas. Inshara se incorpora y mira hacia los ríos.

—La tormenta de niebla crece, pero puede volverse tan imponente como desee. Con una sola palabra, la alejaré de nosotros.

Todos estamos observando la tormenta mientras habla, y hay algo en la manera en la que se mueve que hace que se me ericen los pelos de la nuca, produciéndome un cosquilleo por la piel. Se separa y arremolina y, en el centro, no dejo de ver trazos de una luz blanca. «Hay algo en la manera en la que se mueve…».

—No creo que solo sea una tormenta de niebla.

Gira la cabeza hacia mí, lo que hace que me dé cuenta de que lo he dicho en voz alta. Tiene la voz suave y peligrosa cuando habla, y estas palabras solo me las dirige a mí:

—¿Qué has dicho, nubereño?

Sin embargo, no respondo. No puedo. No consigo apartar la mirada de las enormes nubes que se agitan y se aproximan a nosotros. Comienzan a moverse de repente muy rápido, reduciendo la distancia hacia la ciudad. Son del tamaño de montañas, retorciéndose y contorsionándose como una gran bandada de pájaros, chocando entre sí para llegar a nosotros y separándose como el agua del río cuando choca contra las rocas.

No son solo grises, los relámpagos del interior destellean en tonos verdes y morados. Es como una tormenta tratando de hacerse pedazos. Inshara gime y da un paso atrás desde la barandilla del balcón. Sin embargo, no tengo tiempo de disfrutar de su inquietud porque acabo de ver lo mismo que ella.

En el centro de esta enorme cordillera de montañas de niebla hay un ciclón, un pilar circular del tamaño del propio templo. En lo alto con los brazos estirados, con una sombra lo bastante grande como para cubrir la ciudad, el pelo revuelto y los ojos brillantes y blancos..., está Nimh.

Es una criatura salvaje que se ha fusionado con la tormenta de niebla, forma parte de esa cosa que la está elevando. Doy un paso involuntario hacia atrás y choco con alguien. De manera distante, siento unas rápidas agujas de dolor cuando el gato me escala como una escalera y se me coloca sobre los hombros para observar cómo se acerca su dueña. Un suave gruñido comienza a creársele en la garganta y se le convierte en un aterrador maullido que retumba por todo el balcón.

Nimh alcanza los límites de la ciudad mientras el río se enturbia debajo. Una flota entera de barcas se despega del agua con un rugido amortiguado que tarda unos segundos en llegar a nosotros. Debajo, los gritos se propagan por toda la multitud y, después, la ven y un asombro evidente se extiende entre ellos como una ola.

Una sección de pared, alguna ruina antigua, se desvanece en la niebla, acompañada por el ruido de piedras cayendo y convirtiéndose en polvo. Un pelotón de guardias sale corriendo de una torre en el extremo de la parte más alta del terreno, pero se detienen con un horror incierto cuando miran a la diosa a la que solían proteger con su vida. Algunos se derrumban y corren. Al resto se lo traga la niebla mientras Nimh avanza, ajena (o indiferente) a la destrucción de su alrededor.

Alguien está a punto de derribarme cuando me empuja para pasar, por lo que levanto las manos para coger al gato y calmarlo mientras desvío por fin la mirada para observar al otro lado del balcón. La mayoría de los sacerdotes están encogidos de miedo en la pared más alejada, algunos de rodillas, alzando la voz con plegarias que se pierden en el aire.

Los capuchas grises rompen filas y se dan codazos con los jefes de los gremios y los miembros del consejo mientras corren hacia las escaleras en busca de la seguridad que puedan ofrecer. Una mujer cae al suelo y chilla antes de cubrirse la cabeza con las manos cuando una bota le aterriza en la espalda.

Inshara y Techeki permanecen junto a mí, uno a cada lado. Sus guardias nos llaman, pero ambos se aferran a la última pizca de serenidad, sujetan con fuerza sus cetros y miran hacia los lados para comprobar que no son los únicos que se mantienen firmes.

—El... —comienza a decir Inshara con la voz agudizada por algo muy parecido al pánico. Pero el ruido de la tormenta ahoga sus palabras y la obliga a gritar—: ¡El acero celestial, ya!

El horror me traspasa y me lanzo hacia ella sin conocer el plan. Lo único que sé es que, si rodea la ciudad con acero celestial, si acaba con la magia, la niebla desaparecerá y Nimh caerá. Tengo que creer en ella, no puedo permitir que muera.

Cojo a Inshara del brazo para que se dé media vuelta y uno de sus guardias está entre nosotros un instante después. Me golpea en el estómago con el extremo de su lanza y me envía al suelo tras un par de pasos torpes. El gato sale volando y, de alguna manera, cae de pie, pero yo me he quedado sin respiración, y jadeo. El dolor me obstaculiza los pensamientos mientras me giro sobre las manos y las rodillas para arrastrarme hasta la barandilla e intentar levantarme.

El viento crece por la niebla y el aire se vuelve más espeso y pegajoso. La ropa se me aferra al cuerpo y me tapa la cara como si quisiera asfixiarme.

—Para —exclamo, estirando los brazos para cogerle del vestido rojo—. ¡Inshara, para! Te diré la manera de llegar al cielo.

Se paraliza y deja el cuerpo totalmente inmóvil. El vestido le da vueltas de manera alocada a su alrededor. Entonces, se gira sobre los talones y pone una mano en alto como señal. Soy apenas consciente de que se pasan la señal levantando la mano a nuestro alrededor. Lo único que sé es que he ganado un minuto de tiempo. No puedo dejar de pensar en lo que estoy a punto de hacer, ya que el corazón me empuja a casa, pero a la vez está anclado aquí, atado a la diosa que se eleva sobre nosotros. Esta es mi única oportunidad.

—Prométemelo —gruño, aún luchando por recuperar el aliento—. Prométeme que no la matarás.

—Te doy mi palabra —dice Inshara con lentitud.

Sobre nosotros, el ciclón que lleva a Nimh casi ha llegado al templo. Me lloran los ojos por el viento mientras dedos irregulares de niebla gris, verde y violeta se retuercen en formas rotas a nuestro alrededor, al mismo tiempo que Nimh desprende un blanco incandescente. Tengo que obligarme a soltar las palabras.

—Sé cómo activar la corona.

Nuestros ojos se encuentran, yo apoyado sobre una rodilla y ella de pie, con la espalda recta, sobre mí. El viento se le aferra con dedos apasionados al pelo y al vestido.

—¿Y bien? —pregunta, con ojos resplandecientes.

—Es mi sangre —jadeo, con el corazón roto, tratando de no pensar en el precio de lo que estoy diciendo—. Soy un príncipe de las tierras de las nubes. Mi sangre real abre el camino.

Inshara empequeñece los ojos y me sostiene la mirada durante un momento largo, muy largo, intentando entender si es cierto. Satisfecha, asiente y me hundo en el alivio mientras me giro hacia Nimh, quien sigue acercándose, rodeada de destrucción por todas partes. Entonces, justo detrás de mí, surge la voz de Inshara:

—¡Bajad las anclas!

—¿Qué...? ¡No! —Trato una vez más de tambalearme hacia Inshara, pero es demasiado tarde. Ha dado la orden, y la señal se pasa de unos a otros hasta las orillas del gran río, donde ahora hay antorchas relampagueando. Bajo su luz veo que quitan las cubiertas de enormes barcazas que había supuesto que eran buques de carga.

Los cuerpos se apiñan a su alrededor, luchando y jadeando, y las anclas chapotean al sumergirse. Las luces más cercanas se apagan al instante y veo la señal viajar por el agua. Al encontrarse entre cada par de anclas, la red se completa y las luces de la ciudad se extinguen, por lo que debajo se extiende la oscuridad, cada punto iluminado desaparece como una ola que se dirigiera hacia nosotros. Las personas de la parte inferior se vuelven invisibles, pero... Inshara sigue iluminada.

Por todas las caídas celestiales, Jezara decía la verdad. Su hija, inmune al acero celestial, observa desafiante la tormenta de niebla y a la diosa pasional que vuela sobre ella, contemplando cómo comienza a desvanecerse.

Rodeada de acero celestial, Nimh grita. El sonido es como el eco de los espectros de niebla del pueblo fantasma. Se me eriza el vello y, durante un instante, estoy seguro de que me van a estallar los tímpanos. El torbellino en el que se apoya se estremece una vez y colapsa a su alrededor hasta que solo queda una esfera que se retuerce y flota sobre el balcón de piedra.

—¡Nimh! —El nombre sale de mí cuando me pongo en pie y echo a correr, sin saber siquiera si sigue dentro del capullo de niebla, si sigue viva—. ¡Nimh, no!

Me detengo junto a la bola giratoria de niebla, indefenso. La tormenta desata su violencia en el interior, aunque de vez en cuando un fogonazo de luz me muestra rastros de una pierna o un brazo. Está rodeada, paralizada y encerrada en una lucha contra la fuerza del acero celestial de Inshara. Estiro el brazo hacia ella, pero después retiro la mano cuando una descarga me recorre el cuerpo. Estoy furioso por mi propia impotencia, pero tocar su jaula de niebla sería mortal, me volvería como Quenti o, peor, como los espectros de niebla.

«Pero Nimh está ahí dentro», me grita el corazón. La esfera flota ante mí, apenas lo bastante grande como para contener su cuerpo. Oigo pisadas detrás, lo que hace que me gire a tiempo para ver a Inshara descender hacia este nivel del balcón. Sus guardias se apresuran tras ella, y Techeki les pisa los talones. Mira la tormenta condensada y furiosa durante un momento. Entonces, se gira y le arranca una lanza a un guardia cercano. Da media vuelta con el brazo levantado. Se me tensan los músculos antes de que tenga tiempo de pensarlo, preparado para arrojarme entre la lanza y lo que quede de Nimh. Entonces, una voz retumba como una campana, atravesando la multitud.

—¡Ya basta! —Durante un momento, no sé quién ha hablado. Luego, una figura se abre paso entre la marabunta de personas para emerger frente a nosotros. Tiene la mirada alta..., centrada en su hija—. No te crie para que fueras un monstruo —grita Jezara, jadeando por el esfuerzo. No tengo ni idea de cómo se ha abierto camino entre la destrucción de la parte inferior, a través de la franja de escombros que marca el camino de Nimh por la ciudad—. Detente, ahora.

A Inshara se le resbala la lanza de las manos y cae sobre la piedra con un repiqueteo indefenso. Levanta la barbilla. ¿Es un intento por mantener la calma?

—Madre, ¿qué haces aquí?

La confusión penetra entre los reunidos en el balcón. Muchos de ellos reconocen a la diosa anterior, pero no tenían ni idea de que Inshara fuera su hija prohibida. Jezara se mueve hacia los pies de las escaleras, hasta encontrarse debajo de mí.

—Estoy aquí para evitar que te conviertas en esto. No eres así.

—Soy justo así —replica Inshara con ojos relucientes—. Es a mí a quien habla el Portador de Luz. Lo he oído toda mi vida... Me ha dicho que soy especial, que soy la elegida. Soy yo la elegida, no ella.

Con lentitud, Jezara cojea por las escaleras hasta detenerse junto a mí, entre su hija y Nimh, que sigue luchando y esforzándose en su propia batalla contra la niebla.

—¿Cómo puedes ponerte de su lado? —grita Inshara con voz agonizante—. No tiene ninguna relación contigo, solo es el símbolo del mundo que te desterró. Soy yo la que vivió junto a ti en la miseria, se crio entre las burlas y el asco de todos los que nos rodeaban. Soy yo a la que escupían cuando caminábamos por la calle. Soy yo la que pasó hambre para ahorrar lo suficiente y poder abandonar ese lugar. ¡No es hija tuya! —A Inshara se le quiebra la voz por la intensidad, y las últimas palabras emergen con un grito irregular mientras extiende un dedo tembloroso hacia mí.

—Insha —dice Jezara con suavidad.

—¿No ves lo que he hecho? —suplica Inshara con los ojos brillantes y una mirada de desesperación—. He hecho que me eligieran, madre, esta gente y esta fe. He hecho que nos elijan a las dos.

—No te eligieron —contesta Jezara con calma—. Te tienen miedo. Confundes pavor con lealtad.

—No, ¿no lo ves? —susurra Inshara, estirando la mano hacia los sacerdotes y guardias aún desplegados de forma irregular a su alrededor—. He hecho que me quieran.

—Insha —dice Jezara con un tono suave—. Sé quién eres. Te lo suplico, para. Aún tienes mi amor. No necesitas el suyo.

La expresión de Inshara cambia y se vuelve algo más dulce como respuesta a la voz de su madre. Luego, su gesto se endurece de nuevo.

—Tengo su amor —farfulla, al mismo tiempo que se lleva una mano al pecho..., no, al crono que lleva colgado al cuello—.

El del Portador de Luz. Y, cuando esté preparada, manifestará su poder a través de mí.

—¿Escuchas su voz a través de eso? —La voz de Jezara se agudiza por la sorpresa—. ¿A través del collar que te regalé?

Inshara lo acuna con ambas manos y lo mece como si estuviera protegiendo algo valioso.

—Desde que tengo memoria.

Al entenderlo, siento un sudor frío que me cosquillea por todas partes. Incapaz de resistirlo, deslizo la mano por el brazo para tocar mi propio crono. Si hubiera sabido que era a través de ese crono desde donde Inshara oía la voz... Pero ¿quién podría estar hablándole?

—No puede ser —murmura Jezara, y la confusión la inunda al darse cuenta ella también—. Desapareció. Nunca me habló. Lo dejé marchar. Supuse...

Levanta la cabeza y le sostiene la mirada a Techeki. El maestro de ceremonias la observa con una expresión impregnada de pena.

—Perdóname, Deidad —susurra—. Temía que malgastaras tu vida tratando de seguirlo.

—¿Encontraste la manera de devolverlo al cielo? —La voz de Jezara se convierte en un gemido. Le brillan los ojos por las lágrimas cuando da un paso al frente—. Pensaba... Pensaba que había decidido abandonarme. Ese cronómetro era todo lo que tenía y nunca funcionó. Por eso se lo di a...

Inshara interrumpe a su madre:

—¿De qué estás hablando?

Jezara se pasa una mano temblorosa por los ojos.

—Oh, niña... Esa voz que oyes no pertenece a un dios, solo a un hombre. Hice ese collar con el artefacto que me dio tu padre después de que nos separáramos. Debió de encontrar la manera de hacerlo funcionar, pero solo después de que yo te lo diera.

Inshara cierra la mano sobre el amuleto del crono. La expresión se le vuelve neutra, ya no tiene color, y presenta una mirada vacía y dura.

—Mientes —susurra.

—¿Nunca te preguntó por mí? —pregunta Jezara, dando otro paso hacia su hija, con una mano medio levantada como ruego—. ¿Nunca te pidió hablar conmigo?

Inshara se queda paralizada, y los nudillos de la mano con la que rodea el crono se le ponen blancos.

—Quería... Quería que fuera solo mío —murmura—. Era todavía una niña cuando le dije que habías muerto.

Jezara abre mucho los ojos.

—¿Tú qué? Insha...

—Es todo mentira —farfulla Inshara con los ojos llenos de lágrimas—. Es divino, un dios, el Portador de Luz. Me contó que el mundo debería arder...

Su madre se traga un sollozo.

—Oh, Insha... Vuelve a casa, querida. —Levanta las manos para ofrecerle un abrazo mientras Inshara la mira—. Tú y yo tenemos mucho de lo que hablar. Ojalá...

Con un grito, Inshara se inclina para recuperar la lanza. En un solo movimiento, la arroja con un gruñido de rabia y esfuerzo. Jezara se interrumpe y baja la mirada para observar la empuñadura de la lanza que le sobresale del pecho.

Durante un instante, nadie se mueve. Nadie habla. El horror nos mantiene cautivos... Incluso la hija de Jezara mira a su madre a la cara con los ojos muy abiertos. Entonces, un grito se eleva como si proviniera del propio suelo. Un segundo después, entiendo de dónde procede el sonido: ¡Nimh!

La figura que lucha dentro de la densa maraña de niebla se sacude y se curva sobre sí misma. Entonces, con una oleada de fuerza que me derriba, la niebla explota. Ruedo por la mitad de los escalones y me estrello contra la piedra, golpeándome dolorosamente la cabeza y raspándome las manos. Con esfuerzo, consigo centrar mi mirada aturdida. Sin embargo, no veo lo que ocurre ahí arriba, aunque más allá del balcón... Se me corta la respiración.

Como si lo hubiera producido una oleada, las luces de los fueguechizos funcionan de nuevo. Aturdido, miro hacia el río que rodea la ciudad y me dejo caer de rodillas por la sorpresa. El agua ha desaparecido y, con ella, la barrera de acero celestial de Inshara. Nimh ha evaporado el río.

TREINTA Y TRES

NIMH

ME DA VUELTAS LA CABEZA, ME DUELE EL CUERPO, Y ESTRELLAS estallan ante mis ojos, por lo que lo único que puedo hacer durante algunos largos segundos es quedarme ahí tumbada, con la cara apoyada sobre la piedra. Entonces, recuerdo lo que sentí a través del abrasador dolor de la niebla contra mi piel, a través del esfuerzo desgarrador por mantenerme intacta.

«Jezara».

Aturdida, me arrastro hasta que puedo verla, desplomada sobre los brazos de alguien con la respiración irregular. Techeki, el maestro de ceremonias, está ahí, abrazándola.

—Jeza —murmura, presionando la herida mientras la sangre fluye alrededor de la lanza y sobre sus dedos, creando una mancha carmesí que se extiende sobre el manto púrpura.

Le susurro a Techeki que se aparte, al mismo tiempo que busco amanecer de Mhyr y un vial de dulcedensificador. Centro los ojos en la herida de Jezara mientras trato de pensar en cómo sacar la lanza sin matarla. Sin embargo, la diosa anterior niega con la cabeza y desvía los ojos hacia los míos.

—No, niña. —Le tiemblan los labios en un débil intento de sonrisa—. Era la diosa de la curación, ¿recuerdas? Sé cuándo una herida es demasiado grande para que la ayuda de la magia pueda ser útil.

Aprieto los dientes y tenso los dedos alrededor del vial de dulcedensificador.

—Debo intentarlo.

La sonrisa de Jezara se desvanece, y frunce las cejas.

—No deseo pasarme los últimos momentos de mi vida oliendo el aroma de la piel quemada, sintiendo el chirrido de huesos rotos sobre otros huesos. Esa es mi elección.

Todos mis instintos me piden que ignore sus deseos, que siga luchando, pero la miro a la cara otra vez y me quedo callada. No centra los ojos y mueve la boca sin emitir sonidos, como si estuviera confusa. Entonces, se le tensa el cuerpo cuando tose de nuevo, y el sonido es denso y húmedo esta vez. La sangre le mancha los labios de un luminoso y llamativo carmesí.

—Es tan pequeña —murmura al aire. Entonces, pasea la mirada desde mi rostro, sin reconocerme, hasta el de North y luego hasta el de Techeki de nuevo—. La cuidarás, ¿verdad?

Techeki le coloca un mechón de pelo detrás de la oreja, con suavidad.

—Siempre lo he hecho, Deidad. Siempre lo haré.

—Es tan pequeña —repite Jezara con la voz casi delirante—. Me pregunto si será culpa mía, como la han designado tan joven...

Al comprenderlo, trago saliva con fuerza. Esta vez, cuando observo a Techeki, él me devuelve la mirada por un instante antes de centrarla de nuevo en la cara de su vieja amiga y diosa.

—Lo hará bien —dice Techeki con los ojos húmedos por las lágrimas—. Y cuidaré de la joven Nimhara, lo prometo.

Jezara comienza a girar la cabeza cuando sus ojos se topan conmigo y se detienen. El juicio y el entendimiento desaparecen.

—Me resultas familiar, niña... ¿Quieres mi bendición?

Siento cómo una lágrima me recorre la mejilla y me cae en la mano. Tras tragar saliva con fuerza, asiento e inclino la cabeza con las palmas en los ojos. Nunca había hecho este gesto, ya que he sido su receptora desde que tengo memoria. Sin embargo, me resulta fácil y, mientras espero, Jezara comienza a hablar.

—Te bendigo —susurra, cerrando los ojos—. Que la luz te mantenga a salvo y guíe tu camino. Que la calidez de la curación te acompañe... —Mueve los labios como si quisiera continuar hablando, pero ningún sonido sale de ellos y frunce el ceño.

Techeki estira el brazo para tomarla de la mano, con los ojos en el lugar en el que su palma toca la de ella. La arruga en la frente de Jezara se suaviza, y una diminuta sonrisa le roza las comisuras de los labios.

—Que camines con ligereza —murmuro, retomándolo donde ella lo ha dejado. Nuestras bendiciones no son iguales, no hay dos divinidades que hayan compartido la misma—. Que el perdón te encuentre y la compasión te cuide hasta...

No hace mucho que dije estas palabras, en la solitaria orilla del río cuando un chico se estaba desangrando y me sentí igual de indefensa que ahora. Se me constriñe la garganta y, solo cuando Techeki levanta la cabeza con el delineador verde emborronado por las lágrimas, hallo la voz y el resto de la despedida.

—Hasta que nos encontremos de nuevo, Deidad.

Un momento después de que Jezara exhale su último aliento, no se produce sonido alguno. Siento el cuerpo vacío con un agujero oscuro y doloroso donde antes tenía el corazón.

Levanto los ojos hacia Inshara, que está ahí de pie, no lejos de nosotros, observándonos con los ojos brillantes y la corona sobre la cabeza. La visión se vuelve borrosa. La sangre me ruge en los oídos y el mundo comienza a desmoronarse.

—Techeki, vete —susurro.

—¿Qué? —Techeki se incorpora con una sacudida, ya que no quiere abandonar el cuerpo de Jezara—. Debo... Deidad, por favor...

—¡Vete! —le ordeno, sin quitar los ojos de la mujer que lleva la corona y el vestido rojo, del mismo color carmesí que el fajín de North, extendido por el suelo ante mí cuando Elkisa me contó la noticia de su muerte.

Inshara me lo ha quitado todo: la corona, a mi mejor amiga, al chico al que le di mi corazón, a mi padre, mi pueblo, mi hogar, el propósito de mi vida y, por último, al único ser vivo del mundo que podía entenderme.

La niebla me envuelve de nuevo al comprender que el río de acero celestial no puede volver a herirme. La siento, agitándose, a la espera. La veo, fragmentos de violentos tonos verdes y púrpuras en los límites de mi visión. Noto su extraño sabor a cobre en la lengua, como la sangre.

Me rindo a esta niebla. Soy la única persona del mundo que puede sentir su roce sin convertirse en algo irreconocible. Inshara no tiene esa protección. Y voy a hacer que pague por todo.

TREINTA Y CUATRO

NORTH

LUCHO POR SUBIR LAS ESCALERAS, ESQUIVANDO A LOS GUARDIAS, sacerdotes y capuchas grises que corren para tratar de huir. A punto estoy de resbalarme al pisar algo húmedo, pero me detengo cuando una mano se estira y me coge del brazo.

—Para —Techeki me sujeta con fuerza. Debido al impulso, me giro y caigo junto a él—. ¡Te matarán!

Tras alejar la mirada del cuerpo de Jezara que está a su lado («Oh, cielos, ¿qué he pisado?»), me vuelvo hacia el balcón y me paralizo. La niebla grita a través del aire, resuena como el filo de una espada. Inshara tiene la espalda apoyada en el muro del balcón superior, reuniendo escasos retazos de magia que poco harán para detener la arremetida de los golpes que se dirigen hacia ella.

Y Nimh...

Nimh está hecha una furia. El aire a su alrededor se inclina, como si el aura de niebla e ira con la que se envuelve fuera demasiado densa para que pasara siquiera la luz sin verse afectada. Está avanzando hacia Inshara igual que ha recorrido la ciudad, con la única diferencia de que esta vez se le ven los ojos. Es aterradora.

La niebla se le acerca cada vez más rápido y el viento me pega la ropa al cuerpo y ruge como un tren que pasara a centímetros de distancia. Un peñasco del tamaño de mi cuerpo se eleva y se arranca del balcón pavimentado para romperse en cientos de fragmentos afilados que se unen a la tormenta arremolinada a su alrededor.

Comienzo a ponerme en pie cuando descubro que Techeki sigue sujetándome.

—¿Estás loco? —grita, y me obliga a acercar la cabeza a la suya para que le oiga—. Te matarán antes de que llegues a ellas.

—¡Va a destruir el templo! —exclamo, desgarrándome la garganta—. Va a destruir todo lo que le queda. No puedo permitir que se convierta en esa cosa.

—Cree que estás muerto, chico —contesta Techeki con la voz rota por el esfuerzo de gritar sobre el estruendo—. Por eso... Después de Jezara, Daoman, el templo... La escuché, nubereño. Pronunció tu nombre.

Le dedico una mirada a Techeki mientras la sorpresa me traspasa. No me ha visto, no sabe que estoy vivo. Puedo evitarlo. Un grito desde el balcón me llama la atención. Inshara está ahora presionada contra la piedra, y la niebla que rodea a Nimh es tan densa que casi la lleva como una segunda piel. Sobresale de ella como otro par de brazos que se estiraran hacia Inshara.

—Espera... ¡Nimh, espera! —El viento me arranca la voz.

Antes de que pueda detenerlo, la niebla alcanza a Inshara y la atrapa, interrumpiendo su grito. Tanto Nimh como ella desaparecen dentro del remolino letal, pero, cuando espero que el violento torrente se detenga, ahora que Nimh ha conseguido su objetivo, ya que es evidente que Inshara no puede haber sobrevivido a tanta niebla, la tormenta se vuelve más agresiva.

Su fuerza arranca nuevas piedras del balcón, y una vuela tan cerca de nosotros que Techeki se ve obligado a lanzarse al suelo y cubrirse la cabeza con las manos. Consigo dedicarle un único vistazo por encima del hombro al camino en ruinas que Nimh ha dejado como una cicatriz que cruza la ciudad. «No, no dejaré que haga esto... Por ellos, por ella».

Tomo aliento un par de veces para prepararme, me pongo en pie en lo alto de las escaleras y echo a correr. «¿Qué sentiré cuando me roce la niebla? ¿Tendré tiempo suficiente de detenerla, de alcanzarla antes de morir, antes de volverme loco, antes de ser tan solo un espectro?».

Las caras de mi familia aparecen ante mis ojos. No voy a volver a verlos. Miri y Saelis... Nunca oiré la risa de mis amigos de nuevo. Nimh...

La tormenta arrasa con todo como un muro, las piedras me golpean el cuerpo, chocan contra mí y me arañan. Una me corta la cara y siento con una certeza nauseabunda cómo se me abre la piel.

En cualquier momento, la niebla me atrapará y...

Una luz cegadora, un rugido en los oídos...

Y luego, nada.

Confuso, abro los ojos con los brazos levantados para alejar las rocas y la niebla de la cara. Estoy totalmente rodeado de niebla. De cerca, es tan bonita como aterradora. Brilla como si estuviera iluminada desde dentro con todos los colores a la vez, reluciendo como plumas iridiscentes. Se agita a mi alrededor, furiosa, enfadada... Y aun así no siento nada, excepto su ardor en la cadera. Levanto una mano y veo la niebla rozándome la piel sin dejar marca ni herida.

—¿North?

Me giro y Nimh está allí, justo detrás de mí, mirándome con los ojos muy abiertos, llenos de lágrimas. No hay rastro alguno de Inshara. Solo somos Nimh y yo, envueltos juntos en nuestro propio mundo de niebla. Flota a un suspiro de mí, paseando los ojos por mis rasgos, hambrienta y desesperada. Levanta las manos, pero las detiene a unos milímetros de mi rostro, con dedos temblorosos por el deseo de tocarme.

—Tienes que parar —jadeo, sin cuestionar mi suerte porque, de alguna manera, esté ganando algo de tiempo antes de que la niebla me lleve—. Estás destrozando todo lo que quieres ahí fuera. Inshara no merece la pena.

—No me queda nada de lo que quiero. —Se le desbordan las lágrimas—. Estás muerto.

—Estoy aquí —insisto, deseando estirar los brazos para agarrarla—. No soy ningún truco de la niebla. Quien sea que te ha contado que estaba muerto te mintió.

—No puede ser —exclama Nimh—. La niebla te destruiría. No tienes protección.

Me palpita la cadera de nuevo y, de manera repentina, lo entiendo. Meto la mano en el bolsillo hasta que con los dedos rodeo la piedra pequeña y redonda que Nimh me dio en lo alto del acantilado. Está tan caliente que todos mis instintos me piden que la suelte, pero me aferro a ella, apretando los dientes.

—¿Cómo puedes estar aquí? —Nimh baja los ojos para centrarlos en la piedra protectora antes de levantarlos para sostenerme la mirada, sorprendida.

—Magia —susurro.

—Oh, dioses —gime Nimh, con los ojos fijos en mi cara de nuevo, en el lugar que me arde casi tanto como la palma. Levanta la mano, pero detiene el movimiento antes de tocarme. Deja revolotear los dedos, indefensa, antes de que una gota de sangre del corte de la mejilla caiga sobre ellos. Se mira la mancha carmesí de las yemas de los dedos—. Estás herido.

—Pero vivo. Nimh..., podemos detenerla. Si consigues la corona, Inshara no podrá ir a las tierras de las nubes. No tienes que convertirte en esta cosa.

Pasea los ojos por mis facciones, como si las estuviera memorizando por última vez.

—Soy el Destructor —susurra—. Soy el Portador de Luz.

—¡Puedes elegir lo que eso significa! —Trato de captar su mirada errante, sostenérsela con la mía—. Puedes elegir, ¿lo entiendes? Este poder es tuyo... Decide qué hacer con él.

Abre la boca, pero cualquier respuesta que hubiera preparado muere en sus labios mientras me mira con la agonía de la indecisión. Entonces, veo que abre mucho los ojos, y la niebla que rugía a su alrededor se queda inmóvil. Durante un momento, quiero abrazarla, apretarla con fuerza, aliviado porque haya elegido la humanidad sobre la destrucción, lo que hace que me sienta exaltado. Entonces, veo la mano que le rodea el tobillo. Tocándola. Inshara...

Me quedo paralizado y el mundo se derrumba a mi alrededor. La niebla se desvanece, el balcón y la ciudad se quedan en silencio total, excepto por nuestra respiración irregular. Inshara sigue viva, aunque, cuando la miro a la cara, me quedo sin aliento. Tiene una sonrisa maníaca demasiado amplia, y le brillan y resplandecen los ojos de manera iridiscente como si fueran la ventana a la tormenta de niebla que se agita en su alma.

Tira de la pierna de Nimh, que cae al suelo, donde Inshara se agazapa. Nimh grita de horror y dolor, y el sonido se me clava como un cuchillo. Entonces, con lentitud, comienza a brillar. Es como un amanecer cobrando vida, y el dorado impregna sus rasgos. Está preciosa con todo su poder al descubierto, y la idea de que ese poder vaya a desaparecer es insoportable. Su luz se refleja en la niebla igual que el amanecer en las nubes, brillando con mayor intensidad y luminosidad cada segundo. Es Inshara quien habla, quien susurra la palabra:

—Sí.

En esa sola sílaba, toda su locura causada por la niebla se presenta ante el mundo. Nimh trata de alejarse, de luchar contra el puño de hierro de la otra mujer, y la pena en sus facciones me rompe el corazón porque sabe lo que Inshara le ha hecho, porque está presenciando sus últimos momentos como divinidad.

El aura dorada aumenta y relampaguea alrededor de ambas, y Nimh grita de nuevo cuando la luz comienza a fluir de ella hacia Inshara, donde esta la sujeta con fuerza mientras se hace con su luz.

No puedo soportar verlo, pero no consigo desviar la mirada. El pensamiento palpita en mi interior como un tambor: es el fin de Nimh, y lo único que puedo hacer es presenciarlo. Sin embargo, la quiero y verlo me resulta inaguantable. Jadea en busca de aire cuando su luz se atenúa y la de Inshara brilla. Observo indefenso cómo le quita a Nimh la divinidad.

Inshara la sacude de manera despiadada, lo que hace que Nimh grite de dolor.

—¡Es todo mío, más de lo que nunca fue tuyo! —grita Inshara—. Yo soy la elegida de la profecía. Me convertiré en el Portador de Luz. Nunca estuviste destinada para nada... Nunca fuiste suficiente para este mundo.

Nimh se queda inmóvil, deja de luchar, mientras sus propios miedos y dudas salen de ella a través de la mujer que le está quitando el poder. Tiene los ojos apagados, centrados en algún punto más allá de Inshara, de mí, de la propia piedra. Durante un momento, todo se queda en silencio. Entonces, susurra una sola palabra hacia el torbellino de niebla que crece a su alrededor.

—No.

Inshara aumenta la fuerza de la sujeción.

—¿Qué has dicho? —pregunta.

Nimh levanta la mirada con una intensidad nueva y ardiente y se encuentra con la de Inshara.

—He dicho que no. Soy la diosa de mi pueblo y no te vas a interponer en mi camino.

Inshara toma aire de forma abrupta y audible. La mirada de Nimh no titubea, desafiante. Así, poco a poco, el equilibrio empieza a cambiar. Ahora Inshara brilla menos a medida que la luz de Nimh aumenta. Está reclamando su divinidad, tirando de ella y envolviéndola a su alrededor de manera tan asombrosa como cualquier vestido real que haya visto.

—¿Cómo...? —pregunta Inshara, con los dientes apretados mientras intenta recuperar ventaja.

Sin embargo, Nimh no contesta, ya que está centrada en la lucha entre las dos. Ella es más fuerte. Está luchando y ganando. Inshara la suelta de forma abrupta y se tambalea hacia atrás. Por fin, la luz de Nimh se asienta en torno a ella, como si se hubiera puesto una prenda conocida. Inshara respira con dificultad, jadeando en busca de aliento y mirando a la diosa cuyo poder no ha conseguido robar.

Todos nos quedamos paralizados en el sitio. Temo respirar o pestañear por miedo a despertarme y descubrir a mi Nimh oscura y rota bajo la mirada triunfal de su enemiga. Sin embargo, me arden los pulmones por la necesidad de aliento... y Nimh ya está ahí arrodillada, preparada y elegante. Intacta.

Pasea los ojos hasta encontrar los míos, demasiado abiertos y relucientes por la incredulidad y la sorpresa repentinas. Entonces, Inshara gira los suyos hacia un lado y entiendo lo que está mirando. Hay algo ahí, medio escondido entre las piedras destrozadas del balcón. Brilla bajo el fueguechizo y, durante un momento, nadie se mueve. La corona, la clave para volver a casa..., y la clave para encontrar una manera de destruirla.

Nimh me contó una vez que la niebla no solo podía producir locura y muerte, sino que a veces, aunque fuera muy muy raro, venía acompañada de un gran poder. A Inshara le ha afectado mucho, muchísimo, la niebla.

Al mismo tiempo, Nimh e Inshara se lanzan a por la corona, pero esta última está más cerca. Me muevo sin pensarlo, tratando de darle ventaja a Nimh al atrapar a Inshara por el tobillo, pero me da una patada que me alcanza la mandíbula y, cuando mi visión se llena de forma momentánea de estrellas, desaparece.

De la nada sale el gato, una mancha naranja de furia que se lanza hacia Inshara con las garras al descubierto para clavárselas en el cuerpo con un maullido sobrenatural. Chilla como respuesta y se deshace de él, que cae sobre un montón de escombros y no se mueve.

Hemos ganado el tiempo suficiente para que Nimh alcance la corona, pero Inshara le pisa los talones y, tras gritar por el esfuerzo, consigue aferrarse también a la tiara dorada.

Nimh está de rodillas, y apoya un pie en el suelo mientras lucha contra la sujeción de Inshara. Al mismo tiempo que forcejean, ambas se ponen en pie. La niebla a su alrededor gira cada vez más rápido, brillando tanto que me veo obligado a taparme los ojos para mirarlas.

—Dámela —grita Inshara embravecida, arañando a Nimh, desesperada.

Antes de que esta última consiga contestar, un estallido de luz surge de la propia corona como una explosión sorda, y envía una descarga que agita la niebla y a punto está de fundirme con el suelo.

«El corte en la mejilla», pienso al entenderlo. «Tiene mi sangre en la mano... ¡No!».

Lucho por ponerme de rodillas justo a tiempo para ver una columna de luz rodeando a las dos. Una fuerza invisible las arrastra hacia el cielo. El polvo y los pedazos de escombros se elevan a su alrededor, como si no existieran las leyes de la gravedad. La corona de oro flota en el aire con un brillante conjunto de huellas de dedos, los de Nimh, pintados en la superficie con mi sangre. Inshara se esfuerza por alcanzarla, pero por muy poco no consigue rozarla. Le sostengo la mirada a Nimh mientras se le separan los pies del suelo, el pelo le flota sobre los hombros como si estuviera suspendida en agua.

Por primera vez desde que defendió su divinidad, veo el pánico en sus ojos al mirarme. Abre la boca para gritar y con los labios forma mi nombre, pero no expulsa sonido alguno. Grito el suyo como respuesta y veo que se le abren mucho los ojos cuando no oye nada.

Me apresuro a ponerme en pie y corro hacia las dos con un brazo estirado hacia Nimh mientras ella estira el suyo hacia mí. Se esfuerza por rozar mis dedos con los suyos, y me pongo de puntillas, deseando crecer esos escasos milímetros.

Entre nuestros dedos se produce algo tan similar a un roce que eclipsa el brillo de la corona durante unos instantes, antes de que un rayo solar de luz blanca se asome entre los dos. Luego, estalla ante mis ojos casi ciegos.

Después, Inshara, la columna de luz dorada, la niebla que se agita y Nimh…, mi Nimh…, han desaparecido.

TREINTA Y CINCO

NORTH

LA CORONA REPIQUETEA EN EL SUELO, REBOTA UNA VEZ Y CON lentitud gira hasta detenerse frente a mi zapato mientras observo el lugar donde estaba Nimh hace un momento. O, mejor dicho, donde estaba la corona, ahora retorcida, fundida en una abrupta masa de oro con un circuito de acero celestial quemado al descubierto. La imagen residual de Nimh, una silueta de la chica estirándose para alcanzarme, me arde en los ojos y sigue brillando.

—¡No! —Cojo lo que queda de corona y la agito, incrédulo. Me toco la cara con los dedos, ignorando el fogonazo de dolor que me recorre la mejilla, y mancho la superficie de la corona con mi propia sangre. Nada—. Llévame hasta ella. ¡Hazlo de nuevo!

Techeki camina hacia mí con la cara de color ceniza.

—Está destrozada —consigue decir—. Tu sangre ya no nos va a servir de nada.

—¿Sabes lo que Inshara puede hacerle a mi mundo? Nadie cree en la magia allí. No tienen ni idea de cómo defenderse contra una maga.

Techeki se estremece.

—Solo los dioses saben en lo que se ha convertido ahora. La niebla la ha transformado en algo más. Temo por tu pueblo y por el mío, nubereño.

Sacudo la corona de acero celestial, frenético.

—¡Nimh, haz algo!

Los restos de la niebla de Nimh me envuelven en lo que parece una caricia. Durante un instante, siento como si unos dedos me rozaran la mejilla. Estoy cautivado por la extraña certeza de que es Nimh quien me toca, aunque nunca lo ha hecho. Sin embargo, de alguna manera, la forma en la que la niebla se curva contra la piel es toda suya. Entonces, la sensación desaparece.

Sigo sentado en el suelo con la corona fundida en la mano. Si me levanto, si me muevo, sabré que ha ocurrido de verdad, que Nimh e Inshara se han ido demasiado lejos como para seguirlas. No puedo hacerlo.

Entonces, algo me roza la pierna y me sobresalto. Es el gato. Cojea cuando se mueve y es evidente que está dolorido, pero sus pasos son seguros al recorrerme el cuerpo para que lo acune entre los brazos con delicadeza. Allí se acomoda sin protestar. Así es como conozco su verdadero malestar.

—La encontraremos —le digo en voz baja—. Lo prometo. Esto no se ha acabado.

Porque sé que sigue viva y está en mi mundo. Sé que he sentido su roce hace solo unos momentos. Sé lo que tengo que hacer y no la fallaré. Techeki me ofrece la mano y me ayuda a levantarme mientras habla.

—Investigaremos —comenta con calma—. Buscaremos otro modo de llegar a las tierras de las nubes.

Alguien se aclara la garganta detrás de mí y sufro otro sobresalto. Cuando me doy la vuelta, me encuentro cara a cara con una mujer algo mayor que yo; tiene el pelo rapado casi por completo y va vestida como una cruzarríos; está acompañada por media docena de personas de su clan, reunidas detrás de ella.

—Perdóname, nubereño —dice, inclinando la cabeza con un gesto de respeto—. Me llamo Hiret y soy amiga de tu diosa. Vengo a traerte un saludo de parte del rey pescador de los cruzarríos. Le gustaría conocerte, si no te importa.

La indignación me recorre el cuerpo.

—No, no puedo —farfullo—. ¿De qué valen ahora esas historias? No tengo tiempo para vuestro rey pescador.

—¿Ni siquiera si lo conoces por otro nombre? —La voz es estridente, densa y seria.

Los cruzarríos se apartan y revelan a una figura sentada en el medio... Abro mucho la boca. En el templo, llevaba ropa sencilla, tanto que no consigo recordar de qué color era, solo que casi se podía confundir con los textos que guardaba en los archivos. Ahora lleva un abrigo de terciopelo turquesa oscuro con trenzas doradas en los hombros que le llegan hasta los brazos. Alrededor del cuello tiene un collar tras otro, por lo que la mayor parte de su pecho es una masa de cuentas brillantes que repiquetea y se agita cuando se mueve.

—¿Usted...? ¿Usted es el rey pescador?

Matias, el maestro archivero, me dedica una sonrisa sombría.

—A veces. Soy siempre el protector de antiguos secretos, nubereño. Nimhara me llamaba maestro archivero, ya que me ocupaba de proteger las palabras escritas del templo. Los cruzarríos me llaman rey pescador porque conservo sus historias.

Paso los dedos sobre el pelaje del gato, aún sin saber por qué Matias ha elegido este momento para buscarme, rodeado de escombros, todavía dándole vueltas a haber perdido a Nimh y a mi hogar en un único instante horrible.

Matias se encorva para subirse una de las mangas de terciopelo.

—Tú, sin duda, me llamarás centinela, guardián de los caminos secretos entre los mundos.

Con un conjuro en voz baja, se pasa la otra mano por el brazo estirado y le aparece un punto negro. Luego, como la tinta al caer en el agua, se extiende y revela una imagen tatuada en su palma, la forma de un ojo observador encerrado en dos círculos. El mismo símbolo que marcaba el pasadizo secreto en los archivos del templo que Nimh y yo usamos para escapar juntos la noche que Inshara mató al sumo sacerdote y tomó el control del lugar. Estuvo ahí en todo momento, pero ni Nimh ni yo sabíamos qué significaba el símbolo. «Centinela».

Matias me mira con ojos tiernos y empáticos, pero debajo de esa calidez veo el brillo de algo más fuerte y austero.

—La traeremos de vuelta, nubereño —me dice—. Y salvaremos a tu pueblo también.

Trago saliva con fuerza y me alejo con el corazón lleno de emociones contradictorias. En el horizonte se encuentran las Amantes, Miella y Danna, encerradas en su baile eterno mientras se desvanecen en el amanecer. Sobre ellas, sin ser más que un punto de tinta en el cielo aún iluminándose, está la parte inferior de Alciel.

¿Cuántas veces desde que caí he mirado hacia arriba para preguntarme si alguna vez volvería a ver mi hogar? Ahora la pregunta me carcome como nunca, ya que Nimh está ahí arriba, sola con una mujer convertida en una monstruosidad, que quiere verla muerta, que quiere vernos muertos a todos. Solo puedo rezar para tener tiempo suficiente. Tiempo para detener a Inshara, para encontrar un camino entre ambos mundos y la vía de vuelta a Nimh.

«Aguanta, Nimh». El pensamiento ilumina mi interior como un faro. Quizás si lo deseo con la fuerza suficiente, lo sienta y sepa que no está tan sola como parece. «Aguanta... Voy a por ti».

EN ALGÚN LUGAR AL OTRO LADO DEL CIELO...

EL CONDUCTOR DEL PASAJE SUSPIRÓ Y MIRÓ AL CRONO ANTES DE soltar el freno de mano, lo que permitió a la corriente traspasar el mosaico de vías de la ciudad para impulsar el vagón hacia delante. El último de los pasajeros, un chico un tanto achispado con un brillante pintalabios azul, se había bajado hacía dos paradas. Pocas personas se aventuraban a salir a esas horas tan silenciosas antes del amanecer, pero el rey (que será recordado durante mucho tiempo) solicitó transporte gratuito y seguro por la ciudad para todos los ciudadanos de Alciel.

Mientras el vagón tomaba velocidad, el conductor dejó vagar la mente. Estaba preocupado por su hijo, cuyas notas de evaluación del trimestre en la Academia Real seguían yendo a peor, en lugar de a mejor, a pesar de la parte considerable de su salario que destinaba a un tutor privado. Se preguntó si alguno de sus compañeros de los pasajes públicos habría visto alguna vez a su hijo volver a hurtadillas tan tarde como el chico de los labios de color azul eléctrico. Se preguntó si lo habrían visto sin reconocerle o, peor, si lo habían visto y no se lo habían contado.

Un punto de luz sobre el parabrisas del conductor iluminó un escaso tramo de vías ante él, y el hombre observó sin demasiada atención los nudos y costuras de las vías pasando a toda velocidad.

«Debería traerlo de servicio una noche tras una de las fiestas del príncipe...». Si algo le iba a hacer trabajar más duro en la academia, sería ver a su padre limpiando la basura de ricos críos borrachos.

Entonces, el conductor se acordó del príncipe y recordó que no habría más fiestas, nunca más. Apenas tuvo tiempo de sentir un pinchazo de pena por la pérdida del hijo de la reina, seguida tan rápido de la muerte de su padre, porque un poco más allá de los setos que flanqueaban las vías se elevó de repente una columna brillante de luz dorada. Entonces, iluminada por la rápida luz del vagón, la figura de una mujer salió a trompicones de la naturaleza y se dirigió directamente a las vías.

El conductor gritó una advertencia mientras tiraba desesperadamente del freno de mano. Con la boca formó una serie temblorosa de epítetos mientras inclinaba todo su peso sobre los frenos, haciendo que el vagón se sacudiera y tartamudeara con un grito de metal torturado.

La cara de la mujer, compuesta solo por un toque de terror en sus enormes ojos, se desvaneció bajo el parabrisas mientras el conductor cerraba los ojos, a la espera del sonido que oiría en sus pesadillas justo antes de despertarse cubierto de sudor frío, a tiempo para el odiado turno de noche: un grito, un golpe nauseabundo, el crujido que sus propios huesos recordarían el resto de su vida... Pero el sonido nunca llegó.

Al conductor le seguía martilleando el corazón en el pecho mientras se estiraba hacia el pomo de la puerta con las manos sudorosas y torpes. Cuando salió a la estrecha pasarela de servicio entre los arbustos y las vías, ya buscaba la manera de decírselo al supervisor, al consejo, a su reina..., a la familia de la mujer.

La encontró agazapada ahí, compuesta solo por un par de ojos bajo la mirada casi cegadora de la luz del vagón. Durante un momento, esa mirada penetrante se quedó tan inmóvil que le dio un vuelco el corazón y se le detuvo como si lo dirigiera su propio sistema fallido de frenos mientras pensaba: «He matado a alguien». Entonces, la chica pestañeó y el corazón comenzó a latirle de nuevo.

—Por todas las caídas celestiales, señora, me ha dado un susto de muerte. ¿Está bien? ¿Está herida?

La mujer pestañeó de nuevo y, con lentitud, las piernas temblorosas y los ojos como platos, se incorporó y se puso en pie. Ahora la luz del vagón parado la iluminaba, por lo que el conductor la observó.

Llevaba un extraño y ligero vestido rojo que poco escondía estando allí de pie, recortada bajo la mirada aguda del punto de luz detrás de ella. Era más joven de lo que había pensado al principio. Maldiciéndose, fijó los ojos en su rostro. Tenía las manos levantadas y un poco temblorosas, como si estuviera preparada para repeler algún ataque, aunque el conductor no sabía con qué poder, ya que no parecía capaz de reunir demasiada fuerza bruta. Era preciosa, incluso agitada y aterrada, y llevaba maquillaje, que se extendía de una sien a otra, igual que el de la familia real en retratos de hacía generaciones, imitando la antigua tradición de llevar telas de oro puro sobre los ojos durante ciertas ceremonias de estado. Sin embargo, en su caso, en lugar de dorado, su maquillaje era negro. Tenía un efecto interesante en la oscuridad, ya que le hacía parecer diminuta y frágil, pero peligrosa e invisible también.

«Como la corriente de las vías», pensó el conductor, aturdido. «Invisible, indetectable, pero preparada para matarte con un solo roce».

—No estoy... herida. —Tenía un acento raro y hablaba de manera altiva, como si cada palabra requiriera una concentración exquisita. Algo en esos ojos... Tenían un color extraño y titilaban como si estuvieran encendidos desde el interior.

—No puede saltar a las vías así. ¡Se va a matar! —La seriedad de esas palabras sorprendió al conductor justo después de decirlas, y dio un paso vacilante hacia ella—. ¿No...? ¿No estaría... intentando...?

Un siseo de aire procedente del vagón hizo que la joven se sobresaltara con un chillido apenas acallado y el cuerpo tenso y preparado.

—No pasa nada, no pasa nada —se apresuró a tranquilizarla el conductor, sorprendido por su repentino pavor—. Es solo el aire comprimido del freno ecualizándose.

La chica paseó la mirada de su rostro al vagón que se erigía sobre ellos y hacia el cielo estrellado sin nubes antes de volver al conductor, como si les dedicara a todas estas cosas la misma cantidad de cautela.

Al no decir nada, ni sobre los frenos ni sobre por qué había saltado o caído, en realidad, sobre las vías, el conductor dio otro paso al frente y probó una nueva táctica.

—No lleva crono ni pinganillo. ¿Hay alguien a quien quiera llamar? ¿Amigos? ¿Familia?

La chica se encogió y el conductor se maldijo a sí mismo. Era más joven incluso de lo que había estimado en un segundo análisis. Había dicho «familia» y ella había oído «padres». No debía de ser más que una adolescente.

El conductor escondió una sonrisa. Aterrados o no, pocos chicos de su edad querrían que llamaran a sus padres después de medianoche. Ella inclinó la cabeza al reparar en la sonrisa que, evidentemente, no había escondido tan bien y, cuando desaparecieron las sombras irregulares de su rostro, el hombre se percató de que se había equivocado. No era peligrosa, solo una cría que había salido tras el toque de queda. El terror era igual ante la noción de verse aplastada por las ruedas del vagón y ante la idea de que sus padres la castigaran.

—No pasa nada —dijo el conductor, probando con una versión más agradable de la diversión que había dejado entrever antes—. No los llamaremos si no quieres. Hay una cafetería al final de la calle, a la izquierda, que no te costará mucho dinero. Toma algo de cafeína y comida y te sentirás mejor. Además, tienen un intercomunicador que puedes usar cuando decidas a quién llamar. Está enfrente de la estación de policía, así que es un vecindario muy seguro.

La chica pareció cambiar entonces. Suavizó los modales y los ojos enormes se le relajaron al juntar las cejas.

—Estoy buscando a alguien —dijo con voz distante—. Quizás podría ayudarme.

El conductor luchó contra el deseo de mirar su crono. Era evidente que la chica estaba traumatizada porque casi la había atropellado, pero su supervisor tendría algo que decir sobre las malas excusas si no comenzaba a dirigirse a la siguiente parada.

La chica soltó aire de manera temblorosa y dijo de forma titubeante:

—Por favor... He perdido el crono que llevaba puesto y no tengo dinero para la cafetería. No recuerdo a dónde iba.

Debía de haberse golpeado en la cabeza. El conductor volvió a sentir una punzada de pánico al pensarlo, ya que se imaginó la reacción del supervisor al saber que la había herido. No volvería a trabajar. Sin embargo, después la miró a la cara, con los ojos como platos y los labios temblorosos, y observó la manera en la que comenzaba a tiritar por el punzante viento nocturno, desatado por la falta de nubes.

Después de todo, era muy joven, y era evidente que estaba asustada, ya que los dedos de una mano se le retorcían de forma involuntaria en un baile constante y extraño, como si estuviera tejiendo algo en el aire. Casi podía ver algo ahí, como una sombra condensada en mitad de la noche..., como una niebla.

Entonces, supo que la ayudaría. Quería hacerlo. Las ganas de hacer lo que necesitaba la chica crecieron y, cuando decidió que así sería, sintió que una especie de presión desaparecía.

Le contaría a su supervisor... Se inventaría algo, alguna razón por la que el último vagón de la noche nunca había terminado la ronda, alguna razón por la que lo había abandonado en las vías. Si su supervisor tenía algún problema con eso... Qué más daba, dejaría el trabajo.

—¿A quién estás buscando? —preguntó con suavidad.

—He oído que en el pasado hubo un hombre que cayó en la oscuridad de debajo y volvió a las tierras de las nubes. Desearía hablar con él. —En realidad, no tenía casi acento, quizás no fuera más que el miedo lo que la hacía parecer tan extraña. Él nunca había oído el término «tierras de las nubes» para describir Alciel. Era genial, poético.

El conductor pestañeó y soltó una carcajada nerviosa.

—Solo son historias. Eres lo bastante mayor para saberlo... Nadie podría sobrevivir a una caída así e, incluso si alguien pudiera, no duraría mucho en ese páramo. Y está claro que no sería capaz de reaparecer mágicamente aquí de nuevo.

—No —murmuró la chica—. Viajar a través de la magia al cielo es imposible, claro. —Durante un momento, el conductor recordó esa primera impresión que había sentido, la de que era algo aovillado y peligroso, dulce, oscuro y letal. Entonces, la chica le sonrió y dicho recuerdo se desmenuzó y lo abandonó, alegre—. Sin embargo, deseo hablar con él, con quien cayó y regresó.

El conductor dudó mientras la mente le iba a mil por hora, tratando de encontrar la manera de ayudar a esa chica con lo que estaba buscando.

—Si una cosa así hubiera sucedido... toda la ciudad lo sabría. A menos que se llevara bien con los consejeros o incluso con la familia real y ellos hubieran movido los hilos para mantenerlo en secreto.

La chica reflexionó sobre aquello.

—Entonces, lléveme ante el rey.

—¿El...? ¿La reina? —Notó cómo la frente se le llenaba de un sudor frío, uno muy parecido al que le acompañaba tras esas pesadillas protagonizadas por ruidos chirriantes.

—Eso he dicho.

El conductor la miró durante un momento, consciente de que había dicho con total claridad «rey», e igual de consciente de lo extraño que era que a él no le importara. Necesitaba pedir ese ascenso para alejarse del turno de noche y así poder trabajar como las personas normales. Su mente estaba empezando a colapsar.

—No creo ser la persona adecuada para conseguir una audiencia con el rey..., digo, la reina —respondió por fin. Lo más cerca que había estado de un miembro de la familia real había sido cuando el príncipe había tratado de pasar de incógnito por la ciudad y todos habían fingido que no lo reconocían. Nunca había hablado con él, aparte de seguirle el rollo y desearle una buena tarde.

La chica ensombreció la expresión.

—Y, sin embargo, aquí estamos. Eres lo único que tengo. —Algo merodeaba al final de esa frase, un espacio vacío con la forma perfecta para más palabras.

«Eres lo único que tengo... por ahora».

El conductor suspiró.

—Muy bien. Al menos, puedo llevarte a palacio. Tal vez uno de los guardias sepa qué hacer. —Era dar palos de ciego, pero la cara de la chica se iluminó con una satisfacción y aprobación tan cálidas que casi pudo sentirlas en la piel.

Se acercó a la puerta del vagón y esperó, ofreciéndole una mano para que entrara dentro. Su roce era frío y firme. Ya no temblaba. Cerró la puerta detrás de ambos y se acercó a los controles.

—Me parece una locura no habértelo preguntado antes… pero ¿cómo te llamas? ¿Qué les digo a los guardias cuando lleguemos allí?

—¿Cómo me llamo?

Hizo una pausa mientras el vagón se ponía poco a poco en movimiento de nuevo, como si tuviera que buscar la respuesta para esa pregunta. Entonces, el conductor se dio cuenta de que solo era tímida y de que la banda de maquillaje negro sobre los ojos dificultaba la posibilidad de leerle la expresión.

—Dígales… —contestó con lentitud, con un tono reflexivo—. Dígales que me llamo Nimhara y que traigo noticias de su príncipe perdido. Dígales que las compartiré con ellos, pero después.

—¿Después…?

—Después de que me lleven ante el hombre que regresó hace veinte años del otro lado del cielo. Hay cosas que debemos contarnos. Tiene mucho que explicar... y yo mucho que hacer aquí.

El vagón atravesó la noche a toda velocidad, y su luz disminuyó hasta convertirse en un diminuto punto entre las otras estrellas titilantes del cielo nocturno de Alciel. El conductor nunca vio la otra cosa medio escondida detrás de los arbustos donde había detenido el vagón. Nunca vio el cuerpo de la otra chica.

AGRADECIMIENTOS

Este libro ha sido un sueño durante muchos años antes de que pudiéramos hacerlo realidad. Nos alegra estar compartiendo a Nimh, North y, por supuesto, al gato pelusa con nuestros lectores. Todos los días nos pellizcamos porque apenas somos capaces de creer nuestra buena suerte al haber convertido la narración de historias en nuestro modo de vida, y al poder contarlas juntas. Sin embargo, hay muchas personas a las que también tenemos que agradecérselo y nos gustaría tomarnos unos momentos para hacerlo.

Debemos empezar contigo, lector. El público, los libreros y bibliotecarios que eligen nuestras historias y las comparten con otros son la razón por la que hacemos lo que hacemos. Vivimos en un mundo muy grande y todos tenemos montones de libros que nos gustaría leer, por lo que te agradecemos que hayas elegido el nuestro y se lo recomiendes a amigos y seres queridos.

Nuestro increíble equipo en Adams Literary (Josh, Tracey, Cathy y Stephen) nos acompañan en todo momento cada vez que damos un nuevo salto de fe, siempre con sabiduría y amabilidad.

Nuestro equipo en Harper se ha portado genial en cada paso del camino. No hay mejor forma de darle las gracias a nuestra editora, Kristen, que dedicarle este libro. Muchas gracias también a Clare, Caitlin, Alexandra, Jenna, Alison, Michael y a los fantásticos equipos de ventas, *marketing*, publicidad y gestión editorial. Un agradecimiento muy sentido para Artem por una de las portadas de libro más bonitas que hemos visto nunca. Para Anna y todo nuestro equipo australiano en Allen & Unwin, gracias, como siempre, por ser un hogar tan acogedor.

Muchas muchas gracias a los amigos que siempre han estado ahí para darnos consejos, apoyo o tazas de té (y, en ocasiones, algo más fuerte) mientras escribíamos y reescribíamos este libro: Michelle, Steph, Marie, Leigh, Jay, Kiersten, Eliza, Peta, Alex, Sooz, Nic, Kacey, Soraya, Ryan, las Kates, Cat, el equipo de Roti Boti, la Casa del Progreso, el grupo de Asheville y, en particular, a C. S. Pacat por una lectura tan útil y atenta del borrador número tropecientos. Un agradecimiento especial y mucho cariño de Meg a Ryn por cuidarla durante la gripe y el agotamiento mientras editaba.

Gracias infinitas también a nuestra familia, los Spooner, Kaufman, Cousins y al señor Wolf. Jack, Sebastian y Viola nos acompañaron durante los millones de borradores, aunque fue Icarus quien nos prestó su ser y vive en estas páginas como el gato pelusa. Te echamos de menos, compi. Para Brendan, como siempre, un «te quiero» de Amie, y para Pip, todo el amor y agradecimiento como para llenar dos mundos enteros.